HEYNE

SCIENCE FICTION

Von KEN MACLEOD erschien in der Reihe
HEYNE SCIENCE FICTION & FANTASY:

Das Sternenprogramm · 06/6383
Die Mars-Stadt · 06/6384
Die Cassini-Division · 06/6385

KEN MacLEOD

Die Cassini-Division

Roman

Aus dem Englischen übersetzt
von
NORBERT STÖBE

Deutsche Erstausgabe

WILHELM HEYNE VERLAG
MÜNCHEN

HEYNE SCIENCE FICTION & FANTASY
Band 06/6385

Titel der englischen Originalausgabe
THE CASSINI DIVISION
Deutsche Übersetzung von Norbert Stöbe
Das Umschlagbild ist von Chris Moore

Umwelthinweis:
Dieses Buch wurde auf chlor- und
säurefreiem Papier gedruckt.

2. Auflage

Redaktion: Wolfgang Jeschke

Erstausgabe bei Orbit Books,
A Division of Little, Brown and Company, London

http://www.heyne.de
Deutsche Erstausgabe 1/2003
Printed in Germany 2003
Umschlaggestaltung: Nele Schütz Design, München
Technische Betreuung: Manfred Spinola
Satz: Schaber, Satz- und Datentechnik, Wels
Druck und Bindung: Elsnerdruck, Berlin

ISBN 3-453-86326-7

Für Mairi Ann Cullen

Ich danke Carol, Sharon und Michael; John Jarrold und Mic Cheetham; Iain Banks und Svein Olav Nyberg; Andy McKillop, Jo Tapsell, Paul Barnett und Kate Farquhar-Thompson.

Des Weiteren danke ich Tim Holman für die geleistete Redaktionsarbeit bei Orbit; David Angus, der mich auf die Karte von Callisto aufmerksam gemacht hat; und den Sozialisten für die Erde.

Der Mensch ist eine lebendige Persönlichkeit, deren Wohlergehen und Zweck in ihr angelegt sind, deren einziger Mittler zwischen ihr selbst und der Welt ihre Bedürfnisse sind, die keinem Gesetz mehr Gehorsam schuldet, sobald dieses in Widerspruch mit ihren Bedürfnissen tritt. Die moralische Pflicht des Einzelnen überwiegt niemals seine Interessen. Das Einzige, was diese Interessen überwiegt, ist die *faktische Macht*, welche die Allgemeinheit über das Individuum ausübt.

Joseph Dietzgen, *Das Wesen der menschlichen Kopfarbeit*

Inhalt

1

Rückblick

ES GIBT NOCH FOTOS VON DER FRAU, *die eines Abends gegen Sommeranfang des Jahres 2303 in die Party auf der Aussichtsetage der Casa Azores platzte. Darauf wirkt sie unglaublich jung – wie zwanzig, obwohl sie in Wirklichkeit zehnmal so alt ist – und groß; die Muskeln sind von Induktions-Isotonika aufgebaut, anstatt von der Schwerkraft erschlafft; ihr Haar ist ein schwarzer Nebel; dunkle Haut, asiatisch geschnittene Augen, eine flache Nase und schmale Lippen, die beim Lächeln breite weiße Zähne entblößen. In der rechten Hand hält sie eine Ein-Liter-Flasche kopierten Lagrange Jahrgang 2046. Die Linke hat sie an die Schulter gelegt, und an ihrem gekrümmten Zeigefinger baumelt ein altgoldfarbenes Bolerojäckchen, das gut zu dem nahezu kreisförmigen Rock passt, der bei ihrem Eintreten um ihre Knöchel schwingt. Auf ihrer rechten, nackten Schulter hockt etwas, das wie ein kleiner Affe aussieht.*

Etwas blitzte. Ich blinzelte die ringförmigen Nachbilder weg und starrte einen jungen Mann in kobaltblauem Pyjama an, der mit einem entschuldigenden Lächeln einen kastenförmigen Apparat mit zahlreichen Linsen und Reflektoren absenkte und dann im Gewühl verschwand. Er war der Einzige, der meine Ankunft bemerkt hatte. Obwohl der Raum gut hundert Meter lang und breit war, bot er dennoch kaum genug Platz für die geladenen Gäste, von denen, die unaufgefordert vorbeischauten, ganz zu schweigen. Im Laufe des Abends, wenn die ersten Paare sich absetzten, würde der Druck nachlassen, doch so weit war es noch nicht.

Allerdings war Platz genug für verschiedene Aktivitäten: für eng umschlungenes Tanzen, für dicht gedrängtes Essen, für ausgiebiges Trinken und intensive Unterhaltungen; und für erstaunlich viele Kinder, die überall umhertollten. Raffiniert fokussierte Beschallungsanlagen versorgten die verschiedenen Gruppen mit der jeweils passenden Musik und grenzten sie voneinander ab. Die hiesige Mode, locker und fließend, jedoch körpernah, schien bestens geeignet für die Party: die Frauen trugen Saris oder Hemden, die Männer Pyjamaanzüge oder feierlich wirkende Togas und Heroldsröcke. Blau, Grün, Rot und Weiß, die Grundfarben der Meeresseide, waren die vorherrschenden Farbtöne. Mein eigenes Outfit stach zwar hervor, wirkte aber nicht fehl am Platz.

Die Mitte des Raums nahm die zehn Meter durchmessende Belüftungssäule ein. Irgendwo bei den Grüppchen, die das leise Rauschen der in die Tiefe fallenden Luft übertönten, war wohl auch das Paar zu finden, das der eigentliche Anlass der Party war – die beiden Menschen, die ich sprechen wollte, und sei es nur kurz. Es hätte keinen Sinn gehabt, mich durchs Gewühl zu drängen – wie alle anderen, die es auf sie abgesehen hatten, würde ich mich langsam in ihre Richtung treiben lassen.

Ich näherte mich dem Getränketisch, stellte meine Flasche ab und wählte ein Glas weißen Mare Imbrium. Er schmeckte sehr trocken, was nicht verwunderte. Ich verzog unwillkürlich das Gesicht, was mir ein verständnisvolles Lächeln einbrachte. Der Mann in Blau hatte es irgendwie geschafft, vor mir aufzutauchen.

»Sie sind wohl nicht daran gewöhnt?«

Dann wusste oder ahnte er also, woher ich kam. Ich musterte ihn übertrieben aufmerksam und nahm einen zweiten Schluck. Im Unterschied zu mir war er wirklich jung. Auf seine angloslawische Art sah er mit seinem schmutzigblonden Haar und dem rosigen, frisch rasierten Gesicht nicht schlecht aus; breite Wangenknochen, blaue Augen. Fast so groß wie ich – ohne Schuhe wäre er größer gewesen. Der seltsame Apparat war an einem Halsriemen befestigt.

»Komet-Wodka ist eher nach meinem Geschmack«, sagte ich. Ich drückte das Glas dem Affending in die schwarzen Pfoten und reichte dem Mann die Hand. »Ellen May Ngwethu. Erfreut, Sie kennen zu lernen, Nachbar.«

»Stephan Vrij«, sagte er und schüttelte mir die Hand. »Die Freude ist ganz meinerseits.«

Er beobachtete, wie mir der Drink zurückgereicht wurde.

»Kluger Affe«, bemerkte er.

»Das stimmt«, erwiderte ich kurz angebunden. In Wirklichkeit handelte es sich um einen smarten Raumanzug, doch davon hielten die Leute hier nur wenig.

»Also«, fuhr er fort, »ich gehöre dem Wohnkomitee an und soll die uneingeladenen und unerwarteten Gäste willkommen heißen.«

»Oh, danke. Und außerdem sollen Sie sie blenden?«

»Das ist eine Kamera«, sagte er und hielt sie hoch. »Ich habe sie selbst gebaut.«

Es war das erste Mal, dass ich eine Kamera in allen Einzelheiten sah. Mein Interesse war nicht *vollständig* geheuchelt, doch nachdem er sich eine Weile über Celluloidfilm und Brennweiten ausgelassen hatte, schien er nicht verwundert darüber, dass ich den Blick umherschweifen ließ.

»Amüsieren Sie sich nur, Ellen«, meinte er lächelnd.

»Ich kümmere mich mal um die anderen Neuankömmlinge.«

»Bis später.« Ich sah ihm nach, als er sich einen Weg zurück zum Eingang bahnte. Dann würde mein Foto also in der Gebäudezeitung auftauchen, und hunderttausend Menschen würden es sehen. Ruhm. Jedoch nicht die Art, um die ich mir hätte Sorgen machen müssen. Wir befanden uns mitten im Atlantik, mitten im Nichts.

Die Casa Azores lag (oder liegt, aber das erscheint mir unpassend – ich halte mich lieber ans Imperfekt, obwohl mir die Erinnerungen scharf und deutlich vor Augen stehen) auf Graciosa, einer kleinen Insel im Nordatlantik, einem Meer auf der Erde, das es vermutlich noch heute gibt. Es war so weit von allem entfernt, dass man die Nachbarinseln nicht einmal von der in einem Kilometer Höhe gelegenen Aussichtsetage aus sehen konnte. Der Ausblick aufs Meer und den Himmel mochte beeindruckend sein, doch gegenwärtig reflektierten die riesigen Fenster bloß die Lichter aus dem Gebäudeinneren. Der Lift, der mich hochgebracht hatte, befand sich am Rand, und ich musste es in den nächsten paar Stunden bis zur Mitte schaffen, bevor ich zu erschöpft war, um nachzudenken.

Ich leerte das Glas, ergriff eine Flasche guten Sungrazer Stolichnya, drückte dem Affen ein paar Stielgläser in die kleinen Finger und stürzte mich ins Gewühl.

*

»Nanotech *an sich* ist eine gute Sache«, erklärte eine kleine, sehr angespannt wirkende Künstlerin. »Ich meine, man kann die Atome *sehen*, nicht wahr? Aber mit den verdammten Waldoes kann man sie auch *spüren*, sie bewegen und zusammenkleben. Das ist eine mechanische Verbindung, die bis in die Finger reicht. Bis in den Monitor. Aber dieses ganze Quantenzeug ist irgendwie *unheimlich* …«

Sie hatte noch andere Zuhörer. Ich ging weiter.

*

»Du kommst aus dem Weltraum? Ist ja toll. Ich arbeite mit den Leuten im Orbit zusammen. Wir sind der Löschtrupp. Immer dann, wenn irgendwo ein Replikator undicht wird, ein natürlicher oder ein Nano, ist eh egal … jedenfalls gehen wir vor der Löschung die Evakuierungszone ab, erstens, um zu überprüfen, dass niemand mehr da ist, und zweitens, um alles aufzunehmen und aufzuzeichnen, was verloren gehen könnte. Viel Zeit hat man nicht, man steckt in einem Schutzanzug, der aus nahe liegenden Gründen abgeblitzt wird, bevor man rauskommt – dabei geht auch ein Großteil der Körperbehaarung flöten –, aber man sieht und spürt und hört trotzdem eine ganze Menge, und je nachdem, wie schnell der Ausbruch sich ausbreitet, ist im Umkreis von zehn, zwanzig Kilometern kein anderer Mensch in der Nähe. Weißt du, fast bei jedem Einsatz habe ich eine Spezies entdeckt, die nicht im Speicher war. Manchmal eine ganz neue Gattung. Wissenschaftlich nicht erfasst, wie es so schön heißt. Irgendwann gingen mir die Freundinnen aus, nach denen ich sie hätte benennen können, da musste ich doch tatsächlich mit meinen *Verwandten* anfangen. Und dann kommt man raus und sitzt mit der Schutzbrille da und beobachtet die Löschung. Ich seh's gern blitzen, ist fast so gut wie 'ne Atomexplosion.«

Der Ökologe hielt inne und nahm noch einen tiefen Zug aus der Wasserpfeife. Als er mir das Mundstück anbot, lehnte ich dankend ab. Er seufzte.

»Aber wenn keiner um einen rum ist … Das ist schon eine tolle Erfahrung, wie in der Wildnis.«

Ich hatte den Raum mittlerweile zur Hälfte durchquert. Ich wollte dem berauschten Wissenschaftler einen Schluck Wodka anbieten, doch der Affe hatte in einem Anfall von Zerstreutheit das letzte Glas ausgetrunken. Dem Wissenschaftler war es egal. Er versicherte mir, er werde sich meinen Namen merken und irgendwann einen Käfer, eine Wanze oder ein Bakterium nach mir benennen. Mir war sein Name bereits wieder entfallen. Oder er hatte ihn mir gar nicht genannt, oder ... offenbar war ich als Passivraucherin in Mitleidenschaft gezogen. Ich bedankte mich bei ihm und ging weiter.

»Das sollst du nicht machen«, murmelte ich. »Es ist zu verräterisch.« Eine kalte Pfote kitzelte mich am Ohr, und eine leise, summende Stimme sagte:

»Wir haben Silikatmangel.«

Ich kraulte das Pseudotier und hoffte, niemand hätte meine Lippenbewegungen bemerkt. Auf einmal verspürte ich Hunger und hatte Lust auf einen Kaffee. Am nächsten Buffettisch blieb ich stehen. Eine Frau mit einer schlichten, fleckig-weißen Schürze über einem prachtvollen grünen Sari reichte mir einen warmen Teller mit Napfschnecken in Tomatensauce. (Übrigens alles vollkommen echt. Noch heute läuft mir davon das Wasser im Mund zusammen.) Ich entschied mich für ein Glas Weißwein. In der Nähe standen leere Stühle, deshalb setzte ich mich. Die Frau nahm auf der anderen Tischseite Platz und unterhielt sich mit mir, während ich aß.

»Ich habe gerade mit unseren Ehrengästen gesprochen«, sagte sie mit einem ungewöhnlichen Akzent. »Wirklich interessante Leute. Eine künstliche Frau und ein Mann von den Sternen! Gewissermaßen von den Toten auferstanden.« Sie musterte mich scharf. »Vielleicht sind Sie ihnen ja schon mal begegnet, da Sie doch selbst aus dem Weltraum sind?«

Ich lächelte sie an. »Wieso sieht mir eigentlich jeder an, woher ich komme?«

»Das liegt an Ihrer Kleidung, Nachbarin«, meinte sie. »Gold ist typisch für den Weltraum, hab ich Recht? Hier ist die Farbe eher selten.«

»Ja, sicher«, sagte ich. Einen Moment lang hatte ich gemeint, sie habe erraten, dass ich einen Raumanzug trug. Nachdem ich sie reden gehört und ihre Gestik und Mimik beobachtet hatte, war ich mir sicher, dass sie im zweiten Lebensjahrhundert angelangt war. Sie erwiderte offen meinen Blick, ihre Augen funkelten wie die Nadeln in ihrer Turmfrisur.

»Gold ist ja so nützlich!«, sagte sie. »Wussten Sie, dass Lenin glaubte, wir würden es einmal für Urinale verwenden?«

Ich lachte. »Nicht sein einziger Irrtum!«

Ihre Erwiderung fiel eine Spur kühler aus als ihre Eingangsbemerkungen. »Er hat sich nicht oft geirrt, und die wenigen Male waren das Gegenteil dessen ... was ihm für gewöhnlich vorgehalten wird. Er hielt zu viel von den Menschen, vom Einzelnen wie von der Masse. Und außerdem«, fuhr sie selbstgefällig fort, »halten einige noch immer große Stücke auf *ihn*.«

Mittlerweile konnte ich ihren Akzent einordnen. »Die Menschen in Südafrika?« Dort war man ausgesprochen konservativ. Es gab dort sogar noch richtige Kommunisten.

»Aber ja, Nachbarin!« Sie lächelte. »Und Sie sind von ... nein, lassen Sie mich raten ... nicht aus der Erdnähe; nicht von Lagrange ... und Sie sind jedenfalls auch kein Loony und keine Marsianerin.« Als ich das Glas hob, beobachtete sie mich stirnrunzelnd; vielleicht erinnerte sie sich daran, wie ich mich dem Tisch genähert hatte. Sie taxierte meine Reflexe. »Ja! Sie klatschte in die Hände. »Sie sind von Callisto, hab ich Recht? Und das bedeutet ...«

Sie riss die Augen auf, hob die Brauen.

»Ja«, sagte ich gelassen. »Die Cassini-Division. Und es stimmt, ich bin Ihren Gästen bereits begegnet.« Ich zwinkerte ihr ganz leicht zu und senkte ein wenig die Finger, als ich über den Tisch nach einem Stück Brot langte. Die meisten hätten die Geste nicht einmal bemerkt. Sie aber lächelte verständnisvoll und wechselte das Thema.

*

Die so genannte Cassini-Division ... Astronomisch betrachtet ist diese Cassini-Division, die Cassinische Teilung, ein dunkles Band zwischen den Ringen des Saturn – in der astronautischen Terminologie des Heliozäns ist die Cassini-Division – ursprünglich ein Spitzname – die Ehrenbezeichnung einer wirklich finsteren Bande, nämlich einer militärischen Einsatzgruppe im Ring des Jupiter. Sie wissen Bescheid über den Ring des Jupiter – für uns aber war er lediglich eine bemerkenswerte Ingenieursleistung, eine stete Erinnerung an die Macht unserer Feinde. Der Jupiterring war unser Guantanamo, unsere Berliner Mauer. (Schlagen Sie's nach. Irdische Geschichte. Irgendwo sind die Informationen gespeichert.)

Die Cassini-Division war die Frontstreitmacht der Solaren Union, unsere kollektive Faust im Gesicht des Gegners. In unserer klassenlosen Gesellschaft kam sie einer Elite recht nahe; in unserer Anarchie war sie beinahe ein Staat; in unserem Gemeinwesen gab es dort die größten Reichtümer. Ihre Rekruten wählten sich selbst aus, doch nur wenige konnten den hohen Anforderungen genügen. Was ihre Feuerkraft betraf, hätte die Division sämtliche Staaten, die jemals existiert hatten, dem Erdboden gleichmachen können, und hätte noch immer genug Munition übrig behalten, um am Nachmittag ein paar Zielübungen zu veranstalten. Mit ihren Ressourcen hätte sie zu den Zeiten, als die Erde noch in

Privatbesitz war, alles kaufen können – und hätte noch immer genügend Kleingeld zurückbehalten, um großzügig zu spenden und unsere Menschenmacht gegen den armseligen Zorn der Götter auszuspielen.

Mit anderen Worten … die Division war dazu da, den posthumanen Menschen in den Arsch zu treten. Und das taten wir auch.

(Ja, ich bin noch immer stolz darauf.)

*

Die Südafrikanerin mochte vielleicht eigenartige Vorstellungen von Wladimir Iljitsch haben, war aber, wie sich herausstellte, eine ›alte Genossin‹. Obwohl die Internationale längst in der Union aufgegangen war, hielten die ehemaligen Mitglieder miteinander Kontakt, eine Art Freimaurergesellschaft der Veteranen. Ich hatte das stets missbilligt, hier aber gereichte es mir zum Vorteil. Die Frau stellte mich einem ihrer Freunde vor, der mich jemand anderem vorstellte, und so weiter. Aufgrund einer unausgesprochenen Vereinbarung reichten sie mich weiter, sodass ich in dem Gewühl rascher vorankam, als ich es aus eigener Kraft geschafft hätte. Anderthalb Stunden nachdem ich den Kaffee getrunken hatte, stand ich vor einer kleinen Menschenansammlung, in deren Mitte sich die Ehrengäste der Party befanden: die künstliche Frau und der Mann, der von den Sternen und von den Toten zurückgekehrt war. Fünf Jahre nach ihrer Ankunft waren sie noch immer ein Publikumsmagnet – das umso mehr, als sie nur selten auf Parties gingen und stattdessen lieber umherzogen und sich mit Zufallsbekanntschaften unterhielten.

Die künstliche Frau hieß Meg. Im Moment wirkte sie gar nicht künstlich, und ihr Körper – angeblich der Klon einer längst verstorbenen malayisch-amerikanischen Pornodarstellerin – war in mancherlei Hinsicht natürlicher als der meine. Bloß ihre Persönlichkeit war künstlich. Dabei handelte es sich um eine in jeder Hinsicht menschliche Persönlichkeit, die jedoch – wie sie stets beteuerte – einer künstlichen Intelligenz aufgepfropft war.

Somit war die kleine, gut aussehende Frau, die wenige Meter von mir entfernt mit eleganter Gestik eine Tabakzigarette rauchte, der das schwarze Haar bis auf die Hüfte fiel und die ein langes schwarzes Seidenhemd und (wenn ich mich nicht täuschte) *nichts darunter* trug, die einzige autonome AI auf Erden. Ein verstörender Gedanke, der mir zusetzte, seit ich ihr zum ersten Mal begegnet war.

Die autonome AI hatte mich noch nicht bemerkt. Sie blickte ihren Begleiter an, Jonathan Wilde, den Mann, der zurückgekehrt war. Wilde redete wie gewöhnlich; wie gewöhnlich gestikulierte er; wie gewöhnlich rauchte er Tabak, eine Unsitte, die ihm und Meg anscheinend einprogrammiert war. Er war ein großer Mann mit scharf geschnittenem Gesicht, Hakennase, lauter Stimme. Sein Akzent hatte sich verändert, klang aber immer noch fremdartig.

»... bin ich ihm eigentlich nie begegnet«, sagte er gerade, »aber ich habe ihn im Fernsehen gesehen und einige der Schriften gelesen, die er während der Herbstrevolution verfasst hat. Ich muss sagen, es überrascht mich, dass man sich überhaupt noch an ihn erinnert.« Er stockte, lächelte wehmütig. »Zumal ich vergessen wurde!«

Die Leute lachten. Es war einer von Wildes Standardscherzen – oder vielmehr einer des Menschen, dessen Kopie er war –, dass die Ideen, die er im einundzwanzigsten Jahrhundert entwickelt hatte, mittlerweile nur noch Antiquaren geläufig wären und sein Name nurmehr eine Fußnote in der Geschichte der Weltraumbewegung. Dies schmeichelte aus irgendeinem Grund seiner Eitelkeit.

Wie er so grinsend dastand, bemerkte er auf einmal mich. Er starrte mich an, als sei er vorübergehend aus dem Konzept geraten. Meg drehte sich um und lächelte mich einladend an. Wilde nickte leicht und fuhr mit seinem Diskurs fort. Ich wusste nicht, ob ich mich gekränkt oder erleichtert fühlen sollte. Als der erste Mensch, dem er nach seinem Auftauchen aus dem Wurmloch begegnet war, spielte ich eine gewisse Rolle in seinem Leben ... trotzdem wollte ich nicht, dass er dies bekannt gab und damit öffentlich machte, woher ich kam.

Meg näherte sich mir und fasste mich bei den Händen.

»Schön, Sie wiederzusehen, Ellen.«

»Ja, ebenfalls«, sagte ich, was ganz ehrlich gemeint war. Ihre Persönlichkeit mochte zwar künstlich sein, wirkte aber vollkommen authentisch. Bisweilen fragte ich mich, was sie an Wilde fand, denn ich war unempfänglich für seinen Charme.

»Was führt Sie her?«, fragte Meg.

»Es ist nicht leicht, Sie zu treffen«, sagte ich leichthin. »Da wollte ich die Gelegenheit nutzen.«

Meg lächelte. »Sie sind eine viel beschäftigte Frau, Ellen. Sie wollen etwas Bestimmtes.«

»Kann schon sein«, sagte ich. »Vielleicht können wir später darüber reden?«

Sie musterte mich mit leicht gerunzelter Stirn.

»Natürlich«, sagte sie. »Es dürfte bald ruhiger werden.«

Ich lachte. »Sie meinen, wenn Wilde mit allen gesprochen hat?«

»So in der Art.« Sie zog mich zu einem Sofa etwas abseits des Gewühls, und ich nahm neben ihr Platz. »Das ist alles ein wenig anstrengend«, meinte sie geistesabwesend. Sie rieb die bloßen Füßen aneinander und drückte ihre Zigarette aus. Der Affe hüpfte von meiner Schulter und ergriff den Aschenbecher, blickte mich mit seinen großen Augen flehentlich an. Ich schüttelte den Kopf. Er bleckte die Zähne, dann wandte er sich von mir ab und ließ sich von Meg streicheln.

Wildes erhobene Stimme:

»… seine Aussprüche zu überhöhen und einen Märtyrerpropheten aus ihm zu machen – das ist so ziemlich die einzige Irrationalität, die euch noch bleibt! Ich glaube, er hätte darüber *gelacht*!« Wilde lachte dröhnend, und die Umstehenden stimmten zögernd in sein Gelächter ein. Die Unterhaltung geriet kurz darauf ins Stocken, worauf Wilde herüberkam und sich neben mich setzte. Es war, als säßen wir am Rand eines Strudels auf einem schwimmenden Baumstamm. Ringsumher wurde weiter gefeiert; hin und wieder näherte sich uns einer der Partygäste und schwenkte wieder ab, als er kein einladendes Signal erhielt. Einige entfernten sich, die meisten aber verharrten taktvoll außer Hörweite.

Wir begrüßten einander, dann rückte Wilde von mir ab und saß nun Schulter an Schulter mit Meg.

»Nun gut, Ellen«, sagte er. »Wir stehen zu Ihrer Verfügung.« Er zündete sich eine Zigarette an, ließ sich Wodka einschenken und blickte in sein Glas. »Da waren heute schon ganz andere Drinks drin«, bemerkte er. »Das Gute am Wodka ist natürlich, dass das nichts ausmacht. Jeder Geschmack, der hinzukommt, stellt eine Verbesserung dar. Ich bin bereits betrunken. Also, wenn Sie uns etwas fragen wollen, setzen Sie die Unterhaltung …«

»Befragung.« Die alten diplomatischen Euphemismen waren mir seit jeher verhasst.

»… nur fort. Das ist die Gelegenheit.« Er lehnte sich noch weiter zurück und blickte mich herausfordernd an.

»Sie wissen schon, was ich will, Wilde«, sagte ich mit schwerer Zunge. Ich war ebenfalls angetrunken und auch ziemlich müde. Die Schwerkraft zieht einen nieder (und der Weltraum laugt einen aus, aber so ist das

Leben). »Verlangen Sie nicht von mir, dass ich es ausspreche.«

Er beugte sich vor. Sein Atem roch nach Zigarettenrauch und Alkohol.

»Keine Bange«, meinte er. »Die immer gleiche Frage. Und die immer gleiche Antwort lautet: nein. Es gibt keine Möglichkeit, Euch das zu geben, wonach Ihr nicht zu fragen wagt.«

»Warum nicht?«

Die immer gleiche Frage, die stets zu derselben Antwort führte:

»Ich werde nicht zulassen, dass Ihnen dieser Ort in die Hände fällt.«

Ich ballte die Fäuste, entspannte sie langsam wieder.

»Wir *wollen* den verdammten Ort nicht!«

»Ha!«, machte Wilde ungläubig. »Wie auch immer. Ich werde Ihnen jedenfalls nicht die Möglichkeit verschaffen, darauf zuzugreifen.«

Dann muss es eben jemand anderes tun, dachte ich. Meine Stimme klang ruhig und gelassen.

»Nicht einmal, um die Außenweltler zu bekämpfen?«

»Sie brauchen die Außenweltler nicht zu bekämpfen.«

»Sollten wir das nicht selber beurteilen?«

Wilde nickte. »Klar. Treffen Sie nur Ihre Entscheidung, ich treffe die meine.«

Am liebsten hätte ich ihn gepackt und die Antwort aus ihm herausgeschüttelt. Bedenken hätte ich keine gehabt. Meine Enttäuschung nahm zu. Hätte ich Wilde ins Vertrauen ziehen und ihm sagen können, wie rasch die Entwicklung voranschritt und die Lage sich zuspitzte, hätte er mir wahrscheinlich gesagt, was ich wissen wollte. Die Division aber vertraute ihm noch weniger als er uns. Hätte ich die volle Wahrheit gesagt, hätte dies noch weitaus schlimmere Folgen haben können. Wilde und Meg waren beide in der Hand des Feindes gewesen, waren buchstäblich Produkte des Feindes, und nicht einmal jetzt waren wir uns hundertprozentig sicher, dass sie tatsächlich bloß das waren, was sie zu sein vorgaben. Mir ging durch den Sinn, wie es wäre, wenn wir sie jemals als Ausbruch behandeln und mit einer Orbitallöschung gegen sie vorgehen müssten. Dann würde es keine Warnung, keine Evakuierung, keinen Last-Minute-Einsatz der Ökologen geben.

Das Affending sprang von Megs Arm auf meinen. Ich ließ zu, dass es auf meine Schulter kletterte, und glättete die Vertiefung in meinem Schoß. Ich schaute hoch.

»Also gut«, sagte ich. »Ganz wie Sie wollen.« Ich zuckte die Achseln, als der künstliche Pelz des künstlichen Tieres meine Wange streifte. »Tun Sie, was Sie für das Beste halten.« Ich erhob mich und lächelte beide an.

Wilde wirkte für einen Moment ratlos. Ich hoffe, mein schnelles Nachgeben hätte ihn dermaßen aus dem Gleichgewicht gebracht, dass er sich anders besinnen würde. Doch es klappte nicht. Ich würde auf meine zweite Option zurückgreifen müssen, die schwieriger und gefährlicher war und auch geringere Erfolgsaussichten hatte.

»Auf Wiedersehen«, sagte ich. »Wir sehen uns.«

Wahrscheinlich in der Hölle.

*

Ich beugte mich über das Geländer auf dem Dach der Casa Azores und blickte in die Tiefe. Der Boden lag tausend Meter unter mir. Ich hatte keine Höhenangst. Ich war schon auf höhere Bäume geklettert. Entlang des Strandes brannten Laternen, Boote schaukelten auf dem Wasser, dann kam ein Wellenbrecher; und dahinter blaugrüne Algenfelder, Fischfarmen und Tangplantagen und Meerwärmekonverter, bis zum Horizont. Luftschiffe – ob sie auf Nachtschicht waren oder mit Touristen besetzt, war nicht zu erkennen – schwebten wie silbrige Wolken darüber. Das Gebäude stand zwar mitten in dieser thermischen Kraft, bezog den Strom aber woanders her. Technisch gesehen handelte es sich um einen Carson Tower, der seine Energie von der im Mittelschacht herabfallenden kalten Luft bezog, mit der Turbinen betrieben wurden.

Es war kalt auf dem Dach. Ich drehte mich um, legte mir das Bolerojäckchen um die Schultern und schaute zum Himmel hoch. Als sich meine Pupillen geweitet hatten, machte ich inmitten der zahlreichen Orbitalfabriken, Spiegel, Lichtsegel, Satelliten und Habitate den Jupiter aus. Mit einem Fernglas hätte ich Callisto, Io und Europa sehen können – und den Ring. Dies war ein ebenso gutes Symbol für die Mächte, mit denen wir es zu tun hatten, wie jedes andere.

Unsere Feinde hatten mit einem Verfahren, das noch zwei Jahrhunderte später als *nur unvollständig verstanden* galt, Ganymed, den größten Jupitermond, zerstört. Davon zurückgeblieben war ein Ring kreisender Trümmer und Besorgnis erregender Maschinen. Außerdem gab es noch etwas weitaus Beeindruckenderes und Bedrohlicheres, das sich ursprünglich innerhalb des Rings befunden hatte, sich mittlerweile aber deutlich außerhalb befand, nämlich einen sechzehnhundert Meter breiten Riss im Raum-Zeit-Kontinuum, ein Wurmloch, eine Brücke zu den Sternen.

Vor zwei Jahrhunderten waren uns die Außenweltler – Menschen wie wir, die sich mit uns nur wenige Jahre zuvor in der stickigen Enge primitiver Weltraumhabitate über Politik gestritten hatten – sehr unähnlich geworden: posthuman und übermenschlich zugleich. Sozusagen gottähnliche Menschen. Der Ring und das Tor waren ihr Werk.

Auf den Triumph folgte die Nemesis. Ihre beschleunigten Bewusstseine stießen entweder an eine Grenze, oder sie wurden erleuchtet oder schweiften einfach bloß ab. Die meisten lösten sich auf, andere trieben in die Jupiteratmosphäre, wo sie wieder einen gewissen Kontakt zur Realität herstellten.

Mit uns nahmen sie einige Jahre später Kontakt auf, und zwar in Form von funkübermittelten Informationsviren, mit denen sie uns zwar nicht besiegten, die aber jeden Computer im Sonnensystem zum Absturz brachten. Das dunkle zweiundzwanzigste Jahrhundert kam über uns wie Nieselregen.

Die Menschheit überstand die Herbstrevolution, den Grünen Tod und den Großen Crash und hatte zum Ende des dunklen Jahrhunderts eine tiefe Abneigung gegen das kapitalistische System (das die Herbstrevolution hervorgebracht hatte) verinnerlicht, gegen die Grünen (die am Crash schuld waren) und gegen die Außenweltler (die für den Crash verantwortlich waren und deren Virenprogramme die elektronische Datenverarbeitung und die Kommunikation nach wie vor bestenfalls zu einem Glücksspiel machten).

Das kapitalistische System war abgeschafft, die Grünen waren verschwunden, und die Außenweltler ...

Mit den Außenweltlern musste man sich noch befassen.

*

Ich vergewisserte mich, dass ich auf dem Dach allein war. Die kalten, flötenartigen Trichter der Carson-Anlage atmeten unablässig seufzend die Luft ein, die niedergeschlagene Feuchtigkeit bildete Rinnsale. Ich begab mich in ihren Schatten und wandte den Blick vom tief stehenden Jupiter zum Mond. Ich hockte mich hin, breitete achtlos das Kleid aus, kraulte den Affen am Kopf und flüsterte ihm etwas ins Ohr.

Der Affe verschmolz nach und nach mit der Jackenschulter, dann flossen Kleid und Jacke wie Quecksilber ineinander und formten sich zu einer drei Meter durchmessenden Antennenschüssel um, in deren Mitte ich hockte, den Kopf von einem feinen Netz bedeckt, das sich aus dem mittlerweile verschwunden Kragen gebildet hatte. Im Mittelpunkt der Antenne bildete sich ein dünner Fortsatz. Drähte breiteten sich aus, suchten nach Energiequellen, die sie in Sekundenschnelle auch fanden. Um mich herum summte der transformierte Weltraumanzug.

»Die Antwort lautet nach wie vor nein«, sagte ich. »Ich gehe zur zweiten Option über.«

»Gebündelte Nachricht verschickt«, sagte der Anzug. »Wurde vom Lagrange-Relais bestätigt.«

Und das war's. Die Empfänger der Nachricht wussten, was mit ›zweiter Option‹ gemeint war. Sonst niemand. Ich sollte bei meiner Mission nicht bloß Funkstille bewahren; ich war vor allem deshalb persönlich hierher gekommen, weil wir nicht einmal der mündlichen Kommunikation trauen konnten. Der gebündelte Funkspruch würde von einem Laser aufgefangen und weitergeleitet werden, was den Vorteil hatte, dass die Jupiteraner weder stören noch mithören konnten. Er würde an unser Schiff gesendet werden, an die *Terrible Beauty*, die sich im Moment auf der anderen Erdseite befand, und von dort zum Divisionsstützpunkt auf Callisto. Von Callisto würde in wenigen Stunden eine knappe Empfangsbestätigung eintreffen. Ich hatte nicht vor, darauf zu warten. Ich richtete mich auf und befahl dem Anzug, seine frühere Form einzunehmen. Als sich das Kleid wiederhergestellt hatte, versetzte ich es unnötigerweise in Drehung und wirbelte unmittelbar in jemandes Arme. Ich taumelte zurück und stellte fest, dass ich gegen Stephan Vrij, den Fotografen, geprallt war.

Einen Moment lang musterten wir einander schweigend.

»Was Sie sehen, wenn Sie die Kamera nicht dabei haben«, sagte ich.

»Ich bin Ihnen nicht gefolgt«, meinte er verlegen. »Ich habe mich bloß umgeschaut. Das gehört zu meinem Job. Die Leute treiben hier nach einer Party immer verrückte Sachen.«

»Können Sie den Vorfall vergessen?«, fragte ich.

»Klar«, sagte er und wandte den Blick ab.

»Dann verspreche ich Ihnen, Sie zu vergessen.« Ich fasste ihn bei der Hand. »Kommen Sie. Ich habe schon eine Menge Drinks intus, und Sie haben noch gar nichts getrunken, hab ich Recht?«

»Stimmt«, sagte er verwirrt, während ich ihn zielstrebig zum Aufzug zerrte. Ich grinste ihn an.

»Kennen Sie eine bessere Methode, den Abend ausklingen zu lassen?«

»Da könnten Sie Recht haben«, meinte er.

»Sie haben mich nicht verstanden«, sagte ich. »Ich hatte gehofft, *du* …«

Lachend begaben wir uns zu seinem Zimmer.

Bist du unter Menschen oder hast Menschen bei dir zu Gesellschaft, und es gelüstet dich nach ihrem fremden Leib, geh hin und erfreue dich an ihnen und zeuge Söhne und Töchter mit ihnen, auf dass dein Volk sich auf dem Land ausbreiten und deine Kinder den Himmel besiedeln mögen.

So steht es im Buch Jordan geschrieben. *Genetik*, Kapitel 3, Absatz 8.

*

Ich erwachte in einem bequemen, wenn auch zerwühlten Bett. Stephan Vrij schnarchte friedlich an meiner Seite. Wir waren beide nackt, und ich lag unter einer Steppdecke. Als ich ihn zudeckte, wälzte er sich auf die andere Seite.

Dem Winkel des einfallenden Sonnenscheins nach zu

schließen war es Vormittag. Das Zimmer bestand aus einem Material, das wie Kiefernholz aussah und auch so roch, jedoch nicht aus Brettern, die zusammengenagelt oder -geklebt worden waren (was, wie ich später herausfand, auf der Erde durchaus noch bei manchen Leuten üblich ist, und zwar nicht deshalb, weil sie dazu gezwungen wären, sondern weil sie die Zeit haben, derartigen Launen nachzugehen). Das Material war vielmehr an Ort und Stelle gewachsen, die Wände und der Boden gingen nahtlos ineinander über, und die Versorgungskabel sprossen wie Kletterpflanzen aus Astlöchern hervor. An den Wänden hingen glänzende Schwarzweißbilder von Menschen, Landschaften und dem Meer. Sie wirkten detailgenau und präzise, wie Fotos, sah man von der fehlenden Farbe einmal ab. Auf den niedrigen Sesseln, auf dem Tisch und auf dem Boden war eine erstaunliche Vielzahl unterschiedlichster Damenunterwäsche verstreut. Entweder ich oder der Smart-Suit hatte da wohl angegeben. Meine Erinnerung an den Abend war verschwommen, aber angenehm.

Ich lag eine Weile ruhig da, lächelte vor mich hin und hoffte, ich wäre schwanger. Kurz vor Ausbruch eines Krieges wäre das ziemlich pervers gewesen – normalerweise wird man erst hinterher schwanger –, aber dieser Krieg würde vorbei sein, ehe die Schwangerschaft sichtbar würde. Falls wir siegten, würde ich für längere Zeit nicht mehr auf die Erde kommen, und wir brauchten so viele frische Gene, wie wir nur kriegen konnten. Und falls wir verloren … aber darüber brauchte ich mir keine Gedanken zu machen.

Ich wälzte mich aus dem Bett, sammelte die Einzelteile auf und befahl ihnen, sich zu Wanderkleidung zusammenzusetzen, ausgenommen ein, zwei Teile, die ich als Unterwäsche anbehalten wollte. Nicht dass ich in einem Raumanzug aus intelligenter Materie Unterwäsche benötigt hätte, aber sie war hübsch. Das galt in gewisser Hinsicht auch für die Shorts, die Socken, die Stiefel und den Rucksack, als sie vor mir auf dem Boden lagen. Der Anzug hatte eben einen guten Geschmack.

Das Apartment war ganz normal eingerichtet, sodass ich keine Mühe hatte, das Frühstück zu bereiten. Ich brachte es ins Bett, und wir verspeisten es und liebten uns ein letztes Mal. Stephan machte ein paar Fotos von mir, ich versprach ihm erneut, ihn zu vergessen, dann sagten wir einander Lebewohl.

Vermutlich hat er mich inzwischen vergessen, ich aber stelle mir gerne vor, dass jemand Fotos von mir besitzt.

*

Auf der Bodenebene war es heiß. Die Sonne stand hoch am Himmel, so groß und hell, dass ich sie mit geschlossenen Augen sehen konnte, und so heiß, dass mir die Haut wehtat. Sogar die Luft war heiß. Auch davon erfährt man vorher nichts.

Zwischen dem Turm und dem Strand standen ein paar niedrige Gebäude. Geschäfte und Lagerhäuser mit Ausrüstung für die Leute, die auf den Algenfeldern arbeiteten oder am Strand spielten, Erfrischungsbuden, Esslokale und so weiter. Ich schlenderte die Küstenstraße entlang und hielt Ausschau nach einem Geschäft für Touristen.

Nackte kleine Kinder tollten lärmend umher, rannten vom Turm zum Strand und wieder zurück. Etwas ältere Kinder lümmelten im Schatten und lauschten Erwachsenen oder Halbwüchsigen, die vor einem Flipchart oder einer Maschine einen Vortrag hielten; hin und wieder erhob sich ein Kind, nickte dem Lehrer höflich zu und machte sich dann an irgendeine Beschäftigung.

Zwei Kinder beaufsichtigten den Touristenladen. Das Geschäft war leicht zu erkennen, denn es handelte sich um eine primitive Konstruktion aus Meeresbeton und Plastik und etwas, das wie Treibholz aussah, wobei es sich vermutlich aber um Abfälle von Synthetikholz handelte. Als ich mich unter dem Baldachin aus Meeresseide hindurchduckte, sagte ich mir, dass das Material wohl stabiler war, als es aussah. Dann stand ich blinzelnd im kühlen, schattigen Ladeninneren.

An den Wänden standen Regale, voll gestopft mit all den Sachen, die Touristen begehrten. Alte Blechbüchsen mit Gold- und Silbermünzen, neue Plastikkästen mit Munition, haufenweise geölte Waffen, Hüte, Halstücher, Stiefel. Von der Decke hing unterschiedlichste Freizeitkleidung: weite Strandkleider, Anzüge aus Robbenfell, T Shirts und Frotteekleider. Anscheinend gab es mehr Verwendungszwecke als Touristen. Ich war im Laden allein, abgesehen von dem Jungen und dem Mädchen, die hinter der Theke vor einem Schachbrett saßen.

Der Junge blickte mir entgegen. »Hi«, sagte er und winkte mir zu. »Schauen Sie sich ruhig um. Wenn Sie etwas brauchen, das nicht vorrätig ist, wenden Sie sich an uns.« Er lächelte geistesabwesend und wandte sich wieder dem Schachbrett zu.

Ich wühlte in den klimpernden Dollars, Rubeln, Markstücken, Pfund- und Yenmünzen, bis ich sechzig Gramm Gold und hundert Gramm Silber beisammen hatte, alles in möglichst kleinen Münzen. Am Waffenregal wählte ich eine 45er Automatik und ein Dutzend Ladestreifen aus. Proviant und andere Konsumgüter konnte ich überall bekommen, und der Anzug hatte bessere Stiefel und Socken hergestellt, als hier vorrätig waren. Einem auf fallenden Taschenmesser mit rotem Griff und eingelassenem Metallkreuz mit Wappen konnte ich allerdings nicht widerstehen. Es hatte zwei Klingen und eine Menge raffinierter Werkzeuge. Die meisten davon würde ich brauchen können.

Ich verabschiedete mich von den Kindern, versprach,

alles weiterzugeben, was ich nicht brauchen würde (das Messer nahm ich im Geiste dabei aus), und trat in den blendend hellen Sonnenschein hinaus. Gleich darauf machte ich wieder kehrt und wählte noch eine Sonnenbrille aus. Das Gelächter des Mädchens begleitete mich nach draußen.

Jetzt, da ich nicht mehr die Augen zusammenkneifen musste, war es leicht, von der Flugbahn der Luftschiffe, Ultraleichtflugzeuge und Hubschrauber auf die Lage des Flughafens zu schließen. Ich folgte ein paar Meilen weit der Küstenstraße, dann hatte ich ihn erreicht. Unterwegs hielten mehrere Wagen an, um mich mitzunehmen, doch ich lehnte jedes Mal ab. Trotz der Hitze, der Schwerkraft und der momentweisen Desorientierung, die immer dann auftrat, wenn ein konservativer Teil meines Gehirns zu dem Schluss gelangte, der Horizont könne unmöglich so weit entfernt sein, musste ich mich daran gewöhnen, mich im Freien zu bewegen; und nach einer Weile machte es mir erstaunlicherweise sogar Spaß. Der Meereswind führte den vertrauten Geruch der Algenplantagen mit sich, die fernen Konverter schimmerten und summten, die nahen Wasserflächen mit dem künstlichen Riff funkelten, und die Schwimmer und die Leute auf den Booten johlten ausgelassen.

Der Airport lag auf einer Landzunge, die einige hundert Meter ins Riff hinausragte. Luftschiffe schwoiten an den Masten, dazwischen summten Helikopter und Ultraleichtflugzeuge umher. Über ihnen zerrten die für die Beförderung größerer Lasten vorgesehenen Nurflügelflugzeuge aus Diamantgewebe wie Riesendrachen an den Vertäuungen. Ich war mit einem solchen Nurflügelflugzeug vom Raumhafen in Guinea hergeflogen und würde wohl auch wieder mit einem wegfliegen müssen. Ich wäre gern mit einem Luftschiff geflogen, aber das hätte zu lange gedauert. Ich wusste nicht, wie viel Zeit mir noch blieb, aber bis zur Deadline, dem Moment des Zusammenstoßes, blieben nur noch knapp drei Wochen. Ich musste meine Aufgabe vorher abschließen.

Kurz vor dem Flughafenzaun blickte ich mich zur Casa Azores um. Von hier aus war sie zwar zu sehen, aber nicht zu überblicken. Hundertfünfzig Meter an der Basis durchmessend, verjüngte sie sich in einem Kilometer Höhe bis auf hundert. Die von Gleiter-Ports und wie Eis funkelnden Fensteröffnungen durchbrochene Gebäudefassade wirkte aufgrund der Kletterpflanzen und Hängegärten nahezu natürlich. Erbaut und gewartet von Quadrillionen von organisch hergestellten Nanomaschinen, war das Gebäude beinahe ebenso einzigartig wie ein Baum und wesentlich effizienter. Die Lebensweise, die es zusammen mit den umliegenden Aquakulturen ermöglichte, war mir fremd, doch ich arbeitete gern für ihren Schutz. Es gab hier eine Menge interessante Arbeit und viele interessante Freizeitbeschäftigungen; abenteuerliche und auch ganz normale. Was es nicht gab, konnte man mit vergleichsweise geringem Zeit- und Arbeitsaufwand nanotechnisch selbst herstellen.

Die geringe Zahl der Funkmedien und die Schwierigkeiten der Real-Time-Kommunikation waren die einzigen Einschränkungen, die von der Zeit vor der Herbstrevolution und dem Großen Crash geblieben waren. Wir hatten versucht, das Beste daraus zu machen. Alle möglichen Unterhaltungsmedien und das gesamte Wissen von dreißig Milliarden Menschen war (endlich) über Kabel verfügbar, dazu kamen zahllose umherreisende Unterhaltungskünstler, Forscher und Dozenten. Der Mangel an Medienstars wurde vom Überraschungsmoment mehr als aufgewogen.

Im ganzen inneren Sonnensystem – auf der Erde, in Erdnähe, in Lagrange, auf dem Mond, dem Mars und im Asteroidengürtel – wurden ähnliche Lebensweisen gepflegt. Kulturen und Sprachen waren vielfältiger denn je, doch das ihnen zugrunde liegende System war überall das gleiche. In schwebenden Städten, in treppenförmigen künstlichen Bergen, in Türmen wie diesem, in unterirdischen Städten und in Eishöhlen hatten die meisten Menschen diesen Lebensstil übernommen: Er war schlicht, selbstversorgend, energiesparend und ökologisch.

In materieller wie psychologischer Hinsicht handelte es sich um eine nachhaltige Lebensweise, eine hoch entwickelte Gemeinschaft der menschlichen Spezies, die natürliche Umgebung eines intelligenten Tieres, die dieses sich nach vielen Wirren selbst erschaffen hatte. Wir nannten diese Epoche das Heliozän. Dem Namen nach war sie auf die Sonne beschränkt, doch im Prinzip gab es keinen Grund, weshalb sie die Sonne nicht überdauern und sich zu allen Sonnen am Himmel ausbreiten sollte.

Mit unseren Sonnenspiegeln kontrollierten wir die Polkappen. Die Vergletscherung und das große Artensterben des Pleistozäns waren Vergangenheit; die längst überfällige nächste Eiszeit würde niemals kommen. Mit unseren weltraumgestützten Lasern und Atomwaffen schützten wir die Erde vor Zusammenstößen mit Asteroiden. Aus der DNS von Museumsexponaten erweckten wir ausgestorbene Tierarten wieder zum Leben. Bald würden wir den Milankovich-Effekt beherrschen. Wir befanden uns in Sicherheit.

Kein Wunder, dass es hier so wenige Touristen gab: Wer wollte einen solchen Ort schon verlassen? Seufzend und mit einem leichten Schauder wandte ich mich zum Eingangstor des Flughafens.

2

Nach London

SCHLIESSLICH KAM ICH DOCH NOCH ZU MEINER REISE im Luftschiff. Die Nurflügelflugzeugroute führte mich bis nach Bristol, in eine Stadt, die zwar kein Handelszentrum mehr war, aber noch immer ein Umschlaghafen für den Atlantikverkehr. Die Altstadt mit den Docks war noch recht gut erhalten, doch an den Kais, an denen früher einmal Zucker (im Austausch gegen und angebaut von Sklaven) verladen worden war, hatten heute nurmehr Sportboote festgemacht. Die Neustadt war im modischen aztekischen Pyramidenstil gehalten, mit einer vorspringenden Luftanlegestelle in halber Höhe. Wir landeten dort um ein Uhr mittags, nachdem wir um elf von Graciosa gestartet waren. Ich hatte das Glück, den zweiten Londonflug des Tages zu erwischen. Um halb zwei startete die Maschine und sollte gegen sechs in Alexandra Port eintreffen. So ist das eben, wenn man innerhalb der Atmosphäre reist.

Auch das Wetter spielt dabei natürlich eine Rolle. Als ich aus dem Lift aufs Dach hinaustrat, fielen große Wassertropfen vom Himmel. Ich holte ein Kapuzencape aus dem Rucksack – auch dies natürlich ein Teil des Anzugs – und zog es an. Geschützt von der Kapuze, fiel es mir leichter, mich umzuschauen. Das Dach war fast so groß wie ein kleiner Park, und es sah darauf auch so ähnlich aus – abgesehen von den Hügeln in der Ferne und den eigentümlichen visuellen Effekten, die auf den Regen zurückzuführen waren, hätte ich mich auch unter einem städtischen Kuppeldach befinden können. Ich schritt über den Rasen, vorbei an tropfenden Bäumen und Büschen, bis zu dem Pylon in der Mitte, an dem ein kleines, buntes lenkbares Luftschiff festgemacht hatte. Außer mir waren auch noch andere Leute dorthin unterwegs; insgesamt stiegen mehrere Dutzend die Wendeltreppe hoch und überquerten die Gangway zur Schiffsgondel. Die anderen Passagiere waren ähnlich wie ich gekleidet, hatten aber zumeist mehr Gepäck dabei. Während wir unsere nassen Sachen ausschüttelten und Platz nahmen, entnahm ich den aufgeschnappten Gesprächsfetzen, dass die meisten ernsthafte Ökotouristen waren – oder sich jedenfalls dafür hielten – und sich ernsthaft für Naturgeschichte oder Stadtarchäologie interessierten. Nur wenige aber hatten der Verlockung widerstanden, eine Angelrute oder ein Gewehr mitzunehmen. In London konnte man angeblich hervorragend jagen und fischen.

Die Sitze waren eher wie in einem Zimmer denn wie in einem Flugzeug angeordnet, doch ich hatte keine Mühe, einen Fensterplatz zu bekommen. Das Luftschiff legte planmäßig ab, stieg hoch über die Wolken auf und schwebte über sie hinweg. Nachdem ich eine halbe Stunde lang auf Laubwälder hinabgeschaut hatte, die nur von einigen wenigen alten Straßen und neuen Gebäuden aufgelockert wurden, stand ich auf und erkundigte mich bei den Fahrgästen, was sie trinken wollten, dann begab ich mich in die Bordküche und bereitete die Getränke.

Während der Kaffee zubereitet wurde, gesellte sich eine Frau zu mir, die sich als Suze vorstellte. Sie war klein und braunhaarig und hatte haselnussbraune Augen und dunkle Haut. Sehr englisch. Ihr Alter entsprach in etwa ihrem Aussehen.

»Wussten Sie schon«, sagte sie, als wir Kaffee in große und Tee in kleine Tassen einschenkten, »dass das im alten System mal eine Vollzeitbeschäftigung war?«

»Was meinen Sie?«

»Das Servieren von Getränken.«

Das war mir nicht neu.

»Tatsächlich?«, sagte ich. »Warum hat man das getan? Hat es … den Leuten Spaß gemacht?«

»Nein«, erwiderte sie ernsthaft, »sie taten das, um zu überleben.«

Ich deutete auf ein Tablett mit Sandwiches. »Heißt das, sie hatten nichts anderes zu essen?«

»Nein, nein, ich wollte damit sagen …«

Auf einmal lachte sie. »Sie ziehen mich doch auf, oder?«

»Ja«, sagte ich. »Dann wollen wir doch mal sehen, ob wir das nicht besser hinkriegen als die Lohnsklaven, was meinen Sie?«

Als wir die anderen Fahrgäste bedient hatten, holten wir unsere eigenen Tabletts. Da Suze ebenfalls allein reiste, lud ich sie ein, sich neben mich zu setzen. Wir unterhielten uns beim Essen.

Es war unhöflich, Sitznachbarn nach ihrer Beschäftigung und ihrem Reiseziel zu fragen. Man musste Umschweife machen und sich seine Neugier verkneifen, wenn sie nicht von selbst darauf zu sprechen kamen.

»Weshalb haben Sie gerade eben die Bemerkung über das alte System gemacht?«, fragte ich.

»Gegenwärtig bin ich Soziologin«, erklärte Suze.

Ich durchforschte mein Gedächtnis nach dem ungewohnten Wort.

»Dann erforschen Sie die Gesellschaft?«

Sie nickte. »Ja, bloß gibt es nicht mehr viel zu erforschen.«

»Wie meinen Sie das?«

»Schauen Sie sich doch mal um.« Sie schwenkte die Hand. »Wenn man heutzutage die Gesellschaft erforschen will, was findet man da?«

Die Frage war rhetorisch gemeint, doch ich war aufrichtig gespannt auf die Antwort.

»Es ist alles so *offensichtlich*, so transparent«, fuhr sie fort. »Vom Alter von fünf Jahren an wissen wir, wie alles funktioniert. Es gibt einfach keine Geheimnisse mehr. Hinter den Kulissen ist nichts mehr verborgen, weil es keine Kulissen mehr gibt, verstehen Sie?«

»Ja, sicher«, sagte ich und dachte: *Ha! Was weißt du schon, Mädchen!* »Und welche Gesellschaft erforschen Sie dann, wenn nicht Ihre eigene?«

»Ich erforsche das alte System«, antwortete Suze, »und dabei erfahre ich interessante Dinge. Manchmal muss ich einfach mit anderen Leuten darüber reden. Außerdem lassen sich so Gespräche anknüpfen.«

Ich schnaubte. »Ja, ein prima Trick«, sagte ich. »Man kann über fast alles, was man tut, mit anderen reden. Wussten … Sie … dass die Menschen zu Zeiten der Lohnarbeit tagtäglich dieser Beschäftigung nachgehen mussten, wenn sie *nicht verhungern wollten*?«

Sie lachte über meinen ironischen Tonfall und meine großen Augen. Anschließend wetteiferten wir darum, eine Beschäftigung zu finden, auf die diese Behauptung nicht zutraf, doch unser Einfallsreichtum und unsere dunklen Phantasien reichten dazu nicht aus.

»Wie dem auch sei«, meinte sie schließlich, »jedenfalls ist es irgendwie faszinierend.« Sie musterte mich, als wüsste sie nicht so recht weiter. »Dem Kapitalismus war eine Art … Eleganz zu eigen. Das Problem dabei ist, dass die alten Leute – bitte verstehen Sie mich bitte nicht falsch! – die Vergangenheit nicht sonderlich gut erklären können, weil sie sie so gehasst haben, und die alten Bücher …« Sie zuckte seufzend die Achseln. »Daraus wird man einfach nicht schlau. Da stehen überall Gleichungen drin, als wär's reine Wissenschaft, aber sieht man sich die Annahmen genauer an, dann denkt man, aber Moment mal, das kann doch nicht stimmen, wie hat das bloß funktioniert? Jedenfalls«, fuhr sie energischer fort, »ist das die einzige interessante soziologische Frage, die noch unbeantwortet ist.« Sie blickte aus dem Fenster, dann beugte sie sich vor und senkte die Stimme. »Deshalb fliege ich nach London«, vertraute sie mir an. »Um mit Menschen zu sprechen, die nicht der Union angehören.«

Daraufhin lehnte sie sich zurück und sah mich an, als fürchtete sie, mich schockiert zu haben. Ich brauchte ihr nichts vorzumachen – mein Interesse war nicht geheuchelt. Natürlich hatten wir ein Netzwerk von Agenten und zahlreiche Kontakte im Gebiet von London, und auf die alten Genossen war stets Verlass – meine Mission aber war zu geheim, als dass ich Suze hätte einweihen können. Niemand wusste von meiner Ankunft und von meinen Absichten, doch es würde sich nicht länger vermeiden lassen, dass Informationen durchsickerten. Ich hatte erwartet, dass ich aufgrund von hastig angelernten und möglicherweise veralteten Daten agieren müsste.

Jetzt auf einmal bot sich mir eine Fremdenführerin an. Möglicherweise ein glücklicher Zufall! Oder etwas ganz anderes, wenn ich denn unbedingt paranoid sein wollte. Ihre Bemerkung, es gebe keine Geheimnisse mehr, war zu durchsichtig, als dass es sich um einen Bluff handeln konnte, falls sie irgendwelche Geheimnisse hatte (abgesehen von ihren – in den Augen anderer Leute – geschmacklosen Interessen), wäre sie kaum auf das Thema zu sprechen gekommen. Außerdem war sie zu jung …

Ich musterte sie und bemühte mich, meine Hintergedanken und geheimen Absichten zu verbergen. Im

Laufe der Jahrzehnte und Jahrhunderte verliert man den Sinn für Geheimniskrämerei. Die Division war nicht die Union, wohl wahr, doch auch unsere Politik war abgestumpft und so zu sagen verwittert, so wie eine Kanone in feuchtem Gelände allmählich verrostet – unsere gesamte Feuerkraft war nach außen gerichtet.

Ob sie nun zufällig oder aufgrund des Wirkens der geheimen Kräfte, deren Vorhandensein sie so naiv leugnete, an Bord des Luftschiffs war, jedenfalls beschloss ich, mir diese Gelegenheit nicht entgehen zu lassen. War sie harmlos, würde sie mir wertvolle Kontakte und Informationen verschaffen – war sie es nicht, war dies die einzige Möglichkeit, mir Gewissheit zu verschaffen.

Deshalb sagte ich: »Hm, das ist ja interessant. Kennen Sie viele Nicht-Kooperateure?« (Das war eine höfliche Umschreibung; sonst nannte man sie auch ›Parasiten‹, ›Schweine‹, ›Abschaum‹ und – ausgesprochen voller Hohn und einhergehend mit einem angedeuteten Ausspucken – ›Banker‹.) Es galt als zulässig, sie mit Münzen für ihre seltsamen Fertigkeiten und exzentrischen Nanogeräte zu bezahlen und sie als Fremdenführer zu engagieren – die meisten Menschen schreckten jedoch vor jedem engeren Kontakt zurück, als ob die NiKos eine unsichtbare ansteckende Hautkrankheit gehabt hätten.

»Einige schon«, antwortete sie erleichtert. »Ich studiere die Handelsbeziehungen im Themse-Tal, wissen Sie.«

»Handelsbeziehungen?«

»Die meisten Leute glauben, die NiKos lebten davon, die Union zu bestehlen, aber das ist bloß ein Vorurteil.« Sie schnitt eine Grimasse; sie hatte noch immer die Stimme gesenkt, als wollte sie vermeiden, dass andere Passagiere unsere Unterhaltung belauschten. »In Wirklichkeit sind sie weitgehend selbstversorgend. Sie stellen allerlei Dinge her und tauschen sie untereinander, entweder direkt oder mit kleinen Metallgewichten als Währung. Das ist der Grund, weshalb sie von Touristen nur Metallgewichte entgegennehmen.« Suze lachte. »Damit wäre ich schon wieder beim Thema. Aber das ist Ihnen ja sicherlich alles schon bekannt.«

»Theoretisch ja«, räumte ich ein, »aber es wäre doch interessant zu sehen, wie es in der Praxis funktioniert.

*

Isambard Kingdom Malley war Physiker gewesen. Er arbeitete die Universaltheorie aus. Die finalen Gleichungen. Als ich noch jung war, trug man T-Shirts mit den aufgedruckten Malley-Gleichungen. Zumindest die Gleichungen waren elegant gewesen.

Malley wurde 2039 geboren, also war er sechs Jahre alt, als die Herbstrevolution stattfand. Seine Theorie wurde in den 2060ern geboren; auf den Untergang des US/UN-Imperiums folgte eine kurze Periode der rasanten technologischen Entwicklung und des wissenschaftlichen Fortschritts. Seine letzte, moderat klassische Veröffentlichung trug den Titel *Raum-Zeit-Manipulation mit nichtexotischer Materie*, Malley, I. K., Phys. Rev. D 128 (10), 3182 (2080). Damit rückten ein quanten-chaotisches Wurmloch und der vakuum-fluktuierende virtuelle Massenantrieb erstmals in den Bereich des Möglichen. Im berühmten ›Anhang II: Anmerkungen zur praktischen Umsetzung‹ wurden einige Probleme angesprochen, die dem Bau des Tores und des Antriebs entgegenwirkten. Unter anderem erklärte er, man benötige dazu das Milliardenfache der derzeit verfügbaren Rechenkraft.

Eine Woche nach Erscheinen des Artikels wurde die Zeitschrift von der für das örtliche Fragment der Ehemaligen Vereinigten Staaten zuständigen Gang wegen

›unbiblischer physikalischer Spekulationen‹, ›Blasphemie‹ und (einigen Quellen zufolge) ›Hexerei‹ verboten. Es entbehrt nicht einer gewissen tragischen Ironie, dass die Arbeit, die den Weg zu den Sternen wies, in der letzten Ausgabe der Zeitschrift erschien: der Westen setzte gerade zu neuen Höhenflügen an, als der Zerfall schon eingesetzt hatte.

Dreizehn Jahre später bauten die Außenweltler das Wurmlochtor und schickten ihre interstellare Sonde bis ans Ende von Raum und Zeit. Dass sie das erwartete Ziel niemals erreichte – dass sie stattdessen immer weiter flog und weitgehend unverständliche Daten aus einer unvorstellbaren Zukunft übermittelte –, widerlegte Malleys Universaltheorie, die auf dem bislang unantastbaren kosmologischen Standardmodel des geschlossenen Universums gründete. Gleichwohl gab es bis jetzt keine bessere Theorie als die von Malley. Sie passte zu sämtlichen Daten, mit Ausnahme der unbestreitbaren Tatsache der Sonde. Innerhalb der Beschränkungen unserer Ingenieurskunst funktionierte die Theorie nach wie vor. Bislang hatte niemand besseren Ersatz geschaffen. (Dies gab mir schwer zu denken. Bisweilen fand ich, es werfe ein schlechtes Licht auf unsere Gesellschaft: Vielleicht war ja doch eine gewisse gesellschaftliche Unsicherheit vonnöten, um Genies hervorzubringen. Möglicherweise standen unsere Chancen, die Grundlagen der Physik fortzuentwickeln, ebenso schlecht wie die der ehemaligen Bewohner der Pazifikinseln, die Dampfmaschine zu erfinden. Oder aber – der Gedanke wiederum erfüllte mich mit Hoffnung – ein Newton, ein Einstein oder ein Malley wurde eben nicht alle Tage geboren.)

Ich vermute, dass Malley sich den Außenweltlern angeschlossen hätte, wenn er in den Weltraum gelangt wäre, doch dazu kam es nicht. Amerikas letzte Startrampen wurden bereits vom Mob gestürmt, der glaubte, die Raketen zerstörten die Ozonschicht oder bohrten Löcher in die Kristallsphären des göttlichen Firmaments. Er floh von Amerika nach Japan und kehrte zur Zeit des Grünen Todes wie ein Don Quichotte wieder nach England zurück, wo er das Beste aus seinen enormen Fähigkeiten und den schwindenden Ressourcen machte und als Medizinmann arbeitete, Antibiotika und Antigeriatrika an abergläubische Siedler und nostalgische Flüchtlinge verteilte und furchtsamen Halbwüchsigen, die dies wohl als weiteren Initiationsritus auffassten, wenn sie überhaupt eine Ahnung hatten, was da mit ihnen passierte, den Telomer-Hack verpasste. Es war bekannt, dass er das Jahrhundert der Barbarei überlebt und an den Wahlen teilgenommen hatte, mit denen der Kapitalismus offiziell abgeschafft und die Solarunion gegründet wurde. Offenbar hatte er gegen die soziale Revolution gestimmt, denn im nachfolgenden Jahrhundert des weltweiten Commonwealth hatte er sich als unverbesserlicher Nicht-Kooperateur in die Londoner Wildnis zurückgezogen.

Jetzt waren wir auf seine Hilfe dringend angewiesen.

*

Malley befolgte anscheinend das epikureische Gebot ›Lebe im Verborgenen‹. Suze hatte noch nicht einmal gerüchteweise von ihm gehört.

»Soll ich Sie ein Stück begleiten?«, schlug sie vor. »Ich könnte Ihnen bei der Orientierung helfen, und Sie könnten … also, ehrlich gesagt, gibt es da Orte, die ich lieber nicht allein erkunden möchte.«

»Ja, das wäre mir sehr recht«, antwortete ich. »Das ist wirklich sehr nachbarschaftlich von Ihnen, Suze.«

Mit einem strahlenden Lächeln fragte sie: »Wie wollen Sie ihn ausfindig machen? Haben Sie eine Ahnung, wo er lebt? Und warum wollen Sie überhaupt mit ihm sprechen? Wenn Sie mir die Frage gestatten.«

Ich kratzte mich am Ohr und sah aus dem Fenster. Wir flogen wieder über einer tief hängenden Wolke, und zu unserer Linken tauchte durch das blendende Weiß hindurch allmählich eine Stadt auf. »Der Swindon Tower«, bemerkte Suze. Vor uns schmiegte sich der Schatten des Luftschiffs wie ein Plattfisch den Konturen der Wolken an. Ich wandte mich wieder Suze zu.

»Nein, fragen Sie ruhig«, sagte ich. »Antworten werde ich Ihnen, wenn wir allein sind. Dann wird es an Ihnen liegen, ob Sie mich begleiten wollen oder nicht.«

»Das geht in Ordnung«, meinte sie.

»Erzählen Sie mir, was Sie über London herausgefunden haben«, sagte ich, und sie kam meiner Bitte bereitwillig nach.

*

Als sie fertig war, hatten wir London fast erreicht. Wir blickten auf die Wälder und Sümpfe nieder, auf die Ruinen, die verfallenen Straßen und die ehemaligen Hauptverkehrsadern, an deren Kreuzungen Rauch aus den Schornsteinen der dicht zusammengedrängten Häuser aufstieg. Suze deutete aufgeregt auf die Orientierungspunkte: die Staumauer weit im Osten, eine einsame Linie silbriger Punkte in der Überschwemmungsebene der Themse; Hyde Park mit der historischen Speaker's Corner, wo das Mahnmal des Unbekannten Sozialisten hundert Meter über die Baumwipfel aufragte und mit dem Hochmut des Siegers auf die verfallenen oder verfallenden Hochhäuser der City blickte; und als das Luftschiff wendete und allmählich zu sinken begann, auf unser Ziel, die stolzen Masten von Alexandra Port.

Beim Anblick von Alexandra Port sträubten sich mir die Nackenhaare. Der Flughafen war früher eine Hochburg der Weltraumbewegung gewesen, der gemeinsamen Ahnin der Außenweltler und unserer Division; es lebten noch Menschen, deren Reise in den Weltraum in überfüllten Sälen begonnen hatte, in denen sie auf eine Luftschiffverbindung zu den Startrampen in Guinea und Kasachstan gewartet hatten. Die Anlegemasten waren ihre Freiheitsstatue, ihr Ellis Island.

Oder ihre Botany Bay. Ich grub die Fingernägel in die Handballen. Dann wandte ich mich ab und machte mich fertig zum Aussteigen.

*

Das Luftschiff senkte sich mit summenden Motoren aufs Flachdach des Terminals hinab. Eine Treppe wurde zum Ausgang gerollt, und wir marschierten alle nach draußen. Zwei, drei Wartungstechniker gingen an Bord und überprüften die Systeme; die Flugautomatik erledigte zwar alles von selbst, doch der Flugverkehr hat offenbar etwas an sich, was die Gewohnheit, alles persönlich zu beaufsichtigen, wach hält.

Vom Dach des Terminals genossen wir fast einen Panoramablick auf London, dessen Hügel vom Qualm der Holzfeuer in Dunst gehüllt waren. Hin und wieder ragte ein Hochhaus aus den Bäumen hervor, dessen Stahl und Beton die nun schon zweihundert Jahre währende Vernachlässigung überstanden hatte, oder es öffnete sich eine breite Straßenschneise. Im Osten ging Lee Water in die Hackney-Sümpfe über, in der Ferne funkelte die Themse. Auf den nahen Hügeln im Westen waren die verfallenen Überreste der alten Backsteingebäude und Straßen gerade eben noch zu erkennen.

Es war ein weit verbreiteter Irrtum – den öffentlich zu korrigieren offen gesagt niemand von uns für politisch opportun gehalten hatte, obwohl die Fakten für jeden, der Augen im Kopf hatte, unübersehbar waren –, dass der Grüne Tod einem einzelnen, von einer Grünen-Faktion in einem Anfall von Vernichtungswut gentechnisch hergestellten Virus zuzuschreiben sei. Gründlichere epidemologische Forschungen hatten ergeben, dass es sich in Wirklichkeit um mehrere verschiedene Krankheiten wahrscheinlich natürlichen Ursprungs gehandelt hatte, die alle gleichzeitig aufgetreten und von Soldaten, Flüchtlingen und Siedlern verbreitet worden waren. Für die sozialen Wirren und das geschwächte soziale Immunsystem der Medizin und Wissenschaft waren teilweise tatsächlich die Grünen Banden und ihre zahlreichen Verbündeten und Vorläufer verantwortlich, deren Wurzeln weit in das vorige Jahrhundert des Irrationalismus und Antihumanismus zurückreichten. Die panikartige Aufgabe der Städte, die als Seuchenherde galten, war teilweise Folge dieser Denkweise gewesen und hatte wahrscheinlich mehr Tote nach sich gezogen als die Seuchen. Obwohl die Grünen geringere Schuld an den Milliarden Toten hatten, als allgemein angenommen wurde, fällt es mir gleichwohl schwer, wegen der so genannten ›Exzesse‹ nach der Befreiung jemandem Vorwürfe zu machen. (Die Hinrichtungszahlen wurden jedenfalls von übereifrigen örtlichen Komitees übertrieben. Weltweit gab es nicht mehr als hunderttausend Exekutionen. Höchstens. Ganz ehrlich.)

Die Langzeitfolgen des Grünen Tods betrafen weniger die Bevölkerungszahl – die nach der sozialen Revolution stark zurückging, sich mittlerweile aber, Gott sei Dank, wieder ganz gut erholt –, sondern vielmehr die Bevölkerungsverteilung. Die meisten alten Metropolen blieben auch dann noch unbewohnt, als es sich schon wieder sicher darin leben ließ. Man überließ sie frohgemut und durchaus folgerichtig denen, welche die neue Gesellschaft ablehnten und eine Neuauflage der alten vorzogen.

Auch das Land verwandelte sich wieder in eine Wildnis, denn an die Stelle der Landwirtschaft traten Aquakulturen, Hydroponik und künstliche Fotosynthese. Den NiKos überließ man es weniger gern als die alten Städte, denn es wurde von den Bewohnern der dicht bevölkerten Unionshabitate wegen seines Erholungswerts geschätzt.

Alexandra Port selbst hatte sich nur wenig verändert, denn der Flughafen war in der Vergangenheit weder den Wilden noch der Wildnis anheim gefallen. Zu Zeiten des Grünen Tods war er eine Drehscheibe für Erdflüchtlinge und deren stetigen Nachschub gewesen, und selbst während des Jahrhunderts, da der Westen zusammengebrochen war, vom erdgestützten Ableger der Weltraumbewegung gewartet worden; man hatte die Grenzen geschützt, von außerhalb Personal herangeschafft und inmitten der Ödnis eine Garnison unterhalten.

Es ist hier noch genau so wie auf den alten Fotos, dachte ich, als wir zur Flughafenhalle hinunterstiegen: zum Volkspalast, der schon bei Eröffnung gegen Ende des zwanzigsten Jahrhunderts dem Retrostil zuzurechnen gewesen war, und zu den neueren Terminalgebäuden und Werkstätten aus dem einundzwanzigsten Jahrhundert, die unter den hohen Masten auf der Hügelkuppe verteilt waren. Der einzige Hinweis auf moderne Technik war der Fahrstuhl, mit dem wir hinunterfuhren, und das darauf folgende Laufband, das uns zum Ausgang trug. Der nahtlos fließende Plastikbelag – keine Nanotech, einfach bloß clever –, hätte die Erbauer dieser Anlage in Erstaunen versetzt.

Wir gingen zum Volkspalast hinüber, der mittlerweile als Gästehaus und Wohnheim für die Menschen dient, die auf dem Raumhafen arbeiten. Ich blickte zur Sonne und sah auf die Uhr.

»Sollen wir hier übernachten?«, schlug ich vor. »Und morgen weiterreisen?«

Suze nickte. »Ja, es ist zu spät, um gleich weiterzureisen«, sagte sie. »Ich weiß zwar, wo man in London übernachten kann, aber das dient eher der Recherche.« Am schwarzen Brett stellten wir zu unserem Erstaunen fest, dass es viele freie Zimmer gab; die meisten anderen Touristen fanden es offenbar reizvoller und abenteuerlicher, in einem Londoner Gasthof oder einer Jagdhütte abzusteigen. Wir wählten ein Doppelzimmer im Westflügel und brachten das Gepäck nach oben. Im Zimmer gab es einen kleinen Herd, Kaffee und andere Vorräte, außerdem eine Einladung zu einem Abendessen und/oder Freizeitaktivitäten. Während Suze duschte, befahl ich dem Anzug, das Zimmer unauffällig zu überprüfen. Abgesehen von den zu erwartenden Organismen und den üblichen Reinigungsmaschinen blieb die Suche ergebnislos. Anderes Ungeziefer war nicht vorhanden – nicht, dass ich damit gerechnet hätte, doch das war für mich ebenso Routine wie die Überprüfung des Luftschiffs fürs Wartungspersonal.

Suze trat gerade in dem Moment aus der Dusche, als der Anzugagent Meldung erstattete.

»Oh!«, sagte sie. »Eine zahme Maus! Wie süß!«

»Grrr!«, machte der Anzug, doch Suze hörte bestimmt bloß ein Quieken. Ich duschte meinerseits, und als ich fertig war, hatte Suze Kaffee gemacht und sich zum Essen angekleidet.

»Danke«, sagte ich, als ich den Kaffee entgegennahm. »Hübsches Kleid.«

Suze blickte selbstgefällig darauf hinunter. »Fortuny-Faltenrock nennt man das«, meinte sie. »Man kann ihn einfach in den Rucksack stopfen, und wenn man ihn ausschüttelt, ist er wieder wie frisch gebügelt.«

»Ah«, machte ich. »Ich muss dir etwas zeigen.«

Ich zog meine Sachen an, die von der Reise noch

durchschwitzt und zerknittert waren. Sie alle waren Teil des Anzugs – der Rest verteilte sich auf die Maus und den Rucksack mitsamt Inhalt –, doch es war noch genug übrig für den Aschenputtel-Trick, für imitierten Tüll und Spitze, hergestellt anhand der archivierten Erinnerung an historischen Firlefanz. Ich wirbelte um die eigene Achse und grinste die staunende Suze an.

»Das ist ein Raumanzug aus intelligenter Materie«, erklärte ich, setzte mich und klopfte auf die bauschigen Röcke. Suze machte noch immer große Augen.

»Du bist aus dem Weltraum?«

»Ja«, antwortete ich. »Genau genommen von der Cassini-Division.«

»Wow!« Suze' Erstaunen machte ehrfürchtiger und ein wenig schuldbewusster Erregung Platz, was ich nicht zum ersten Mal erlebte. In einer Überflussgesellschaft, die in Frieden und Sicherheit lebte, symbolisierte die Division den gefährlichen Reiz der Gefahr, die Anziehungskraft der Gewalt. Manche verachteten und fürchteten sie aus dem gleichen Grund, andere verehrten sie – bisweilen ohne es sich selbst einzugestehen. Suze gehörte offenbar auch zu dieser Gruppe.

»Das ist der Grund, weshalb ich mit Malley sprechen will«, sagte ich.

»Über das Wurmloch?« Kluges Kind.

»Ja. Wir wollen hindurchfliegen. Bis zum Neuen Mars.«

»Um unsere *eigene* Kolonie zu gründen?«

Ich schüttelte energisch den Kopf. »Noch mehr Wüsten können wir nicht gebrauchen!«

Irgend etwas – ein Funkeln in ihren Augen, das eben noch nicht da gewesen war –, verriet mir, was sie insgeheim dachte: Doch! Doch! Nicht viele dachten wie sie, aber doch genug, dass auch Wilde diesen Ausdruck gesehen haben musste, wann immer er seine Geschichten zum Besten gab. Kein Wunder, dass er der irrigen Ansicht anhing, wir würden den Planeten kolonisieren, wenn wir es schafften, zu ihm vorzudringen.

»Warum müssen wir hindurchfliegen?«, fragte Suze. »Warum gerade jetzt?«

»Wir müssen hindurch«, sagte ich vorsichtig, »weil die Möglichkeit besteht, dass die Menschen auf der anderen Seite sich mit den gleichen Wesen einlassen wollen, in die sich die Außenweltler auf unserer Seite verwandelt haben. Wir müssen hindurchfliegen und sie daran hindern, koste es, was es wolle.« (Das war zumindest ein Teil der Wahrheit, wenn auch bloß ein kleiner.) Suze setzte sich in einen Sessel und sah mich kopfschüttelnd an.

»Weshalb weiß niemand davon? Warum hat uns niemand etwas gesagt?«

»Wir machen nicht unbedingt ein Geheimnis daraus«, sagte ich. »Wir haben die Information halt bloß in wissenschaftlichen Zeitschriften und so veröffentlicht, anstatt sie an die große Glocke zu hängen. Bislang waren alle, die eine Vorstellung von den Vorgängen haben, der Ansicht, dass kein Grund zur Panik besteht.«

»Das könnte schon stimmen«, meinte sie verärgert, »aber das muss doch erörtert werden! Ihr könnt doch nicht hingehen und es einfach *tun*, ohne dass man euch dazu …«

»Ermächtigt? – Doch, das können wir, denn niemand kann uns daran hindern. Wir würden das nur ungern tun, weil wir – das heißt, die Division – auseinander brechen würden, wenn wir uns jemals gegen die Union stellen sollten, denn es gibt bei uns eine starke und gut bewaffnete Minderheit, die damit keinesfalls einverstanden wäre. Aber wie die Dinge liegen, sind wir dazu ermächtigt. Man hat uns beauftragt, das innere Sonnensystem vor äußeren Bedrohungen zu schützen, und wenn dieser Fall bei einer drohenden posthumanen Invasion aus dem Wurmloch nicht gegeben wäre, dann weiß ich nicht.«

Suze schaute noch immer besorgt drein. »Was ist mit den Neumarsianern?«, fragte sie. »Ich kann mir nicht vorstellen, dass sie damit einverstanden wären.«

Ich lachte. »Wenn das überhaupt noch Menschen sind … Das sind doch bloß NiKos. Und mit *denen* kennen wir uns aus.«

Suze bedachte mich mit einem merkwürdigen Blick und setzte zu einer Bemerkung an, überlegte es sich dann aber anders.

»Also gut«, meinte sie leichthin, »genug davon. Lass uns aufbrechen und zwei Flieger aufgabeln.«

Gegessen wurde im großen Saal. Vorher wurde eins der täglichen Planungsmeetings abgehalten (das saßen wir in der Bar aus), anschließend wurde getanzt. Der Saal, ein ehemaliges Ausstellungszentrum, war mit Wandgemälden geschmückt, die Episoden aus der Londoner Geschichte darstellten: die Pest, den Parlamentsbrand, den Blitzkrieg, den Grünen Tod; die Schlachten von Cable Street, Lewisham, Trafalgar Square, Norlonto; die Schrecken des Lebens unter den Grünen (auf einer besonders eindrucksvollen Tafel war ein an einen Baum gefesselter, dem Tod durch Verhungern und Verdursten preisgegebener Rationalist dargestellt, um den grüne Wilde herumtanzten, während sich im nahen Gebüsch eine Frau versteckt hielt, die sein Gekrächze aufzeichnete); die Freude und Rache nach der Befreiung, die Menschenmassen, welche die sino-sowjetischen Truppen (heute werden sie allgemein als Shinowjets bezeichnet) jubelnd willkommen hießen und grüne Anführer und Zauberärzte an ihren heiligen Bäumen aufknüpften; die feierliche Abstimmung über die soziale Revolution. Ausgesprochen erhebend.

Die übrige Saaldekoration, nämlich die Kleidung der Gäste, war reizvoller. Die irdische Mode folgt im Allgemeinen örtlichen Traditionen und Techniken; hier handelte es sich um einen Eingeborenenstil, der (wie wir später erfuhren) von den NiKos übernommen war: unterschiedlich gefärbte und mit Stickereien verzierte Baumwolle. Einige der Kleider waren viel hübscher als die unseren, doch zumindest machten uns unsere Partykutten als Besucher kenntlich. Über mangelnde Aufmerksamkeit hatten wir uns jedenfalls nicht zu beklagen, und tatsächlich gabelten wir jeweils einen Luftschiffer auf.

*

Früh am nächsten Morgen suchten wir unabhängig voneinander das Zimmer auf, das wir nach dem Abendessen nicht wieder betreten hatten, packten unsere Sachen und frühstückten im großen Saal. Bei Tageslicht wirkten die Wandgemälde geisterhaft fahl und eher naiv als heroisch. Durch das Dachglas fiel heller, warmer Sonnenschein. Suze breitete eine Karte aus.

»Also«, sagte sie, »wo wollen wir heute hin?«

»Unser Freund lebt gegenwärtig in Ealing Forest«, meinte ich. »Ich habe so etwas wie eine Adresse. Er hält sich an einer Technischen Hochschule der NiKos auf und stöbert auf Flohmärkten nach alten Büchern und Elektrogeräten.«

»Kein Problem«, sagte Suze. »Wir fahren über die Hauptstraße nach Camden Market, stellen den Wagen im Unionsdepot ab, fahren mit dem Boot über den Kanal zum North Circular« – sie deutete auf eine Straße, fuhr mit dem Finger einer weiteren dünnen Linie nach – »und dann weiter nach Ealing.«

»Bist du sicher, dass es über den Kanal am schnellsten geht?«

Suze nickte energisch. »Die Straßen werden von NiKos unterhalten, und dementsprechend ist ihr Zustand. Die Wasserstraßen gehören uns. Unionsmaschinen baggern sie aus und bedienen die Schleusen.«

»Wie das?«

Sie zuckte die Achseln. »Auf diese Weise bleiben wir unauffällig präsent. Und sollten wir unsere Präsenz jemals verstärken müssen, haben die Kanäle den großen Vorteil, dass sie den besten Zugang zu dem Gebiet bieten, zumal wenn man Hovercrafts einsetzt.«

»Hm«, machte ich. »Ich frage mich, ob wir uns irgendwo ein Hovercraft leihen könnten.«

»Zu laut. Die Touristen mögen das nicht, und die Einheimischen fühlen sich dadurch eingeschüchtert.«

Am Fahrzeug-Pool wählten wir einen robusten, flachen Buggy mit Rädern, der der Beschreibung nach mit Schlaglöchern und Baumwurzeln bestens zurechtkommen würde. Die Bedienung war ganz normal, doch ich misstraute unter Schwerkraftbedingungen meinen Reflexen, deshalb übernahm Suze das Steuer. Wir fuhren über eine lange, kurvenreiche Straße zum Südausgang und passierten eine aufdringliche Menschenmenge (für mich eine neue, beunruhigende Erfahrung; für Suze waren dies: »Bloß Bettler und Hausierer; man gewöhnt sich dran.«), dann ging es einen Hügel hoch und wieder hinab in die Waldwildnis.

*

Der kompakte Elektromotor war leise. Wie wir so im Schatten hoher, tropfender Eichen und Ulmen (in der Nacht hatte es geregnet) über die aufgeweichten Wege fuhren, vernahmen wir unablässig Vogelgezwitscher und hin und wieder Wolfsgeheul, das Gebell eines Fuchses oder das ferne, unheimliche brüllende Gelächter der Gibbons. Turmfalken schwebten hoch über den Waldwegen. Ringeltauben gurrten im Gezweig, und hin und wieder sauste vor uns ein bunter Sittich vorbei.

Ein-, zweimal sprang ein kleiner Hirsch auf den Weg, warf einen Blick auf uns und flüchtete unter erstaunlich lautem Hufgetrappel.

Die meisten Ruinen beiderseits des Weges waren von Efeu überwuchert, dessen grüne Ranken das bröcklige Mauerwerk allmählich wieder ins Erdreich hinabzogen. Einige Hauswände waren jedoch offenbar erst kürzlich ausgebessert worden; mit Lehm und Flechtwerk oder mit Backsteinen von anderen Ruinen hatte man die Löcher verschlossen und – nachdem das oberste oder die obersten Stockwerke abgetragen worden waren – neue Dachstühle gezimmert und mit Stroh gedeckt. Es gab Lichtungen, auf denen man aus recyceltem Material ganze Dörfer errichtet hatte, ohne dass von den ursprünglichen Gebäuden noch eine Spur zurückgeblieben wäre. Nach einer Weile gewöhnten wir uns an, immer dann, wenn wir Rauchfahnen sahen, abzubremsen und nach Hühnern, Schweinen, bellenden Hunden und umhertollenden Kindern Ausschau zu halten. Die Erwachsenen reagierten teils neutral bis abweisend, teils ausgesprochen servil; Letztere bemühten sich lautstark, uns auf die Waren aufmerksam zu machen, die auf schreiend bunten Reklametafeln abgebildet oder beschrieben waren.

Ich stellte Suze eine Frage, die mir in den Sinn gekommen war, als ich alte politische Landkarten mit aktuellen geographischen verglichen hatte: Dabei hatte ich den Eindruck gewonnen, die gegenwärtigen Siedlungen seien vielleicht die Überbleibsel alter Gemeinschaften: hier christliche Fundamentalisten, um Alexandra Port herum anarchistische Stämme, in den schiefen Hochhäusern am Fluss Wucherer, Muslime im Osten und Hindus im Westen … Sie aber belehrte mich eines Besseren. Die großen Migrationsströme aus der Zeit des Grünen Tods und dem dunklen Jahrhundert waren buchstäblich über die Stadt hinwegmarschiert und hatten die frühere Aufteilung der Kulturen hinfällig werden lassen.

Je näher wir im Verlauf der nächsten Stunde Camden Market kamen, desto stärker wurde der Personenverkehr. Es gab nur wenige Motorfahrzeuge und kaum mehr Pferdekarren und Kutschen. Die Fußgänger traten zumeist in Gruppen auf: muntere Touristen mit Rücksäcken und Gewehren, die uns beim Vorbeifahren zuwinkten; und gesetztere Trupps von NiKos, die schwer bepackt einherstapften, auf überladenen Tieren ritten oder auf nicht minder überladenen Pferdekarren fuhren. Die NiKos hatten bloß misstrauische Blicke oder ein gerissenes Lächeln für uns übrig.

Camden Lock Market, eine am Schnittpunkt mehrerer Straßen und eines größeren Kanals gelegene große Lichtung, sah aus wie ein Ort, den die Bäume – und deren Anhänger – nie in Besitz genommen hatten. Wie Alexandra Port, im Unterschied zu diesem aber eher aus ökonomischen als aus strategischen Gründen, hatte Camden Market alle Katastrophen, die über die Stadt hereingebrochen waren, nahezu unbeschadet überstanden. Der Ausdehnung nach war der Markt jetzt sogar größer als im einundzwanzigsten Jahrhundert, denn mehrere andere traditionsreiche Londoner Märkte im Osten lagen nun bei Ebbe zwei Meter unter dem Wasser der Themsemündung.

Unsere erste Anlaufstelle war das Unionsdepot, ein von einem Palisadenzaun umgebenes Gelände am Rande des Marktes. Hinter dem nachlässig bewachten Tor befanden sich eine Tiefgarage, ein Lagerhaus und ein Gebäude, in dem man übernachten und ausspannen konnte. Suze musterte es verächtlich.

»Das ist was für Weichlinge«, meinte sie. »Was hat es für einen Sinn, hierher zu kommen, wenn man sich nicht unters Volk mischen will?«

Als wir den Wagen abgestellt und die Rucksäcke geschultert hatten und ein paar Minuten umhergeschlendert waren, wurde mir klar, was sie meinte. Dieser Ort war bestens dazu geeignet, den meisten Unionsbewohnern einen schweren Kulturschock zu versetzen. Der Markt wirkte auf mich vollkommen chaotisch, und was an meine Ohren drang, war – um einen alten Ausdruck zu benutzen, dem eine ganz ähnliche Erfahrung zugrunde gelegen haben muss – ein babylonisches Sprachgewirr.

Was es auf dem Markt alles gab: lang gestreckte, abgezäunte Flächen mit traurig dreinblickenden Tieren; bluttriefende Marmortische, auf denen Tierfleisch gestapelt war; Fische, die in Glasbehältern schwammen oder auf dem Trockenen zappelten; überdachte Holztische voller Töpferwaren, Bücher, Elektrogeräte, Kleidungsstücke, Stoffe, Kräuter, Drogen, Antiquitäten, Nahrungsmittel; Ständer, an denen Kleider und Mäntel in der warmen Brise schwankten.

Hinter jedem Tisch stand jemand, dessen einzige Aufgabe es war, aufzupassen, mit den Menschen auf der anderen Tischseite zu sprechen, Waren hinüberzureichen und Geld in Empfang zu nehmen. Die Verkäufer und die Käufer feilschten, zankten, scherzten, neckten, priesen an und lehnten ab; dazu kam die aufgezeichnete Musik, die jeder Standbesitzer und die meisten ihrer Kunden allen Umstehenden aufzwangen und die mit einer unerträglichen Lautstärke von tragbaren Geräten hervorgebracht wurde, die sinnigerweise Lautsprecher hießen.

Dann waren da noch die Gerüche: die der Tiere und ihres Kots und ihres Bluts, die der schwitzenden Menschen und der Substanzen, die diese Gerüche vergeblich zu überdecken suchten, und die Dünste der Kräuterdrogen, die man, wie ich vermutete, nicht der Entspannung willen sondern aus purer Notwendigkeit rauchte.

Vor einem Stand, an dem getrocknete Tabak- und Hanfblätter in Form beschrifteter Bündel oder in offenen Kästen feilgeboten wurden, blieb ich stehen. Die Frau hinter dem Stand trug eine hübsche bestickte Baumwollbluse und einen langen, farbig bedruckten Baumwollrock, der an der Hüfte von einem Zugband zusammengehalten wurde. Ihr Alter war schwer zu schätzen – wie so viele erwachsene NiKos verband sie die teilnahmslose Wachsamkeit des Alters mit dem unschuldigen Egoismus der Jugend, außerdem gab ihre Schminke eine erstaunliche Maske ab: Ihre Wangen waren rot bemalt, der Rest des Gesichts weiß, die Augen waren dunkel eingefärbt und die Lippen gerötet, als hätte sie die Nacht durchgemacht und befände sich im Zustand sexueller Erregung. Allerdings lächelte sie freundlich.

»Suze«, sagte ich und stupste sie an. »Könnten wir vielleicht …?«

Suze nickte grinsend, doch als ich in die Tasche meines Rucksacks langte, runzelte sie die Stirn und schüttelte den Kopf.

»Überlass das mir«, murmelte sie.

Sie musterte die Frau hinter dem Tisch und betastete ein Blatt mit der Bezeichnung ›Kent Gaja‹.

»Was wollen Sie dafür haben?«

»Prima Stoff, Lady«, sagte sie Frau. »Zwei Gramm Gold, fünf Gramm Silber die Unze.«

(Erst später wurde mir klar, was sie da gesagt hatte. In dem Moment vernahm ich bloß eine Art Singsang: »Primastoff, Laidy, zwei Grammgold fünf Grammsilber Diunze.«)

Suze wich zurück. »Vaflucht nommal!«, sagte sie. »Gansschön teuer, was?« (Das habe ich immer noch nicht rausgekriegt; ich lasse es stehen, wie es klang.)

»Nee«, meinte die Frau. »Is von der andern Flussseite. Der Transport is scheißkriminell. Billiger kriegen Sie's nirgends.«

Sie schwenkte die Hand. »Schau'n Sie sich ruhig um. Sie kommen schon wieder.«

»Wohl kaum«, sagte Suze, fasste mich beim Ellbogen und zog mich weiter. Schon nach wenigen Schritten rief uns die Frau hinterher: »Schongut, schongut, ich mach Ihnen 'nen Sonderpreis, blossum Probieren. Ich leg auch noch Papierchen drauf.«

Wir machten kehrt und wurden nach einigem Hin und Her handelseinig. Zu meiner Verwunderung lächelten die Frau und Suze einander an, offenbar beide zufrieden mit dem Geschäft, von dem sie zuvor wiederholt behauptet hatten, es würde sie in tiefe Armut stürzen.

Wir nahmen an einem Tisch Platz und bestellten Kaffee und Teigröllchen, deren Fleischfüllung mit Sicherheit nicht von Algenplantagen stammte. Ich habe keine sentimentale Einstellung zu Tieren, versuchte aber trotzdem, nicht daran zu denken – Meeresmollusken sind eine Sache, Wirbeltiere eine andere. Als wir gegessen hatten, baute Suze mit Tabak und Gras einen kleinen Joint, zündete ihn an und reichte ihn mir nach ein paar genussvollen Zügen.

»Prima Stoff«, meinte sie.

Ich probierte und konnte mich ihrem Urteil nur anschließen. »Ja«, sagte ich. »Wie die Frau schon sagte. Aber wird sie jetzt nicht einen … Groll gegen dich hegen, weil du sie genötigt hast, sich mit einem zu niedrigen Preis zufrieden zu geben?«

Suze machte große Augen. »Aber sie hat einen ausgezeichneten Preis bekommen – jedenfalls eine akzeptable Menge Silber. Sie ist sehr zufrieden damit, und wir sind mit dem Stoff zufrieden. Oh, danke.«

Ich beobachtete sie, als sie erneut zog. »Dann habt ihr also beide gelogen?«

»Ach was, natürlich nicht«, meinte Suze kichernd. »Das ist bloß so ein alter Brauch. Wie das Bluffen bei einem Strategiespiel.«

»Aber warum habt ihr euch überhaupt die Mühe gemacht? Warum hast du ihr nicht den Preis bezahlt, den sie zu Anfang verlangt hat? Ich meine …« Ich zuckte die Achseln, denn es war wohl keine gute Idee, laut auszusprechen, wie viel Edelmetall wir mit uns führten.

»Ah«, machte Suze. »Das ist ein interessanter Gesichtspunkt. Also, theoretisch könnten die Unionstouristen so viel Wertmetall mitnehmen, wie sie tragen können, und sich dafür alles kaufen, was ihr Herz begehrt. Dies würde allerdings dazu führen, dass die Einheimischen künftig mehr für ihre Waren verlangen würden, was für alle Beteiligten ungünstige Folgen hätte. Das ist eines der Dinge, die man Neulingen erklärt. Als es noch Staaten gab, nannte man das Inflation.« Sie runzelte die Stirn. »Jedenfalls im Prinzip, bloß dass damals Scheingeld eingesetzt wurde …«

Ich fiel ihr eilig ins Wort, denn ich wollte mir den Kopf nicht mit noch einem weiteren Problem belasten (*Schein*geld? Was sollte das nun wieder sein?)

»Na gut, aber wenn die Frau bei ihrem ersten Angebot geblieben wäre, was – oh! Ich verstehe! Dann wärst du zu einem anderen Stand gegangen.«

Suze reichte mir grinsend den Joint. »Aus dir wird noch mal eine richtige Ökonomin.«

»Ha! Kaum vorstellbar, dass die ganze Welt früher mal so funktioniert hat.«

Suze nickte ernüchtert. »So und in verschiedenen Variationen und mit vielen drängelnden Menschen. Schon komisch.«

Wir standen auf und wollten gehen, doch das laute Protestgeschrei des Verkäufers hielt uns zurück.

»Sorrii!«, sagte Suze und reichte ihm errötend eine Silbermünze. »Der Rest ist für Sie.«

Diesmal brauchte sie noch länger, um mir zu erklären, weshalb man auf den Preis noch einen Preis aufschlug, der eigentlich keiner war; eine Summe, die nie jemand verlangte, deren Unterschlagung aber ungern gesehen wurde. Wir schlenderten zu den Ständen mit den Büchern und Elektrogeräten hinüber. Der Joint, der Kaffee und das Essen hatten meine Gehirnchemie in der gewünschten Weise verändert. Jetzt konnte ich mich besser auf die Umgebung konzentrieren, doch das Reden überließ ich immer noch Suze.

Sie durchstöberte die Buchstände, Geräteläden und Nanotech-Tanks, tätigte hin und wieder einen kleinen Einkauf und stellte scheinbar müßige Fragen nach Malley. Manchmal nannte sie seinen vollen Namen, dann wieder überlegte sie laut, ob wohl jemand von ›dem Wissenschaftler‹ oder dem ›alten Doktor‹ gehört habe. Die meisten Verkäufer kannten sie vom Sehen und feilschten mit ihr weniger hartnäckig als mit den anderen Unionstouristen. Am letzten Stand blätterte sie in einem mittlerweile überholten Lehrbuch des Physik, das sie aus einer der Plastikkisten auf dem Boden vor dem Büchertisch hervorgezogen hatte.

»Ach, wenn mir das doch jemand erklären könnte«, meinte sie und reichte das Buch dem Verkäufer. Er war selbst für einen NiKo rundlich, hatte rosige Haut und trug einen seltsamen bunten Flickenmantel, in dem er aussah wie ein pummeliger Zauberer. Er warf einen Blick aufs Buch; seine Augen wurden schmal, und sein Griff wurde fester. Er zog das Buch an sich.

»Tut mir Leid, Miss«, sagte er. »Das steht nicht zum Verkauf.«

Suze machte große Augen, ganz harmlose Touristin.

»Ach? Das ist aber schade. Warum denn nicht?«

»Ich soll alles von diesem Wheeler für den Professor aufbewahren.«

»Schon gut«, sagte Suze. »Sie meinen Professor Malley, nicht wahr?« Sie tat so, als habe sie die Angelegenheit bereits vergessen, beugte sich vor und tippte auf eine Ausgabe von *Workshop Nanotech* (Loompanics, 2052). »He, sieh dir das mal an!« Sie reichte es mir, dann wandte sie sich mit erhobenen Brauen wieder dem Verkäufer zu.

»Ja, Malley«, meinte er. »Hin und wieder kommt er vorbei. Hab ihn jetzt aber schon seit Wochen nicht mehr gesehn.«

»Der leitet doch noch immer die Schule in Ealing, nicht wahr?«

»Stimmt«, sagte der Verkäufer. Sein Akzent vermischte sich mit der hiesigen Sprechweise, bloß war seine Diktion besser verständlich, jedenfalls für mich. Suze warf einen Blick auf die Preisangabe auf der Buchinnenseite und reichte dem Mann ohne zu feilschen eine Goldmünze. Er fasste dies offenbar nicht bloß als Bezahlung für das Buch auf (allmählich begreife ich, wie diese Leute denken, dachte ich selbstgefällig) und fuhr fort:

»Komisch, dass Sie sich nach ihm erkundigen.« Er kratzte sich die verstoppelte Kinnlade. »Gestern haben schon zwei Typen wie Sie« – er hüstelte –, »ich meine, Unionsangehörige nach ihm gefragt.«

Das überraschte mich.

»Ja, er ist eigentlich ziemlich berühmt«, erwiderte Suze leichthin. »Da wollen bestimmt viele mit ihm sprechen. Ich frag mich, ob ich jemanden davon kenne?«

Er zuckte die Achseln. »Schwer zu sagen, Euch auseinander zu halten – ich meine, das waren zwei Kerle, etwa in Ihrem Alter – bezogen auf Ihr wahres Alter – und ungefähr so groß wie Sie.« Er zeigte auf mich. »Groß, dunkelhaarig, aber nicht … äh, ich meine, Sie sahen mehr indianermäßig aus als Sie beide, wenn Sie verstehen, was ich meine.«

»Ist Ihnen an ihren Bewegungen etwas aufgefallen?«, fragte ich behutsam.

Plötzlich strahlte er. »Ja! Genau! Irgendwas an denen kam mir seltsam vor. Konnte bloß nicht sagen, was. Aber der eine hat sich irgendwie so komisch an der Tischkante festgehalten, so wie Sie jetzt …« – ich ließ los und richtete mich verlegen auf –, »außerdem haben sie ständig Bücher fallen lassen. Bücher, die sie sich angeschaut hatten.« Er zog einen Stift hinter dem Ohr hervor und führte die Pantomime eines Mannes auf, der den Stift geistesabwesend einen halben Meter über dem Tisch fallen ließ und sich dann wunderte, dass er aus seiner Hand verschwunden war. Wir mussten alle drei lachen.

»Ich glaube, jetzt weiß ich Bescheid.« Ich lächelte. »Wann waren Sie gleich noch da?«

»Muss am Sonntag gewesen sein«, antwortete der Mann. »Zum Wochenende. Heute ist Wochenmitte.«

Heute war – ich musste einen Moment lang überlegen – Mittwoch. Ich nickte lächelnd. »Vielen Dank.«

»Bis dann mal«, sagte der Verkäufer.

»Tschüss, Tommy«, sagte Suze, dann gingen wir weiter. Suze war ganz begeistert von dem alten Buch, das sie erstanden hatte, und zeigte mir die darin enthaltenen erschreckend detaillierten Anweisungen zum Bau von Nanotechreplikatoren mithilfe eines primitiven Computers, eines aus Fernseherteilen bestehenden Rastertunnel-Mikroskops und einiger Chemikalien, wie sie unter der Spüle zu finden waren und in denen die Herstellungsprodukte dem unverantwortlichen Autor Dr. Frank N. Stein zufolge (wahrscheinlich ein Pseudonym, wie Suze meinte) ›sicher aufzubewahren‹ wären.

»›Verkauf nur zu Informationszwecken‹«, las sie mit ungläubigem Staunen den Verlags-Disclaimer vor. »Dabei ist das Zeug aus dem Buch immer noch gefährlich! Man könnte einen eigenen Ausbruch damit starten!«

»Nur gut, dass es die NiKos jetzt nicht mehr in die Hände bekommen können«, meinte ich.

Sie sah mich an. »Hm«, machte sie. »Da hast du Recht. Daran hab ich noch gar nicht gedacht.«

Wir waren am Ende einer der Standreihen angelangt. Ich ging weiter bis zum Rand der Lichtung. Suze folgte mir in den Schatten der hohen Bäume. Wir setzten uns auf einen federnden Buchenast und beobachteten das Marktgetriebe.

»Also«, meinte ich mit einem gedehnten Seufzer, »ich hätte nicht geglaubt, dass die Masche noch immer zieht. Das war brillant. Du hast dich verhalten wie einer dieser Typen von früher, wie ein Spion oder Detektiv oder was auch immer.«

»Danke.« Suze nahm eine Buchecker auf und machte sich mit den Fingernägeln daran zu schaffen. »Vielleicht bin ich ja einer. Ein Ermittler.« Sie musterte mich unsicher, beinahe verlegen, und ich fragte mich nicht zum ersten Mal, welcher Druck – den sie vielleicht ebenso wenig spürte wie den Luftdruck – ihr von der Gesellschaft auferlegt wurde, die sie nicht erforschte, nämlich ihrer eigenen. »Dann suchen also noch andere Leute nach Malley.«

»Ja«, sagte ich. »Und zwar keiner, den ich kenne, das ist mal sicher.«

»Vielleicht waren das ja bloß Studenten, die sich mit einem großen Physiker unterhalten wollten«, sagte Suze mit ausdrucksloser Stimme. »Was sollte das mit ihren Bewegungen?«

»Die kamen aus dem Weltraum«, antwortete ich. »Die typischen Reflexe von Menschen, die in niedriger Schwerkraft leben. Wenn du mich fragst, kamen die von Lagrange oder vom Mond. Jedenfalls nicht von der Division.«

»Bist du dir sicher?«

»Denk ich mir halt.«

Suze hob eine Braue. »Mit Wissensdurst kenne ich mich aus«, meinte sie. Sie senkte den Blick, schaute wieder hoch. »Aus Büchern.«

Ich fasste dies als Tadel auf und hätte ihr am liebsten alles erzählt. Doch ich gab dem Impuls nicht nach.

»Der Buchverkäufer«, sagte ich. »Du hast ihn Tommy genannt. Kennst du ihn?«

»Hab ein paarmal mit ihm geplaudert«, antwortete sie. »Er ist … er hat mal der Union angehört.«

»Tatsächlich? Also, das erklärt seine Sprechweise.«

Suze lachte. »Wir sind ja so stolz auf unsere Überlegenheit, stimmt's?«

»Kann schon sein.« Aber wir waren tatsächlich überlegen. Ich hatte darüber noch nie nachgedacht. »Wie kommt es, dass er die Union verlassen hat?«

»Das habe ich ihn auch schon gefragt«, antwortete Suze. »Bekam aber keine vernünftige Antwort aus ihm heraus.« Es klang wie das Eingeständnis eines persönlichen Versagens. »Er hat gemeint, er sei mit den Nachbarn nicht ausgekommen.«

»Bei einer Auswahl von dreißig Milliarden? Dann wundert es mich, dass er überhaupt mit jemandem auskommt.«

»Ich glaube, er meinte ganz spezielle Nachbarn.«

Ich schnitt eine Grimasse. »Seltsam. Aber das muss er selbst wissen.«

»Das hat er auch gesagt!«

Ich betrachtete das sonnengesprenkelte Laub. Ein Eichhörnchen hüpfte einen tief hängenden Zweig entlang, sah mich an und begann zu schimpfen. Auch mein Gewissen meldete sich.

»Es ist fast schon Mittag«, sagte ich. »Ich glaube, ich sollte mich allmählich aufmachen.«

Suze wirkte bestürzt. »Du willst nicht, dass ich mitkomme?«

Ich drückte ihr die Hand. »Du hast mir sehr geholfen,

Suze. Aber … ich glaube, es wäre unfair, dich noch weiter in die Sache hineinzuziehen. Es könnte gefährlicher werden, als du glaubst.«

Sie erhob Einwände, doch ohne Erfolg; mit gespielter Fröhlichkeit begleitete sie mich daraufhin zur Anlegestelle am Kanal und verabschiedete sich von mir mit einer unerwarteten und mehr als nachbarschaftlichen Umarmung.

*

Ich mietete ein kleines Schlauchboot mit elektrischem Außenborder. Es schaffte bloß fünf Kilometer in der Stunde, und bezog man die unvermeidlichen Wartezeiten an den Schleusen mit ein, würde ich zwei Stunden brauchen, um die Unionsstation an der Kreuzung des Grand Union Canal und des Weges, der North Circular genannt wurde, zu erreichen.

Der von Eichen, Buchen und überhängenden Weiden gesäumte Kanal lag häufig im Schatten. Der Treidelpfad wurde nicht mehr genutzt, daher gab es nur autonomen Verkehr: die langsam dahintuckernden Lastkähne der NiKo-Händler und der Reisenden, die lautlos dahingleitenden Boote, Skiffs und Kayaks der Unionstouristen. Bagger und andere Wartungsrobots gingen ihrer Arbeit nach, auf dem Grund und am Ufer krochen funkelnde Metallkrabben umher. Schwärme von Elritzen und Stichlingen hoben die Nase an die Oberfläche und tüpfelten das Wasser wie ein örtlich beschränkter Regenschauer; Reiher und Eisvögel machten auf sie Jagd. An den Stellen, wo die Einfassung aus Bruch oder Backsteinen bis zur Wasserlinie zerbröckelt war, blickten Hirsche und Wallabys zu mir auf. Die Holzbrücken waren erst in letzter Zeit errichtet worden; die Steinbrücken waren bis auf wenige Ausnahmen längst eingestürzt, die Trümmer hatte man aus dem Wasser geholt und der Einfachheit halber am Ufer aufgehäuft.

Die Ruderpinne unter den Ellbogen geklemmt, lehnte ich mich in die weichen Luftpolster des Schlauchboots zurück und entspannte die Muskeln, während ich die Gedanken schweifen ließ und die Wirkung des Joints allmählich abschüttelte. Aus dem Hemdkragen ließ ich einen Ableger des Anzugs über Kinn und Wange bis hinter meinen Augapfel kriechen, wo er sich mit meinem Sehnerv verband. Zu erkennen gewesen wäre er nur ganz aus der Nähe, während weiter entfernte Beobachter ihn für eine hauchdünne Narbe halten würden. Ich benutzte die Verbindung einstweilen dazu, meine Position in einer eingeblendeten Karte zu vermerken, die sich bei Bedarf wie ein Nachbild fortblinzeln ließ. Ganz allmählich wanderte der winzige Real-time-Positionsanzeiger den gebogenen und geknickten Draht des maßstäblich verkleinerten Kanals entlang.

Ich schaute voller Besorgnis zu. Zwei Männer aus dem Weltraum waren hinter Malley her, und sie hatten einen Vorsprung von drei Tagen. Zu den Kleinigkeiten, die ich Suze verschwiegen hatte, gehörte auch, dass es in der Division eine Faktion – nein, das war zu stark – eine Denkschule gab (bei den anderen Weltraumsiedlern und auf der Erde hatte sie weit mehr Anhänger), die mit den Außenweltlern verhandeln wollte. Als ob das möglich gewesen wäre! Allein schon die Vorstellung, mit Wesen, die einem so mühelos, wie man einen Computer zum Absturz bringt, den Verstand rauben konnten, in Verhandlungen einzutreten, jagte mir einen kalten Schauder über den Rücken. Wenn die Männer, die nach Malley suchten, zu dieser Gruppe gehörten – wir bezeichneten sie als Beschwichtiger –, dann steckten wir tatsächlich ernsthaft in Schwierigkeiten.

Und ich konnte keine Unterstützung herbeirufen, ohne mich noch weiter zu gefährden.

Der Bootsmotor verfügte für den Notfall noch über eine Leistungsreserve: ich beugte mich vor und drückte fest auf den Steuerknüppel. Die Unionsstation erreichte ich eine Viertelstunde früher als berechnet. Ich ließ die Luft aus dem Boot, besorgte mir noch eine Luftflasche und packte alles in einen neuen Mietbuggy. Dann fuhr ich nach Süden und suchte mir vorsichtig einen Weg zwischen geborstenen Betonplatten und umgestürzten Bäumen hindurch.

Auf dem North Circular kam man eben nur langsam voran.

3 Nachricht aus dem Nirgendwo

DIE GESCHÜTZSTEUERUNG SCHRECKT HOCH. Als der Alarm schrillt, summen die Schotts, die Zahnumgebung gerät in Resonanz: der ganze Kiefer tut mir weh, als ich mich auf meine Liege werfe. Ich pralle zurück, dann packt er mich und zieht mich an sich. Der Raumanzug versteift sich kurzzeitig (*Ich kann mich nicht bewegen!*), einen Moment lang wird es schwarz um mich (*bei der nächsten Version merzen wir diesen Fehler aus, oder jemandem geht es an den Kragen!*), dann schalten sich die optischen Leiter ein, die Gelenke reagieren, ich tippe hektisch auf den in die Armlehnen eingelassenen Tastaturen herum und habe wieder alles im Griff.

»Stell den Lärm ab!«

Zähne und Ohren singen vor Erleichterung. Ich blicke starr geradeaus. Das Tor liegt gut sechzig Meilen entfernt, wie immer unmittelbar in Blickrichtung, und die Zahl der ins Sonnensystem eindringenden Schiffe, der Projektilkometen oder Lovecraftscher Phantasie entsprungenen Wesen beträgt … sieh mal an: *null*.

»Wenn das wieder so eine Scheißübung ist, dann …«

»DAS IST KEINE ÜBUNG«, sagt das Schiff. Es senkt die Stimme, während die Vergrößerung hochgefahren wird; Linsen zoomen, Kameras klicken. »Sieh mal.«

Es ist winzig. Laut Anzeige hat das Objekt einen

Durchmesser von *60 Zentimetern*. Bei der steuerbordseitigen Feuerleitstelle lacht jemand. Mein erster Gedanke ist: *Willkommen zu Hause, Pioneer 10!* Tatsächlich ähnelt das Ding einer alten Raumsonde mit dem Rumpf einer Spinne und dem Verstand einer Mücke; aber (das ist mein zweiter Gedanke) es stammt *nicht von uns*. Es passt in keine der Raumschiffreihen, die Menschen je entwickelt haben (ich kenne sie alle, so wie die Gesichter alter Freunde), und bei der erstklassigen Instrumentierung handelt es sich unübersehbar (*klick, klick*) um Nanotech. Die fraktalen Tiefen intelligenter Materie werden sichtbar, während die Vergrößerung hochfährt und die Sonde sich uns weiter nähert: fließende, kriechende Oberflächen …

Ich drücke den Ausschnitt-Schalter, worauf die Ansicht zu einem Punkt schrumpft. Die Auflösung hat für einen visuellen Langford-Angriff nicht ausgereicht (*aber genau das würdest du in diesem Falle denken, nicht wahr?*), ich lasse die mikroskopisch kleinen Rechner über den Ausdruck flitzen, und sie melden in Sekundenschnelle, dass keine Gefahr besteht. Keine fiesen Viren sind auf unsere Netzhaut aufgetroffen, die Sehnerven entlanggerast und in unser Gehirn eingedrungen (*aber das würden sie natürlich auch behaupten, hab ich Recht?*), und die Paranoia lockt.

Es reicht. Achte nicht auf deine Gefühle. Vertrau den Computern.

(Im Grunde weiß ich ja, dass der Langford-Angriff bloß ein Virenmythos ist, der sich über die Jahrhunderte fortpflanzt wie ein alter Witz und jedes Mal, wenn wir der Überzeugung gemäß handeln, wenn man es sich nur vorstellen könne, sei es auch möglich, dazu führt, dass Ressourcen verschwendet werden. Welcher perverse Geist denkt sich solche Dinge aus?)

In diesem Raumsektor halten sich zwei Dutzend Raumschiffe auf, und unmittelbar vor dem Alarm (also vor genau neunzig Sekunden) wurde der Funkverkehr unterbrochen: totale Funkstille ist der erste Reflex des Schiffs, die Besatzung wird erst anschließend gewarnt. Jahrzehnte, in denen bloß hin und wieder ein Gesteinsbrocken durchkam, jahrzehntelange Übungen für alle vorstellbaren und einige undenkbare Eventualitäten. Jeder Divisionsangehörige muss mitmachen, die Probealarme erfolgen mit der Regelmäßigkeit einer Orbitalumkreisung, und jedes Mal wird einem eingebleut, dass man im Ernstfall ganz auf sich gestellt ist.

Wir stehen alle hinter dir. Aber wenn du dem Übermenschen gegenüberstehst, ist die Reihenfolge umgekehrt: dann gilt erstens *sauve qui peut*, zweitens ›Chaos‹, drittens ›kein Pardon‹ … Sie verstehen, was ich meine. Unsere Schwerter sind ständig schartig.

Ich bin hier, um mir meine eigenen Gedanken zu machen. In diesem Moment streitet die glorreiche Möglichkeit des Erstkontakts mit dem alarmierenden Gedanken, dieses Ding stamme von unseren verschwundenen, aber allgegenwärtigen Feinden. Die kleine Sonde ist mittlerweile zehn Meilen näher gekommen und scheint weiter abzubremsen: auch die ausgestoßene Reaktionsmasse deutete darauf hin, dass es sich nicht um einen vermissten Voyager handelt.

»Begrüßen wir sie mal«, sage ich und löse die übliche, auf allen Frequenzen gesendete Funkanfrage und einen Radarscan aus. Zu meiner Überraschung erfolgt augenblicklich eine Antwort. Die Babbagerechner plappern einen Moment, dann übersetzt mein Anzug die Botschaft:

»Kometenbergbauschiff NK Schrägstrich acht-sieben-eins aus Ship City an unidentifiziertes Objekt, bitte antworten, Over.«

Ich fasse es einfach nicht; da es sich offenbar nicht um den Feind handelt, der uns mitteilt, Widerstand sei zwecklos etc., muss dies eine Sonde fremden Ursprungs sein. Zu meiner Schande muss ich gestehen, dass mir nichts Besseres einfiel (aber konnte ich in dem Moment überhaupt denken?), als die Videoübertragung einzuschalten und mit bebender Stimme zu fragen:

»Sprichst du *Angloslawisch*, Robot?«

Neuerliches Computergeplapper, dann eine menschliche Stimme:

»Englisch?«

»Ja, Englisch«, sprudele ich glücklich hervor, noch immer im Falsett, während mir ein Dialogfetzen aus einer Space Opera in den Ohren klingt: »Ihr habt die Sprache anhand von alten Funksprüchen gelernt, stimmt's? Aber sie hat sich verändert ...«

In diesem Moment setzte die Videoübertragung ein, das Bild aufgrund des Virenschutzes ganz körnig. Ich sehe das Gesicht eines sehr, sehr alten Mannes. Er hat eine Telomerbehandlung und eine ziemlich primitive Verjüngung hinter sich, aber das war's auch schon. Allmählich dämmert mir, was die Sonde eben gesagt hat. Das ist kein Abgesandter irgendwelcher Aliens, sondern etwas noch Seltsameres: das digitale Gespenst eines entflohenen Häftlings, eine der Geiseln der Außenweltler, die sich zwei Jahrhunderte zuvor durchs Tor geflüchtet haben, um dem orbitalen Arbeitslager zu entkommen.

»Es hat sich eine Menge verändert«, sagte ich.

*

Wenn ich an meine erste Begegnung mit den replizierten Bewusstseinen von Wilde und Meg zurückdenke, brennen mir noch immer die Ohren, und das taten sie auch in dem Moment, als ich mich auf einem relativ einfachen Wegabschnitt nördlich des Ealing Forest an das Ereignis erinnerte.

Ich hatte von Anfang an eine ungefähre Vorstellung davon, mit wem oder womit ich es zu tun hatte. Wilde hatte keine Ahnung, wer wir waren, und wunderte sich, als wir es ihm sagten. Ich schätze, er glaubte uns nicht. Unser wechselseitiges Misstrauen auch nur teilweise auszuräumen, erforderte stundenlange Unterhaltungen, gefolgt von einer unmittelbaren Gegenüberstellung. Dann erst nahmen Wilde und Meg uns ab, dass wir Menschen waren. Auch als wir ihnen mithilfe der von ihnen mitgebrachten Körperzellen (die sie wie einen Glücksbringer durch all ihre Roboterabenteuer hindurchgerettet hatten) bereits neue Körper gezüchtet und ihre Bewusstseine auf die neuen Gehirne übertragen hatten, konnte ich sie noch immer nicht als Menschen betrachten. Das, was sie berichteten, trug auch nicht dazu bei, mein Misstrauen zu beschwichtigen.

Wilde berichtete uns, die menschlichen und exmenschlichen Arbeiter wären durch ein abgespaltenes ›Tochterwurmloch‹ geflüchtet und hätten sich auf dem so genannten Neuen Mars einigermaßen wohnlich eingerichtet. Die upgeloadeten Bewusstseine hätten sich wieder in Menschen verwandelt und wären ›jetzt‹ (tausende von Lichtjahren entfernt und tausende Jahre in der Zukunft) damit beschäftigt, den Neuen Mars mittels eines recht eleganten Terraformungsprozesses und unter Verwendung der zahlreichen Kometen des Systems in eine neue Erde zu verwandeln.

Politisch betrachtet herrschte Wilde zufolge auf dem Neuen Mars eine Freimarkt-Anarchie. Uns kam es eher vor wie eine wechselseitige Tyrannei. Die mächtigste Persönlichkeit war unsere ältester noch lebender Feind – ein Mann namens David Reid, der ehemalige Besitzer der Zwangsarbeitsfirma. Er verfügte über Kopien der gespeicherten Bewusstseinszustände der Außenweltler und dachte in allem Ernst daran, sie *in Kürze* neu zu booten.

Stellen Sie sich unser Entzücken vor.

*

Ich brachte den Buggy neben einer zwei Meter hohen Weißdornhecke, einer Art natürlichem Stacheldrahtzaun, zum Stehen, nur wenige Schritte von der Lücke in der Hecke mit dem Tor zum Ealing Technical College entfernt. Ich stellte den Motor aus und blieb noch einen Moment lang sitzen, streckte und entspannte die Muskeln, die sich während der langen und anstrengenden Fahrt verspannt hatten, und schaute mich um. Das Collegegebäude stammte aus der Mitte des einundzwanzigsten Jahrhunderts, und der Stahl, der Beton und das Glas waren stabil genug, um Druckwellen auszuhalten. Das gedrungene dreistöckige Gebäude hatte eine viel hinterhältigere Vernichtungsattacke weit besser überstanden als die etwa zwei Dutzend älteren auf der umliegenden Lichtung verteilten Bauten. Diese hatte man längst in flache Wohngebäude mit all den üblichen Begleiterscheinungen des unkooperativen, post-urbanen Lebens wie Kinder, Hunde, Schweine und Scheiße umgewandelt.

Es war etwa vier Uhr nachmittags. Die Schatten der dreißig Meter hohen Eichen und Ulmen bedeckten gut ein Viertel der Lichtung. Hundert Meter weiter, am Waldrand, stieg Rauch aus einem kleinen Schuppen auf, aus dem das rhythmische *Pling* von Metall zu hören war; die Lowtech-Version einer Schmiede, vermutete ich und überlegte müßig, wie die richtige Bezeichnung dafür lautete. Die wenigen Erwachsenen waren mehr als nur ein wenig unkooperativ, ignorierten demonstrativ meine Anwesenheit und zerrten die zutraulicheren Kinder weg. Ich ließ das Gepäck im Kofferraum – es konnte wie ein scharfer Wachhund selbst auf sich aufpassen –, vergewisserte mich jedoch, dass das Pistolenhalfter deutlich zu sehen war, als ich mich dem Tor näherte.

Das aus massivem geöltem Holz erbaute Tor war bloß angelehnt und sollte offenbar vor allem Tiere fern halten, die weniger intelligent waren als ein Hund. Ich schloss es hinter mir und schritt über einen zehn Meter langen mit Steinplatten gepflasterten Weg zum Haupteingang. Beiderseits des Weges lagen Gemüsegärten, die einzelnen Parzellen mit gespannten Schnüren abgetrennt und säuberlich beschriftet. Ein junger Mann, der auf einem alten Sack kniete und in der Erde herumstocherte, sah gleichgültig zu mir auf.

Den alten Namen auf der Betontafel über der Schwingtür des Eingangs hatte man weggemeißelt und einen neuen angebracht, verziert mit jeder Menge Blätter, Hämmer, Sicheln und Glasornamenten, die diesen notwendigen Akt des Vandalismus kaschieren sollten. Die Fenster im Erdgeschoss waren kaum breiter als Schießscharten; auf den anderen Stockwerken waren sie größer. Als ich hochschaute, bemerkte ich, dass mehrere Scheiben schon vor so langer Zeit geborsten waren, dass sich entlang der Zickzackrisse Grünalgen oder Moos angesiedelt hatten. Zähes Glas. Die Wände waren natürlich mit Efeu bedeckt.

Ich drückte die Tür auf, die sich auf ein breites Foyer mit zwei Steintreppen rechts und links öffnete. In der Mitte war eine breite U-förmige Holzbarriere, hinter der ein junger Mann Pfeife rauchend in einem Buch las. Sonst war niemand zu sehen, wenngleich aus anderen Gebäudeteilen Stimmengemurmel und Maschinengesumm herüberdrang. Es roch stark nach Erdöl, das wohl entweder als Schmiermittel oder zum Kochen verwendet wurde. Das Licht fiel ein durch die Tür, über die Treppenaufgänge und durch eine sehr helle Röhre oberhalb des sitzenden Mannes. (»Ich bin noch nie einem NiKo begegnet«, hatte Suze gesagt, »der sich zu schade gewesen wäre, Strom zu erzeugen oder ihn zu stehlen, wenn er zu arm dazu war.«)

Als die Tür hinter mir zurückschwang, schaute der Mann hoch, legte beiläufig die Pfeife weg und hielt die

Hand hinter der Theke versteckt. Er beäugte mich misstrauisch, als ich mich ihm näherte. Er hatte ein schmales Gesicht und einen schmalen Bart und trug ein selbst gewebtes Baumwollhemd.

»Guten Tag, Lady«, sagte er.

»Guten Tag, Sir«, erwiderte ich nicht minder förmlich. »Könnte ich Dr. Malley sprechen?«

Er musterte mich abweisend. »Das geht leider nicht«, sagte er. Die Muskeln seines rechten Arms spannten sich an.

»Wenn er beschäftigt ist, kann ich warten«, meinte ich und blickte mich nach einer Sitzgelegenheit um.

»Das ist nicht der Grund«, sagte er. »Warten würde Ihnen nichts nützen. Dr. Malley will niemanden mehr von Ihnen empfangen.«

»Wen meinen Sie damit?«

Er wandte den Blick ab, dann musterte er mich herausfordernd.

»Raumleute.«

Aha.

»Jetzt hören Sie mir mal zu, junger Mann«, sagte ich. »Ich habe einen weiten Weg zurückgelegt, um mit Dr. Malley zu sprechen. Einen weiteren Weg, als Sie meinen. Und ich werde mich weder von Ihnen noch von der lächerlichen Waffe, die Sie in der Hand halten, daran hindern lassen. Es braucht Übung, um die zu benutzen, und darin habe ich einen Vorsprung von zweihundert Jahren.«

Er zog die Hand verlegen zurück.

»Und jetzt«, sagte ich höflich, »möchte ich Ihnen dafür danken, dass Sie mich zu ihm führen wollen.«

Er ging mir mürrisch voran, zwei Treppenabsätze hoch und dann durch einen düsteren Gang bis zu einer Tür, auf deren bronzenem Namensschild (umrahmt von weiteren Laubschnörkeln, aus denen die Antiqualettern wie Ruinen aufragten) der Name Dr. I. K. Malley stand.

»Anklopfen und eintreten«, befahl ich leise, und er gehorchte. Ich folgte ihm in ein kleines Büro mit einem breiten Fenster, dessen alte, dicke Glasscheibe den Blick nach draußen verzerrte. Die Holzregale an den Wänden bogen sich unter der Last der Bücher und Papiere, die auch einen Teil des Bodens bedeckten. Es roch nach altem Papier, modrigem Teppich, Pfeifenrauch, Whisky und Schweiß. Es gab zwei Stühle, von denen einer rechtwinklig zum Fenster hinter dem Schreibtisch stand. Darin saß zusammengesunken ein Mann, dessen Alter etwa um die dreißig herum fixiert worden war und der seit mindestens hundert Jahren kein Antigeriatrikum mehr angerührt hatte. Sein Haar und sein Stoppelbart waren weiß, seine Haut dunkel und faltig, seine Augen grau, so kalt wie der Winter auf dem Mars.

»Ich habe dir doch *gesagt* …« setzte er an. Dann sah er mich und winkte resigniert ab. »Schon gut«, meinte er mit dumpfer Stimme. »Es würde sowieso nichts nützen. Sie kommen einfach, wie es ihnen passt.« Auf dem Schreibtisch standen eine halb leere Whiskyflasche und ein volles Glas.

Der junge Mann entfernte sich widerwillig und erwiderte mein Abschiedslächeln mit finsterem Blick. Malley wandte sich zu mir um und bedeutete mir, auf dem zweiten Stuhl Platz zu nehmen, einem Lehnstuhl mit abgewetztem Lederbezug, der am Fenster stand. Ich stellte mich vor und reichte ihm die Hand. Er erhob sich überrascht und schüttelte sie. Seine Hand fühlte sich an wie ein alter Lederhandschuh, der eine Metallklaue umschloss. Er war groß, aber gebückt, und trug ein kariertes Baumwollhemd mit weitem Ausschnitt und eine Twillhose. Die Sachen waren zu weit und zu kurz. Er nahm wieder Platz und stützte die Ellbogen auf den Tisch.

»Also, was wollen Sie von mir?«, fragte er ohne lange

Vorrede. Er trank einen Schluck und beschattete die Augen.

Ich zuckte die Achseln und breitete die Arme aus. »Dr. Malley«, sagte ich, »ich fürchte, Sie haben keine Ahnung, wovon Sie reden. Ich sitze hier im Auftrag der Cassini-Division der Solaren Verteidigung und versichere Ihnen, dass außer mir niemand zu Ihnen geschickt wurde.«

Malley beschäftigte sich mit dem Pfeifenkopf. Er hatte dicke Finger, die mit grauer Asche und gelbem Teer beschmutzt waren.

»Vorgestern«, sagte er, »tauchten hier aus heiterem Himmel zwei Kerle auf und behaupteten, sie wären von der Raumverteidigung. Sie meinten, sie gingen Gerüchten nach, wonach ich mich mit AI beschäftigen würde. Was natürlich reiner Unfug ist. Ich bringe den Bauernjungs die Grundlagen der Elektronik bei. Ist mal ein heller Kopf dabei, lasse ich etwas Feynman oder Hawking einfließen.« Er blinzelte verschwörerisch. »Und ein bisschen Malley. Die Wenigen, die was kapieren, hauen unweigerlich ab und schließen sich der Union an, da kann ich reden, was ich will.« Er öffnete den Reißverschluss eines Lederbeutels und stopfte die Pfeife, während er mit traurigem Blick aus dem Fenster schaute. »Man könnte mit Fug und Recht behaupten, ich hätte in dieser Gegend den durchschnittlichen Intelligenzquotienten gesenkt – für mich ein Verbrechen, aber das sehen Sie wahrscheinlich anders.«

Er lachte schnaubend. Ich lächelte ermutigend; nicht dass ich ihm Wort für Wort hätte folgen können, doch ich verstand, worauf er hinauswollte.

»Und deshalb«, fuhr er fort und zündete den Tabak mit einem uralten Zippo-Feuerzeug an, »habe ich mich schon ein bisschen gewundert, von zwei Ihrer schweren Jungs mit Andeutungen über ernsthafte Konsequenzen unter Druck gesetzt zu werden. Im Verlauf der Unterhaltung war wohl auch von einem ›Ausbruch‹ und einem ›rotglühenden rauchenden Krater‹ die Rede. Wie in den alten Zeiten, als die Yanks noch am Ruder waren. Keine an den Schultern ausgebeulten schwarzen Anzüge mehr, doch ansonsten gilt *plus ça change.*«

Das gab mir zu denken. Es gab kein Gesetz, das die Beschäftigung mit künstlicher Intelligenz (oder irgendwelchen anderen Wissensgebieten) verboten hätte. Nicht einmal in der Union war sie untersagt. Für das, was in der Union nicht ausdrücklich verboten war (und das war so ziemlich alles) galt die Regel: ›Wo kein Kläger, da kein Richter‹. Ein Ausbruch jedoch (von AI, einer Seuche, von Nano-Assemblern oder anderen Arten von Replikatoren) blieb auf keinen Fall folgenlos. Die Nachbarn würden einen ächten oder boykottieren, und wenn zu den Annehmlichkeiten, die sie zu boykottieren gedachten, zufällig der nächste Atemzug gehörte (und wenn der Beschluss von einer Nachbarschaftsversammlung gefasst wurde), dann konnte es durchaus sein, dass *sie* damit durchkamen.

Und sollte es zum Schlimmsten kommen und sich der Ausbruch tatsächlich ausbreiten, dann würde die Raumverteidigung des inneren Sonnensystems eine Orbitallöschung vornehmen. Dass sie Leute auf den Boden schickte und jemanden im Voraus verwarnte, davon hatte ich noch nicht gehört. Dies erschien mir ziemlich illiberal.

»Übermäßiger Eifer«, überlegte ich laut; teilweise war es auch ein Bluff. »Ich werde mich drum kümmern. Aber ich versichere Ihnen, dass die Division nichts damit zu tun hat. Wir möchten Ihnen einen ganz anderen Vorschlag unterbreiten.«

»Ja«, seufzte er. »Das glaube ich wohl. Harter Cop, weicher Cop.«

War das möglich? Die Vorstellung, dass jemand von der Division oder aus dem Apparat der Solaren Verteidigung in meiner Mission herumpfuschte, erboste mich so sehr, dass ich vorübergehend und zu meinem Glück sprachlos war. Nach einer Weile beruhigte ich mich wieder: ich mochte zwar im Hinblick auf Verschwörungen aus der Übung sein, doch für meine Selbstbeherrschung galt das nicht.

»Davon weiß ich nichts«, sagte ich.

»Also, was wollen Sie von mir?«

»Dr. Malley«, sagte ich lächelnd, »wissen Sie, wie die Menschen auf der anderen Seite, von denen Wilde uns berichtet hat, das Wurmloch nennen? Sie nennen es Malley Mile.«

»Ich habe die Aufzeichnungen gesehen«, erwiderte Malley trocken. »Schmeichelhaft, nicht wahr?«

Darauf hatte ich gehofft. Es war an der Zeit, ein bisschen nachzulegen.

»Wir befinden uns in einer Lage, die es dringend erforderlich macht, das Wurmloch zu verstehen. Und Sie sind als Einziger dazu imstande. Möchten Sie mich zum Jupiter begleiten und ernsthafte Physik betreiben?«

Malley hatte gerade Whisky im Mund und verschluckte sich daran. Er spuckte, hustete, dann lehnte er sich lachend zurück.

»So weit ist es also gekommen! Dreißig Milliarden Menschen leben in Eurem Utopia, und Ihr müsst ausgerechnet zu mir kommen! Ihr seid wirklich eine Enttäuschung!«

Ich lächelte. »Ich weiß, was Sie meinen, Dr. Malley. Und ich glaube, was wir vorhaben, könnte diesen Zustand auf lange Sicht ändern. Mehr möchte ich im Moment nicht sagen.«

Er stützte das Kinn auf die gefalteten Hände und sah mich an.

»Hm«, machte er. »Interessant. Das nannte man früher ein Wolff-Gambit.«

Ich hob die Brauen; er zuckte die Achseln. »Schlagen

Sie's nach.« (Was ich nie tat.) »Aber Sie kommen zu spät«, fuhr er fort. Er schenkte sich Whisky nach und prostete mir ironisch zu.

»Auf den genialen Wissenschaftler Isambard Kingdom Malley.« Er leerte das Glas und setzte es hart auf den Tisch. »Und auf das, was verloren ist. Und auf das fortschreitende Alter und die Korrumpierung der Jugend.«

»Nein!« Ich erhob mich. »Sie irren sich! Das sind bloße Symptome. Ihr wirkliches Problem ist Folgendes: Sie haben die schönste und erfolgreichste physikalische Theorie ausgearbeitet, die je ein Mensch entwickelt hat, und dann haben übermenschliche Wesen sie benutzt, angewendet, über ihre Grenzen hinausgeführt und schließlich *widerlegt*! Und Sie sind nie über den Verdacht hinweggekommen, dass Sie ihre menschlichen Beschränkungen überschreiten müssten, um Ihre Theorie auszuweiten. Denn dazu sind Sie nicht imstande!«

»Richtig«, sagte er. Er schenkte sich erneut nach. »Und daran seid Ihr schuld!«

»Wir?«, sagte ich, verletzt von der ungerechten Unterstellung.

»Ja, Ihr mit Eurer Behinderung der Raumfahrt- und der Computertechnik, Ihr mit Eurem endlosen kalten Krieg gegen die Jupiteraner. Die Cassini-Division schiebt dort draußen eine echt ruhige Kugel, während der Rest der Menschheit mit einer Art von statischem Komfort abgespeist wird. Eingeschränkt, ohne es zu bemerken, auf Rationen gesetzt, ohne sich bewusst zu werden, was ihr fehlt. Die Rationen sind großzügig, das gebe ich zu, aber was Ihr mit dem großen Wort Solarunion belegt, ist in Wirklichkeit das zivile Hinterland einer Kriegswirtschaft.«

Das war so lächerlich, dass man darüber nicht streiten konnte.

»Glauben Sie, was Sie wollen«, sagte ich. »Aber weshalb begleiten Sie mich nicht und schauen sich selber mal um?«

Malley holte ein Taschenmesser hervor, klappte einen gelblichen Dorn aus und stocherte damit im Pfeifenkopf herum. Ich wandte den Blick ab. Das Feuerzeug klickte, dann wurde der mittlerweile vertraute Geruch von brennendem getrocknetem Tabakkraut erneut aufgefrischt.

»Verlockend ist es schon«, räumte Malley ein. »Ehrlich gesagt würde ich das Tor – das Malley Mile, haha! – schon gern einmal aus der Nähe sehen. Ich würde mit Freuden einen Weg zu der von Wilde erwähnten Welt finden, die mir interessanter zu sein scheint als die unsere.« (Ich wäre beinahe zusammengezuckt – ich hatte das Thema nicht einmal angetippt, aber genau das erhofften wir uns von ihm.) »Aber wie ich schon sagte, ist das reine Zeitverschwendung. Ich komme mit der Mathematik nicht mehr zurecht. Dazu braucht es einen jungen Mann, und Malley ist nicht mehr jung.«

Mittlerweile klang er nahezu weinerlich. Ich nahm wieder Platz, beugte mich über den Schreibtisch vor und blickte in Malleys blutunterlaufene Augen.

»Alter und Alkoholismus«, sagte ich, »sind heilbar. Wie Sie sehr wohl wissen. Ein paar Behandlungen, und schon werden Sie sich so gut fühlen wie lange nicht mehr, besser, als Sie sich überhaupt *vorstellen* können. Sie werden Zugang zu den mächtigsten Rechnern der Division haben, zu den besten Instrumenten, zu Beobachtungsdaten, die im Laufe von Jahrzehnten zusammengetragen wurden. Wir wollen nichts weiter, als dass Sie uns den Weg zum Neuen Mars zeigen. Wenn Sie das tun, können Sie anschließend im Rahmen des Möglichen tun und lassen, was Sie wollen, genau wie wir alle.«

Malley lehnte sich zurück und saugte an der Pfeife.

Das grauenhafte Geblubber des Teers und des Speichels im Mundstück war mir bislang noch nicht aufgefallen.

»Das ist ein Angebot«, meinte er.

Ich brauchte eine Weile, bis mir klar wurde, dass er eingewilligt hatte.

»Heißt das, wir haben einen Plan?«

»Ja!« Malley kicherte. »Das haben wir. Wir haben einen Plan.«

*

Eigentlich hatte ich vorgehabt, mit dem nächsten Luftschiff zum Alexandra Port zurück und dann mit dem Nurflügelflugzeug weiter nach Guinea zu fliegen, um mich dort vom Laser-Launcher zur *Terrible Beauty* hochkatapultieren zu lassen, zu dem Fusionsclipper, der mich hergebracht hatte und der derzeit im niedrigen Erdorbit wartete. Unterwegs – ein kurzes Update – wollte ich Malley auf einige Errungenschaften der Unionsgesellschaft hinweisen, von der er sich in den vergangenen hundert Jahren so konsequent fern gehalten hatte: auf die riesigen Babbagemaschinen, die die auf Leontief zurückgehenden Input-Output-Matrizen abarbeiteten, die Meeresfarmen, die kilometerhohen Wolkenkratzer, die kilometertiefen Höhlen, die (nahezu leere) riesige Halle des Zentralen Planungsrates mit der goldenen Statue von Mises …

So viel zu meinen Plänen.

*

»Möchten Sie sich von jemandem verabschieden?«

Malley packte Bücher, Instrumente und Tabakvorräte in eine Reisetasche und machte dabei den Eindruck, auf der Stelle aufbrechen zu wollen. Er lächelte eisig.

»Was meinen Sie?«

»Sie stehen hier niemandem nahe?«

»Die Dorfhure wird mich bestimmt vermissen.«

Ich blickte errötend aus dem Fenster und wechselte das Thema.

»Warum ist diese Schule eigentlich wie eine Festung ausgebaut?«

Der aufgewirbelte Staub brachte Malley zum Husten. »Das war mal eine Polizeiwache. Die Fenster lassen sich übrigens öffnen. Ich nehme an, das war Absicht, damit die Gefangenen fliehen konnten.«

Ohne ihn so recht verstanden zu haben (vielleicht wollte ich ihn auch nicht verstehen), machte ich mich am Schließmechanismus zu schaffen. Das Fenster schwang auf, und ich lehnte mich hinaus, um die unkontaminierte Luft einzuatmen. Nach dem ersten Seufzer der Erleichterung blickte ich über die nickenden Baumwipfel hinweg zur untergehenden Sonne, dann senkte ich den Blick ...

Vor dem College hatten sich etwa fünfzig Personen versammelt, überwiegend Erwachsene, die allesamt bewaffnet waren: mit Gewehren, Schrotflinten und – wie die Bauern in einem alten Horrorfilm – mit Mistgabeln. Einige drängten sich ums Tor, andere standen im Halbkreis um den Buggy herum, über dem der Rucksackteil meines Raumanzugs eine summende Wolke von abwehrbereiten Hornissen gebildet hatte.

Malley hatte wohl etwas bemerkt. Er streckte neben mir den Kopf aus dem Fenster.

»Oh, Scheiße!«, sagte er.

»Ist dafür der nette junge Mann von der Rezeption verantwortlich?«

»Vermutlich«, antwortete Malley.

»Warum?«

Er blickte mich stirnrunzelnd an. »Sie haben wirklich nichts kapiert, hab ich Recht? Die Menschen leben hier, weil sie Euch nicht mögen! Und sie wollen verhindern, dass Ihr mich entführt.«

»Sie sollten Ihnen sagen, dass Sie aus freien Stücken fortgehen!«

Er zog den Kopf zurück. »Versuchen kann ich's ja.«

Die Leute am Buggy wichen zurück, anstatt den schmerzhaften und sinnlosen Versuch zu unternehmen, gegen den Hornissenschwarm anzugehen. Sie drängten sich durch die Menge am Tor, und da sie offenbar unternehmungslustiger waren als der Rest, näherten sie sich dem Eingang. Jemand schaute hoch und sah mich. Geschrei ertönte, dann drängte der Haufen umso energischer zur Tür.

Sie würden jeden Moment die Treppe hochgestürmt kommen.

»Anzug!«, rief ich und tippte Anweisungen in meinen Ärmel. Der Schwarm kreiste einmal um den Buggy, dann kam er in lang gezogener Linie auf mich zu, und während ich mich ins Zimmer zurückzog, sammelten sich die Hornissen um mich und formierten sich neu. Mein ganzes Outfit nahm wieder die ursprüngliche Anzugform an. Der Anzug versteifte sich, es wurde schwarz um mich (mittlerweile waren wir zwei Versionen weiter und hatten den Ein-Sekunden-Bug noch immer nicht behoben), dann klärte sich meine Sicht, und ich konnte mich wieder bewegen.

Malley beobachtete mit offenem Mund, wie sich meine Kleidung in eine nahtlose, mattschwarze Rüstung verwandelte, mit einer gesichtslosen schwarzen Kugel als Helm und auffällig verdickten Schultern.

»Das ist ein Nanotech-Raumanzug«, erklärte ich ungeduldig. »Los, raus auf den Fenstersims, machen Sie schon!«

Er zögerte, dann hörte er das Fußgetrappel auf dem Gang. Er nahm die Reisetasche, kletterte auf den Sims und blieb unter dem hochgeschwenkten Fenster hocken. Ich folgte ihm und schlang die Arme um ihn. »Halten Sie sich fest«, sagte ich überflüssigerweise.

»Seil«, befahl ich und sprang. Aus den Schultern des Anzugs schossen zwei Seile hervor, deren eines Ende sich mittels Adhäsionskräften an den Fenstersims heftete, während das andere zum Boden hinabstieß. Wir landeten sanft. Ich blickte mich um. Die Vorhut des Pöbels blickte gerade in dem Moment aus dem Fenster auf uns herunter, als die Seile sich in den Anzug zurückschlängelten. Die Nachzügler standen zwischen dem Tor und dem Eingang und musterten uns mit einem Gesichtsausdruck, an den ich mich noch immer mit einer gewissen boshaften Genugtuung erinnere.

Malley richtete sich kreidebleich auf. Er hatte sich auf den Anzug übergeben, der die organischen Stoffe bereits begierig aufsaugte. Ich hob ihn hoch wie ein Schauspieler im Killer-Robot-Outfit eine Schauspielerin im Guckloch-Outfit und rannte zum Buggy. Die Menge wich vor mir zurück. Ich setzte Malley auf den Beifahrersitz und sprang hinters Steuer.

Ich hatte die Dörfler unterschätzt. Ich hatte es hier nicht mit einem panischen Mob zu tun, sondern mit braven Bauern, die Zeuge der Entführung eines geschätzten und unentbehrlichen Lehrers zu werden meinten. Diejenigen, welche die Treppe hochgerannt waren, strömten nun zurück und umstellten den Buggy. Studenten, junge Männer zumeist, schlossen sich ihnen an. Sie hielten zwar ein paar Meter Abstand, bildeten jedoch einen immer undurchdringlicher werdenden Kreis. Ich musterte die Menschenmauer, die bunten Woll- und Baumwollsachen und die breiten Ledergürtel, die primitiven Waffen, die faltenlosen und feindseligen Gesichter.

Nun, zumindest sollten sie auch mein Gesicht sehen können. »Helm scrollen«, murmelte ich, worauf sich die Kugel um meinen Kopf oben öffnete. Die Öffnung weitete sich und wurde dann, als die intelligente Materie in den temporären Dichtungsring auf meinen Schlüsselbeinen zurückfloss, wieder schmaler. Ehe jemand reagieren konnte, wandte ich mich an Malley und sagte:

»Könnten Sie ihnen vielleicht die Situation erklären?«

Malley zuckte die Achseln. Ihm zitterten die Hände. Er wischte sich mit dem Handrücken über den Mund, richtete sich auf und hielt sich am Rand der Windschutzscheibe fest.

»Hört mal her, Freunde!«, rief er. »Hört mich an! Ich danke Euch für Euren Einsatz, aber es ist alles in Ordnung. Ich gehe für kurze Zeit mit dieser Frau von … außerhalb fort. Und zwar aus freien Stücken. Also macht Euch bitte keine Sorgen! Lasst uns bitte durch.«

Der größte und am gefährlichsten wirkende Mann im Umkreis drängte sich nach vorne durch und pflanzte sich unmittelbar vor uns auf.

»Es tut mir Leid, Dr. Malley«, sagte er. »Aber wir sind uns nicht sicher, ob Sie wirklich freiwillig fortgehen wollen. Diese Raumleute, diese *Sozialisten*, können Sachen mit dem Gehirn anstellen, dass man meint, man handele aus freien Stücken, während man in Wirklichkeit ihren Willen ausführt.«

»Doch nicht wieder *diese* alte Lüge«, murmelte ich vor mich hin. Eigentlich hätte ich mir denken können, dass die vorherrschende Ideologie der NiKos ein vollkommen paranoides System voller Selbsttäuschungen war.

»Davon bin ich überzeugt«, sagte Malley. Er hatte sich wieder einigermaßen in der Gewalt. »Aber ich bezweifle doch sehr, dass sie das in einer halben Stunde bewerkstelligen könnten.«

Der hoch gewachsene Mann wirkte ganze zwei Sekunden lang konsterniert.

»Also gut«, sagte er mit unwiderlegbarer Logik, »dann hat sie Ihnen also gedroht. Damit, dass sie das Dorf auslöschen würden oder etwas in der Art. Sie können es uns ruhig sagen, Dr. Malley! Wir haben keine Angst vor denen!«

»Ich versichere Euch …« setzte Malley an, doch ich wusste, es hatte keinen Sinn. Argumente führten hier nicht weiter. Malley konnte ich nicht glaubhaft drohen, und mit meiner Pistole (die sich innerhalb meines Anzugs befand und schmerzhaft gegen meine Hüfte drückte) konnte ich gegen die Gewehre nichts ausrichten. Ob der Anzug in der Lage war, den Helm schnell genug wiederherzustellen, um mich vor einem abgefeuerten Schuss zu schützen, wollte ich lieber gar nicht erst testen.

»Helm schließen«, flüsterte ich und ließ den Motor an. Während es momentweise dunkel um mich wurde, langte ich hoch und packte Malley bei der Schulter.

»Runter!« schrie ich und zog ihn nieder. Mit der anderen Hand packte ich das Steuer. Ich tastete mit dem Fuß nach dem Gaspedal und drückte es durch. Der Buggy machte einen Satz nach vorn, und als ich wieder sehen konnte, sprang der große Mann im letzten Moment beiseite. Auch die anderen spritzten auseinander wie Kegel, wenn es ›Alle Neune!‹ heißt. Und dann waren wir durch und kariolten inmitten eines Steinschauers die Dorfstraße entlang, während vor uns Hühner auseinander stoben. Ein paar Schüsse wurden abgefeuert, doch die schwirrten über uns hinweg – ich glaube nicht, dass sie gezielt waren. Den wenigen Leuten, die sich noch zwischen uns und dem Dorfausgang befanden, war es eher darum zu tun, sich in Sicherheit zu bringen, als dass sie uns aufhalten wollten. Einer aber hatte ein längliches Plastikteil mit einer einen Meter langen Antenne in der Hand. Das eine Ende hielt er sich an den Mund und das andere ans Ohr, und er sprach aufgeregt hinein.

Ich hatte den bösen Verdacht, dass es sich um ein Funkgerät handelte.

*

»Ich habe Ihnen bereits gesagt, dass ich Elektronik unterrichtet habe«, meinte Malley nach einer Weile, als wir über einen weiteren Waldweg holperten, und zwar in die genau entgegengesetzte Richtung, wenn wir zum Alexandra Port wollten.

»Wie leichtsinnig von Ihnen!«, rief ich. »Funkgeräte können Viren übertragen, das wissen Sie doch.«

»Ja, und manchmal schmelzen sie in der Hand – also, was soll's!«

»Was ist mit Bewusstseinsviren? Haben Sie daran schon mal gedacht?«

»Selbstverständlich«, sagte Malley, während er den Gurt anzulegen versuchte. »Das ist bloß eine Umschreibung für Ideen, die Euch nicht in den Kram passen.«

»Die *wem* nicht in den Kram passen?«

»Euch«, sagte Malley und schwenkte die Hand über dem Kopf. »Der Union. Der Division. Das ist nichts anderes als Zensur.«

Ich lachte so heftig, dass der Buggy gefährlich ins Schwanken geriet, als ich einem umgestürzten Baumstamm auswich. »Das ist so, als wollten Sie es Rationierung nennen, wenn man sich nimmt, was man haben will!«

»Genau darauf wollte ich hinaus«, sagte Malley mit unerklärlichem Triumphgefühl.

Ich seufzte. »Dr. Malley, ich empfinde große Bewunderung für Sie und Ihre wissenschaftliche Leistung und sehe sogar ein, dass Sie diesen Menschen Gutes getan haben, möchte aber respektvoll darauf hinweisen, dass Sie nicht mehr auf dem Laufenden oder vielleicht auch desinformiert sind …«

»Ha!«

»… und dass Sie die Dinge ganz anders sehen werden, sobald wir die Division erreicht haben.«

»Das glaube ich gern«, kicherte Malley schnaufend. »Das glaube ich gern.«

Der Karte – die mir noch immer eingeblendet wurde – war zu entnehmen, dass wir uns nahe Gunnersmere befanden, einem Sumpf im Mündungsdelta der Themse. Das Dorf Under Flyover bestand aus ein paar an der Küste verstreuten Häusern. Vor uns dünnte der Wald bereits aus, Erlen und Birken traten an die Stelle von Eichen und Buchen.

»Mit wem hat der Mann mit dem Funkgerät wohl gesprochen, was meinen Sie?« fragte ich.

Malley lächelte boshaft. »Ach, der hat uns wohl eine Warnung vorausgeschickt.«

»Gütiger Himmel, Mann!« Ich trat behutsam auf die Bremse, und wir kamen inmitten von hochgeschleudertem modrigem Laub und Bucheckern zum Stehen. Plötzlich kam mir die Umgebung verdächtig ruhig vor, vom bedrohlichen Knacken im Unterholz und den umherhuschenden Gestalten in den langen Baumschatten einmal abgesehen. »Soll das heißen, wir fahren geradewegs in einen *Hinterhalt* hinein?«

»*Sie* fahren«, antwortet Malley ruhig. »Ich hätte Sie auch gleich anhalten lassen, aber ich wollte erst mal abwarten, wie lange es dauert, bis Ihnen klar wird, dass Sie auf meine Ortskenntnisse angewiesen sind, wenn Sie hier lebend rauskommen wollen.«

Ich atmete tief durch. »Na schön, Dr. Malley. Ich bin auf Ihre Ortskenntnisse angewiesen. Oder ich muss einen Rettungshubschrauber herbestellen.«

»Vielleicht brauchen Sie ja beides. Aber eins nach dem anderen. Als Erstes sollten wir den Buggy von der Straße schaffen, am besten an einer Stelle, wo es nicht so auffällt. Ein paar hundert Meter weiter tritt die nackte Fahrbahn zu Tage, am Straßenrand stehen ein paar Ruinen. Wenn Sie dort auf einen Feldweg fahren, sollte es eigentlich nicht auffallen, zumal jetzt, wo es schon dunkel wird.«

Ich ließ den Motor wieder an und fuhr langsam zu

der von Malley bezeichneten Stelle, wo Wind und Wetter den geborstenen Teerbelag bloßgelegt hatten. Ich wählte eine Ruine aus, deren Zufahrt nicht mit Pflanzen zugewachsen war, und entdeckte schließlich eine verfallene Betonrampe, die zu einer klaffenden Toröffnung führte. Kurz darauf hatten wir den Buggy in einem nach oben hin offenen Raum mit teilweise eingestürzten Wänden abgestellt, wo Brennesseln, Weidenröschen und Hanf über drei Meter hoch wuchsen. Ich blickte auf den Inhalt meines verschwundenen Rucksacks nieder, der nun verloren auf dem Rücksitz lag. Ich wechselte den Raumanzug wieder gegen den Rucksack und einen blau-grün gesprenkelten Overall aus, dann packte ich alles ein, diesmal auch das schwere Schlauchboot, den elektrischen Außenborder samt Brennstoffzelle und Gasbehälter.

»Das ist der einzige Weg, der hier hinausführt«, meinte Malley.

»Und wie geht's weiter?«, fragte ich.

»Können Sie mit dem nächsten Vorposten der Union Kontakt aufnehmen?«

Vorposten, wie passend. »Nicht direkt«, antwortete ich. »Ich könnte ihn über mein Schiff anfunken. Das müsste in etwa …« – ich aktivierte mit einem Blinzeln die vor meinem linken Auge schwebende Uhr – »in etwa fünfzehn Minuten über dem Horizont erscheinen. Aber das möchte ich lieber nicht tun und auch kein Notsignal funken …«

In diesem Moment vernahm ich auf der Straße ein rhythmisches Geräusch, das sich aus der Richtung näherte, aus der wir gekommen waren.

»Was ist das?«

»Ein galoppierendes Pferd«, antwortete Malley. »Runter!«

Wir duckten uns hinter die Wand. Ich zog die Pistole und bedauerte sogleich, vor der Umwandlung des Anzugs nicht über die Eigenschaften von Brennesseln Bescheid gewusst zu haben; ich riss die Hände eilig wieder hoch. Das Getrappel kam näher, dann, als das Pferd auf den geteerten Abschnitt gelangte, wurde es langsamer und unrhythmisch. Als es auf unserer Höhe war, spähte ich zwischen den Unkrautstängeln hindurch.

Eine junge Frau saß auf dem Rücken eines seltsamen großen Tieres, das sie mithilfe verschiedener Lederriemen lenkte. Ihre Füße steckten in Metallbügeln. Sie ritt jetzt ganz langsam und blickte nach rechts und nach links. Ihre Kleidung war schmutzig, auch das Pferd, und an ihrer Schläfe trocknete unter einem blauen Fleck ein Blutrinnsal. Als sie das Gesicht nach rechts wandte, mir entgegen, erkannte ich sie.

»Suze!«, rief ich und richtete mich auf.

Sie zuckte zusammen, und das Pferd scheute und wieherte, dann zog sie die Lederriemen stramm und sagte etwas, worauf das Tier sich beruhigte. Malley richtete sich knurrend und mit finsterem Blick auf und folgte mir langsam, als ich über die Mauerreste kletterte und mich Suze näherte.

»Alles in Ordnung, Ellen?« Sie blickte an mir vorbei zu Malley und riss die Augen auf. »Ist das …?«

»Der große Mann in Person«, sagte ich. »Aber was ist denn passiert, Suze? Was ist geschehen?« Eigentlich konnte ich es mir denken.

»Ich bin dir gefolgt«, sagte sie. »Ich wusste zwar, dass du mich nicht dabeihaben wolltest, aber …«

»Das war nett von dir«, meinte ich.

»Na ja.« Sie lächelte unsicher auf uns herab. »Ich bin mit einem Lastkahn den Kanal hochgefahren und hab mir Bonnie ausgeliehen.« Sie tätschelte dem Pferd den Hals. »Ich habe die Stute früher schon mal geritten, denn auf den Waldwegen kommt man mit ihr besser voran als mit dem Buggy. Als ich das Dorf erreichte und die Einheimischen feststellten, dass ich von der

Union war, kamen alle schreiend auf mich zugerannt. Sie bewarfen mich mit Steinen und mit … äh … Scheiße. Ich hatte keine Ahnung, was da los war, also hab ich den Kopf eingezogen und gemacht, dass ich wegkam. Und da bin ich.«

Da bist du. Noch jemand, auf den ich aufpassen musste.

»Ist dir jemand gefolgt?«

Sie schüttelte den Kopf. »Was ist mit dir?«, fragte sie.

Ich stellte sie Malley vor und schilderte ihr unsere Zwangslage.

»Oh«, sagte sie und blickte sich ängstlich um. »Heißt das, es könnte sein, dass man nach uns sucht?«

»Ja«, antwortete ich. »Sie sind dran, Dr. Malley.«

»Sagen Sie Sam zu mir«, meinte er, wahrscheinlich irritiert von Suzes anhimmelnden Blicken. »Das tut hier jeder. Ist die Kurzform von Isambard. So. Suze, könnten Sie Alexandra Port anrufen und einen Rettungshubschrauber herbestellen?«

»Ja, natürlich, Doktor … Sam.«

»Okay.« Er schloss die Augen und zwickte sich in die Stirn; auf einmal wirkte er so müde, wie ich mich fühlte. »Bitten Sie sie, in etwa einer Stunde zu landen. Wir lassen das Dorf hinter uns, durchqueren den Wald östlich der Straße und verstecken uns am Ufer. Ellen wird dann mithilfe ihres magischen Anzugs sicherlich die genauen Koordinaten übermitteln können, nicht wahr?«

Ich nickte.

»Na schön«, sagte Malley. »Suze, ich fürchte, Sie müssen sich von dem Pferd verabschieden, aber die Einheimischen werden es sicherlich gut behandeln.«

Suze nahm dem Pferd das Halfter ab und versetzte ihm einen freundschaftlichen Klaps, worauf es in südlicher Richtung davontrottete. Dann löste sie ein Funkgerät vom Gürtel, stellte es auf den nächsten Kommunikationssatelliten ein und rief Alexandra Port an. Sie runzelte die Stirn und schüttelte den Kopf.

»Die Nachricht ist durchgekommen, aber ich bekomme keine Bestätigung.«

Malley zuckte die Achseln. »Versuchen Sie es noch einmal, wenn wir am Ziel sind.«

Er wandte sich in östliche Richtung, und Suze und ich folgten ihm. Es war viel mühsamer als erwartet, sich einen Weg zwischen den Bäumen hindurch zu bahnen. Es war ein alter Wald, daher erstickte das hohe, dichte Blätterdach das meiste Unkraut. Die Ruinenreste unter den trügerischen Laubschichten machten diesen Vorteil allerdings mehr als zunichte. Wir schlugen uns die Scheinbeine an versteckten Betonblöcken auf und sanken knietief in verborgene Gruben ein. Ein abgestorbener Ast konnte sich unvermittelt als unnachgiebiger verrosteter Metalldorn entpuppen. Malley beharrte darauf, im dichteren Teil des Waldes zu bleiben, und schritt zuversichtlich voran, wobei er die Reisetasche so lässig trug, als begebe er sich zu einem Flugterminal. Wir konzentrierten uns darauf, Verletzungen zu vermeiden, und folgten ihm schweigend – zumindest gaben wir nur unartikulierte Laute von uns.

Nach einer halben Stunde wandte Malley sich ein wenig mehr nach rechts, und kurz darauf gelangten wir auf offeneres Gelände mit hohem Gras, vereinzelten Büschen und kleinen Bäumen. Das Ufer lag etwa hundert Meter entfernt, die Wasserfläche war an dieser Stelle etwa zwei Meilen breit. Eine Meile zu unserer Linken lag Under Flyover mit den umliegenden Feldern und Gärten. Nur ein paar Säulen waren von der Überführung geblieben, der das Dorf seinen Namen verdankte.

Auf den Feldern sah man eine lang gestreckte Linie von Leuten mit Hunden, die sich systematisch unserem Standort näherten und sich mit ihren Handfunkgeräten mit anderen Leuten verständigten, die wohl irgendwo im Wald waren. Wir gingen in die Hocke, und Suze versuchte erneut, mit Alexandra Port zu sprechen.

»Nichts«, sagte sie. »Das begreife ich nicht. Als ob sie uns bewusst ignorieren würden!«

»Steckt da vielleicht Politik dahinter?«, fragte ich. »Hat das etwas mit dem Aufruhr zu tun, den wir … den ich in dem Dorf verursacht habe? Nach dem Motto, wer die NiKos in Rage bringt, muss selbst sehen, wie er zurechtkommt?«

Sie schüttelte heftig den Kopf. »Ausgeschlossen. Vielleicht wären ein paar Erklärungen vonnöten, aber wir holen unsere Leute immer raus. He, wir helfen sogar NiKos, wenn sie uns darum bitten.«

»Meistens denen, die es am wenigsten verdient haben«, brummte Malley. »Nämlich Dorfschlägern oder Dieben.«

Suze stimmte ihm zu, und die Suchmannschaften kamen immer näher.

»Jetzt reicht's mir aber«, meinte ich. »Ich werd euch sagen, was wir tun.«

*

Wir nahmen die Beine in die Hand und rannten zum Ufer. Ich pflügte durchs hohe Gras, ohne mich zu bücken, rutschte Böschungen hinunter, spürte Kies unter den Füßen und riss an der Leine, mit der das Boot aufgeblasen wurde.

Das Dinghy entfaltete sich innerhalb von fünf Sekunden, während ich es ins Wasser schleuderte. Suze tauchte keuchend hinter mir auf, dann folgte der japsende Malley. Wir wateten in die Themse und schoben das Boot bis ins knietiefe Wasser, dann kletterten wir hinein. Dies alles dauerte kaum eine Minute, die jedoch ausreichte, um jede Menge Geschrei und Hektik ausbrechen zu lassen. Als die ersten Verfolger auftauchten, lief bereits der Motor, und wir waren etwa zehn Meter vom

Ufer entfernt. Zwei Männer wateten uns nach, und ein Hund sprang ins Wasser und paddelte uns tapfer hinterher.

Ich blickte mich um. Sie holten auf, doch als das Wasser tiefer wurde, hatte es damit ein Ende. Als sie nicht mehr waten konnten, hatten wir es geschafft. Jemand pfiff den Hund zurück. Mittlerweile waren sechs Männer am Ufer versammelt, und als wir uns flussabwärts wandten, sah ich, dass einer von ihnen in ein Funkgerät sprach.

»Was glauben Sie, was er da macht?«, fragte ich Malley. Statt zu antworten zeigte Malley ans Ufer, zum lang gestreckten Holzsteg von Under Flyover. Vier Männer rannten gerade den Steg entlang. Sie kletterten eine Leiter hinunter und stiegen in ein Boot. Sie setzten sich an die zwei Paar Ruder und nahmen die Verfolgung auf.

»Das ist aussichtslos«, sagte Malley, gerade als zwei der Männer ihre Ruder losließen und erst einen Mast aufrichteten und dann ein Segel hissten.

»Vielleicht auch nicht«, meinte Suze.

Mit dem Segel wurden sie merklich schneller, wenngleich ich schätzte, dass sie etwa eine halbe Stunde brauchen würden, um uns einzuholen. Ich steuerte vom Ufer weg, um die Strömung besser auszunutzen.

»Was soll das eigentlich?«, wandte ich mich an Malley. »Das ist doch Wahnsinn. Sie müssten inzwischen doch eigentlich wissen, dass Sie freiwillig mitgekommen sind, denn andernfalls wären Sie längst geflohen. Die können doch nicht ernsthaft glauben, ich hätte eine Gehirnwäsche bei Ihnen vorgenommen. Aber weshalb jagen sie uns dann?«

Er zuckte die Achseln. »Keine Ahnung. Noch mehr wundert mich allerdings, weshalb Ihre Leute nicht auf den Hilferuf reagiert haben.«

Meine Leute waren das nicht gerade, aber er hatte trotzdem Recht. Es war ausgesprochen beunruhigend.

Ich blickte mich um. Die Sonne stand mittlerweile sehr tief, und die ganze Szenerie – die Wasserfläche, auf der wir uns bewegten, das bewaldete Ufer zu unserer Linken – wäre unter anderen Umständen idyllisch gewesen. Wasservögel schwammen auf dem Wasser oder flogen über den breiten Flusslauf hinweg, außerdem waren ein paar andere kleine Boote zu sehen …

»Was ist mit den anderen Booten?«, fragte ich Suze. »Ein paar gehören doch bestimmt Besuchern aus der Union?«

»Ja, aber es ist schwer zu sagen, welche das sind – ah!«

Sie deutete flussabwärts auf ein kleines V aus weißem Gischt. »Wir sind gerettet! Das ist ein Patrouillenboot!« Von Erregung übermannt schwenkte sie die Arme und rief, obwohl das Boot – ein Tragflächenboot, wie ich nun sah – noch gut zwei Meilen entfernt war. Nach einer Weile beruhigte sie sich wieder, zog das Hemd aus und schwenkte es.

»Welche Aufgaben hat ein Patrouillenboot?«, fragte ich.

»Vor allem soll es Ertrinkende retten«, antwortete Malley.

»Und Präsenz zeigen, wie man so sagt«, bemerkte Suze, die um ein Haar aufgestanden wäre.

»Befassen sie sich auch mit NiKos?«

Malley schüttelte finster den Kopf. »Vielleicht sollten sie das besser – die Bootsfahrer auf der Themse nehmen, was der Verkehr hergibt. Das ist offener Raub.«

Ich verstand das nicht, Suze aber lachte zustimmend.

Das Tragflächenboot änderte leicht den Kurs. »Sie haben uns gesehen«, sagte ich und blickte mich über die Schulter um. Die Männer im Verfolgerboot machten sich wieder am Segel zu schaffen. Nach wenigen Minuten drosselte das Tragflächenboot – ein weißes Neun-Meter-Boot mit dem Sternenpflug an der Seite – den

Motor, sank ins Wasser ein, beschrieb hinter uns einen Bogen und ging längseits. Die Steuerfrau winkte uns zu und rief: »Hi! Haben Sie Probleme mit diesen Leuten?«

»Ja!«, rief ich zurück. »Danke, dass Sie uns zu Hilfe gekommen sind.«

»Schon gut«, meinte sie. »Wo wollen Sie hin?«

Ich überlegte kurz. »Zum Alexandra Port – aber wenn Sie uns zur Lee-Mündung bringen würden, wäre das auch in Ordnung.«

»Klar. Kein Problem. Kommen Sie an Bord.« Sie warf uns eine Leine zu, und wir zogen das Dinghy zu einer kleinen Leiter an der Längsseite des Bootes. Malley kletterte als Erster hoch, gefolgt von Suze und mir; das Dinghy zog ich mit einem Bootshaken nach. Die Frau, die sich als Carla vorstellte, hatte langes blondes Haar, ein sonnengebräuntes Gesicht und ein Lächeln, das ihre schiefen Zähne entblößte. Ihr gelber Overall hatte ein kleines Schild mit aufgesticktem Namen und dem Zusatz ›River Patrol‹.

»Haben Sie unseren Funkspruch empfangen?«, fragte Suze. »Wir haben versucht, Alexandra Port zu alarmieren.«

Carla schüttelte den Kopf. Sie bedeutete uns, in die Kabine vor dem Cockpit zu gehen, und ließ den Motor an. »Machen Sie es sich bequem!« rief sie. »Sie können mir erzählen, was passiert ist, wenn das Boot auf Kurs ist.«

Das Boot beschleunigte, die Tragflächen gruben sich ins Wasser, und wir hoben ab. Malley zündete sich die Pfeife an, Suze schaute aus dem Fenster, und ich stellte mich neben Carla und tischte ihr eine geschönte Version der vorausgegangenen Ereignisse auf. Sie war über die Reaktion der Einheimischen ebenso verblüfft wie wir. Wir kamen an Gunnermere, Hammersea und Southwater vorbei und hatten gerade das City Basin erreicht, als Carla plötzlich bemerkte: »Heute sind aber eine Menge NiKo-Boote auf dem Fluss unterwegs ...«

Mir waren die Boote ebenfalls aufgefallen, bloß fehlte mir der Vergleichsmaßstab. Ruderboote, Segelboote, Skiffs, Dampfboote, Holz verbrennende Boote, die Rauchfahnen hinter sich herzogen, und Lastkähne waren zu sehen. Zunächst schwammen sie im Becken wahllos durcheinander, dann richteten sie den Kurs allmählich neu aus. Auf uns.

Carla bemerkte es kurz darauf ebenfalls. Sie runzelte die Stirn und stellte das Funkgerät an. Der Mikrowellenlaser wurde von einem Satelliten weitergeleitet, doch es erfolgte keine Antwort. Die Boote waren noch ein gutes Stück entfernt – mehrere hundert Meter in alle Richtungen –, doch sie kamen allmählich näher. Suze und Malley traten aus der Kabine und beobachteten die Vorgänge staunend und mit wachsendem Erschrecken.

»Das ist zu viel«, sagte ich. »Jetzt ist Schluss mit lustig. Carla, bitte leiten Sie ein *schnelles* Fluchtmanöver ein, bevor sie uns vollständig umzingeln.«

Sie reckte grinsend den Daumen und gab Gas. Das Boot machte einen Satz nach vorn, dann beschrieb es einen Bogen auf die Hochhäuser der City zu, die im Licht der tief stehenden Sonne golden und bronzefarben funkelten, wie trunkene, gepanzerte Goliaths, die einem aquatischen David entgegenwateten. Zwischen den Hochhäusern und uns befanden sich mehrere NiKo-Boote: ein mit vier Mann besetztes Ruderboot ähnlich dem, das uns zu Anfang verfolgt hatte und das wie ein von der Oberflächenspannung getragener Käfer übers Wasser glitt; und ein wesentlich langsamerer und schwererer holzbefeuerter Kahn, der uns mit erschreckender Sturheit den Weg abzuschneiden suchte. Carla griff ins Steuer, ruckte einmal nach rechts und einmal nach links. Das Ruderboot kippte um, und ich sah kalkweiße Gesichter aufblitzen, als wir in wenigen Metern

Abstand am Heck des Dampfbootes vorbeirasten. Dann hatten wir die schiefen, hoch aufragenden Türme erreicht, und unser Spiegelbild huschte über die verglasten Fassaden.

Ich trat vorsichtig aufs Achterdeck, hockte mich hin, befahl dem Anzug, Antennenform anzunehmen, und funkte einen Notruf an die *Terrible Beauty*.

Die anderen hielten sich fest, wo es gerade ging, und beobachteten amüsiert, wie ich mich aufrichtete, während die Kleidungsstücke gerade erst wieder Form annahmen.

»Noch zwanzig Minuten«, sagte ich. Unser Kielwasser wurden in den Fahrwasser-Canyons mehrfach reflektiert. Die NiKo-Boote kamen uns nach, hielten aber deutlich Abstand.

»Und wie geht es dann weiter?«, fragte Carla.

Ich grinste mit wiederhergestelltem Selbstvertrauen, im Geiste bereits wieder in meiner eigenen Welt, weit entfernt von den Verschwörungen von Nicht-Kooperateuren, ihren verstockten Rettungsdiensten, ihrem Grundsatz, viel zu viel der Natur und einer prähistorischen Vorstellung von Menschlichkeit zu überlassen, die jede Schwäche unerbittlich rächte.

»Behaltet den Himmel im Auge«, sagte ich. »Die *Terrible Beauty* wird jeden Moment landen.«

*

Malley sah das Schiff als Erster, einen neuen und helleren Abendstern inmitten des Sonnenuntergangs. Obwohl es bereits im Landeanflug war, schien es zu steigen, denn es entfernte sich im Näherkommen vom Horizont. Zweimal schien es aufzuleuchten, und breitere Sekundarblitze gingen davon aus. Als es näher gekommen war, flammte es tatsächlich auf, einhergehend mit einem Donnerschlag, der ihm meilenweit vorauseilte und ersetzt wurde vom kreischenden Pfeifen der Bremsfallschirme. Wolken überhitzter Luft schossen von der Schiffshülle empor, dann wurde der dritte und letzte Bremsschirm gezündet, ein Baldachin aus Monolayer-Karbongewebe von einer halben Meile Durchmesser, an dem das Schiff schwebte wie der Samen unter der Distelwolle.

»Steuern Sie in die Mitte des Kanals«, sagte ich zu Carla. Sie gehorchte, obwohl sie den Blick kaum vom sich herabsenkenden Schiff abwenden konnte. Die Verfolgerboote flohen aus seinem sich ausweitenden Schatten. Wir hielten darauf zu, als wollten wir der Panik der anderen tollkühn trotzen.

»Ach, ach!«, rief Suze. »Es ist wunderschön – schrecklich schön, wie der Name sagt!«

Die Schiffshülle glühte wie eine Laterne, war geschwungen wie eine Muschel, zart wie eine Porzellanvase; sie hatte die Form eines paradoxen Alieneis, des Eis einer Vogelspezies aus höheren Dimensionen; der Lärm, den es verursachte, hörte sich an wie ein Chor zorniger Engel oder anbetender Teufel. Dann gab die *Terrible Beauty* den Bremsfallschirm frei, der die glücklichen Finder zweifellos reich machen würde, zündete die Steuerdüsen und feuerte den letzten Rückstoß ab, der brodelnde Wolken von Wasserdampf auf uns zurollen ließ, dann setzte sie mitten im Fluss auf.

»Eine solch empörende Verschwendung von kinetischer Energie«, sagte Malley, »habe ich *noch nie* erlebt.«

*

Carla blickte mich an. Ich nickte: »Nur zu.« Das Tragflächenboot legte die letzten paar hundert Meter zurück, die uns noch von dem imposanten Flugobjekt trennten. Als wir näher kamen, begann das Wasser zu brodeln, und die Tragflächen vermochten das Boot nicht länger zu tragen. Carla drückte einen Hebel vor, worauf der Rumpf tiefer ins Wasser sank; sie regelte die Geschwindigkeit so weit herunter, dass wir unmittelbar unter dem geschwungenen Überhang des Raumschiffs zum Stehen kamen. Ringsumher funkelten im aufgewühlten Wasser die silbrigen Bäuche toter oder betäubter Fische. Einige waren zweifellos bei lebendigem Leib gekocht worden; mir ging der Gedanke durch den Kopf, dass die bereits geöffneten Einlassventile, die gierig Wasser einsaugten, um die verbrauchte Reaktionsmasse zu ersetzen, sie möglicherweise ausfiltern und der Kantine zur Verfügung stellen würden: wie viele andere Apparate der Division hatte auch das Schiff eine empfindliche Nase für alle brauchbaren organischen Stoffe – und einen ungeheuren Appetit.

Etwa fünfzehn Meter über uns, dort, wo der Umfang der *Terrible Beauty* am größten war, glitt eine Luke auf, und ein Gesicht blickte auf uns nieder: Tony Girard, gegenwärtig der Sicherheitsoffizier des Schiffes.

»Hallo, Ellen!«, rief er. »Ich lass dir eine Leiter runter.«

Ich fing die Plastikleiter auf und wandte mich an Malley. »Nach Ihnen.«

Malley grinste mich ohne jede Spur von Zynismus an. Er wirkte wie ein kleiner Junge, den man eingeladen hat, im Karneval auf einem Wagen mitzufahren. Er schulterte seine Reisetasche und machte sich an den Aufstieg.

»Carla«, sagte ich, »wir werden mit dem Start natürlich warten, bis Sie sich in Sicherheit gebracht haben, aber ich hoffe doch, Sie werden keine Schwierigkeiten bekommen, was meinen Sie?«

Sie beschattete demonstrativ die Augen und blickte sich auf dem mittlerweile nahezu menschenleeren Fluss um. »Ich komme schon klar«, sagte sie. »An der Mündung des Lee ist eine Unionsstation. Ich werde mich dort mal erkundigen, weshalb niemand Ihren – und meinen – Anruf nicht beantwortet hat und weshalb uns keine anderen Patrouillenboote zu Hilfe gekommen sind.« Ihre Miene verdüsterte sich. »*Irgend jemand* wird da ein paar peinliche Fragen über sich ergehen lassen müssen.«

»Geben Sie uns Bescheid, wenn Sie etwas in Erfahrung gebracht haben«, sagte ich, notierte ihr unser Rufzeichen und reichte ihr den Zettel zusammen mit dem Geld, das ich von Graciosa her übrig hatte. »Danke für alles. Sollte Ihnen jemand Schwierigkeiten machen, rufen Sie uns an.« Ich deutete aufs Schiff, und sie lächelte – dankbar für die moralische Unterstützung, jedoch nicht ohne Skepsis. Es kommt häufig vor, dass Menschen die Division unterschätzen, doch diesen Fehler macht jeder nur einmal. Lächelnd berührte ich Suze an der Schulter.

»Du warst großartig«, sagte ich. »Du warst mir eine große Hilfe, und es war wirklich sehr nachbarschaftlich von dir, dass du uns gefolgt bist.«

»Obwohl es eigentlich gar nicht nötig war!«, erwiderte Suze lachend. »Kein Abschied, Ellen. Ich komme mit.« Sie legte die Hand auf eine Leitersprosse.

»Was? Aber du kannst doch nicht einfach …«

»Doch, ich kann«, sagte sie selbstbewusst. »Jedem Unionsmitglied steht es frei, sich der Division anzuschließen, wenn ein Schiff in der Nähe ist, um es aufzunehmen, und hier ist es.« Sie täschelte den Rumpf.

Da hatte sie Recht. So lautete das Gesetz, doch angewendet wurde es nur von erfahrenen Raumfahrern von den Verteidigungskräften des inneren Sonnensystems, die sich verbessern, und von Mitgliedern verschiedener Verwaltungskomitees, die ihr Recht auf demokratische Einsicht wahrnehmen wollten. Wir verfügten über große Erfahrung darin, blauäugige Jugendliche von der Erde abzuwimmeln, entweder mit Argumenten oder, wenn der Freiwillige sich als nutzlos erwies, indem wir den Betreffenden mit langweiligen Aufgaben behutsam desillusionierten.

»Aber, Suze!«, rief ich. »Du hast hier eine Aufgabe. Unter den NiKos geht irgend etwas vor – von diesem ganzen Funkverkehr hatte niemand eine Ahnung. Du solltest deine Kenntnisse besser dazu verwenden, herauszufinden, was …«

Sie hob die Hand. »Nein«, sagte sie. »Dazu bin ich nicht mehr zu gebrauchen. Die NiKos haben mich mit dir zusammen gesehen, und wir haben eben erlebt, wie rasch sich so etwas herumspricht. Sie werden mir nicht mehr vertrauen, und wer wollte ihnen das verdenken! Und wenn ihr wirklich dorthin fliegt, du weißt schon, dann möchte ich mir das auf keinen Fall entgehen lassen. Ich komme mit.«

Und damit drehte sie sich um und kletterte behände die Leiter hoch. Ich sah ihr nach, bis sie fast die Hälfte der Leiter erklommen hatte, dann wandte ich mich an Carla. Sie lächelte ironisch, als wollte sie sagen: *Das kann ja heiter werden*. Mir fiel nichts Besseres ein, als die Achseln zu zucken und die Arme auszubreiten.

»So ist das Leben«, sagte ich, schüttelte den Kopf und folgte meiner neuen Genossin die Leiter hoch ins Schiff.

4 Der aktuelle Stand der Dinge

DAS GERÄUSCH, MIT DEM SICH DIE LUKE hinter mir schloss, war Musik in meinen Ohren. Tony Girard fasste mich bei den Armen und ließ sich in eine Umarmung hineinziehen.

»Es ist schön, wieder an Bord zu sein!«, sagte ich, als ich ihn losließ, worauf er mit rotem Kopf beiseite trat, um uns aus der Schleuse zu lassen. Die Innenluke schloss sich hinter uns, dann ertönte ein kurzes, gedämpftes Rauschen, als sich die Außenschleuse mit Wasser füllte. Das Deck summte unter meinen Füßen, die geschwungenen Wände des schmalen Gangs umschlossen mich, und ich sog dankbar die vertrauten Schiffsgerüche ein, die Ausdünstungen des Metalls, des Plastiks und des Tangs, den Geruch der endlos wiederaufbereiteten Luft und den des Wassers und der organischen Stoffe. »Das war eine brillante Landung, das muss ich schon sagen.«

»Schön, dass du wieder da bist«, sagte Tony. »Zumal du deine Mission anscheinend erfolgreich abgeschlossen hast.«

Ich senkte die Mundwinkel. »Wilde wäre besser gewesen. Der weiß, wie's geht …«

»Wer weiß schon, ob das noch immer funktionieren würde. Mit Malley kommen wir auf lange Sicht weiter. Gute Arbeit.«

»Hoffentlich hast du Recht. Ich muss ihn erst mal trocknen und sein Gehirn neu booten.«

Tony lachte. »Zwei Tabletten von der Krankenstation tun's auch. Bei Aldringrad habe ich schlimmere Fälle geborgen.« Er bedeutete mir vorzugehen. »Wer ist denn die Kleine?«

»Suze heißt sie«, sagte ich. »Ihren Nachnamen kenne ich nicht. Sie hat sich soeben freiwillig gemeldet. Ich bin ihr zufällig begegnet, und sie hat mir geholfen. Sie ist Soziologin …«

»Sie ist was?«

Ich blickte mich nach ihm um. Er verdrehte die Augen erst nach oben, dann nach unten. »Oh, ich verstehe.« Mit einem heftigen Blinzeln schloss er die Enzyklopädie seines Anzugs wieder.

»Überprüfe sie«, riet ich ihm. »Sie ist nett, aber …« Ich spreizte die Finger, hob die Hand und schwenkte sie umher.

»Ist klar«, meinte er. »Du hattest Schwierigkeiten mit den Einheimischen?«

»Unbedeutende Probleme«, sagte ich. »Keine körperlichen Schäden – aber da geht etwas vor. Malley wurde von zwei Burschen in die Mangel genommen, die behaupteten, von der Raumverteidigung geschickt worden zu sein, und den Beschreibungen nach an niedrige Schwerkraft gewöhnt waren. Haben angedeutet, er sei grundsätzlich verdächtig, einen Ausbruch anzuzetteln. Er streitet das ab, unterrichtet die NiKos aber in Elektronik – an sich nicht schlimm, aber die Burschen benutzen Funkgeräte.«

»Vielleicht ging es um Bewusstseinsviren.«

»Wäre möglich«, sagte ich. »Oder vielleicht haben die Beschwichtiger herausgekriegt, was wir vorhaben. Der örtliche Unionsvertreter kümmert sich darum, wir bleiben in Verbindung.«

»Ich werd mich mal umhören«, sagte Tony. Mittlerweile waren wir an der Innentür des mittleren Decks angelangt. »Übrigens, Ellen …«

»Ja?« Die Hand auf dem Schalter, hielt ich inne und drehte mich zu ihm um. Er musterte mich von oben bis unten und schüttelte betont missbilligend den Kopf. »In diesem Aufzug kannst du dich unmöglich der Crew zeigen.«

»Oh.« Ich blickte auf meinen zerrissenen Overall, das schmutzige Gewebe und die zerkratzten Stiefel nieder und hakte die Daumen hinter die Rucksackriemen. »Da hast du wohl Recht.«

Ich packte die wenigen Gegenstände aus, die ich unterwegs erworben hatte, und zögerte einen Moment, bevor ich den Anzug umwandelte. In der natürlichen menschlichen Umgebung der Schwerelosigkeit oder der niedrigen Schwerkraft wählten die meisten von uns den Mittelweg zwischen eng anliegender und etwas weiterer Kleidung; wir aber würden diesen angenehmen Zustand noch eine Weile entbehren müssen, daher brauchte ich etwas Anspruchsvolleres. Ich wählte die entsprechenden Parameter aus und überließ die Ausführung dem Anzug. Heraus kam ein bauschiger, wattierter Einteiler, der an Armen und Beinen in luftdichte, hautenge Handschuhe und Socken überging. Auf den Oberschenkeln waren tiefe Taschen angebracht. Dazu gehörte eine Anorakkapuze, die sich im Notfall rasch in einen Helm umwandeln ließ. Das Ganze war vermutlich einem Apollo-Raumanzug nachempfunden, bloß dass es in blassrosa gesteppter Seide ausgeführt und mit einer dunkelrosa Schärpe sowie jeder Menge Spitze und zahlreichen Bändern und Schleifen verziert war.

Manchmal ist der Anzug eben ganz schön eigenwillig.

»Oh, sehr würdevoll«, bemerkte Tony. »Du siehst aus wie jemandes Ururgroßmutter im Schlafanzug.«

Das hatte er also im Sinn gehabt. Ich trug mehrere

Schichten Unterwäsche; wie es sich anfühlte, hatte der Anzug das Thema des mütterlichen Boudoirs bis in alle Einzelheiten ausgearbeitet. Vielleicht hatte er bemerkt, dass ich schwanger war, obwohl ich ihn nicht gebeten hatte, es nachzuprüfen. Irgendwie rührend.

»Ich *bin* jemandes Ururgroßmutter«, erinnerte ich Tony, während ich die Pistole, die Munition und das Taschenmesser aufsammelte. Letzteres erregte anscheinend seinen Neid.

»Ein Schweizer Offiziersmesser!«, sagte er. »Kann ich das haben?«

»Nein«, sagte ich und steckte es in die Tasche. »Aber du kannst das Gewehr haben. Ich glaube, unsere neuen Rekruten erwarten etwas Derartiges von ihrem Sicherheitsoffizier.«

»Klar«, meinte er, als ich die Taste drückte und die Tür öffnete. »Allerdings dürfte ihnen dein Aufzug für einen Skipper eher verwunderlich vorkommen.«

*

Auf einem Fusionsclipper liegt der Kontrollraum im Mitteldeck. Kreisförmig, fünfzehn Meter im Durchmesser und drei Meter hoch, wird er durch die Hauptwassertanks vom Antrieb und durch die Wasserschicht zwischen Außen- und Innenhülle von der Außenstrahlung abgeschirmt. Es sieht darin aus wie in einem Gewächshaus und fühlt sich auch so ähnlich an, nämlich warm und etwas feucht; beleuchtet wird der Raum mit gefiltertem Sonnenlicht und elektrischen Lampen; die Instrumente und Kabel sind mit der Hydroponik und den unvermeidlichen gewundenen Röhren aus transparentem Plastik verwoben, in denen die Algen zirkulieren. Im Falle eines Sonnensturms kann sich die ganze Besatzung – einschließlich der Passagiere (bis zu sechzig Personen) – hierher zurückziehen, doch die meiste Zeit über ist nur die Dienst habende Besatzung zugegen. Auf dieser Fahrt gab es keine Passagiere, deshalb waren wir alle da.

Mein wundervolles Team, meine Gang. Tony Girard saß neben mir, mein Sicherheitsexperte, dessen Verschwörerqualitäten von den früheren Faktionskämpfen in Lagrange herrührten. Jaime Andrades, der Navigator, der bisweilen scherzhaft behauptete, seine Begabung von seinen portugiesischen Vorfahren geerbt zu haben, in Wirklichkeit aber ein schwarzhäutiger Überlebender der berüchtigten angolanischen Mondkolonie war. Boris Grobowski, der Geschützoffizier, der sein erstes Lebensjahrhundert bei der sinowjetischen Artillerie verbracht und sie bei ihrem langsamen, aber stetigen Vormarsch auf Lissabon begleitet hatte, bis die Demokratie von Meer zu Meer erstrahlte. Andrea Gromowa, die Pilotin, die schon vor der Herbstrevolution angefangen hatte, uralte, mit Zwangsarbeitern aus den privatisierten Gulags voll gestopfte Energias zu den Bergbaucamps im Asteroidengürtel zu fliegen, und sich bei der Schlacht von New South Yorkshire der Revolution angeschlossen hatte. Lu Yeng, die Computerspezialistin; mit siebzig war sie die Jüngste, geboren auf Callisto. Ihre Eltern waren im Zuge der Verhandlungen zwischen Union und Division dorthin gekommen. Ihre Erfahrung bei der Neutralisierung von Außenweltlerviren machte ihre relative Jugend mehr als wett, wenngleich sie etwas naive politische Vorstellungen hatte und Kim Nok-Yung, Shin Se-Ha und den anderen Begründern des wahren Wissens nach wie vor eine merkwürdige Verehrung entgegenbrachte.

Kein Besatzungsmitglied sah mich wegen meines Aufzugs schief an, als ich mit Tony das Mitteldeck betrat. Exzentrizität ist die Regel. Suze und Malley saßen nebeneinander auf einer Beschleunigungsliege und mussten sich zusammennehmen, um nicht laut zu lachen. Ich bedachte sie mit einem vernichtenden Blick, dann grinste ich und winkte der Besatzung zu, die auf etwa einem Dutzend kreisförmig angeordneten Beschleunigungsliegen Platz genommen hatte.

»Ich danke euch allen«, sagte ich. »Das war eine ausgezeichnete Landung. Gratulation an Jaime und Andrea.« Der Navigator und die Pilotin winkten zurück. Ich legte mich auf die erstbeste Beschleunigungsliege. Tony machte es sich neben mir bequem, zog einen Apparat zu sich herunter, der einem Fernsehschirm mit Handgriffen ähnelte, und machte sich an die Arbeit.

»Tony«, fragte ich nach einer Weile, »sind im Umkreis von einer Meile Menschen anwesend?«

Er drehte kurz an den Griffen.

»Nee«, meinte er. »Auf dem Wasser hält sich jedenfalls niemand auf, und die im Wald kann ich nicht erfassen. Aber die müssten eigentlich außerhalb der Gefahrenzone sein.«

»Gib trotzdem Alarm«, sagte ich.

Der Bordalarm eines Kampfbombers ist ohrenbetäubend. Der Außenalarm eines Fusionsclippers vor dem Start ist dazu geeignet, die Toten aufzuwecken und in heller Panik flüchten zu lassen. Wir hörten ihn nur stark gedämpft, trotzdem ging er uns durch Mark und Bein. Ich ließ den Alarm zehn Minuten lang schrillen, während wir die Checkliste durchgingen: alle angeschnallt, Wassereinlassventile geschlossen, Fusionslaser hochgefahren, Flugbahn frei …

»Okay, Genossen«, sagte ich, »lasst uns abheben.«

Andrea fuhr den Fusionsgenerator hoch, worauf das Schiff, bebend vom Bug bis zum Heck, Fahrt aufnahm, ganz langsam zunächst.

»Fünfzehn Meter«, verkündete Andrea. »Fünfzig, hundert, zweihundert …«

»Schalte bei zweitausend den Brenner ein«, sagte ich.

»Schluck Protonen, Canary Wharf!«, rief Suze.

»Komm schon«, meinte ich. »Ein paar zerbrochene Fensterscheiben.«

Zehn Sekunden später gab Andrea Vollschub, worauf unsichtbare, unfreundliche Menschen ausprobierten, wie viele sich auf mich legen konnten. Als wir den Orbit erreichten, waren sie siebenfach übereinander gestapelt.

Der Antrieb schaltete ab, und plötzlich war das Gewicht von mir genommen. Ich schnallte mich los und ließ mich einen Moment treiben, kostete das Gefühl aus, so lange es anhielt. »Alle in Ordnung?«, rief ich. In der Tat hatten alle den Start unbeschadet überstanden.

»Okay«, sagte ich, »richtet euch nicht zu sehr im freien Fall ein. Wir sammeln ein wenig Eis auf, dann geht es weiter mit einem Ge.«

»Gott sei Dank«, meinte Malley, der sich an die Liege festklammerte, als fürchtete er herunterzufallen. Suze war ganz bleich und sehr schweigsam; offenbar hatte sie mit Übelkeit zu kämpfen. Mehrere Besatzungsmitglieder murrten leise.

»Schluss damit«, sagte ich. »Ich musste drei Tage lang ein Ge aushalten, während ihr hier im Orbit herumgekurvt seid. Zehn Tage haltet ihr's schon aus.«

»Aber wir hatten doch schon zehn Tage Schwerkraft«, grummelte Andrea. »Auf dem Hinflug.«

Malley drehte sich auf der Liege um und schaute zu mir herüber. »Dann werden sie also ingesamt dreiundzwanzig Tage lang normaler Schwerkraft ausgesetzt sein? Ich frage mich, wie das menschliche Skelett das aushalten soll.«

»Das kann es gar nicht«, sagte ich und schwebte zu ihm hinüber. »Daher rühren viele Krankheiten. Aber da fällt mir etwas ein.«

Ich stieß mich ab, flog zur Medizinabteilung und ließ drei mikrochirurgische Medikamente auswerfen.

»Einfach schlucken«, sagte ich zu Malley, als ich wieder bei ihm war. Er nahm die farbcodierten Kapseln entgegen und betrachtete sie misstrauisch.

»Wozu sind die gut?«

»Eine hilft gegen Ihre Süchte – ein Drink oder ein Pfeifchen wird Ihnen zwar noch immer munden, aber Sie werden sie nicht mehr brauchen. Eine verjüngt Ihren Blutkreislauf, Ihren Muskeltonus, Ihre Haut und so weiter, und die dritte bringt Ihre Synapsen wieder in Schuss.« Ich grinste ihn verschwörerisch an. »Das ist bloß die Hardware – für die Software sind nach wie vor Sie zuständig. Keine Kommi-Gehirnwäsche, ganz ehrlich.«

»Da muss ich Ihnen wohl vertrauen«, meinte er gequält, steckte sich die Kapseln in den Mund und schluckte sie trocken. »Im Moment hätte ich lieber einen Drink.«

»Warten Sie lieber, bis wir beschleunigen«, riet ich ihm. »Das Zeug aus einer Blase rauszupressen macht keinen Spaß.«

Suze beobachtete uns mit stumpfem Blick.

»Hast du vielleicht auch was gegen Raumkrankheit?«, fragte sie flehentlich.

»Leider nein«, antwortete ich. »Da wirst du dich wohl dran gewöhnen müssen.« Dass die ersten sechs Monate die schlimmsten waren, verschwieg ich wohlweislich.

Suze fixierte einen Punkt an der Decke und nickte mit zusammengepressten Lippen. Sie tat mir Leid, gleichzeitig fand ich es erheiternd, dass sie die gleiche Bitte vorbrachte wie jeder andere Neuling. Ein Medikament gegen Raumkrankheit, das wäre was! Was erwarteten sie eigentlich von der medizinischen Nanotechnik – etwa Wunder?

*

»Welche Maßeinheiten benutzt man hier eigentlich?«, fragte Malley, als wir Andrea dabei zuschauten und zuhörten, wie sie an einem Eistanker andockte.

»Da ist viel von menschlichem Maß und Intuition und Anpassung die Rede«, erklärte ich, »aber die älteren und rauheren Weltraumburschen fassen das in zwei Worten zusammen: Scheiß-NASA. Die meisten Weltraumsiedlungen wurden mit alter NASA-Ausrüstung oder nach NASA-Vorgaben erbaut, und seitdem hat sich keiner die Mühe gemacht, etwas daran zu ändern. Wir müssen uns damit abfinden.«

»Ja«, meinte Andrea. »Weshalb wir im Moment zwei Komma fünf sieben Meilen von hunderttausend metrischen Tonnen Eis entfernt sind. Man muss die Folgerichtigkeit des Ganzen einfach lieben.«

»So, so«, kicherte Malley, im Mund die kalte Pfeife. »Ich sollte wohl dankbar sein. Malley Eins-Komma-fünf-acht-Kilometer klingt einfach schlechter.«

Sogar Suze musste lachen, obwohl sie noch immer etwas grün im Gesicht war. Da sie sich jeden Moment übergeben konnte, holte ich zwei Anzüge. Ich reichte sie Malley und Suze.

»Was soll ich damit?«, fragte Suze und trieb davon, die Arme um den zehn Kilo schweren, halbmetergroßen gummiartigen Ball geschlungen.

»Er muss dich erst mal kennen lernen«, sagte ich. Er floss bereits um ihre Hüfte herum. »Er wird die Form eines schlichten Overalls samt Rucksack annehmen und dir dann zeigen, wie man das variieren kann, falls du möchtest. Er kann nahezu jedes Gewebe nachahmen und alle möglichen Formen annehmen.« Ich schwenkte die seidenumschlossene Hand, wirbelte die rosa Spitze um meinen Unterarm. »Wenn du keine detaillierten Vorgaben machen willst, lass dich überraschen! Aber ganz gleich, wie beschissen er aussehen mag, er reagiert auf Vakuum, ehe du auch nur Piep sagen kannst. Wenn du nach draußen gehst oder ... äh ... der Kabinendruck fällt plötzlich ab, verwandelt er sich in einem Raumanzug. Greif dir eine Sauerstoffflasche, wenn du kannst, aber notfalls kann er auch immer wieder das bisschen Luft aufbereiten, das du in den Lungen hast.«

»Was ist mit den Sachen, die ich am Leib trage?«, fragte Malley.

»Die werden assimiliert«, versicherte ich ihr. »Der Anzug kann nahezu alles wiederverwerten.«

Suze blickte sich ängstlich um, als ihr die intelligente Materie die Arme hochkroch.

»Und wenn ich mal muss?«, fragte sie.

»Da drüben ist eine Toilette – ach, du meinst, wenn du dich im Vakuum aufhältst?«

»Ja.«

»Wie ich schon sagte«, wiederholte ich geduldig, »der Anzug kann nahezu alles wiederverwerten.«

In diesem Moment gab sie dem Anzug Gelegenheit, diese und einige andere Fähigkeiten zu demonstrieren, und zwar indem er umherfliegende Tropfen auffing. Ich überließ Suze und Malley sich selbst.

*

Eine Stunde später hatten wir die bei dem unvorhergesehenen planetarischen Ausflug der *Terrible Beauty* verbrauchte Reaktionsmasse und den Treibstoff ersetzt und beschleunigten mit einem Ge in mehr oder weniger gerader Linie entlang der Ekliptik zum Jupiter – oder vielmehr zu dem Punkt, den der Jupiter in zehn Tagen erreichen würde. Nach fünf Tagen schalteten wir den Antrieb aus, wendeten das Schiff und bremsten für den Rest des Fluges mit einem Ge ab. Dies ist bekanntermaßen nicht die energiesparendste Art des Reisens. Die meisten Transporte innerhalb des Sonnensystems verbrauchten kaum Treibstoff und waren trotzdem recht schnell; mit einem Sonnensegel von ausreichender Größe gelangte man in wenigen Wochen aus dem Erdorbit zum Mars und in einigen Monaten zum Jupiter.

Wir hatten keine Hemmungen, Fusionsclipper einzusetzen, denn meistens konnten wir es uns nicht erlauben, Wochen oder Monate unterwegs zu sein.

(Zufällig waren weder Treibstoff noch Reaktionsmasse der limitierende Faktor. Mit dem Laserfusionsantrieb und den uns zur Verfügung stehenden praktisch unerschöpflichen Eismengen hätten wir die Clipper für alle Zwecke einsetzen können. Der limitierende Faktor war die Verfügbarkeit von Schiffen.)

Das Wiedereinsetzen der Schwerkraft munterte Malley und Suze stark und den Rest der Besatzung ein wenig auf. Wir stiegen vom Kommandodeck über die Treppe zur Kantine hinunter. Dieser Raum war etwas kleiner, ebenfalls kreisförmig und mit einigen kleinen Tischen sowie einem großen runden ausgestattet; mehr als genug Platz für uns alle. Mitten auf dem Tisch befand sich der Servierlift, und an jedem Platz gab es eine Wähltastatur. Ich setzte mich, flankiert von Malley auf der einen und Suze auf der anderen Seite.

»Man hat eine recht große Auswahl an Speisen und Getränken«, erklärte ich, »doch aus nahe liegenden Gründen ist alles, was mit kochendem Wasser zubereitet wird, eine Spezialität des Hauses.« Ich blätterte im Menü. »Dürfte ich euch den Themselachs empfehlen, frisch gefangen?«

Die meisten wählten dieses Gericht und machten die entsprechende Eingabe. Kurz darauf tauchten die dampfenden, mit Mandelsplittern bestreuten Speisen aus der Tischmitte auf und wurden eifrig herumgereicht. Jetzt, da sie über eine Vorlage verfügte, konnte die Küche ›frisch gefangenen‹ Themselachs so lange kopieren, bis es langweilig wurde, doch das Original hatte seinen ganz eigenen Reiz. Das ist etwas Subjektives, doch wie Malley (leicht angeheitert vom Tranquilitatis Jahrgang 2296 und außerdem high von der allmählich einsetzenden Wirkung der geschluckten Nanotech) uns zu erklären versuchte, war Wert an sich subjektiv. Offenbar hielt er die Bemerkung für besonders geistreich, und wir beließen ihn in dem Irrtum.

Nach dem Essen schoben wir die Teller wieder in die Mitte. Der Lift sank mit ihnen lautlos in die Tiefe. Malley wühlte in seiner Tasche (der Anzug hatte sich stark an seine ursprüngliche Kleidung angelehnt und wirkte wie eine Art Tweed) und holte Pfeife und Tabak hervor.

»Ist Rauchen hier erlaubt?«, fragte er.

»Klar«, antwortete ich. »Wir sitzen hier zwanzig Meter über einem Fusionsbrenner, Mann. Feuer an Bord ist unsere kleinste Sorge.« Trotzdem hoffte ich, er würde damit aufhören, wenn er seine Sucht überwunden hatte. Mehrere Genossen rümpften unwillkürlich die Nase, bis jemand die Belüftung hochfuhr.

Als wir beim Kaffee angelangt waren, hatte ich alle vorgestellt: Andrea, James, Boris, Tony und Yeng. Als ich geendet hatte, sah Suze mich an und sagte: »Aber wer bist du eigentlich, Ellen?«

Wir mussten alle lachen. »Ellen May Ngwethu«, antwortete ich. »Ich wurde 2041 in einer Lagrange-Siedlung geboren, das heißt, ich bin fast so alt wie Malley – ich meine, wie Sam! Habe mitgekämpft, als die Außenweltler sich von der Erde abgespalten haben, und später dann, während des finsteren Jahrhunderts, auch auf der Erde. Ich habe lange für die Erdverteidigung gearbeitet und bin dann zum Jupiter gewechselt. Jetzt bin ich seit – lass mich mal nachrechnen – seit über siebzig Jahren bei der Division, gehöre gegenwärtig dem Divisionskomitee an und bin der Verbindungsoffizier zum Forschungskomitee für Anomalitäten im Bereich des Jupiter. Diese nichtmilitärische, wissenschaftliche Körperschaft untersteht dem Solaren Rat und hat, was die Division angeht, das vorletzte Wort. Das letzte Wort hat der Solare Rat.« Ich lächelte die Anwesenden an. »So weit die Theorie. In der Praxis macht die Division, was sie will.«

Suze wirkte leicht geschockt, Malley lächelte selbstgefällig.

»Ich kenne die Theorie«, sagte Malley. »In der Theorie macht jeder, was er will. ›Die freie Entwicklung des Einzelnen ist die Voraussetzung des Krieges aller gegen alle‹, oder dergleichen Unsinn.«

Yeng runzelte die Stirn; Malley hob beschwichtigend die Hände. »Lassen wir die Politik mal beiseite – Ihren Erläuterungen, Ellen May Ngwethu, entnehme ich, dass Sie einer Institution angehören, die man in einer weniger verdeckten Hierarchie als Generalstab bezeichnen würde. Sie sind eine hohe Offizierin und eine Spitzenpolitikerin. Weshalb, zum Teufel, machen Sie sich dann die Hände schmutzig und wälzen sich im Kulakenreservat im Dreck, bloß um einen alten Physiker herauszuholen?«

»Eine gute Frage«, meinte ich. Malley musterte mich aus den Augenwinkeln und befasste sich mit seiner Pfeife; ich hätte gern auch etwas gehabt, um meine Hände zu beschäftigen. »Um Ihre Frage zu beantworten: Einerseits arbeiten wir nicht so, wie Sie es sich vorstellen – unsere Komitees mögen zwar hierarchisch wirken, wenn man ein Schema aufmalt, aber damit hat es sich auch schon. Eigentlich aber handelt es sich nicht um eine hierarchisch gestaffelte Struktur. Wenn das Kommandokomitee also eine bestimmte Aufgabe erledigt haben will, kann es nicht einfach einen untergeordneten Lakaien losschicken. Wir wurden beauftragt, einen bestimmten Job zu erledigen, und ich war am besten dafür geeignet.

Außerdem sind wir zur Geheimhaltung gezwungen. Außer dem Kommandokommitee der Division wissen nur noch die Menschen an Bord dieses Schiffes, dass wir einen Vorstoß durchs Wurmloch planen.« Ich blickte in die Runde. »Wir sind das Team, und ihr seid dabei! Wenn euch nicht gefällt, was wir tun, braucht ihr nicht mitzumachen, dürft den Einflussbereich der Division aber erst verlassen, wenn alles vorbei ist.«

Malley und Suze schauten betreten drein und setzten beide zu einer Bemerkung an. Suze kam Malley zuvor: »*Vor wem* haltet ihr das alles eigentlich geheim?«

»Vor den Jupiteranern«, antwortete Tony.

»Aber ... aber ...« stammelte Malley, dessen Synapsen vorübergehend überlastet waren. »Die Jupiteraner, die Außenweltler, die ... die sind doch wahnsinnig, in ihren eigenen virtuellen Welten gefangen!«

Ich blickte meine Mitarbeiter an, die entweder andeutungsweise nickten oder die Schultern hoben.

»Nicht mehr«, sagte ich. »Aber das ist eine lange Geschichte, und es war ein anstrengender Tag. Morgen mehr. Jetzt würde ich euch gern das Schiff zeigen.«

Ein Fusionsclipper unterscheidet sich von den meisten Raumschiffen unter anderen darin, dass ›Oben‹ und ›Unten‹ genau definiert sind; und weil wir nur die Besatzung an Bord hatten, war genug Platz, um Malley und Suze herumzuführen. Nach dem Essen verwendete ich meine letzten Energien darauf, treppauf, treppab zu steigen und zu erklären, was es zu erklären gab.

Der Rumpf eines Fusionsclippers ähnelt einem birnenförmigen Ei von sechzig Metern Länge und zwanzig Metern Durchmesser an der breitesten Stelle, an der die Kantine und das Kommandodeck untergebracht sind. Das schmale Ende läuft in den Antrieb aus und enthält die Fusionskammer, die Hauptwassertanks und die Lebenserhaltungssysteme. Darüber – oder davor, je nach Betrachtungsweise – liegen die Schlafquartiere. Die dortige Enge wird durch Kletterpflanzen und Recyclingschläuche (die in der Praxis schwer voneinander zu unterscheiden sind) erträglicher gemacht. Darüber, um das große Glasauge des Hitzeschilds herum angeordnet, finden sich die Laserkanonen, die für den umherfliegenden Weltraummüll zuständig sind und somit in Anbetracht der Geschwindigkeiten, die ein Fusionsclipper erreichen kann, für *alles*.

Die Führung endete in der Schlafgalerie, die, typisch für diese Schiffsklasse, einer um den zentralen Belüftungsbrunnen gruppierten Felswand voller Höhlen ähnelte. Den Boden des Brunnens bildete die transparente Decke des Mitteldecks, den oberen Abschluss der vordere transparente Hitzeschild, durch den man leicht verzerrt die Sterne sah. Die in unregelmäßigen Abständen von den Reflexlasern des aktiven Bordverteidigungssystems verdampften Staubteilchen und Asteroiden ähnelten den Sternschnuppen am irdischen Himmel.

Malley stützte sich aufs Geländer und blickte nach unten und nach oben.

»Wozu die Recyclinganlage?«, fragte er. »Die Flugzeiten betragen doch bloß Tage oder Wochen. Warum nehmen Sie nicht ausreichend Vorräte mit?«

»Nicht alle Flüge sind so kurz, und nicht alle enden in einem Raumhafen«, erwiderte ich.

»Hm«, machte er. »Auf zu den Kolonien.«

»Na ja«, meinte ich achselzuckend, »es gibt da den Kuiper-Gürtel und die Oort-Wolke.«

»Und den Neuen Mars?«, fragte Suze schelmisch.

»Wir planen voraus«, erwiderte ich zustimmend. Beide lachten.

Malley streckte sich gähnend. »Sie haben Recht«, sagte er. »Zeit fürs Bett. Wo soll ich meine Sachen verstauen?«

Ich nahm ihr Gepäck auf, dann zeigte ich ihnen ihre Kabinen und kroch in die meine. Der Platz reichte gerade aus, um mich aufzurichten und hinzulegen, und mit den abgerundeten Wänden mit den eingelassenen durchsichtigen Schläuchen, in denen phosphoreszierende Protozoen kreisten, wirkte sie wie eine Meereshöhle, mit dem sandfarbenen rechteckigen Plastikschaumbett als einzigem Möbelstück. Ich verwandelte die Außenschicht des Anzugs in eine dicke Steppdecke und ein Kissen; und stellte fest, dass die Innenschichten des Anzugs inzwischen auch weiche Strickwolle und gekämmte Seide simulieren konnten und dass die Farbskala Naturtöne wie Beige und verschiedene Schattierungen von Apricot umfasste. Es war alles sehr behaglich. Ich löste ein paar Schleifen, zog die Decke über den Kopf und schlief ein.

*

»Du willst in einer Traumwelt leben!«, sage ich anklagend.

Im rechten Winkel zu dem jungen Burschen schwebend, mit dem ich rede, klammere ich mich mit dem linken großen Zeh in einem Loch eines gebogenen Aluminiumträgers fest und presse mir auf dem von Menschen wimmelnden Erholungsdeck (oder vielmehr ›Wrackdeck‹) eines Kampfsatelliten der Erdverteidigung, den man Besatzern und dem Verfall überlassen hat, aus einer Plastikflasche mit Trinkhalm, in der einmal etwas ganz anderes war (dessen Geschmack sich aber gehalten hat) stoßweise schales Bier in den Mund, und man schreibt das Jahr 2062, und ich weiß, das kann nicht sein, und ich träume. Deshalb äußere ich den Vorwurf auch ohne großen Nachdruck.

Der Bursche ist um die neunzehn und offenbar erst kürzlich hier eingetroffen: er ist dick, und im freien Fall wird niemand dick – und bleibt auch nicht dick, wenn er es vorher war (das ist unsere ganz spezielle Schlankheitsdiät). Sein Gesicht, das mehr Krater aufweist als die Oberfläche von Io, erinnert mich an all die Pizzen, die er sich wohl reingestopft hat. Er hat leichte Glubschaugen: das moderne Äquivalent von Glaslinsen und Folge mehrerer Hornhautkorrekturen zur Behebung einer leseinduzierten Kurzsichtigkeit. Da er Hopfen und Gras für ungesund hält, saugt er einen mit Euphorika versetzten üblen Cocktail von smarten Drogen in sich ein. Er weiß alles.

»Du bist die Träumerin«, sagt er. Er deutet aufs Fenster, das zehn Meter entfernt an der anderen Seite des Wrackdecks liegt. Hinter den umherschwebenden Trinkern, hinter Wolken von Rauch und umherfliegenden Tropfen, zieht langsam eine backsteinrote Landmasse vorbei. Madagaskar, das würde ich jederzeit erkennen. »Du steckst immer noch im Kommi-Altruismus fest. Du willst Menschen helfen, denen nicht mehr zu helfen ist. Sie sind verloren. ›Die Erde – die Dritte Welt‹, ha-ha. Zeit, erwachsen zu werden und ins Programm überzuwechseln, Ellen. Zeit, sich weiterzuentwickeln. Dort draußen wartet das große Universum.«

»Meine Rede.« Ich deute ebenfalls aufs Fenster, das jetzt der Indische Ozean ausfüllt. »Und die Erde ist ein Teil davon. Du möchtest in einer virtuellen Realität leben.«

»Nicht ausschließlich.« Er lächelt, bleckt seine schlechten Zähne. »Wir werden der Außenwelt eine Menge Beachtung schenken – da führt kein Weg dran vorbei, wenn wir die ganze dumme Masse in intelligente Materie umwandeln wollen. In Materie, die denkt und träumt. Eine Welt voller Wunder, in der man alles Mögliche sein kann, nicht bloß das, was einem der Zufall und die Gene vorschreiben.«

»Ich will nicht, dass das Universum in einen riesigen Computer umgewandelt wird, auf dem virtuelle Realitäten laufen«, sage ich. »Und nenn mich nicht ›Kommi-Altruist‹. Es geht um ein ganz normales menschliches Gefühl. Ich möchte einfach nicht, dass die Menschen leiden, deshalb wäre es höchst *uneigennützig* von mir, wenn ich tatenlos zuschauen würde, wie zehn Milliarden Menschen ins Verderben stolpern.«

»Du brauchst ihnen nicht dabei zuzuschauen«, sagt er mit unerträglicher Dreistigkeit. »Du kannst sie auch einfach *löschen*. Übrigens sind sie selbst schuld an ihren Problemen. Weshalb solltest du sie dir zu eigen machen?«

»Weil sie mir nicht gleichgültig sind, und wenn das altruistisch klingt, betrachte es mal so: ich bin so eigensüchtig, dass ich mir wünsche, die Prinzessin der Galaxis zu sein! Okay – notfalls wäre ich auch damit zufrieden, ewig in einem galaktischen Imperium zu leben. Ich persönlich wünsche mir ein Universum, das mit Menschen bevölkert ist, denen es gut geht.«

Ich deute auf dem Wrackdeck umher, um zu unterstreichen, was ich meine.

»Menschen!«, schnaubt er. »Wo bleibt dein Ehrgeiz? Da gibt es Besseres.«

»Du willst eine Maschine sein.« Ich schlucke einen Bierschwall. »Ich nicht.«

Er zuckt die Achseln. »Wenn du im Weltraum leben möchtest, bist du als Maschine besser dran wie als Beutel voller Meereswasser. Der menschliche Körper ist im Wesentlichen ein Raumanzug für einen Fisch. Maschinen sind im Universum zu Hause.«

Ich grinse ihn so breit und freundlich an, dass er glaubt, ich mag ihn, und kontere mit einem Zitat aus einer alten Dystopie, die sich in meiner Jugend großer Beliebtheit erfreute: *This Perfect Day* von Ira Levin. (Nicht, dass die Gefahr dieses oder eines anderen vollkommenen Tages bestanden hätte, aber das Buch hat mich tief berührt.)

»›Maschinen sind im Universum zu Hause. Menschen sind darin Fremde.‹«

Er erwidert mein Lächeln, glaubt immer noch, ich würde ihm zustimmen. Das schale Bier inspiriert mich zu einem trunkenen Monolog: »Fremde in einem fremden Land. Marx hat sich geirrt – wir wurden nicht unserer Menschlichkeit entfremdet, sondern die Entfremdung *ist* Menschlichkeit. Wir waren schon immer dazu fähig, uns zu distanzieren und unser Handeln sozusagen von außen zu betrachten – wir haben ein Außen und ein *Innen,* und das ist ebenso grenzenlos wie der Weltraum. Kein Turing-Test kommt dem nahe, ganz gleich wie gut er sich darauf versteht, einen Organismus nachzuahmen. Maschinen rechnen: Menschen zählen. Maschinen haben Programme; Menschen haben Absichten.« Ich halte inne, starre ihn an und nehme noch einen Schwall Bier. »So.«

»Menschen sind auch bloß Maschinen«, sagt er. »Außerdem werden die Maschinen alles können, was wir können, wenn wir erst einmal unser Bewusstsein auf sie übertragen haben.«

»So nennst du das also. Sein Gehirn Schicht um Schicht aufzulösen und es einem Rechner aufzuprägen, das bezeichne ich als *Sterben.*«

»Ich nenne das Transzendenz«, erwidert er und klopft sich an die Brust, was ihn beinahe in Rotation versetzt hätte. »*Das* ist Sterben. ›Das Fleisch ist Mord.‹«

»Klar«, meinte ich giftig. »Wenn ich *deinen* Körper hätte, würde ich mir auch wünschen, etwas anderes zu sein.«

Er fasst dies nicht als die vernichtende Abweisung auf, als die es gemeint ist. »Ja«, meint er lächelnd. »Vielleicht modelliere ich meinen virtuellen Körper beim Upload nach deinem Vorbild.«

Ich werde vom Fernsehschirm am Ende der Bar abgelenkt, auf dem die Gesichter meiner Eltern aufgetaucht sind, die in einer mir unverständlichen Sprache lächelnd und beruhigend auf mich einreden. Ihre zuckenden toten, aber galvanisierten Körper schweben vor dem Bildschirm, mit Schläuchen verbunden, die ihnen das Gehirn aussaugen. »Auf Wiedersehen,

Ellen«, sagen sie, »auf Wiedersehen. Bis in zehntausend Jahren.«

Aufgebracht wende ich mich zu dem Burschen um, doch er hat sich bereits von einem Fiesling in ein Monstrum verwandelt, in eine Art Pantoffeltierchen, besetzt mit schwirrenden fraktalen Wimpern und einem gepixelten hellen Fleck, der zu einem Gesicht wird – zu meinem Gesicht.

»Ich mag deinen Körper«, sagt er.

»In deinen Träumen!«, schreie ich ihn an. »In deinen Träumen!«

Und ich wache auf.

Die Decke schmiegt sich an mich, das Kissen fängt meine Tränen auf.

»Schhhh«, flüstert sie mir ins Ohr. »Alles wird gut.«

*

Am nächsten Morgen stand ich gegen elf Uhr Bordzeit auf (die zufällig mit der GMT übereinstimmte, was es für uns Neuankömmlinge leichter machte) und begab mich zum Mitteldeck. Zu meiner Beschämung traf ich als Letzte ein, und die anderen hatten zur Feier des Tages schicke, maskuline Uniformen angelegt. Andrea und Boris unterhielten Suze und Malley mit einer Demonstration des aktiven Verteidigungssystems, das zwar automatisiert war, aber auch dazu benutzt werden konnte, mit (überwiegend winzigen, aber gleichwohl schnellen) Meteoriten rasante Ballerspiele zu veranstalten. Die anderen amüsierten sich auf weniger produktive Weise.

Ich wünschte brummig einen guten Morgen und verspeiste mein Frühstück allein in der Kantine und in nachdenklicher Stimmung, bis ich die Nachwirkungen meines Traums mit starkem Kaffee verscheucht hatte. Den dritten Becher Kaffee nahm ich mit nach oben und setzte mich auf eine Liege.

»Okay, Genossen«, sagte ich. »Die Beratung ist eröffnet. Yeng, möchtest du dich setzen?«

Sie nickte, schob Schutzbrille und Nanotech-Tank zur Seite und klatschte in die Hände. »Na los, Leute! Schaltet die Zielcomputer wieder ein und kommt her!«

Andrea, Boris, Malley und Suze rissen sich von der manuellen Zielerfassung los und setzten sich auf die Enden zweier Liegen. Suze lächelte gequält, Malley eher großspurig. Die nanochirurgischen Medikamente hatten ihre Arbeit zwar noch nicht abgeschlossen, dennoch hatte sich sein Aussehen über Nacht verändert: er hielt sich gerader als zuvor, seine Gesichtshaut hatte sich geglättet, und die Augenfältchen waren verschwunden.

»Ihre Pillen haben meinen Reflexen jedenfalls gut getan«, meinte er. Boris breitete die Arme aus und vollführte eine Schaukelbewegung: »Wenn man bedenkt, wo Sie angefangen haben ...« Die beiden Männer lachten; hoffentlich der Anfang einer Freundschaft.

»Suze, Sam«, setzte ich an, »die anderen wissen bereits, was ich euch jetzt sagen werde, aber jeder kennt sich auf anderem Gebiet aus, daher ...«

Ich tippte auf den tief angebrachten Sitzkontrollen herum, hob die Deckeninstrumente an und senkte einen Galgen ab, an dem ein holographischer Projektor befestigt war. Aus meinen Handschuhen schlängelten sich Fortsätze und verbanden sich mit der Schnittstelle des Projektors. Die elektrische Beleuchtung schaltete sich aus, und ich rief ein fußballgroßes, schwach leuchtendes Bild des Jupiter auf, das ich im von draußen einfallenden Licht der gebrochenen, vielfach verzerrten Sterne mit erhöhter Geschwindigkeit rotieren ließ.

»Eine kurze Geschichte des Jupiter-Systems«, sagte ich. »Fangen wir mit der Situation an, wie sie war, bevor die Außenweltler das Projekt Jupiter auf den Weg brachten.« Die vier galileischen Monde umkreisten den

Planeten, der Große Rote Fleck rotierte zusammen mit den bunten Streifen. »Zum ersten Mal fiel uns 2090 auf, dass sich dort etwas tat. Eine Aufzeichnung des Farside Observatoriums.«

Ganymed löste sich auf – er explodierte nicht, flog nicht auseinander, sondern zersprang in zahllose Einzelteile, die in der beschleunigten Wiedergabe augenblicklich einen Ring bildeten.

Wir hatten dies alle schon gesehen – diese Aufnahmen – die meistdiskutierte Sequenz in der Geschichte der Erforschung des Weltraums – sind uns ebenso geläufig wie früher den Amerikanern die Bilder von Kennedys Ermordung. Der Techniker, der sie machte, hat nicht nur Sinn für Humor, sondern auch ein Gespür für Geschichte gehabt, deshalb spielte ich die Tonaufzeichnung seiner ›angeblich‹ ersten Reaktion ab: »Meine Sterne, der Himmel ist voller Götter!«

Höfliches Gelächter in der Runde. »Okay«, sagte ich, »wir haben es alle gehört. Aber er hatte Recht. Und wir wissen immer noch nicht, wie sie es anstellten, nicht einmal ansatzweise. Sam Malley hatte nachgewiesen, dass das Tor und der Antrieb physikalisch möglich sind, und die Grundlage der Nanotech und des Uploadens waren bereits bekannt – das reichte zurück bis in die achtziger Jahre des neunzehnten Jahrhunderts. Aber die Zerstörung des größten Mondes des Sonnensystems war doch ein ziemlicher Schock für uns.«

Der entsetzlichste Moment meines Lebens, um genau zu sein. Ich nickte Tony zu, der den Faden aufnahm.

»Wir alle«, sagte er, »mussten dabei daran denken, dass die Außenweltler ihre Absicht kundgetan hatten, alles mit Ausnahme der Sterne in intelligente Materie zu verwandeln, angefangen mit den kleineren Asteroiden und dann immer weiter bis zu einem ›jupitergroßen Gehirn‹, wie sie das nannten. Sie hatten da so eine Redensart: ›Wenn es keine Programme abwickelt und keine Atome verschmilzt, handelt es sich einfach um Material.‹ Deshalb waren wir alle sehr besorgt über die Vorgänge.« Er lächelte verkniffen. »Zumal die, welche auf dem Mond lebten.«

Malley, der auf einen Notizblock gekritzelt hatte, den er aus dem Kniestück seines Anzugs hervorgeholt hatte, schaute hoch. »Es wäre vielleicht möglich, den … äh … *Planetenzerstörer* von den gleichen Formeln abzuleiten wie das Tor«, sagte er. »Ich habe im Laufe der Jahre zwar schon häufiger darüber nachgedacht, den Gedanken aber nie zu Ende geführt. Ich werde daran arbeiten.«

»Gut«, sagte ich und lächelte so warmherzig, wie ich es vermochte. »Also, dann zum Wurmlochtor.« Ich spulte das Band vor, stellte den Ring scharf und vergrößerte das Bild bis an die Grenzen der in den neunziger Jahren des zwanzigsten Jahrhunderts erreichbaren teleskopischen Auflösung. Vor unseren Augen nahm ein kompliziertes Gitterwerk Gestalt an, ein dreidimensionales Gewebe aus schwarzen Fäden, das nach außen hin vom Ring begrenzt wurde. Gleichzeitig veränderte sich das Aussehen des Jupiter, dessen Streifen von Gegenströmungen verwirbelt wurden. Ich erhöhte die Vergrößerung.

»Diese Aufnahmen wurden von einem Bauroboter gemacht, das heißt, von der so genannten künstlichen Frau Meg, die innerhalb des Roboters Jonathan Wildes Gefährtin war«, erklärte ich. »Die schwarzen Streben sind – nüchtern ausgedrückt – I-Träger aus Polycarbon, enthalten jedoch komplizierte Geräte. Die kleinen Roboter, die man umherflitzen und an dem Gebilde arbeiten sieht, repräsentieren die Zwangsarbeiter. Ein jeder enthält ein kopiertes menschliches Bewusstsein, das auf dem Bordrechner läuft.« Ich legte eine Pause ein, presste einen Moment lang die Lippen zusammen und holte tief Luft, dann fuhr ich fort: »Hierbei« – ich fror das Bild ein, dann ließ ich es weiterlaufen – »handelt es sich um eine völlig andere Art von Upload. Dies bezeichnen wir als ›Super-Organismus‹, während die mit dem Projekt befassten ehemals menschlichen Arbeiter von ›Makros‹ sprachen. Es handelt sich um ein Objekt aus intelligenter Materie, um einen Zusammenschluss von Trillionen von Nanomaschinen, und zwar um einen von vielen. Jeder Makro enthält buchstäblich Millionen von Bewusstseinen, zumeist replizierte und intelligenzverstärkte Nachfahren der ursprünglichen Außenweltler. Wilde bezeichnet sie als ›Schnelldenker‹, und dieser Terminus hat sich auch durchgesetzt, denn er passt: ihre Bewusstseine denken und verarbeiten Erfahrungen mindestens tausendmal schneller als wir.«

Wir alle starrten den Makro an, ein albtraumhaftes, gigantisches, amöbenhaft schillerndes Gebilde, das mit oszillierenden fraktalen Oberflächen und unablässig sich verlängernden und wieder kontrahierenden Pseudopodien um die Träger herumflitzte. Neben ihm wirkten die geknechteten Arbeitsroboter wie Zwerge.

»Diese Nahaufnahmen wurden auf der Erde nie gezeigt«, meinte Suze vorwurfsvoll. Ich nickte heftig.

»So ist es«, sagte ich. »Wir haben sie einstweilen zurückgehalten. Im inneren Sonnensystem wurden lediglich die verwaschenen Flecken gezeigt, die damals von einer Spionagesonde aufgenommen wurden, bevor sie entdeckt und zerstört wurde.«

»Ausgesprochen demokratisch«, warf Malley ein. »Ihr wolltet wohl eine Panik verhindern, hab ich Recht?«

»Nicht nur das«, sagte Tony und beugte sich vor. »Ich nehme an, auch Sie, Dr. Malley, empfinden angesichts dieses Gebildes ein schwer erklärliches Unbehagen oder sogar Furcht. Den genauen Grund kennen wir nicht, doch wir vermuten, dass es sich um eine absichtlich herbeigeführte Wirkung der Oberflächenmuster handelt. Sollte dies der Fall sein, war der Effekt wahrscheinlich dazu gedacht, die Arbeitskräfte einzuschüchtern. Tests haben gezeigt, dass diese Reaktion häufig den Wunsch nach übereilten Aktionen gegen die gegenwärtigen Nachkommen dieser Wesenheiten nach sich zieht. Diese Wirkung wollten wir vermeiden.«

Einstweilen noch, dachte ich. Ich fuhr eilig fort und zeigte im Zeitraffer die nächsten Entwicklungsstadien des Orbitalgebildes. Dieses teilte sich plötzlich, und ein kleinerer, kreisförmiger Teil trennte sich davon ab. Die Jupiteroberfläche geriet in Bewegung, der Äquator war auf einmal wie von Wassertropfen gesprenkelt, die auf geschwungenen Bahnen zum Ring aufstiegen. Um den Ring sah man eine weißglühende hauchdünne Linie. Das abgetrennte Gebilde faltete sich in sich zusammen, und da war auf einmal das Tor, wie ein Seifenfilm in einem Ring: ein meilengroßer Kreis gedehnten Raums, dessen Rand in allen Spektralfarben schillerte.

»Das Malley Mile«, sagte ich. Malley verneigte sich ironisch. »Sieht man genau hin, kann man den Moment erkennen, in dem es sich in zwei knapp überlappende Kreise teilt, die beiden Seiten des Wurmlochs. Da. Das kleine dunkle Objekt in der Mitte ist das Schiff der Außenweltler oder die Sonde, die …«

Von der leuchtenden Linie um den großen Ring ging ein Lichtstrahl aus und verschwand mitten im Tor.

»… sich entfernt.« Alle Anwesenden blinzelten; alle hielten den Atem an, auch die, welche den Vorgang schon hundertmal beobachtet hatten. »Wobei sie eine Seite des Wurmlochs mitnimmt. Achtet darauf, wie der Plasmajet scheinbar verharrt, wenn er das Tor erreicht. Es steht völlig außer Zweifel, dass der Jet aus der lokalen Raum-Zeit in … einen anderen Zustand wechselt. Übrigens ist es uns gelungen, die Sonde in den ersten Minuten zu verfolgen.« Die körnigen Bilder blitzten auf; zu sehen waren ein Lichtstreifen und ein verschwommener Fleck. »Wie ihr seht, taucht da scheinbar aus dem Nichts ein Plasmajet auf und legt ein paar hundert Meter bis zur Sonde zurück, wo er mithilfe eines … äh … eines virtuellen Masseantriebs nach Malley in kinetische Energie transformiert wird. Unseren Berechnungen zufolge hat die Sonde innerhalb eines Monats nahezu Lichtgeschwindigkeit erreicht. Anschließend wird die Sache kompliziert, denn beide Seiten des Wurmlochs gehören demselben Bezugsrahmen an.«

Suze schaute verwirrt drein. Ich lächelte Malley an. »Sam, Sie sind dran.«

Malley zuckte die Achseln. »Stark vereinfacht ausgedrückt … ist es nicht ganz zutreffend, von den ›beiden Seiten‹ des Wurmlochs zu sprechen. Das Schiff bewegt sich mit annähernd Lichtgeschwindigkeit und ist daher der relativistischen Zeitdilatation unterworfen – an Bord verstreicht die Zeit langsamer als am Ausgangsort. Das wirklich Paradoxe am Wurmloch ist, dass beide Enden sich am selben Ort befinden. Daher trifft alles, was auf der einen Seite hineingeht, zu der Zeit am anderen Ende ein, die an Bord des Raumschiffs gilt, das nach einem Jahr beispielsweise hundert Lichtjahre entfernt sein und sich hundert Jahre in der Zukunft befinden könnte. Hält die Beschleunigung unvermindert an, erreicht die Sonde nach dreißig Bordjahren den Rand des beobachtbaren Universums. Daher trifft dreißig Jahre nach dem Start alles, was ins Wurmloch hineingeht, ohne Zeitverlust an diesem Ort ein. Das ist so, als würde man mit einer Zeitmaschine in die Zukunft reisen.«

Suze grinste uns ans. »Wenn Sie es sagen.«

Ich lachte. »In der Zwischenzeit, wenn der Ausdruck hier überhaupt statthaft ist, hat sich auf dem Jupiter eine ganze Menge getan.«

Die Planetenoberfläche war gesprenkelt, die noch immer tobenden Wirbelstürme hatten neue Große Rote

Flecken gebildet. Ich spielte Zeitrafferaufnahmen aus Megs AI-Bewusstsein ab. Die Makros veränderten sich vor unseren Augen, ihre schon immer fieberhafte Aktivität beschleunigte sich noch weiter, dann kam sie allmählich zum Erliegen. Einige Makros schienen zu kristallisieren und trieben in die Jupiteratmosphäre hinein. Die übrigen schrumpften und verwesten quasi zu Gerippen, ähnlich der Aderstruktur eines vermoderten Blattes.

Dann tauchte ein neues Gebilde auf, das die toten Makros und die riesige Baustelle durchteilte wie ein Stein ein Spinnennetz. Die Vergrößerung fuhr hoch, bis man ein lang gestrecktes, aus Raumschiffen und Habitaten zusammengebasteltes Gebilde sah, das in rasendem Tempo um die eigene Achse rotierte und gefährlich dicht am Plasmajet entlangflog. Und dann wechselte die Perspektive, und man sah von dem zusammengestoppelten Raumschiff aus den weißglühenden Strahl vorbeischwirren. Die Aufnahme endete mit einer Eruption von blauem Licht.

»Tscherenkow-Strahlung«, sagte ich. »Sie haben das Wurmloch passiert – beziehungsweise einen Ableger davon, ein Tochterwurmloch – und, wie wir inzwischen wissen, eine neue Heimat gefunden. Jetzt wenden wir uns erst einmal von ihnen ab und gehen zurück zu den Vorgängen auf dieser Seite.« Ich schaltete wieder auf Fernsicht: die Gaseruptionen und der Jet, den sie genährt hatten, kamen zum Erliegen.

»Wir sind uns nicht sicher«, sagte ich, »ob das so geplant war und ob die Sonde ein Stadium erreicht hat, in dem sie ohne weiteren Nachschub von der Basis weiter beschleunigen kann, ob dies die Folge der Katastrophe ist, die ihr soeben beobachtet habt, oder ob es sich um eine Reaktion auf die Flucht der Arbeitskräfte mithilfe dieser erstaunlichen Raumschiffskonstruktion handelt.«

Suze grinste breit.

»Das war schon eine tolle Sache, diese Flucht«, bemerkte sie.

»Das kann man wohl sagen«, meinte Andrea. »Ich kriege immer noch eine Gänsehaut, wenn ich das sehe.«

»Weshalb sind sie nicht einfach heimgeflogen, ins innere Sonnensystem?«, fragte Malley.

Ich verbarg eine Anwandlung von Schmerz hinter einem Achselzucken. »Teilweise deshalb, weil sie ironischerweise nicht genug Vorräte für eine lange Reise im ... äh ... *Normalraum* hatten – mit diesem Ding hätten sie Jahre bis zur nächsten Weltraumkolonie gebraucht. Teilweise auch deshalb, weil ihre Anführer – schließlich handelte es sich um ein orbitales Arbeitslager, das nicht unbedingt als demokratisch zu bezeichnen war – beschlossen hatten, zu den Sternen aufzubrechen.«

»Außerdem«, fügte Tony hinzu, »nehme ich an, dass die posthumanen Wesen sie über die Vorgänge im inneren Sonnensystem systematisch getäuscht haben. Wilde hat sicherlich geglaubt, wir hätten den Funkverkehr lahm gelegt, so ziemlich das genaue Gegenteil des tatsächlichen Sachverhalts.«

»Okay«, sagte Malley.

»Nun gut«, fuhr ich fort. »Etwa ein Jahr später überschwemmten uns von der Jupiteratmosphäre ausgehend virenverseuchte Funksendungen. Wir brauchten lange, um uns davon zu erholen, und noch länger, um uns ein Bild von der Lage zu machen. Fünf Jahre später entdeckten unsere Teleskope jedoch etwas, das den meisten von uns mittlerweile so vertraut sein dürfte, dass die Wirkung, die es damals hatte, schwer nachzuempfinden ist.« Ich lachte kurz auf. »Manche jungen Leute halten das Aussehen des Jupiters mittlerweile vermutlich für *naturgegeben*.«

Der Planet und die seit der Zeit, als Cassini vorübergehend im Chaos versank, bekannten orangefarbenen

Streifen verschwammen, dann formte sich ein neues Bild, das seit zwei Jahrhunderten Bestand hat: riesige hexagonale Gebilde, ähnlich den Konvektionszellen in kochendem Wasser.

»Wie ihr seht, hatten sie Einfluss auf ihre Umgebung – ob vorsätzlich oder nicht, können wir nicht sagen. Bedenkt, mit welchem Tempo die posthumanen Wesen arbeiteten – wurde dieses Tempo beibehalten, dann sind für die Wesenheiten, die wir heute als Jupiteraner bezeichnen, fünf- bis sechstausend Jahre subjektiver Zeit verstrichen, daher könnte es sich auch um bloße Abfallprodukte ihrer Aktivitäten handeln. Alle fünf Jahre fallen diese Zellen in sich zusammen und bilden sich neu, dann verändert sich auch der Funkausstoß. Wir glauben, dass dies dem Aufstieg und Niedergang verschiedener virtueller posthumaner Kulturen entspricht. Möglich ist aber auch, dass sie sich auf ein prähumanes Intelligenzniveau zurückentwickelt haben und dass der Vorgang dem Entwicklungszyklus eines Korallenriffs oder eines Bienenstocks entspricht. Bei den virenbehafteten Funkbotschaften könnte es sich um einen bloßen Verteidigungsreflex handeln, vergleichbar der Tinte des Tintenfischs oder pflanzlichen Insektiziden.«

Yeng hob die Hand und nahm das Recht der Vorsitzenden in Anspruch, den Vortrag unterbrechen zu dürfen.

»Die Gefahr würde sich dadurch nicht vermindern«, erklärte sie. »Biologische Krankheiten sind auch nicht intelligent, mitunter aber dennoch gefährlich, und die Computerviren, die auf dem Jupiter erzeugt werden, stellen unbestreitbar eine Bedrohung dar.«

Ich nickte heftig. »Ja … weshalb die Kommunikation für uns so mühsam ist und unsere wichtigsten Computer solch klobige Monster sind und bis zum Nanomaßstab hinunter mechanisch arbeiten. Aber das ist nur ein

Aspekt. Bisweilen versucht man auch, Objekte aus der Atmosphäre hinauszubefördern. Diese Versuche haben mit der Zeit zugenommen. Und da kommen wir ins Spiel.«

Es folgte ein Werbe-Video der Cassini-Division, eine Demonstration der ständigen Wachsamkeit der Orbitalflotte, die außerhalb der Jupiteratmosphäre patrouillierte und alles auslöschte, was in die falsche Richtung unterwegs und größer war als ein Sandkorn. Außerdem wurde die Bewachung am Tor gezeigt. Eine Stimme aus dem Off erklärte, dies sei keine Zeitverschwendung, da wir auch die von der Sonde ausgesendeten Daten auffingen, die unser Wissen um die ferne Zukunft des Universums ständig vertieften. Malley und ich lächelten skeptisch.

Ich hielt das Video an. »Dies alles ist mittlerweile leider veraltet«, sagte ich. »Denn es ist etwas Unvorhergesehenes geschehen.« Ich markierte die Stelle für den Fall, dass ich später noch einmal darauf zurückkommen wollte, und startete einen neuen Film.

»Diese Bilder sind erst ein paar Monate alt«, sagte ich. »Wir haben sie noch nicht … äh … freigegeben.«

Die riesigen Gebilde starben, wie schon mehrere Dutzend Male zuvor. Als sie sich wieder erneuerten, tauchten innerhalb der Gebilde Ansammlungen von Blasen auf, die sich pulsierend entfalteten und anschließend wieder schrumpften. Jedes Mal, wenn sie wieder auftauchten, hatten sich die Cluster ausgebreitet und vermehrt, vernetzt durch lange und (in diesem Maßstab) dünne schwarze Linien. Als ich die Vergrößerung so weit wie möglich hochfuhr, konnte man innerhalb dieser schwarzen Linien dunkle Formen ausmachen, die sich in beide Richtungen bewegten.

»Oh, Scheiße«, sagte Malley.

»Genau«, meinte ich und ließ die Überflug-Scans ablaufen. »Es sieht ganz so aus, als handelte es sich um eine stabile, organisierte Lebensform, die über Habitate, HighTech und Transportmittel verfügt. Bislang liegen uns noch keine besseren Aufnahmen vor. Bedeutsam ist auch, dass zwischen diesen Clustern mittels Richtfunk Nachrichten ausgetauscht werden. Wir haben sie noch nicht entschlüsselt, doch offenbar handelt es sich um Lebensäußerungen intelligenter Wesen. Es scheint so, als hätten die Jupiteraner sich aus der Sackgasse der ererbten virtuellen Realitäten befreit und eine neue Spezies hervorgebracht. Sie entwickeln und verändern sich mit hohem Tempo – wir haben Flugbewegungen in der Atmosphäre ausgemacht, und die Geschwindigkeit und Häufigkeit dieser Flugbewegungen nimmt von Woche zu Woche zu.«

»Wow!«, machte Suze. »Aliens!«

»Nein«, widersprach ich. »Das ist eine posthumane – oder übermenschliche, postsinguläre Lebensform, die uns so überlegen sein mag wie wir den Ameisen. Oder aber es könnte schon sehr bald dazu kommen.«

Ich blickte in die Runde. Malley und Suze wirkten erstaunt, aber nicht besorgt; meine Besatzung war geeint in grimmiger Entschlossenheit.

»Seid ihr deshalb so erpicht darauf, durchs Wurmloch zu fliegen?«, fragte Suze. »Damit wir … damit ihr für den Notfall einen Fluchtweg habt?«

»Das ist mit ein Grund«, räumte ich ein. »Teilweise ist es so, wie ich schon sagte – wir wissen nicht, was auf der *anderen* Seite vorgeht. Sollte sich dort etwas Ähnliches tun wie hier, wollen wir es wissen.«

»Es gibt da noch etwas«, meinte Boris. »Etwas, das Sie wissen sollten.« Er nickte mir zu; ich ließ das Werbevideo an der Stelle weiterlaufen, wo ich zuvor unterbrochen hatte. Nun sah man unsere Expeditionen in den Kuiper-Gürtel, wo wir mit Lasern und taktischen Atomwaffen Kometen zum inneren Sonnensystem ablenkten, worauf sie um den Jupiter herumschwenkten und dann zum Mars und zum Asteroidengürtel weiterflogen.

Ich stoppte das Video und schaltete die Beleuchtung wieder ein. Wir lehnten uns alle zurück und blickten Malley und Suze an. Ich glaube, die anderen waren ebenso angespannt wie ich; während des Flugs zur Erde waren wir nach langen Diskussionen zu dem Schluss gelangt, dass Malley (oder Wilde, falls wir ihn an Bord bekamen) die ganze Wahrheit erfahren sollte, denn sobald wir das Wurmloch-Problem angingen, würde es unmöglich sein, sie vor ihm zu verbergen, und dann wäre er sicherlich nicht erfreut darüber, dass man ihn hintergangen hatte.

Malley klappte den Mund auf und wieder zu. Er schluckte mühsam, dann ergriff er das Wort.

»Das ist doch nicht Ihr Ernst«, sagte er. »Wollen Sie tatsächlich die neuen Jupiteraner mit Kometen bombardieren?«

»Allerdings«, sagte ich. »Genau das haben wir vor. Als die neue Entwicklung eintrat, brachten wir die Dinge draußen im Kuiper-Gürtel buchstäblich in Bewegung. Es war eine Menge Arbeit vonnöten, jetzt aber ist alles bereit. Wir haben mehrere große Kometen auf den Weg gebracht, die in weniger als drei Wochen den Planeten erreichen werden. Im letzten Moment versetzen wir ihnen einen Stoß, sodass es mehrere Kollisionen rund um den Planeten geben wird. Es müsste funktionieren – die neuen Jupiteraner wirken verletzlicher als das, was die Gebilde hervorgebracht hat. Die Blasen, die man auf den Fotos sieht, sind Blasen in der Atmosphäre. Ihre Technik scheint überwiegend auf der Manipulation elektrischer Felder sowie auf Gasströmungen und chemischen Reaktionen in großem Maßstab zu beruhen. Wir werden mehrere schnelle, schwere Kometenkerne in die Jupiteratmosphäre lenken, die eine Energie entwickeln werden, wie es eine Million Atomkriege nicht vermöchten. Damit werden wir sie ein für allemal auslöschen.«

»Aber wir wissen doch nicht einmal, ob sie uns feindlich gesonnen sind«, wandte Suze ein. »Habt ihr schon versucht, Kontakt mit ihnen aufzunehmen?«

»Selbstverständlich nicht«, erwiderte Yeng. »Sie verbreiten immer noch die gleichen Viren wie früher. Wenn wir sie von uns aus anfunken würden, wer weiß, ob sie uns dann nicht noch zerstörerischere Viren zurücksenden würden?«

»Es muss doch möglich sein, Sicherungen einzubauen«, sagte Malley. Er kaute auf dem Mundstück der kalten Pfeife herum. »Mir scheint das keine Rechtfertigung zu sein.«

»Sie sind in der Lage, uns zu verdrängen«, meinte Tony. »Zumindest scheint dies wahrscheinlich. Sie stellen allein durch ihr Vorhandensein eine Bedrohung für uns dar. Reicht das als Rechtfertigung nicht aus?«

Suze und Malley schüttelten einhellig den Kopf. »Was ihr da vorhabt, ist nicht richtig«, sagte Suze. »Wir könnten von ihnen lernen. Wir könnten sie dazu bringen, die Virenübertragungen einzustellen. Vielleicht können sie uns ja gar nichts anhaben. Womöglich wissen sie nicht einmal, dass es uns gibt!«

»Machen wir's lieber nach unserer Methode«, sagte Andrea. »Dann können sie sich gar nicht erst wehren.«

Wir mussten alle lachen, Suze und Malley ausgenommen.

»Was ist mit der Moral?«, fragte Malley.

Die meisten von uns zuckten die Achseln oder lächelten bloß. Yeng runzelte die Stirn. »Moral?«, wiederholte sie unsicher. »Was ist denn das?«

Einige von uns lächelten; Malley lachte laut heraus.

»Das ist eine Ideologie«, erklärte Suze. »Früher glaubten die Menschen, es gebe eine überaus mächtige Intelligenz, die das Universum beherrsche und ihnen sage, was sie zu tun hätten. Später fanden sie heraus, dass es keine solche Intelligenz gibt, doch anschließend glaubten sie etwa ein Jahrhundert lang, das *Universum* sage ihnen, was sie zu tun hätten. Einige zweifelten zwar daran, waren aber überzeugt, die Menschen würden anfangen, sich gegenseitig zu vergewaltigen und umzubringen, wenn sie nicht daran glaubten.« Sie schnitt eine Grimasse. »Ich habe nie begriffen, wie sie darauf kamen, denn es kam trotzdem ständig zu Vergewaltigungen und Morden. Die meisten Menschen nahmen deshalb davon Abstand, weil sie es nicht wollten oder weil sie die Folgen fürchteten. Inzwischen wissen wir, dass wir Menschen an üblem Tun hindern und dafür sorgen müssen, dass sie nicht ungestraft davonkommen. Deshalb gibt es ja die Union!«, rief sie triumphierend und ein wenig atemlos aus; offenbar freute es sie, dass sie ihre abgehobenen Studien einmal nutzbringend anwenden konnte.

»Okay«, sagte Yeng, »das verstehe ich. Das glaubten die Menschen also, bevor sie in den Besitz des wahren Wissens gelangten?«

»Genau!«, sagte ich. »So ist es. Nun, Sam, was meinen Sie?«

Malley funkelte mich an. Dann entspannte er sich und zuckte die Achseln.

»Also gut«, sagte er. »Wenn Sie das so sehen wollen, bitte sehr. Ich glaube, diese ganze Dein-Wille-ist-Gesetz-Quatsch ist ebenso teuflisch wie der Mensch, der sie erfunden hat, aber lassen wir's dabei bewenden.«

Ich nickte. Es fiel mir leicht, es dabei bewenden zu lassen, denn es ergab für mich sowieso keinen Sinn.

»Um in Ihrer Terminologie zu bleiben«, fuhr Malley fort, »so glaube ich nicht, dass es vorteilhaft für uns wäre, die Jupiteraner zu vernichten. Es handelt sich um eine intelligente und wahrscheinlich mit Gefühlen ausgestattete Lebensform, und Missachtung der Wissenschaft ist eine gefährliche Angelegenheit. Ein schlechtes Präjudiz. Zweitens könnten wir, wie Suze bereits ausgeführt hat, von einem friedlichen Austausch, sollte er denn möglich sein, enorm profitieren.«

Ich starrte ihn erschüttert an. Ich hatte gewusst, dass er alt war und seit jeher ein Nicht-Kooperateur, doch für ein Genie kam mir sein Einwand bemerkenswert beschränkt vor.

»Zunächst einmal«, sagte ich, »haben Sie mit Ihrer Bemerkung über intelligentes Leben Recht. Wir respektieren es, jeder Einzelne von uns, und sei es um unseres Seelenfriedens willen. Aber nur Menschen sind empfindungsfähig. Diese Dinge dort draußen sind nichts weiter als hochgezüchtete Computerprogramme! Sie mögen intelligent wirken, aber das ist bloße Tarnung. Man kann mit seinem Raumanzug eine tiefgründige, tiefsinnige Unterhaltung führen – he, man kann sogar eine sexuelle Beziehung mit ihm eingehen, wenn man darauf steht –, trotzdem hält niemand Anzüge für intelligent. Die Anzüge haben sich im Verlauf einer natürlichen Selektion einfach so weit entwickelt, bis sie in der Lage waren, mit Menschen auszukommen. Sollten wir in Kontakt mit den Jupiteranern treten, würden sie zweifellos einen intelligenten Eindruck machen, trotzdem empfinden sie mit Sicherheit ebenso wenig, wie die Augenflecken auf einem Schmetterlingsflügel sehen.«

Malley legte den Kopf in den Nacken und lachte brüllend.

»Und ihr pfeift auf Ideologie!«, stieß er hervor, als er sich wieder etwas beruhigt hatte. »Das ist das engstirnigste Dogma, die beschränkteste Denkweise, der ich je begegnet bin! Wollen Sie tatsächlich behaupten, kein Roboter, kein Upload, keine künstliche Intelligenz sei empfindungsfähig und unser Mitgefühl wert?«

»Genau«, sagte ich. »Das liegt doch auf der Hand.«

»Selbst wenn Sie Recht haben sollten, worin besteht

dann der Nutzen für uns, wenn wir diese blinden ›Schmetterlingsflügel‹ zerquetschen, häh?«

»Das will ich Ihnen erklären«, sagte ich geduldig. »Bislang hat man im Universum noch keine Spuren von intelligentem Leben entdeckt. Die Sonde der Außenweltler hat einen weiten Weg zurückgelegt, trotzdem enthalten die Daten, die sie sendet, nicht einmal die Andeutung eines entsprechenden Signals. Abgesehen von den Jupiteranern sind wir allein. Sollten sie uns überlegen sein, wären wir ihnen auf Gedeih und Verderb ausgeliefert, selbst dann, wenn sie uns freundlich gesinnt wären. Ich will nichts und niemandem ausgeliefert sein. Dies ist unsere beste, letzte und einzige Chance, uns das Universum zu sichern, und wir werden sie ergreifen.«

Malley erhob sich und blickte in die Runde, nicht aufgebracht, sondern eher nachsichtig; auch ein wenig betrübt, als seien die Altersschäden, die er bereits überwunden hatte, auf einmal wieder virulent geworden.

»Ohne mich«, sagte er.

5 Die Lebensform der Zukunft

MALLEY MARSCHIERTE ZUR TREPPE UND STIEG zur Kantine hinunter. Suze stand auf und warf mir einen besorgten Blick zu, dann folgte sie ihm achselzuckend.

»Die Sitzung ist beendet«, sagte Yeng. Sie blickte sich unsicher um, dann beschloss sie, das Beste daraus zu machen. »Wir sollten allmählich mal ans Mittagessen denken.«

Beim Mittagessen ging es normalerweise ganz entspannt zu. Heute war es anders. Wir hockten einzeln und zu zweien um die kleinen Tische. Suze saß mit Malley zusammen an der einen Kantinenwand, ich mit Tony an der anderen. Alle unterhielten sich in gedämpftem Ton.

»Meinst du, wir haben es vermasselt?«, fragte Tony.

Ich zuckte die Achseln. »Callisto schwirrt wegen der bevorstehenden Bombardierung nur so von Gerüchten. Wir hätten es eh nicht vor ihm geheim halten können, jedenfalls nicht ohne ihn zu isolieren – und das hätte ihn misstrauisch gemacht – unkooperativ!«

Tony streichelte sich den Bart und musterte mich forschend. »Angenommen, wir irren uns«, sagte er leise. »Wenn ich über unser Vorhaben nachdenke – also, unter uns gesagt, Ellen, manchmal plagen mich da schon Gewissensbisse. Angenommen, die Jupiteraner sind *keine*

Flatliner, angenommen, sie sind wirklich intelligente Wesen wie du und ich, bloß viel klüger, mit einem komplexeren und reicheren Innenleben. Schließlich könnten sie sich auf ganz natürlichem Wege aus den frühen Jupiteranern entwickelt haben, sodass wir nicht mit neuen Versionen der ursprünglichen wahnsinnig gewordenen Uploads zu tun hätten, sondern mit einer neuen Spezies, einer neuen Lebensform. Wäre es dann nicht so, als würde eine Schimpansenhorde den ersten Menschen mit Steinen den Schädel einschlagen?«

Ich unterdrückte mein Erstaunen über dieses Zurückweichen, diesen *Wackelkurs*, wie alte Genossen sich ausgedrückt hätten, und das ausgerechnet bei meinem Sicherheitsoffizier und ältesten Verbündeten. Ich kämpfte meine Empörung nieder. Wenn Tony Gewissensbisse hatte, dann war er bestimmt nicht der Einzige, und indem er ihnen Ausdruck verlieh, tat er mir einen Gefallen.

»Umso mehr spricht dafür«, sagte ich und klopfte ihm schwesterlich auf die Schulter. »Denk nur mal dran, was den Schimpansen ihr Zaudern eingebracht hat.«

Wir verstanden einander hervorragend. Obwohl wir seit zweihundert Jahren befreundet waren, hatten wir nie eine sexuelle Beziehung gehabt (von ein paar Ficks im angetrunkenen Zustand einmal abgesehen). Er war einfach nicht mein Typ und ich nicht der seine. In jeder anderen Hinsicht aber kannten wir einander durch und durch. Nicht, dass wir in allen Punkten einer Meinung gewesen wären, doch wir verstanden es, entweder zu einer Übereinstimmung zu gelangen oder die Differenzen auszuhalten. Wir wussten, wie der jeweils andere dachte.

Ich wusste, was in Tony im Moment vorging. Obwohl er das wahre Wissen verstandesmäßig akzeptiert hatte, hatte er es sich nicht wirklich zu eigen gemacht – im

Unterschied zu mir. Das wahre Wissen war über mich gekommen mit der Macht einer Erleuchtung.

*

Das wahre Wissen ... dieser Terminus ist die Übersetzung eines koreanischen Begriffs, der so viel wie ›moderne Erleuchtung‹ bedeutet. Dessen Schöpfer, eine Gruppe japanischer und koreanischer ›Angestellter‹ (dieser Begriff wurde unzutreffend ins Koreanische übersetzt, denn in Wirklichkeit handelte es sich um ›Zwangsarbeiter‹) hatten mithilfe zerfledderter alter Werkausgaben von Stirner, Nietzsche, Marx, Engels, Dietzgen, Darwin und Spencer, den einzigen verfügbaren philosophischen Werken in der Bibliothek des Arbeitslagers, Erleuchtung erlangt. (Die Philosophie und Wissenschaft des zwanzigsten Jahrhunderts war von ihren Vorgesetzten als dekadent oder subversiv verworfen worden – was davon zutraf, habe ich vergessen.) Voller Eifer hatten sie diese Bücher – die ironischerweise als das letzte Wort des modernen Denkens galten – studiert und aus ihrem Inhalt und ihren eigenen bitteren Erfahrungen die erste sozialistische Philosophie geformt, die auf zutiefst pessimistischen und zynischen Annahmen über das menschliche Wesen gründete.

Das Leben ist ein Prozess des Niederreißens und Umformens von Materie und notfalls auch anderem Leben. Somit bedeutet Leben Aggression und erfolgreiches Leben erfolgreiche Aggression. Das Leben ist der Abschaum der Materie, und Menschen sind der Abschaum des Lebens. Es gibt nichts außer Materie, Kräften, Raum und Zeit, die zusammen die höchste Macht darstellen. Nichts ist wichtig außer dem, was einem selbst wichtig ist. Macht schafft Recht, und Macht schafft Freiheit. Man darf tun, was einem möglich ist, und wenn man überleben und sich weiterentwickeln will, ist man gehalten, nach seinen Interessen zu handeln. Kollidieren diese Interessen mit denen anderer Menschen, soll man seine Kräfte mit ihnen messen, jeder für sich. Entsprechen die eigenen Interessen denen anderer Menschen, soll man mit ihnen zusammenarbeiten und sich gegen den Rest wenden. Du bist, was du isst, und du bist ein *Allesfresser*.

Alles, was einem teuer ist, das Gute, Wahre und Schöne am Leben, hat seine Wurzeln in diesem unfruchtbaren Boden.

Das ist das wahre Wissen.

Auf diesem Felsen hatten wir unsere Kirche gebaut. Wir hatten unseren Idealismus auf die nihilistischsten Schlussfolgerungen der Wissenschaft gegründet, unseren Sozialismus auf krassen Eigennutz und unsere Freiheit auf Determinismus. Wir hatten die Moral durch Konventionen ersetzt, Tapferkeit durch Sicherheit, Genügsamkeit durch Überfluss, Philosophie durch Wissenschaft, Stoizismus durch Betäubungsmittel und Frömmigkeit durch Amoralität. Die universelle Säure des wahren Wissens hatte ein ganzes Weltengebäude aus Worten weggeätzt und ein Universum der Dinge enthüllt.

Dinge, die wir brauchen konnten.

*

»Das ist Ekstase für Computerfreaks!«

Also, das ist mal ein frischer Wind, denke ich und drehe mich um, weil ich wissen will, wer hier über die Singularität gespottet hat. Ein Typ rempelt mich an, ein schlanker Mann mit glattem, schwarzem, mit Gel zu einer Tolle geformtem Haar, einem nach Lenins Vorbild modellierten Bart, einem schmalen, sanften Gesicht und umherhuschenden dunklen Augen. Er genießt das Gelächter, das er auf unserer Seite ausgelöst hat, und das verlegene Lächeln auf der anderen.

Man schreibt das Jahr 2065, und wir sind wieder auf dem Wrackdeck, doch der Erholungsbereich hat sich ebenso stark ausgeweitet wie die Raumstation, die man in eine höhere Umlaufbahn befördert hat. Wir feiern den Abschluss der Arbeit. Es sind bestimmt mehrere hundert Leute anwesend. Zu Anfang waren wir eine große Gruppe, doch im Laufe der Streitereien haben wir uns buchstäblich voneinander entfernt. Jetzt sind wir an gegenüberliegenden Seiten des Decks massiert.

Der Streit dauert schon Jahre an, doch bislang haben wir immer zusammengearbeitet. Die Kontrahenten, von denen heute einige Vertreter anwesend sind, stammen in etwa von zwei Wellen der Weltraumbesiedlung her. Den ersten Höhepunkt hatte es in den vierziger Jahren des einundzwanzigsten Jahrhunderts gegeben, getragen von Pioniersiedlern und den Streitkräften der Erdverteidigung, die sich der Herbstrevolution angeschlossen hatten. Die zweite Welle war Ende der fünfziger und Anfang der sechziger Jahre in den Weltraum gekommen und war geprägt von einem ganz anderen Prozess: diesmal handelte es sich um Techniker, Ingenieure und Wissenschaftler – und die Superreichen –, welche die Erde bewusst aufgeben wollten, eine ausgesprochen fortschrittliche Technik entwickelt hatten und ihre Raketen in isolierten, belagerten Enklaven starteten. Mit dem völlig verpfuschten und kontraproduktiven ›Aufstand der Weltraumbewegung‹ im Jahr 2059 hatten sie ihr Pulver verschossen.

Gleichwohl kommt immer noch Nachschub an, außerdem setzen sie seit jeher Zwangsarbeiter ein – überwiegend Kriminelle, die Wiedergutmachung leisten, sowie Politiker und Kriegsgefangene von der Verliererseite der Herbstrevolution und der nachfolgenden Konflikte –, mit deren Hilfe sie ihre Infrastruktur aufbauen und verteidigen, im Weltraum wie am Boden. Wir sehen darin eine Art Sklaverei, vom Unterlaufen des auf privatem Unternehmertum und Freiwilligenarbeit beruhenden Ethos der Weltraumbewegung ganz zu schweigen. Sie sehen darin die Entschädigung für die jahrelange Unterdrückung in der Zeit vor der Revolution und die ständigen Übergriffe der fragmentierten Regierungen und der aufgewiegelten Erdbewohner.

Verständlicherweise haben sie kein Interesse daran, von ihren mittlerweile ausgedehnten und selbstversorgenden Weltraumsiedlungen aus die Menschen zu unterstützen, deren ignorantem Wüten sie gerade mit knapper Not entkommen sind. Wir von der ersten Welle idealistischer oder eigennütziger Kolonisten glauben, dass sich das ignorante Wüten gerade dadurch überwinden lässt, indem man der Erde beisteht.

Wir nennen uns: die ersten Siedler, die Erdtendenz, die Schönen, die Sternenkrieger.

Die anderen nennen wir: die Anderen, die Außenseiter, die Computerfreaks, den neuen Pöbel.

Die anderen nennen uns: Erdfreunde, Grünlinge, Kommis, die Weltlichen, die Dreck-Farmer, die Weltraumfamilie Robinson.

Die anderen nennen sich: die Außenweltler, die Singularitätsgang, die Futuristen, die Posthumanen.

Ihr Traum ist die Singularität. Unser Traum ist das Galaktische Imperium, die Föderation oder wie immer man es nennen will. Sie lachen darüber.

Und im Moment lachen wir über sie; zumindest lachen die etwa ein Dutzend Leute in Hörweite des Spötters über die etwa gleich große Außenweltlergruppe an der anderen Seite des Decks.

»Das ist einfach *dämlich*«, fährt er fort. »Ich begreife nicht, wie jemand glauben kann, das Computermodell eines Gehirns könne mit dem Gehirn identisch sein. Mechanischer Materialismus! Dabei geht es doch darum, zur Maschine zu werden. Das ist der Tod, und wer sich den herbeisehnt, ist *krank.*«

»So würdest du nicht reden, wenn du wüsstest, dass du todkrank bist«, sagt ein Außenweltler, ein junger Mann (aber wir wirken mittlerweile alle jung), der nicht dem von uns favorisierten Stereotyp von einem Computerfreak entspricht, denn statt einer Vorliebe für Pizza und Coke kultiviert er eine andere Tugend, nämlich Bodybuilding. Sonnengebräunt, eingeölt und nackt schwebt er im langsam rotierenden Lotussitz und stellt etwas Dynamisches und Raffiniertes mit seinem herausspritzenden Drink an. »Wir haben bereits Back-ups von den Menschen angelegt, die bei der Bewachung von Kap Canaveral umgekommen sind, habt ihr das gewusst?«

Er fängt eine wabbelnde Flüssigkeitskugel mit den Lippen auf, schluckt sie hinunter und beendet die nächste Umdrehung mit einem fragenden Lächeln.

»Und ihr wollt sie starten?«, frage ich.

»Klar«, antwortet er. »Sobald wir die letzten Bugs aus der Software für die virtuelle Umgebung eliminiert haben.«

Der Mann an meiner Seite lacht. »Dann versprecht ihr euren Sklavensoldaten also das Paradies nach dem Tod! Prima Idee, Leute, das hat schon bei Mohammed funktioniert.«

Seine zweite religiöse Anspielung veranlasst den eingeölten Mann zu der herausfordernden Frage: »Hast du schon mal was über die Wiederauferstehungstheorie der AI-Befürworter gelesen? Oder einen Klassiker wie *Die Physik der Unsterblichkeit*?«

»Ach, was«, meint der Bärtige. »Sich mit so einem Scheiß zu beschäftigen, dafür ist das Leben zu kurz!«

Der Außenweltler unterbricht die Rotation mit einem perfekt getimten Wurf seiner leeren Trinkblase und blickt kühl in mein feixendes Gesicht.

»Hier ist ein Gedanke daraus«, sagt er. »Kurz genug für dich: die Weigerung, intelligente Roboter als *Menschen* zu betrachten, ist gleichbedeutend mit Rassismus.«

»Ach, ja?«, erwidert der Mann neben mir. »Dann bin ich also ein Rassist. Ein *menschlicher* Rassist.«

»Macht mir nichts aus«, werfe ich ein, wohl wissend, dass der Außenweltler die Rassismuskarte im Hinblick auf meine dunkle Hautfarbe ausgespielt hat. Er funkelt mich böse an.

»Hier ist noch einer – wer behauptet, menschliches Bewusstsein lasse sich Computern nicht implementieren, findet sich mit dem ewigen Tod für jedermann ab. Was hältst du davon?«

»Damit kann ich leben«, sage ich. Der Mann neben mir kichert zustimmend und fügt hinzu:

»Wenn ihr uns leben lasst.«

Der Außenweltler lächelt, blickt sich zu seinen Kameraden um, dann wendet er sich wieder uns zu.

»Natürlich lassen wir euch leben«, sagt er. »In Reservaten, wie die anderen interessanten Tiere. Der eine oder andere wird euch vielleicht lieber als Haustier halten wollen. Sentimentale posthumane Menschen werden sich zweifellos für eure ›Menschenrechte‹ einsetzen – einer dieser Spleens wie der Schutz der alten Wälder und der gefleckten Eulen. Wäre es nicht viel besser, sich uns anzuschließen und gottähnlich zu sein?«

In mir regt sich etwas. Auf einmal ist alles klar. Jetzt, in der Rückschau, begreife ich, dass dies der Anfang der Erweckung zum wahren Wissen war.

»Wir *sind* gottähnlich!«, fauche ich. »*Wir* sind hier das mächtigste Raubtier. Ihr könnt euch meinetwegen in Maschinen verwandeln, aber dann werdet ihr tot sein, während wir weiterleben und euch wie Maschinen behandeln werden. Wenn wir euch nicht benutzen können, werden wir euch zerschmettern!«

»Falls ihr dazu in der Lage seid«, erwidert er.

Ich blicke ihn herausfordernd an. »Wenn wir dazu in der Lage sind.«

Er schwenkt herablassend die Hand und wendet sich ab.

Der Mann neben mir vollführt einen Salto, schwebt vor mich hin und breitet grinsend die Arme aus. Ich glaube, das ist als eine Art Salut gemeint.

»Das war stark«, sagt er.

»He, was du da gesagt hast, hat mir gefallen«, erwidere ich. ›Das ist Ekstase für Computerfreaks!‹

Wir lachen wie über einen alten Witz und stellen uns einander vor. Er heißt Tony Girard, gehört dem Management der Raumstation an und soll den Außenweltleranteil an den Bewohnern im Auge behalten. Die Beziehung zu ihnen ist von großer Bedeutung – die Station wurde mit den neuen Raketenantrieben in eine höhere Umlaufbahn gebracht. Die Antriebe sehen aus, als bestünden sie aus im Spritzgussverfahren verarbeitetem Diamant und wurden von den Außenweltlern nanotechnisch hergestellt. Trotzdem kommt er nicht umhin, sich mit ihnen zu streiten.

»Wenn sie meinen, wir wären böse, muss ich ihnen zustimmen«, sagt er.

»Aber das sind wir nicht!«, wende ich ein.

»Von unserem Standpunkt aus betrachtet nicht. Von ihrem aus schon. Wir sind Reaktionäre, Konter-Evolutionäre, die vor der nächsten Entwicklungsstufe zurückschrecken.«

»Ja – vor der Auslöschung!«

Ich denke über das Bösesein nach. In ihren Augen, wird mir klar, sind wir tatsächlich böse und gefährlich, aber für *uns* – bei diesem Gedanken stockt mir der Atem – sind wir weder böse noch gefährlich, und nur darauf kommt es an. Solange wir tatsächlich zu unserem eigenen Nutzen handeln, ist es gleichgültig, was wir unseren Gegnern zufügen. Unsere Föderation werden sie als das Reich des Bösen, als das Imperium der dunklen Herrscher betrachten, und ich werde eine dunkle Herrscherin sein. Die Menschheit ist von jedem nichtmenschlichen Standpunkt aus betrachtet tatsächlich böse. Ich hülle mich mit einem Freudenschauder in meine menschliche Bösartigkeit.

Als ich Tony davon erzähle, nickt er zustimmend.

»Das ist ausgesprochen befreiend«, sagt er. »Die Cowboys mit den schwarzen Hüten.« Er zieht einen imaginären sechsschüssigen Revolver, wirbelt ihn um den Finger und legt ihn an. (Wie wir alle besitzt auch er eine Waffe.) »Erspart uns eine Menge Seelenerforschung. Solange man nicht die eigene Seite trifft, handelt man richtig.«

»Vielleicht sind wir die Indianer. Die Eingeborenen.«

Das gefällt Tony. »Stimmt«, meint er. »Dazu verdammt, tapfer zu sein. Der Hemmschuh des technischen Fortschritts. Wir verschießen Pfeile auf die stählernen Rösser des Schicksals.«

»Das sind ja solche Mechanisten«, sagte ich.

»Ja«, meint er. »Und deshalb ziehe ich sie so gerne auf.«

Ich musste so sehr lachen, dass ich mich an ihn anklammerte, und später im Laufe dieses Tageszyklus kam es zu unserem ersten betrunkenen Schnellfick.

*

Ich lächelte Tony vielleicht ein wenig herzlicher als gewöhnlich an, stand auf und fing Yengs Blick auf, dann blickte ich rasch zu dem Tisch hinüber, an dem sich Malley und Suze gegenübersaßen. Yeng nickte. Wir nahmen unsere Tabletts und gingen hinüber.

»Was dagegen, wenn wir uns dazusetzen?«

Malley blickte Suze an. »Keineswegs«, sagte er.

Ich setzte mich neben Malley, und Yeng nahm neben Suze auf der Bank Platz und lächelte sie an. Suze blickte auf ihren Teller nieder, dann schaute sie hoch.

»Wir möchten euch eine Frage stellen«, sagte Suze. »Ich gehöre der Union an, er ist ein NiKo, und zufällig haben wir beide die gleiche Frage. Ganz unabhängig voneinander.«

»Okay«, sagte ich.

»Wärt ihr bereit, zumindest eine Kontaktaufnahme mit den Jupiteranern zu versuchen, bevor ihr sie vernichtet? Wärt ihr bereit, zumindest den Versuch zu unternehmen, zu einer Vereinbarung zu kommen?«

Bei der Vorstellung, Kontakt mit den Jupiteranern aufzunehmen, bekam ich eine Gänsehaut; gleichzeitig aber erschien es mir auch reizvoll. Das damit einhergehende Risiko appellierte an meine Tollkühnheit, mein Hass auf die Jupiteraner weckte meine Neugier, herauszufinden, was sie wirklich waren, und vor allem waren wir auf Malleys Unterstützung angewiesen, wenn wir das Malley Mile passieren wollten. Das gab den Ausschlag.

Yeng setzte zu einer Bemerkung an, ich aber hieß sie mit einem Blick schweigen.

»Wir werden darüber nachdenken«, sagte ich. »Ich kann natürlich nicht für die Division als Ganzes sprechen, aber ich würde nicht sagen, dass es ausgeschlossen ist. Warum?«

»Die Zusammenarbeit mit Ihnen fiele mir erheblich leichter«, sagte Malley, »wenn ich wüsste, dass die Jupiteraner eine reale Bedrohung darstellen. Eine unmittelbare Gefahr. Und darüber können wir uns nur dann Gewissheit verschaffen, wenn wir mit ihnen in Verbindung treten.«

Suze nickte zustimmend. »Wenn die Menschen auf der Erde dahinterkommen, was ihr hier tut, wozu es sicherlich kommen wird – ihr wollt sie vorher doch sicherlich einweihen, oder? –, dann werden sie ebenfalls Gewissheit haben wollen. Es wäre eine verdammte Schande, Maschinen auszurotten – falls es denn wirklich bloße Maschinen sind –, die uns nützlich sein könnten und die möglicherweise die einzigen Freunde wären, die wir im ganzen Universum haben. Und wenn sie nun tatsächlich Götter sind, aber Götter auf *unserer Seite*?«

Dann ist Suze also eine Beschwichtigerin, dachte ich bekümmert und fragte mich erneut, ob sie nicht vielleicht eine auf mich angesetzte Spionin war, tat den Verdacht aber sogleich wieder ab.

»Also gut«, sagte ich. »Wir werden es versuchen.«

»Wie?«, fragte Malley.

»Kurz nach unserem Eintreffen«, antwortete ich, »wird eine Flotte ferngesteuerter Sonden in die Atmosphäre des Jupiter eindringen – hauptsächlich um zu spionieren, um bessere Bilder von den Zielen zu bekommen, welche die Kometen treffen sollen. Ihre Telemetrieausrüstung – Funk, Radar, Laser – lässt sich für einen Kontaktversuch umrüsten. Ich werde mich nach Kräften dafür einsetzen, und Sie und Suze können ebenfalls dafür eintreten, wenn Sie glauben, dies wäre vielleicht hilfreich.«

Erstaunen spiegelte sich in Yengs Augen wider; Missfallen furchte ihre Stirn.

»Aber das ist gefährlich!«, wandte sie ein.

»Allerdings«, sagte ich. »Aber wenn jemand Firewalls programmieren kann, dann du. Irgendwo muss es Notfallpläne und entsprechende Hardware- und Software geben, oder?«

Sie nickt widerwillig. »Gut geraten.«

Es war mehr als eine Vermutung, doch Yeng brauchte nicht zu wissen, dass ich mehr wusste, als ich zu wissen brauchte.

»Also mach dich an die Arbeit«, sagte ich. »Wir sollten die verbleibenden neun Tage gut nutzen.« Ich wandte mich an Malley. »Und Sie werden uns mit dem Wurmloch helfen?«

»Wenn Sie Ihre Ankündigung wahrmachen, dann ja.« Er nahm seine Pfeife auf, streifte mit dem Stiel über seine Oberlippe, atmete durch die Nase ein, dann legte er die Pfeife wieder weg. »Ich mache mich gleich an die Arbeit – ich meine, ich kann kaum an etwas anderes denken. Sobald wir angekommen sind, werde ich sämtliche zur Verfügung stehenden Forschungseinrichtungen nutzen, und wenn Ihre Leute den ernsthaften Versuch unternommen haben, einen ... Krieg zu vermeiden, denn um nichts anderes handelt es sich, dann werde ich Ihnen meine Ergebnisse zur Verfügung stellen.«

»Also abgemacht«, sagte ich. Malley nickte; Suze lächelte mich an; Yeng schaute ein wenig verdutzt drein. »Wir haben einen Plan«, setzte ich um ihretwillen hinzu.

»Ich habe eine Menge Pläne«, sagte Yeng. »Das ist großartig! Welch eine Herausforderung!« Sie grinste mich an, ihr hübsches kleines Gesicht hatte sich wieder aufgehellt. »Keine Angst, Ellen May, du wirst den bestmöglichen Schutz bekommen.«

Sie sprang auf und eilte im Laufschritt zur Wendeltreppe, so begierig war sie, die Arbeit an der Anti-Viren-Software aufzunehmen.

»Was hat sie gemeint?«, fragte Malley. »Weshalb sollten ausgerechnet Sie den Kommunikationsversuch unternehmen?«

Ich kippte den Rest des mittlerweile kalten Kaffees in mich hinein. »Aus dem gleichen Grund, aus dem ich Sie aufgesucht habe«, antwortete ich. »Wenn jemand einen Vorschlag macht und eine verrückte, gefährliche Idee verfolgt, dann soll er sie auch ausprobieren dürfen.«

Malley blickte mich merkwürdig an. »Da müssen Sie

wohl erst noch eine Menge Führungskader überzeugen.«

»Bei uns gibt es keine ›Führungskader‹«, sagte Suze.

»Bei der Division schon«, erwiderte ich. »Bloß führen wir nicht im Hintergrund.« Suze schaute so besorgt drein, dass ich mich erweichen ließ.

»Aber wir legen Back-ups an«, versicherte ich ihr.

*

Back-ups waren umstritten. Ich verabschiedete mich, damit Malley sich mit Andrea über die verfügbaren Beobachtungsdaten zum Wurmloch und Suze sich mit Tony über *ihre* Interessen und Beobachtungen unterhalten konnte, setzte mich an einen anderen Tisch, trank noch einen Kaffee und dachte über die Back-ups nach.

Im Prinzip gab es mehrere Methoden, Back-ups anzulegen: nicht-invasive Scantechniken für die Lebenden, Infusionen von intelligenter Materie für die frisch Verstorbenen. Alle führten zum gleichen Ergebnis, nämlich einer gespeicherten Momentaufnahme des Gehirnstatus bis zum letzten Neuron und zur letzten Synapse. Dieser Status ließ sich in einem ›leeren‹ Gehirn replizieren, meistens, aber nicht notwendigerweise, in einem schnell gewachsenen Klon des Originals. Die Außenweltler hatten diesen Vorgang schon in den fünfziger Jahren des zwanzigsten Jahrhunderts perfektioniert, und wir hatten von ihnen gelernt. Anschließend hatten sie die viel kompliziertere Aufgabe perfektioniert, das kopierte Bewusstsein ›laufen‹ zu lassen und den aufgezeichneten Gehirnstatus von seinem letzten Moment zum nächsten und wiederum nächsten weiterzubefördern … ganz gleich, ob er nun einen Roboterkörper steuerte oder sich in einer virtuellen Umgebung befand, oder ob beides gleichzeitig zutraf. Dies bezeichneten sie als Upload, und davon nahmen wir Abstand. Ein Upload ließ sich nur mit autonomer künstlicher Intelligenz bewerkstelligen, und dieser Vorgang hatte seine eigene Logik, die zur Singularität führte, zur Ekstase der Computerfreaks, wie Tony es genannt hatte.

Denn: sobald das Bewusstsein seine körperliche Grundlage verloren hatte, sobald es auf Silizium- oder Kohlenstoffbasis lief und mit künstlichen Intelligenzen umgeben war, die es in jeder Weise unterstützten, gab es nichts mehr, was es davon abgehalten hätte, tausendmal schneller zu arbeiten als im Normalzustand und seine Fähigkeiten – sein verfügbares Wissen, sein Sensorium, seinen Gedächtnisspeicher und seine Zugriffsmöglichkeiten – *einfach dadurch, dass es sich an weitere Apparate anschloss,* immer mehr auszuweiten. Das hochgeladene Bewusstsein war upgradefähig, und jedes Upgrade erleichterte das nächste ein bisschen mehr. Dies führte zu einem sich selbst beschleunigenden Prozess der Erweiterung künstlicher Intelligenz: zur Singularität.

Die Außenweltler sahen darin nichts Schlechtes und betrachteten die Verdrängung der Menschheit als längst überfällig. Wir, die wir uns aus welchen Gründen auch immer dafür entschieden hatten, Menschen zu bleiben, hätten uns unter Umständen sogar überzeugen lassen. Die erschreckende Vorstellung, dass Uploads keine Gedanken und keine Seele hatten; dass sie Flatliner waren, geistlose Emulationen des Bewusstseins; dass Subjektivität (wie der Entdecker Shin Se-Ha es trocken ausgedrückt hatte) ›eine potenzielle Eigenschaft des Kohlenstoffs‹ ist, wären uns weniger absurd erschienen, wenn die angeblichen Übermenschen allem Anschein nach nicht nahezu ausnahmslos wahnsinnig geworden und die Ausnahmen, die Überlebenden des Projekts Jupiter, die heutigen Jupiteraner, nicht bösartig geworden wären.

Jedenfalls bösartig aus unserer Sicht.

Die Erfahrung und der nachfolgende langwierige unterschwellige Konflikt hatten unsere anfänglichen Differenzen mit den Außenweltlern (damals, als sie noch vom gleichen Fleisch waren wie wir) zu einer Theorie erhärtet, die – wie Malley ausgeführt hatte – peinliche Ähnlichkeit mit einer Ideologie hatte: Maschinen denken nicht, sie rechnen; nur Menschen zählen; Uploads sind Flatliner, und Kopien sind keine Originale.

Was für jeden, der mit dem Gedanken spielte, ein Back-up anfertigen zu lassen, eine verstörende Vorstellung war. Für jemanden, der beim Aufwachen feststellte, dass er tatsächlich eine nach einem Back-up erstellte Kopie war, war es noch verstörender.

So hatte man mir es jedenfalls geschildert; und sollte meine geplante Begegnung mit den neuen Bewohnern des Jupiter schlimm enden, würde ich es bald aus eigener Erfahrung wissen.

Oder vielmehr ... eine andere Person würde es wissen, eine Person, die mir ähnelte, die meinen Namen, mein Gesicht, meine Erinnerungen hatte, einschließlich der Erinnerung an diesen speziellen Gedanken. Ich wünschte ihr alles Gute.

*

Malley saß auf dem Kommandodeck auf einer Beschleunigungsliege mit aufgestellter Lehne. Yeng saß ein paar Meter von ihm entfernt auf einer zweiten Liege. Vor sich hatten sie jeweils einen Monitor, wie sie in der Union und bei der Division üblich waren. Die Monitore bestanden aus zwei dünnen, festen Glasschichten von neunzig mal sechzig Zentimetern, mit einer einen halben Zentimeter dicken Schicht vielfarbener Flüssigkeit dazwischen. Bei der Flüssigkeit handelte es sich um reines Wasser, in dem Nanomaschinen umherflitzten und entsprechend den von chemischen und elektrischen Impulsen übermittelten Anweisungen unterschiedlich gefärbte Partikel präsentierten und auf diese Weise Grafiken, bewegte Bilder und Text darstellten.

Auf Malleys Bildschirm war nichts weiter als scrollender Text zu sehen. Er bewegte die Finger über das Eingabefeld am Fuß des Monitors. Ich konnte nicht erkennen, ob er schrieb oder las, oder ob es sich bei den Zeichen auf dem Bildschirm um unsere Daten oder seine eigenen Berechnungen handelte. Aus seiner Pfeife stiegen alle paar Sekunden kleine Rauchwolken empor, die langsam in die Höhe schwebten, bis sie von der Luftströmung der Belüftung erfasst wurden. Ich verzichtete wohlweislich darauf, ihn anzusprechen, denn er hätte mir vermutlich sowieso nicht geantwortet.

Yeng hingegen sah mir entgegen und schien bereit, über ihre Arbeit zu sprechen. Sie rutschte auf der Liege zur Seite und winkte mich neben sich. Der Platz reichte aus für zwei, obwohl ich mehr davon beanspruchte als Yeng.

Einer der Vorteile dieser Art von Computer gegenüber den veralteten und verwundbaren elektronischen Rechnern bestand darin, dass er sowohl als Konstruktionswerkstatt wie auch als biochemisches Labor diente. Man konnte auf dem Bildschirm einen kleinen Kasten isolieren – Fixel sagte man dazu – und darin einen ganzen nanotechnischen Komplex einrichten. Für das Auge mochte er zu klein sein, ließ sich aber auf dem Rest des Monitors mühelos darstellen.

Auf dem Bildschirm, den ich vor mir hatte, war oben eine Linie zu sehen und darunter etwa ein Dutzend längliche Kästen. Yeng zeigte darauf. »Das ist die letzte Variante ihrer Funksendungen«, sagte sie. »Die Signaldauer beträgt zehn Sekunden. Ich teste es gerade an verschiedenen Input-Geräten – an Funk-, TV- und Radarempfängern sowie an mechanischen Computern unterschiedlicher Größe, die es zufällig empfangen könnten – sogar an menschlicher Netzhaut. Abfahren.«

Die Botschaft wurde abgespielt, ein lautloser und unsichtbarer Impuls, dargestellt durch eine Wellenfront, die von der Linie am oberen Bildschirmrand bis zu den Kästen wanderte. Sämtliche Geräte kamen damit zurecht – oder reagierten gar nicht erst darauf –, bloß eines nicht, dessen Kasten zu blinken begann. Yeng löschte den Rest und steigerte die Vergrößerung. In den Schaltungen der miniaturisierten Version unseres gebräuchlichen Radarempfängers hatte sich eine stehende Welle gebildet. Als Yeng das Radargerät mit mehreren Nanocomputern verband, breitete sie sich auf diese aus und führte zu Kurzschlüssen.

»Hässlich«, sagte ich. »Jetzt bringen sie auch schon Babbagemaschinen zum Durchbrennen. Das ist neu.«

Yeng lächelte. »Schon, aber ich glaube, es gibt eine Möglichkeit, dies zu verhindern.« Sie markierte die Funkbotschaft und verschob sie in ein Fixel mit einem kürzlich entdeckten komplexen organischen Molekül, das in hoher Konzentration von der Jupiteratmosphäre freigesetzt wurde. Dieses Molekül hatte interessanterweise das Getriebe eines unserer zur Wartung der Schiffshülle eingesetzten Nanoroboters ruiniert.

»Hm«, machte Yeng und saugte an einer Strähne ihres langen, blauschwarzen Haars. »Haben wohl etwas von uns aufgefangen, das in der anderen Richtung unterwegs war. Es sei denn, die Verzahnung ist zufällig, was ich für unwahrscheinlich halte.« Sie rief das 3-D-Modell eines Getriebes auf. »Hmmm«, machte sie erneut. Ich hielt es für geraten, sie in Ruhe zu lassen.

*

»Nachrichten für dich«, sagte Yeng.

Es war der Morgen des vierten Tages. Mittlerweile

war Routine eingekehrt. Für die Besatzung gab es nicht viel zu tun, außer zu lesen, Filme zu schauen, die Sterne zu betrachten, zu spielen oder zu versuchen, Suze in unser kompliziertes, sich ständig veränderndes Beziehungsgeflecht einzuspinnen. Malley studierte gerade gespeicherte Beobachtungsdaten zum Wurmlochtor und starrte stundenlang die seltsamen Fotos an, worauf er ein Blatt Papier anstarrte, das sich allmählich mit Berechnungen füllte. Yeng arbeitete sich durch eine Unmenge vorgefertiger Virensoftware hindurch, warf sie in die Schlacht gegen die eingesperrten Außenweltlerviren (teils Computerviren, teils biologische Viren, molekulare Vernichtungsmaschinen) und entwickelte die überlebenden Programme fort. (Auch *dieser* darwinistische Selektionsprozess bedurfte aufmerksamer Beobachtung – denn gab es eine bessere Methode, ein System zu infiltrieren, als die viralen Gegenattacken und die Evolution der Anti-Infiltrationssoftware zu manipulieren?)

Soeben hatte sie eine Pause eingelegt, um in ihrer Mailbox nachzusehen. Die unvermeidliche Real-Time-Kommunikation (weitgehend auf An- und Abflug beschränkt) wurde direkt über Funk abgewickelt – wenngleich dabei Schutzmechanismen aktiv sein mussten. Die Mailbox war für die weniger dringenden persönlichen Nachrichten gedacht, die alle eine kryptographische Quarantäne durchliefen, deren Berechnung Milliarden von Nanotech-Einheiten sekundenlang beschäftigt hielt. Yeng reichte mir ein Fläschchen mit einer Kultur von Nanomaschinen, die den Laserfunkspruch aufgezeichnet und entschlüsselt hatten.

Mein Anzug verdaute den Inhalt und spielte mir die Nachrichten ein.

»Sie stecken in großen Schwierigkeiten, Ellen May Ngwethu«, begann die erste Nachricht ohne Umschweife. Das Gesicht Sylvester Tatsuros, des gegenwärtigen Vorsitzenden des Kommandokomitees, blickte besorgt auf mich herab. »Das Forschungskomitee hat soeben ein Misstrauensvotum gegen Sie eingereicht, deshalb sind Sie nicht mehr unsere Verbindungsoffizierin. Man hat uns gebeten, einen Clipper nach Lagrange umzulenken, der keinen Geringeren als eine Vertreterin des Solaren Rats aufnehmen soll, die sich an Ort und Stelle ein Bild von den Vorgängen machen will. Es besteht große Besorgnis hinsichtlich Ihrer Absichten.« Er gestattete sich ein kurzes Lächeln. »Was außerhalb der Division bislang noch niemand weiß. *Bis jetzt* hat unsere Selbstdisziplin die Bewährungsprobe bestanden. Aber die Körperschaften der Erdverteidigung lassen ihren Neidgefühlen derzeit freien Lauf und wecken alle möglichen Besorgnisse. Zum Glück liegen sie völlig falsch, wenn sie glauben, wir hätten uns zu Beschwichtigern gewandelt! Offenbar hat die etwas unbeholfene Kontaktaufnahme mit Malley gewisse Irritationen hervorgerufen, außerdem haben einige Leute, die beobachtet haben, wie Sie sich mit Wilde unterhalten haben, in der Öffentlichkeit Spekulationen angestellt. Die wahren Beschwichtiger machen natürlich großes Aufhebens darum und deuten an, wir wären endlich zur Vernunft gekommen und stünden im Begriff, mit den Jupiteranern Kontakt aufzunehmen. Ich habe verlautbaren lassen, dies sei das Letzte, was wir wollen, und unsere Wachsamkeit sei so hoch wie eh und je.« Abermals ließ er ein Lächeln aufblitzen. »Ich hielt es noch nicht für geraten, zu erklären, dass unsere Alarmstufe sogar höher ist als je zuvor. Und um das abzuschließen, Ellen, dieses ganze Gerede hat das Interesse am Jupiter angestachelt, und ein paar Astronomen auf Farside wurden aus ihrer Routine hochgeschreckt und unterziehen den Planeten zum ersten Mal seit Jahrzehnten einer eingehenden Beobachtung. Ihnen sind bereits einige … Absonderlichkeiten aufgefallen.

Kurz gesagt, Sie haben in ein Wespennest gestochen. Wir alle geben Ihnen Rückendeckung, aber wenn Sie hier eintreffen, werden Sie einiges erklären müssen. Ich erwarte übrigens keine Antwort auf diese Nachricht. Bis bald, Genossin.«

Das Bild blieb noch einen Moment stehen. In diesem Moment neigte Tasuro leicht den Kopf, und sein Augenlid zuckte, als zwinkerte er mir zu.

Vor einigen Wochen hatten wir vertraulich vereinbart, was zu tun wäre, falls es zum Schlimmsten kommen sollte: Plan B. Darüber wagten wir nicht zu reden; allein schon der Gedanke daran bereitete mir Unbehagen. Ungeachtet meiner Fehler war Tatsuro bei der Durchführung jedoch auf mich angewiesen. Er würde mich gegen alle Vorwürfe in Schutz nehmen – mir Rückendeckung geben, wie er sich ausgedrückt hatte.

Dass er mir nach wie vor vertraute, war mein einziger Trost. Der Rest der Nachricht vermittelte mir ein Gefühl von Unbehagen und Empörung. Ich nahm davon Abstand, mich darauf zu versteifen, und ließ die nächste Nachricht abspielen.

Sie war von Carla, von der Flusspatrouille. Sie saß in einem kleinen Raum, umgeben von Monitoren und Papieren.

»Nachricht an Ellen May Ngwethu, an Bord der *Terrible Beauty*«, fing sie unbeholfen an. »Äh … Ellen, eigentlich sollte ich Ihnen das nicht sagen, aber … he … ich hatte den Eindruck, Sie wären ziemlich in Ordnung. Ich habe herausgefunden, weshalb Alexandra Port nicht auf Ihre Hilferufe reagiert hat. Zu dem Zeitpunkt hielten sich dort einige Nachbarn von der Erdverteidigung auf, die gemeldet hatten, die NiKos funkten wild in der Gegend herum, und es wäre möglich, dass sie damit Viren vom Jupiter verbreiten. Also, wir haben alle gesehen, dass die NiKos Funkgeräte einsetzten, und wie sich herausstellte, hatten Alexandra Port und die Flusspatrouille für alle Fälle eine Notabschaltung vorgenommen, als das Gebrabbel anfing.

Die Burschen von der Erdverteidigung haben mit unserem Komitee gesprochen, und es scheint so, dass sie den Mann, den Sie mitgenommen haben, diesen Dr. Malley, verhört haben. Sie wirbeln hier eine Menge Staub auf, und über gewisse Kanäle habe auch ich davon Wind bekommen.«

Sie hielt inne und seufzte. »Um die Wahrheit zu sagen, Ellen, sie behaupten, Malley und die Division steckten seit geraumer Zeit unter einer Decke, und er und die Division hätten die NiKos dazu ermutigt, so achtlos in der Gegend herumzufunken, um die Wirkung von Jupiterfunksprüchen auf Menschen zu untersuchen – um sie an den armen NiKos zu testen anstatt an Ihren eigenen Leuten. Sie können sich vorstellen, was für einen Wirbel das hier macht.«

Allerdings, das konnte ich.

»Also«, meinte Carla abschließend, »dabei lasse ich's mal bewenden. Ich bin sicher, es handelt sich um ein großes Missverständnis, daher liegt jetzt alles bei Ihnen. Alles Gute.« Sie lächelte ziemlich gezwungen und streckte die Hand nach einem Schalter aus.

Als das virtuelle Bild verblasste, sah ich Yengs besorgtes Gesicht vor mir. »Alles in Ordnung?«

»Klar«, meinte ich und stand auf.

»Das war doch nicht etwa eine ... schlimme persönliche Nachricht, oder?«

Ich legte ihr lächelnd den Arm um die Schulter. »Nein, Yeng, nichts dergleichen. Bloß ein kleines politisches Problem, mehr nicht.«

Nach kurzem Zögern wandte sie sich wieder dem Bildschirm zu. Ich trat zurück und blickte noch einen Moment auf sie und den in seine Arbeit vertieften Malley hinunter, dann ging ich Tony suchen. Er fläzte sich auf einer der Wandbänke in der Kantine und las in einem Buch – seine Augen huschten von einer unsichtbaren Zeile zur nächsten. Als er mich nahen hörte, blinzelte er das Buch weg und hob die Brauen. Ich nickte zu Boris und Suze hin, die sich in einer Ecke vor einer sich rasch leerenden beschlagenen Wodkaflasche und zwei Gläsern unterhielten. Sie nippte, er kippte.

Tony nickte leicht, spreizte alle fünf Finger und wandte sich wieder seinem Buch zu. Ich holte mir einen Kaffee, dann stieg ich die Treppe hoch, vorbei am Kommandodeck bis zur Schlafgalerie, wo ich in meine Kabine trat. Fünf Minuten später folgte mir Tony wie angekündigt. Er klopfte an, trat gebückt ein und setzte sich vor mir auf die Steppdeckenausstülpung meines Anzugs.

»Noch immer der Mami-Look«, bemerkte er. »Also, da weiß ich gar nicht, ob ich mich beherrschen kann.«

»Das solltest du aber«, sagte ich. »Unter dem ganzen Zeug ist etwas, das anscheinend *mich* beherrscht ...«

»Ach, hör doch auf ... Übrigens, Ellen, ich nehme an, du hast mich nicht deshalb hergebeten, damit ich dir das runterreiße, also ...«

Er hörte sich meine Zusammenfassung der beiden Nachrichten an. Dann legte er sich hin, verschränkte die Hände unter dem Kopf und sah an die Decke.

»Ich glaube, man hat uns reingelegt«, sagte er. »Die Erdverteidigung ... die Genossen ... drängen wahrscheinlich in unser Revier. Die glauben bestimmt nicht, wir wären auf Beschwichtigung aus oder führten Experimente an den NiKos durch. Sie glauben, wir hätten einen Plan, den Krieg zu gewinnen, während niemand hinschaut, und wollten anschließend den Ruhm einheimsen, das Sonnensystem für herrenlos erklären und uns einen großen Brocken davon sichern.«

Ich musterte ihn verblüfft. »Die Erdverteidigung glaubt, wir wären auf eine ... Konterrevolution aus? Wir wollten die Solare Union auflösen? Das ist verrückt!«

»Es ist ihr Job, sich über solche Dinge Gedanken zu machen«, sagte Tony.

»Na schön, wenn du es sagst. Aber was ich dich gern fragen würde …«

»Ja?«

»Was hast du über unsere reizende Suze herausgefunden?«

»Der Gentleman genießt und schweigt«, erwiderte Tony gallant. »Aber davon mal abgesehen: im Wesentlichen ist sie nichts weiter als ein nettes Mädchen. Sie ist in der Union aufgewachsen und kann sich gar nichts anderes vorstellen, weil alle Konflikte, die sie erlebt hat, durch Diskussionen beigelegt wurden, buchstäblich am runden Tisch.«

Er seufzte. »Leidenschaftliche globale Debatten darüber, welche Spezies man in diesem Jahr neu ansiedeln soll. Es ist ein wenig … verstörend, sich mit einer so jungen Person zu unterhalten. Es ist lange her, dass ich jemanden in die Mangel genommen habe, und das wollte ich ihr eigentlich ersparen …«

Er wandte lächelnd den Blick ab.

»Ungeachtet der Schreie, die du vielleicht gehört haben magst.«

»Hör schon auf. Glaubst du, sie ist clean?«

»Ja. Ich würde sagen, sie ist einfach bloß ein nettes, normales Mädchen, das gar nicht weiß, wie hart das Leben sein kann. Die typische Jugendliche, würde ich sagen.«

»In einer Sache ist sie … ganz hart«, sagte ich. »Sie will, dass der Virenbeschuss aufhört. Sie will expandieren.«

»Das hat sie dir gesagt?«

»Nein«, meinte ich. »Das habe ich erraten.«

»Also, da hast du richtig geraten. Sie hat mir gesagt, sie würde sich für den Neuen Mars begeistern.«

»Das tut Sam Malley auch. Und das hat er mir gesagt.

Wenn Suze sich tief in ihrem Innern wünscht, aus der Sackgasse herauszukommen, dann …«

»Dann wäre sie vielleicht für unseren Weg zu gewinnen, sollte es dazu kommen, meinst du das?«

»Ja. Sie könnte dann Einfluss nehmen auf Malleys Sichtweise, zumal dann, wenn … na ja, wenn sie viele Gemeinsamkeiten haben.«

Tony starrte mich an, das Gesicht von der Biolumineszenz in Streifen zerlegt. »Ellen, du bist unverbesserlich.«

Ich zuckte die Achseln. »Ich muss zugeben, er sieht von Tag zu Tag besser aus und riecht auch immer besser …«

»Sollte ich Suze' süßen jungen Körper an diesen alten Reaktionär verlieren, bist du mir was schuldig.«

»Wenn du darauf bestehst.«

»Wie auch immer«, fuhr er nach kurzer Pause fort, »wir dürfen die Gang nicht in dem Glauben lassen, wir planten etwas im Geheimen.«

»Nein«, meinte ich und tastete nach dem Freigabeschalter für die nahezu undurchdringlichen inneren Schichten des Anzugs. »Das könnte Gerede geben.«

*

Nach dem Abendessen sprach ich Suze an und setzte mich mit ihr in einen stillen Winkel.

»Hattest du ein interessantes Gespräch mit Boris?«

Ihre Augen leuchteten. »Ein erstaunlicher Mann! Ein richtiger Shinisow-Veteran! Jemanden wie ihn habe ich noch nie kennen gelernt. Er kommt mir vor wie … wie ein wandelndes Geschichtsbuch.«

»Na ja«, meinte ich, »seine Geschichten sind möglicherweise nicht immer ganz verlässlich. Sein Erinnerungsvermögen ist vielleicht nicht mehr ganz das, was es einmal war.«

(Das war noch freundlich ausgedrückt.)

»Was? Also gibt es keine Völker mit zwei Köpfen? Keine Yetis? Keine vergessenen Legionen reanimierter US-UN-Gefallener?« Sie lächelte.

»Wohl kaum. Jedenfalls nicht in dem Sinn, wie er sie schildert. In der Steppe und in den europäischen Wäldern gab es tatsächlich seltsame Dinge, und dazu gehörten auch halluzinogene Waffen. Das wissen wir mit Sicherheit, deshalb ist alles andere mit Zweifeln behaftet.«

»Ja, ich weiß«, sagte Suze bedauernd. »Wie auch immer.« Sie musterte mich nachdenklich. »Aber du wolltest bestimmt nicht über die Schlacht um die Demokratie mit mir reden, sondern über den bevorstehenden Kampf.«

»Das stimmt«, sagte ich. »Es tut mir Leid, wenn ich …«

»Schon gut«, meinte Suze. »Solche Unterhaltungen habe ich auch schon früher geführt. Man sagt etwas völlig Abwegiges, und es passiert nichts weiter, als dass die Leute mit einem diskutieren, aber dann schaut unweigerlich ein alter Genosse zu einem freundlichen Schwatz vorbei, um einen wieder auf den richtigen Weg zu bringen.«

»Ich bin keine alte Genossin!«

»Aber sicher doch«, sagte Suze. »Diesen Blick kenne ich gut. Toleranz, die der festen Überzeugung entspringt, Recht zu haben.«

Ich musste lächeln und nicken und die Achseln zucken, denn ich kannte diesen Blick ebenfalls; ich hatte ihn selbst im Spiegel gesehen.

»Also, Suze, die Sache ist die – wir *müssen* siegen. Sie plagen uns, und wir bekämpfen sie jetzt schon seit Jahrhunderten. Bislang hat uns noch niemand deswegen kritisiert. Jetzt geht es darum … die Sache zu beenden.«

Suze machte ein bedrücktes Gesicht. »Ja, schon, aber es ist so endgültig! Das wird alles verändern.«

Ich nickte energisch. »Das stimmt. Aber wenn wir es nicht tun, wird das auch alles verändern, und zwar zum Schlimmeren. Endlich werden wir in der Lage sein, richtig zu expandieren. Und das müssen wir. Ist dir eigentlich schon mal aufgefallen, wie viele Kinder die Leute heutzutage haben?«

Suze lächelte schief. »Schon. Aber was ihr da vorhabt, erinnert mich an … an Dinge von früher, von denen ich gelesen habe. Lebensraum. Bestimmung. All das.«

Beinahe bedauerte ich, ihr und Malley (nahezu) alles gestanden zu haben. Allerdings würden wir diese Auseinandersetzung schon bald mit jedermann führen müssen. Wenn die Vertreterin des Solaren Rats eintraf, würde sie sich nicht zum Narren halten lassen und alles herumerzählen. Dabei würde eine Menge Wasser auf die Brennstäbe gegossen.

»So ist es nicht, Suze«, sagte ich. »Ehrlich. Die Außenweltler – die Jupiteraner – sind keine Menschen. Mit Menschen haben sie nicht das Geringste gemeinsam. Sie sind nichts weiter als intelligente Computerviren, und jetzt bietet sich uns die Gelegenheit, die Festplatte ein für allemal zu löschen. Und wenn wir diese Gelegenheit nicht ergreifen« – ich zögerte, denn dies war der Kernpunkt der Divisionsmoral, unser zentrales Dogma, und das war Menschen, die nur ein beschützteres Leben kannten, nicht leicht einsichtig –, »werden sie uns vernichten oder versklaven, sobald sich ihnen die Gelegenheit dazu bietet. Entweder wir oder sie.«

Suze schaute nachdenklich drein. »Okay, das verstehe ich«, sagte sie. »Ich versuche mir gerade vorzustellen, wie es wäre, wenn mein Bewusstsein übernommen würde, so wie damals beim Großen Crash die alten Computer, und …« Sie schauderte. »Ich würde alles tun, um das zu verhindern. Oder lieber sterben.«

»Gratuliere«, sagte ich. »Aber so weit wird es nicht kommen, denn *wir* werden sie vernichten.«

»Aber vorher werdet ihr doch versuchen, mit ihnen zu reden? Wie ihr es versprochen habt?«

Und wie es unser Vorsitzender nahezu ausgeschlossen hatte.

»Selbstverständlich«, sagte ich.

Wir wandten uns nun weniger gewichtigen Themen zu, und als wir uns nach ein paar Drinks trennten, war ich mir ziemlich sicher, dass die erprobte Technik des freundschaftlichen Gesprächs noch immer eine Menge für sich hatte.

6

Walhalla

»DAS IST SELTSAM«, SAGTE SUZE. »Ich habe mir immer vorgestellt, von Callisto aus betrachtet würde der Jupiter den halben Himmel ausfüllen und der Rest wäre schwarz.«

»Du bist ganz schön anspruchsvoll, Mädchen«, erwiderte ich. »Der Jupiter ist über eine Million Meilen entfernt, und mir erscheint er jedenfalls groß genug.«

Es war 08.48 GMT des zehnten Tages. Wir befanden uns im niedrigen Orbit um Callisto, dessen mit Eiskratern bedeckte Oberfläche an eine von Schrotkugeln durchsiebte Glasscheibe erinnerte. Die Bullaugen ähnelnden Kraterringe glitten unter uns vorbei, vor uns am Horizont ging der riesige Jupiter auf. Beiden Himmelskörpern sah man an, dass sie von Intelligenzen modifiziert worden waren: auf dem Jupiter waren die wabenförmigen Erhebungen des Bienenstocks zu erkennen, die mir nach zwei Jahrhundert noch immer gewaltig vorkamen; auf Callisto die funkelnden grün-goldenen Kuppeln der Kratersiedlungen am Äquator, die dunklen Türme der Abwehrlaser, die langen weißen Linien des Beschleunigers, mit dem Eisblöcke ins All geschossen wurden. In Callistos Eiskruste ist viermal mehr Wasser enthalten als in sämtlichen Meeren der Erde; die in eine Umlaufbahn um den Jupiter geschleuderten Eisblöcke wurden anschließend auf Transferorbits ins innere Sonnensystem befördert – das Wasser, das wir im Erdorbit aufgenommen hatten, stammte von hier, trotzdem war diese Methode energiesparender, als wenn wir Wasser aus der Gravitationssenke der Erde hochgeschafft oder aus den Polschatten des Mondes zusammengekratzt hätten.

Zwischen dem äußersten Jupitermond und dem Planeten befand sich ein Ring: der uns zugewandte Rand leuchtete aus diesem Blickwinkel und dieser Entfernung nur ganz schwach, doch wenn man genauer hinschaute, sah man schließlich ein zusammenhängendes weißes Band. Die Sonne war noch als Sonne zu erkennen, verbreitete jedoch gerade Tageshelle, ohne dass sie geblendet hätte; sie wirkte viel natürlicher als von der Erde aus.

»Alle anschnallen!«, rief Andrea. »Bremsmanöver in zwei Minuten!«

Wir stießen uns vom breiten CCTV-Monitor ab und schwebten zu den Liegen. Ich schnallte mich an, packte Suze und dirigierte sie behutsam an ihren Platz. Malley war die ganze Schwerelosigkeitsphase hindurch angeschnallt gewesen. Die Augen hatte er fest geschlossen, sodass sich auf seinem verjüngten Gesicht Falten gebildet hatten. Er und Suze hatten physiologisch betrachtet gleichgezogen, während seine Reflexe, die Verhaltensmuster und Erwartungen seines Nervensystems nach wie vor die eines Menschen waren, der hundertsechzig Jahre in normaler Schwerkraft verbracht hatte. Suze, die weniger zu verlernen hatte, passte sich schneller an.

»Bremsschub in zehn Sekunden, neun, acht …«

Eigentlich war der Countdown überflüssig, doch auch Andrea hatte ihre Gewohnheiten. Das Bremsmanöver fiel kürzer und weniger heftig aus als die Beschleunigung beim Start von der Erde. Die *Terrible Beauty* senkte sich sanft wie ein rohes Ei auf die Landevorrichtung ab. Als der nur unbewusst wahrnehmbare

Antrieb abschaltete, waren bedrohliche Knackgeräusche zu vernehmen.

»Der Bremsstrahl bringt das Eis zum Schmelzen«, erklärte ich Suze und Malley. »Dann gefriert es wieder. Die Beine des Landegestells reichen tief ins Eis hinein, deshalb droht uns keine Gefahr.«

Wir erhoben uns alle, grinsten einander an, hüpften johlend und uns gegenseitig anrempelnd in der niedrigen Schwerkraft umher und benahmen uns überhaupt so, als wäre eine Last von uns genommen, was ja auch zutraf. Suze und Malley beobachteten uns verwirrt, dann probierten auch sie die ersten kleinen Hüpfer.

»Es tut gut, wieder zu Hause zu sein«, sagte ich und reichte kleine, Luftbehältern ähnelnde Champagnerflaschen herum. Ich drückte die meine an den Anzug, der sie sogleich in sich aufnahm.

»Das ist schon alles?«, fragte Malley.

Ich nickte und war ihnen bei der nicht minder schnellen und einfachen Vorbereitung aufs Vakuum behilflich. Mein Anzug absorbierte im Zuge seines Schrumpfprozesses einen Teil des extravanganteren Beiwerks. Ich spürte, wie die inneren Schichten der Unterwäsche sich zu einem funktionaleren Einteiler verbanden, der vom Kinn bis zu den Zehen reichte. Ich zog den Helm über den Kopf und murmelte: »Helm geschlossen.«

»Du siehst komisch aus«, bemerkte Suze. Sie blickte sich um. »Nicht nur du, wir alle.«

»Es ist praktisch«, sagte ich. »Aufgrund der bunten Farben fällt man draußen auf der Oberfläche mehr auf. Im Falle eines Unfalls oder Notfalls kann das lebensrettend sein.«

»Ja, sicher«, meinte Malley und deutete auf seinen magentafarbenen Raumanzug. »Tot möchte man sich darin lieber nicht sehen lassen.«

Wir begaben uns zur Luftschleuse und traten paarweise auf die Hebeplattform hinaus. Wir befanden uns dreißig Meter über der Oberfläche und hatten freie Sicht auf das flache, schmutzige Eis, auf Dutzende von Kranbrücken und Landestellen, zahlreiche Fahrzeuge und Hunderte von Menschen in farbenfrohen Raumanzügen, die aus dieser Höhe betrachtet wie Vertreter einer abnormen Spezies übertrieben bunter Ameisen wirkten. Einer der Ringwälle von Walhalla begrenzte den Horizont. Etwa einmal pro Minute schwebte ein von einem fernen Masseantrieb gestarteter Eisblock vorbei wie ein falsch gepolter Meteor.

Wie stets, wenn ich hierher zurückkehrte, hatte ich das Gefühl, nach Hause zu kommen, und von der Gewissheit, sicher gelandet und nur noch wenige Minuten vom warmen menschlichen Gedränge der Eishöhlen entfernt zu sein, war mir beinahe übermütig zumute. Ich empfand eine absurde Dankbarkeit gegenüber den blinden Schicksalsmächten, die mich in der Reichweite von Menschen in dieser kostbaren Wasseroase abgesetzt hatten. Die erste Welle der Siedler hatte ein Sprichwort gehabt, teils Beschwörung, teils Scherz: »Hätte Gott gewollt, dass wir den Weltraum erobern, hätte er uns den Mond gegeben; hätte er gewollt, dass wir den Mars bewohnbar machen, hätte er uns den Mars gegeben; hätte er gewollt, dass wir Asteroiden ausbeuten sollen, hätte er uns den Asteroidengürtel gegeben; hätte er gewollt, dass wir Kolonien gründen, hätte er uns Callisto gegeben.« Und so weiter. Die Details, der Name und das Geschlecht der angeblich verantwortlichen Gottheit wechselten, doch die Aussage blieb stets die gleiche. Es gab sogar Versuche, dies philosophisch exakter zu formulieren, als Spezialfall des anthropischen Prinzips, doch das fand ich immer ziemlich weit hergeholt.

Wenn es, wie es der Überzeugung der meisten Menschen entsprach, keinen Gott gab, dann konnte man bloß sagen, dass die Menschheit ein unglaubliches Glück gehabt hatte. Es musste einen Gewinner der kosmischen Lotterie geben, irgendeine Spezies, an deren Auftauchen alle zufälligen Ereignisse, angefangen vom Aussterben der Dinosaurier bis zu den Eiszeiten, mitgewirkt hatten und die schließlich das Feuer der Vernunft entzündet hatte; und für deren Geburt als weltraumfahrende Spezies die Stellung der Planeten und Sterne günstig gewesen war: das wahre Horoskop unserer realen Bestimmung, die unendlich bedeutsamer war als alles, was die Astrologen früherer Zeiten sich vorgestellt hatten.

Die Existenz anderer Lebensformen stand außer Zweifel: im Sonnensystem wimmelte es von organischen Stoffen, und unsere besten Teleskope hatten auf fernen Planeten Biosphären entdeckt; auf dem Neuen Mars gab es Wilde zufolge mehrzellige Organismen, fossile Ablagerungen und Kohle. Vielleicht gab es sogar andere Intelligenzen; die tiefe Stille am Himmel aber sprach dagegen. Welch triumphale Entdeckungen diese Intelligenzen auch gemacht haben mochten, Funk und Raumfahrt zählten offenbar nicht dazu. Die Sterne gehörten uns allein.

Ich blickte auf die geschäftige, muntere, von Menschen wimmelnde Szenerie des Landefelds hinaus, beobachtete, wie von der nächsten Tunnelmündung ein luftdicht abgeschlossener Laufgang auf uns zurollte. Die anderen Besatzungsmitglieder schlossen sich mir paarweise an und stützten sich gedankenverloren aufs Plattformgeländer. Die gerade eben aufgebaute Laserverbindung meines Helms summte.

»Ziemlich öde hier«, sagte Suze.

*

Vom Landefeld begaben wir uns mittels Aufzug und einer Tunnelschnellbahn zum Hauptquartier der Division in der Walhalla-Basis, sechs Meilen vom Landefeld entfernt und eine Meile unter dem Eis gelegen. Die Fahrt im Aufzug beschwor das Gefühl von Schwerelosigkeit herauf; erst gegen Schluss wurde die Kabine allmählich abgebremst. Die Tunnelbahn bewegte sich die meiste Zeit über auf Kufen in Eiskanälen dahin, die an der Oberfläche regelmäßig schmolzen und wieder erstarrten. Unterwegs erkundigte Malley sich nach Eisbeben; ich antwortete ihm, Callisto sei der stabilste der größeren Monde. Beruhigen konnte ich ihn damit nicht. Die neu aussehenden Krater hatten ihm den falschen Eindruck vermittelt.

Das Hauptquartier war ein Labyrinth aus Tunneln und Räumen, auskleidet mit einer aufgesprühten Isolationsmasse, die leichten Teergeruch verströmte und nach einem System gefärbt war, das man kurz nach der Einführung aufgrund seiner Kompliziertheit wieder aufgegeben hatte. Wir standen vor der Innentür der Hauptschleuse, während unsere Helme zurückscrollten. Die Luft war kühl und roch im Vergleich zur Bordatmosphäre eher nach Menschen und Maschinen als nach Pflanzen und Recyclinganlagen. Die fernen Vibrationen der Luftumwälzer waren zu hören und durch den Boden auch zu spüren.

Vor uns erstreckte sich ein dreißig Meter langer, von gelben Lampen hell erleuchteter Gang bis zu einer Kreuzung mit einem blauen Gang. Dort kamen alle paar Sekunden Menschen vorbei, alle in dem mir wohlvertrauten Gang, der als ›Mondkanter‹ bezeichnet wurde. Da man dabei abhob, war die Decke der Gänge nirgendwo niedriger als drei Meter.

»Keine Wachposten?«, fragte Malley. »Kein Empfang?«

»Wir …«, setzte Suze an, doch Malley gebot ihr lächelnd, zu schweigen.

»Schon gut, schon gut.«

Die Besatzungsmitglieder passten ihre Anzüge der niedrigen Schwerkraft an. Suze kehrte zu ihrem vorherigen Outfit samt Rucksack zurück. Ich entschied mich für eine Hose aus blauem Kunstleder mit Top, eine transparente Faltenbluse und Schultertasche. Malley überraschte mich (und wahrscheinlich auch sich selbst) mit einem mittelalterlichen Gelehrtenoutfit aus langen Strümpfen, Kniehose, Wams und Umhang, verbrämt mit viel schwarzem Pelz.

Ich ging voran, bog links ab und ging weiter, bis das Blau rot-weißen Kacheln Platz machte, blickte auf den handschriftlichen Zettel an der Wand, wandte mich an der nächsten Kreuzung nach rechts und ging zur Tür des erst kürzlich eingerichteten Krisenzentrums. Hier gab es endlich einen Wachposten, einen Mann in schwerem Panzer, bewaffnet mit mehreren Pistolen und einem leichten Maschinengewehr. Er erkannte mich und nickte mir zu.

»Wir werden erwartet«, sagte ich.

Ich klopfte und trat ein. Obwohl wir erwartet wurden, waren die Anwesenden so beschäftigt, dass es eine Weile dauerte, bis wir um den Tisch Platz genommen hatten, der den Vorderteil des großen Raums einnahm. Es war ein langer Tisch, sechs mal zwei Meter, und drum herum standen etwa zwanzig Stühle. Dahinter befanden sich ein Bildschirm und mehrere Terminals und dahinter ein Tank mit mittelgroßen Babbagemaschinen, deren Klicken und Surren jede Stille ausfüllte. Etwa ein Dutzend Personen, ziemlich gestresst wirkende Personen, arbeiteten an den Terminals: als Angehörige des Kommandokomitees hatten sie, von ihren Prinzipien einmal ganz abgesehen, noch nicht viel Erfahrung mit derlei niedrigen Arbeiten. Am anderen Ende des Raums waren Dutzende von Robotern emsig mit der Erweiterung beschäftigt. Sie schmolzen das blanke Eis, leiteten das Schmelzwasser ab, filterten die organischen Stoffe heraus, wickelten Kabel und Stromleitungen ab, drückten sie hinter der stetig vorrückenden Arbeitsfront in die frisch geschmolzenen Kanäle und isolierten sie anschließend. Die isolierten Leitungen froren nach einer Weile fest.

Sylvester Tatsuro blickte als Erster von dem Babbage-Apparat auf, mit dessen Programmierung er beschäftigt war, und kam herüber, um uns zu begrüßen. Er war klein und untersetzt, hatte schütteres schwarzes Haar, das zu ersetzen er sich nie die Mühe gemacht hatte, und schmale, dunkle Augen. Er war mit einer Art von grünem Pelzmantel mit Gürtel bekleidet. Die Ärmel strotzten nur so von Displays, und an einem Halsriemen hing eine kleine Steuerkonsole.

Er schüttelte Malley die Hand und nickte Suze zu, dann wandte er sich an mich.

»Weshalb ist sie mitgekommen?«

»Ich wollte, dass sie mitkommt«, antwortete ich. »Eine einsame Entscheidung. Ich habe sie zufällig kennen gelernt, aber sie hat mir sehr geholfen, und ich glaube, es könnte für uns nützlich sein, wenn sie ihre Sichtweise hier einbringt.«

Tatsuro zuckte die Achseln. »Sie sind für sie verantwortlich«, sagte er. »Wenn Sie sie als Beraterin hierbehalten wollen, meinetwegen.«

»Ich bin der Division beigetreten«, meinte Suze.

»Willkommen, Genossin«, sagte Tatsuro. »Aber hier in diesem Komitee müssen Sie sich auf eine reine Beraterfunktion beschränken. Sie können jederzeit gehen, dürfen aber ohne vorherige Erlaubnis mit niemandem sprechen, der nicht der Division angehört. Jeder diesbezügliche Versuch würde augenblicklich bemerkt werden und entsprechende Reaktionen nach sich ziehen.« Er lächelte kurz. »Ich klinge wie ein Cop aus alten Filmen, der Ihnen Ihre Rechte vorliest – aber Sie haben sicherlich Verständnis für diese Maßnahmen.«

»Selbstverständlich, Nachbar«, sagte Suze. »Das verstehe ich. Ich bin sehr stolz, hier sein zu dürfen.«

»Gut«, meinte Tatsuro; sein Lächeln wirkte durch und durch aufrichtig. »Was die übrigen Mitglieder Ihrer Besatzung angeht …« wandte er sich an mich.

»Meine Besatzung bleibt hier«, sagte ich.

Wir maßen uns einen Moment lang mit Blicken, dann nickte er.

»Was geht hier vor?«, fragte Malley und deutete ans andere Ende des Raums.

Tatsuro blickte sich um. »Wir installieren gerade die Informationsfilter für die Daten, welche die Sonden, die in wenigen Stunden in die Jupiteratmosphäre eindringen werden, zurücksenden«, antwortete er. »Die eigentliche Informationsverarbeitung wird natürlich von unseren Wissenschaftlerteams durchgeführt, aber wir schauen erst mal rein. Die erste Gelegenheit, sich zu vergewissern, dass keine Bewusstseinsviren enthalten sind.« Er lächelte verkniffen. »Eines der Vorrechte, die unsere Position mit sich bringt.«

»Sie reden wie ein braver Sozialist«, sagte Malley.

Tatsuro reagierte mit der Andeutung eines Lächelns und einem Achselzucken, als wollte er sich nicht streiten, dann klopfte er laut auf den Tisch.

»Kommt mal her, Genossen!«, rief er in barschem Ton. »Die Arbeit kann warten.«

Die Komiteemitglieder ließen ihre Tätigkeit einer nach dem anderen ruhen und kamen zum Tisch. Ich bedeutete den anderen Crewmitgliedern, sie sollten sich zwischen den Komiteeangehörigen verteilen, anstatt auf einem Haufen zu hocken, und nahm meinerseits zwischen Malley und Suze Platz, rechtwinklig zu Tatsuro, nicht ihm gegenüber. Für den Fall, dass er die Besprechung zum Anlass nehmen sollte, meine Vorgehensweise auf der Erde zu kritisieren, wollte ich ihm auch nicht den geringsten Vorteil lassen.

Offenbar hatte er nicht die Absicht. Der erste Tagesordnungspunkt waren natürlich wir; das Komitee –

ausnahmslos bekannte Gesichter, einige davon alte Freunde von mir – hörte sich meinen Bericht an, ohne viele Fragen zu stellen. Erst als ich meine Vereinbarung mit Malley erwähnte, setzte das Gemurre ein.

»Eine Kontaktaufnahme wurde in keiner Weise erwogen«, sagte Tatsuro. »Das verändert die Grundlage unseres Handelns. Es wirft Fragen auf, die eigentlich längst geklärt waren.«

»Die Umstände haben sich verändert«, sagte ich. »Ich glaube nicht, dass wir mit den Jupiteranern weit kommen werden, aber wenn Dr. Malley sich davon überzeugen möchte, bevor er in eine Zusammenarbeit einwilligt, bin ich gerne bereit, es zu versuchen.«

Tatsuro schüttelte den Kopf. »Das ist viel zu gefährlich. Wir können es uns nicht erlauben, Sie zu verlieren, Ellen, und dürfen nicht zulassen, dass wir mit irgendwelchen *Verhandlungen* Zeit verlieren.«

»Wir können mit den Vorbereitungen zur Kollision fortfahren«, sagte ich. »Die Kontaktaufnahme, sollte sie denn stattfinden, ist kein Hinderungsgrund. Sollte es zu Verhandlungen kommen, können wir sie vor dem Zusammenprall abschließen oder diesen im Falle des Erfolgs verhindern. Wenn es dort unten posthumane Bewusstseine gibt, können wir davon ausgehen, dass sie schnell denken. Und was die Gefahren betrifft – wäre diese Unternehmung wirklich gefährlicher, als direkte Beobachtungen anzustellen?«

»Darf ich?«, fragte Yeng. Am Tisch wurde genickt. »Sie ist gefährlicher, Ellen, denn dabei exponiert man sich stärker als bei bloßen Beobachtungen und gibt mehr von sich preis. Jedenfalls habe ich die Firewalls verstärkt, und diese Anlage« – sie deutete auf die Terminals im Hintergrund – »ist offenbar dazu gedacht, eintreffende Informationen zu filtern und sie zu isolieren.«

»So ist es«, knurrte Tatsuro.

»Das sollte eigentlich reichen«, fuhr Yeng fort. »Trotzdem rate ich für alle Fälle zu einem Back-up.«

Wir konferierten noch eine weitere Stunde, gelangten schließlich aber zu einer Übereinkunft. Sobald wir uns geeinigt hatten – und zwar einstimmig; es brauchte nicht einmal abgestimmt zu werden –, machten sich die unmittelbar Betroffenen gleich an die Arbeit, während die Beratung fortgesetzt wurde.

Yeng führte das Back-up durch – die Ausrüstung war vorhanden, denn jeder, der das kurze Streichholz zog oder sich freiwillig meldete, um Nahbeobachtungen durchzuführen, hätte ein Back-up anfertigen lassen müssen. Die Prozedur dauerte vierzig Minuten und war von Anfang bis Ende äußerst unangenehm für mich: es beginnt damit, dass sich ein faserdünnes Gebilde die Nase hochschlängelt, und endet mit einem Schmerzmittel gegen den schlimmsten Kopfschmerz, den man sich vorstellen kann, eine ausgewachsene, mit Übelkeit einhergehende Migräne mit Donner in den Ohren und schmutziggelben Lichtblitzen, wenn der Schmerz synästhetisch wird.

Und dann verblasst der Schmerz und macht dumpfer Erleichterung Platz. Ich blickte auf den zentimetergroßen, aus intelligenter Materie bestehenden Würfel in meiner Hand nieder, in dem meine Seele gespeichert war, bis er mit meinem Anzug verschmolz und wie bei einem billigen Zaubertrick verschwand: nichts mehr im Ärmel.

»Laugt einen ganz schön aus«, bemerkte Yeng mitfühlend; dann wurde uns der Doppelsinn bewusst, und wir mussten beide lachen. Ich fühlte mich wieder besser und erhob mich. Das Kommandokomitee befasste sich mittlerweile mit dem bevorstehenden Besuch der Vertreterin des Solaren Rats. Wie in der Division üblich, verstanden es die Beteiligten, sich auf eine bestimmte Sache zu konzentrieren und die, welche vorausgehende Entscheidungen umsetzten, in Ruhe arbeiten zu lassen.

Während ich mit dem grauenhaften Back-up beschäftigt gewesen war, hatte sich der Monitor zur Seite bewegt, und Malley beobachtete jetzt darauf das Tor live und aus der Nähe. Die Umrisse des Tors waren deutlicher als auf den alten Aufzeichnungen, denn im Laufe von mehreren Jahrzehnten hatten wir zahlreiche Messinstrumente und Raketen an seinem Rand stationiert. Die Instrumente dienten der Beobachtung, mit den Raketen hatten wir seine Position verändert und es nach und nach aus dem niedrigen Orbit in die gegenwärtige Position zwischen den Jupitermonden befördert. Das Bild auf dem Monitor stammte von einer der Kampfstationen, die ständig Wache hielten.

Die frühere Position des Bildschirms hatte ein kleinerer Monitor eingenommen, der vor allem die Überwachungsdaten hinsichtlich des sich dem Planeten nähernden Sondenschwarms anzeigte (und weniger die von ihm gesendeten); außerdem waren da jetzt ein Terminal und ein rundum geschlossener Helm für das privilegierte Individuum, das sie begleiten sollte.

»Ein paar von ihnen habe ich umprogrammiert«, sagte Yeng. »Das sind standardmäßige Diver für Gasriesen. Es gibt eine aufgezeichnete Botschaft – bloß ein Gruß und eine Anfrage –, die du auf den Frequenzen senden kannst, die die Jupiteraner unserer Ansicht nach für die Kommunikation benutzen, und einen isolierten Kern für die Antwort, ganz gleich, wie sie ausfallen mag.«

»Woher weiß ich, auf welche Sonden ich mich konzentrieren soll?«

»Das werden die Einzigen sein, zu denen du durchkommst. Keine Angst, es werden so viele sein, dass du gute Chancen hast, nah heranzukommen.«

»Okay«, sagte ich und blickte auf den Monitor. »Fünf

Minuten bis zum Eintritt in die Atmosphäre. Wünscht mir Hals- und Beinbruch.«

Malley wandte sich von seinem Bildschirm ab und hob den Daumen, während ich Platz nahm und den VR-Helm aufsetzte.

Der Jupiter sprang mir entgegen, und ich stürzte hinein.

*

Das klare Licht fiel mir als Erstes auf. Mein Verstand sagte mir, was ich zu erwarten hatte, doch ich war es gewohnt, den Jupiter von oben zu sehen, als eine wogende Masse aus Wolken und Kugelgebilden. Aus der Nähe betrachtet versetzte mir das Ausmaß der Abstände zwischen diesen Wolken einen Schock. Zwischen den Wolkensäulen gab es Klüfte, durch die die Erde in hellem Sonnenschein bis zum Metall-Wasserstoff-Kern hätte fallen können.

Die viele hundert Sonden, komplizierte, aber entbehrliche Apparate, die wie Kronkorken von den Nanofabriken ausgestoßen wurden, waren passive aerodynamische Gleiter von der Form und Größe steinerner Pfeilspitzen, deren facettierte Oberfläche wie gesplittertes Kieselsäuregestein funkelte. In den Schäften waren die Bremsfallschirme untergebracht. Die dünnen Antennen waren parallel zu den Schäften ausgerichtet. Die Sondenköpfe verfügten über Quer- und Seitenruder, sodass man sie im Prinzip lenken konnte, was bei einer Funkverzögerung von mindestens zwölf Sekunden für die zweifache Strecke allerdings ausgesprochen mühsam war.

Als sie mit hundertfünfzigtausend Kilometern pro Stunde auf die Atmosphäre prallten, schaltete ich mich von Sonde zu Sonde und pickte die heraus, von denen ich den Eindruck hatte, dass sie eine interessante Richtung einschlugen. Die Erste, die ich auswählte, senkte sich Spiralen beschreibend in einer Konvektion ab, in dem einer der Blasencluster (ich war innerlich noch nicht so weit, sie als ›Städte‹ zu bezeichnen) im Aufstieg begriffen war. Ich markierte eine zweite Sonde, die sich geradewegs der ›Wand‹ einer Konvektionszelle näherte, und blieb bei der Ersten, die sich immer weiter nach unten schraubte. Pink- und orangefarbene Wolken trieben vorbei.

Hinter mir – wie ich unwillkürlich dachte – wurden nacheinander die Bremsfallschirme aktiviert und zerfetzt. Als der Letzte verschwunden war, hatte die Sonde auf achtzigtausend Kilometer pro Stunde abgebremst, war dreihundert Kilometer tief in die Atmosphäre eingedrungen und raste in einem enger werdenden Kreis die Wasserstoffquelle hinab und dem Blasencluster entgegen. Ich stupste die Sondensteuerung an, brachte die Sinkbewegung fast zum Stillstand und umkreiste den Cluster wie ein Flugzeug in der Warteschleife. Der Blasencluster hatten einen Durchmesser von fünfzehnhundert Kilometern und bestand aus Hunderten durchscheinender Blasen. Dies hatten bereits unsere Teleskope gezeigt, auch dass sich in ihnen etwas bewegte.

Näher heran ... jetzt konnte ich die mindestens vierhundert Meter dicken schwarzen Fäden erkennen, die von dem Cluster ausgingen und in den Wolkenwänden verschwanden. In Anbetracht der Entfernung hielt ich es für unwahrscheinlich, dass die Fäden mit anderen Clustern verbunden waren – die einzige andere Erklärung, die mir einfiel, nämlich dass es sich um Abwasserrohre oder Belüftungseinrichtigen handelte, war zwar reizvoll, im Grunde aber abwegig.

Noch näher heran ... die Blasen wirkten nicht mehr bloß lichtdurchlässig, sondern auf einmal transparent: sie bestanden aus hexagonalen Scheiben, die in ein Gitterwerk aus massiv wirkenden weißen Streben eingefügt waren. Dahinter bewegte sich etwas, ganz eindeutig. Ich drückte den Sendeschalter und drehte noch eine Runde. In einer Anwandlung von Tollkühnheit schwenkte ich die Sonde herum und flog dicht an der Spitze des Blasenclusters vorbei. Natürlich sah ich minutenlang bloß undeutliche Schemen, dann, als die Sonde in die Wolken eindrang, wurde es dunkel.

Ich unterbrach die Verbindung zur Sonde und schaltete auf die Daten um, ließ die Aufzeichnung in Zeitlupe ablaufen und fuhr die Geschwindigkeit hoch und wieder runter, bis ich das Gefühl hatte, ganz gemächlich zu segeln; dann erhöhte ich die Vergrößerung, bis jedes Sechseck so nah und scharf war wie ein Cockpitfenster.

Und hinter diesen Fenstern sah ich riesige Gesichter, gelassene, anmutige, engelsgleiche Gesichter, die mit ihren tiefvioletten Augen offenbar den Vorbeiflug der winzigen Sonde verfolgten. Auch die Körper dieser Wesen erinnerten an Engel: sie hatten langes goldenes, silbernes oder kupferfarbenes Haar und trugen durchscheinende wogende Gewänder aus regenbogenfarbenem Licht, versehen mit einer juwelenbesetzten Brustplatte. Sie wirkten weder geschlechtslos noch androgyn, sondern differenzierten sich in verschiedene ideale Erscheinungsformen von Männlich und Weiblich. Im Innern der Blasen funkelte und schwirrte es vom Flügelschlag der Schwingen. Sie ähnelten weder Insektenflügeln noch den Flügeln von Vögeln oder Fledermäusen, sondern waren vollkommene Parabeln, gebogen wie magnetische Felder, die wie Polarlichter schimmerten: Schwingen aus Licht.

Vor meinen Augen veränderten sie sich, verwandelten sich in bizarr geformte Fische, in schwebende bunte Halstücher, in Blütenregen, in blitzendes Feuerwerk. Das Schauspiel endete, als die Sonde hinter dem Cluster vorbeiflog.

Als ich die Aufzeichnung wiederholte und dabei

auch die ausgestrahlte Botschaft ablaufen ließ, stellte ich fest, dass eine Antwort eingegangen war. Nach kurzem Zögern schickte ich sie durch die Firewall-Filter. Heraus kam kein Virus, sondern eine mehrfach wiederholte, unverschlüsselte sekundenlange Botschaft auf Englisch. Die Maschinen dehnten die Botschaft und verwandelten sie in Laute, die Gesang in meinen Ohren waren, in Buchstaben, die vor meinen Augen leuchteten:

»Antwort an die Sonde: Wir freuen uns über Ihre Nachricht und erwarten weitere Informationen. Und jetzt der informelle Teil: Hallo Leute! Es hat lange gedauert! Lasst uns reden! Bis bald!«

Die Schönheit der Jupiteraner, ihre Wärme – und natürlich auch die zwanglose Botschaft – hätten eigentlich ausreichen sollen, alle Feindseligkeit und alle Zweifel dahinschmelzen zu lassen. Ihre farbenfrohe Erscheinung, ihr freundlicher und herzlicher Tonfall riefen in mir die Sehnsucht wach, sie wiederzusehen und mich mit ihnen zu unterhalten. Ich legte den VR-Helm ab und sah zu Yeng auf. Ich lächelte, während mir Tränen der Rührung über die Wangen liefen. Yeng erwiderte mein Lächeln und blickte über meinen Kopf hinweg. Ich schwenkte den kardanisch aufgehängten Sessel herum und stellte fest, dass sich meine Crew und das Kommandokomitee hinter mir versammelt hatten.

»Na?«, meinte Tatsuro. »Kontakt hergestellt?«

»Ja«, antwortete ich mit schwankender Stimme.

»Kein Übergriff? Keine Viren?«

Yeng schüttelte den Kopf. »Alles sauber«, sagte sie. »Keine Viren.«

»Ganz im Gegenteil«, sagte ich. »Sehen Sie selbst. Schauen Sie sich das an, und dann sagen Sie mir, ob Sie schon mal so schöne Wesen gesehen haben. Sie sind … hinreißend. Verführerisch.« Ich seufzte, hing einen Moment meinen Erinnerungen nach. »Außerdem sind sie fähig, mit uns zu kommunizieren. Was immer sie durchgemacht haben, sie haben eine gewisse Kontinuität zur Menschheit gewahrt.«

Die Bilder, die ich gesehen hatte, wurden erneut abgespielt, diesmal auf dem Bildschirm. Suze und Malley waren ganz hingerissen. Die Crewmitglieder und die Angehörigen des Komitees wirkten skeptischer.

»Was meinen Sie?«, fragte Tatsuro. Die anderen waren noch zu gefangen vom Gesehenen, deshalb ergriff ich als Erste das Wort.

»Wie wär's, wenn wir mal einen Blick auf die anderen Jupiteraner werfen würden?«, sagte ich. »Auf die, mit denen ich *keinen* Kontakt hatte. Bevor wir Schlüsse ziehen, sollten wir herausfinden, inwieweit das typisch ist.«

Widerstrebend lösten sich die anderen aus ihrer Versunkenheit und machten sich an die Arbeit. Einige Sonden waren anderen Blasenclustern ebenso nahe gekommen wie die, welche ich verfolgt hatte, oder sogar noch näher. Das Aussehen der Jupiteraner war sehr unterschiedlich und veränderte sich rasch. Die ›Engelserscheinung‹, der ich gleich zu Anfang begegnet war, kam öfters vor, doch es gab auch viele andere, nicht minder schöne Erscheinungsformen. Die häufigste Form glich einem Schmetterling mit parabolischen bunten Flügeln ähnlich den ›Engelsschwingen‹, die an einem länglichen Rumpf oder Kern saßen. Die Brillantenrosette, die bei den ›Engeln‹ als Brustplatte oder Anhänger in Erscheinung getreten war, war allen Jupiteranern gemeinsam, wurde aber bisweilen von ihrer momentanen Gestalt verdeckt.

»Dieses juwelenbesetzte Objekt scheint eine Gemeinsamkeit zu sein«, sagte ich. »Vielleicht die CPU? Es sitzt in dem leuchtenden Rahmen wie ein Magnet in einem starken Feld …«

»Das könnte durchaus der Fall sein«, meinte Yeng.

»Die äußere Gestalt ähnelt einer kontrollierten Aura, beinahe einem Fernsehbild, das die Jupiteraner beliebig variieren können.« Sie lächelte. »Sie wirken ... experimentierfreudig, geradezu verspielt ...«

»Jovial!«, schlug jemand vor.

»Es scheint so«, sagte Tatsuro ernsthaft, »als wiesen sie ein gewisses Maß an Gemeinsamkeiten mit uns auf, das den früheren Außenweltlern mit ihrer amöbenhaften Gestalt abging. Ihre Reaktionszeiten lassen erkennen, dass sie noch immer ›Schnelldenker‹ sind, doch ihr Äußeres ist ... ansprechender, außerdem scheint es sich um deutlich voneinander abgegrenzte Individuen zu handeln. Ich muss sagen, dass man auf diese Wesen ganz anders reagiert als auf die Makros, die eher Entsetzen und Hass ausgelöst haben.« Er schwenkte die Hand durch ein virtuelles Bild, das er allein sah, worauf eine Bildfolge dieser wunderschönen, leuchtenden Erscheinungen angezeigt wurde. »Wenn die Leute sie zu Gesicht bekommen, werden sie weniger geneigt sein, sie zu vernichten, als wir es sind – oder *waren*.«

Die Mitglieder des Kommandokomitees nickten ernst und streichelten ihre bärtigen oder bartlosen Kinns wie Bauernräte, die dem Vortrag eines Intellektuellen lauschten. Ich funkelte sie erbost an, erstaunt darüber, dass sie so leicht schwankend wurden.

»Begreift ihr denn nicht, was hier vorgeht?«, sagte ich. »Genau das ist das Bewusstseinsvirus, das Killer-Mem. Die Schnelldenker haben sich lediglich an eine Umgebung angepasst, in der es Menschen gibt, die einstweilen noch über größere Macht verfügen als sie selbst. Ihre Schönheit ist ein kalkulierter Köder, der unser ästhetisches Empfinden ansprechen soll. Die Botschaft und dieses Schauspiel waren ihre erste Verteidigungslinie. Und die müssen wir durchbrechen, sonst sind wir verloren.«

7

Unter der Knute

DAMIT FING DER STREIT AN. Die anderen KK-Mitglieder wussten ebenso gut wie ich, dass das Leben ein Kampf und Schönheit eine Waffe ist: ein Instrument des Überlebens, so wie das Weinen eines Säuglings oder das Lächeln eines Kindes. Sie wussten, dass die aufgefangene Botschaft auch von einem Flatliner stammen konnte – und das galt überhaupt für jegliche Form der Verständigung. Sie wussten … aber weshalb fortfahren? Sie besaßen das wahre Wissen.

Deshalb fällt es mir noch immer schwer, die nachfolgenden Entscheidungen des Kommandokomitees im Nachhinein zu entschuldigen oder sie auch nur zu verstehen. Über jede Entscheidung wurde abgestimmt, und der Beschluss wurde jeweils mit zwölf gegen zwei Stimmen gefasst (dagegen stimmten ich und Joe Lutterloh, unser Funkspezialist). Das Komitee beschloss, sämtliche Aufnahmen der Jupiteraner sowie die übrigen von den Sonden erhobenen Daten für sämtliche Divisionsangehörigen freizugeben, eine direkte Kontaktaufnahme mittels einer (durch starke Firewalls geschützten) Funkverbindung vorzubereiten und mit der Vertreterin des Solaren Rats, die in drei Tagen eintreffen sollte, in jeder Beziehung zu kooperieren. Es blieb noch Zeit genug, die sich nähernden Kometen des Kuiper-

Gürtels abzulenken – jeder von ihnen war mit Steuerraketen ausgestattet, und bis wenige Minuten vor dem kritischen Punkt war lediglich ein kurzer Triebwerksstoß nötig, um sie aus der normalerweise harmlosen Umlaufbahn um den Jupiter ausscheren zu lassen.

Tatsuro gewann die meisten Komiteeangehörigen mit dem Argument für sich, es gäbe bei der von ihm vorgeschlagenen Vorgehensweise nichts zu verlieren, aber möglicherweise viel zu gewinnen. Ursprünglich hatte die Division vorgehabt, den Rest der Union vor vollendete Tatsachen zu stellen und die Jupiteraner ohne Vorwarnung anzugreifen – allerdings war uns bewusst, dass sich später daraus Probleme ergeben könnten. Jetzt wollten wir die Union in die Entscheidung mit einbeziehen. Falls sich herausstellte, dass eine Koexistenz mit den Jupiteranern unmöglich war – oder falls dagegen gestimmt wurde –, bliebe diesen ohnehin keine Zeit mehr zu reagieren, wenn wir mit dem Bombardement begönnen. Aus der Perspektive der Jupiteraner waren die sich nähernden Kometen so lange, bis die letzte Kurskorrektur vorgenommen wurde, nicht bedrohlicher als unser normaler Importverkehr.

Ich war der Ansicht, dies seien eine Menge Annahmen, und sagte dies auch. Mit meinem Vorschlag, erst zu verhandeln, um Malley zur Zusammenarbeit zu bewegen, hatte ich bei den anderen Komiteemitgliedern bedauerlicherweise alle verdrängten Zweifel und Bedenken neu geweckt – und ihnen obendrein gezeigt, wie reizvoll und einnehmend die Jupiteraner sein konnten. Ich tröstete mich mit dem Gedanken, dass Malleys Zusammenarbeit auf lange Sicht für uns von ausschlaggebender Bedeutung sei.

Bei der Beratung des Kommandokomitees war die Öffentlichkeit allein wegen der Virusgefahr ausgeschlossen worden. Als diese nicht mehr bestand, war die Sitzung so öffentlich wie alle unsere Sitzungen, und sämtliche Entscheidungen waren der Division frei zugänglich. Der Krisenraum sollte jedoch nach wie vor als Kommunikationszentrum dienen. Für die Dauer der Kontaktaufnahme sollte er isoliert werden.

Malley war natürlich froh über die Entwicklung und brannte darauf, seine Untersuchungen am Wurmloch fortzusetzen. Suze wirkte ebenfalls erfreut und auch ein wenig erleichtert darüber, dass ich weder ihr noch den anderen gegenüber, die anderer Meinung waren, Feindseligkeit an den Tag legte. Ich nahm meine Abstimmungsniederlagen mit Würde hin. Inwendig kochte ich, doch um derlei Emotionen in den Griff zu bekommen, braucht es keine zweihundert Jahre. Das hatte ich schon in meiner Jugend gelernt. (In meiner *späten* Jugend, muss ich gestehen.)

Für andere Leute gilt das Gleiche. Tatsuro war nicht umsonst Vorsitzender geworden. Zum Abschluss der Sitzung sagte er versöhnlich:

»Ellen, Sie sind offenbar nicht sonderlich erpicht darauf, an den Verhandlungen teilzunehmen, und können nur wenig zur wissenschaftlichen Auswertung der Beobachtungsdaten beitragen. Darf ich vorschlagen, dass Sie bis auf Weiteres mit Dr. Malley zusammenarbeiten und ihm hinsichtlich des Navigationsproblems tatkräftig zur Seite stehen?«

Ich willigte natürlich ein, und die anderen waren hoch zufrieden damit, dass ich eine mir genehme Beschäftigung gefunden hatte, anstatt ständig den Bremser zu spielen.

»Es gibt viel zu tun«, sagte Tatsuro. »Ich schlage vor, dass sich die Besatzung der *Terrible Beauty* erst einmal ausruht. Sie sind sicherlich ein wenig erschöpft, Ellen. Fangen Sie morgen zusammen mit Dr. Malley mit der Arbeit an.«

Ich nickte lächelnd. Als wir uns zum Gehen anschickten, wandte mir Tatsuro das Gesicht zu. Er zwinkerte so, dass nur ich es sehen konnte, und da wusste ich, dass unsere Vereinbarung nach wie vor Bestand hatte.

*

Suze blieb mit Malley zurück, der an einer Workstation am Ende des Raums seine Beobachtungen fortsetzte. Der Rest der Besatzung begab sich zu der Suite, die man uns zugeteilt hatte, obwohl einige von uns sicherlich noch ausgehen würden. (Der Tag-Nacht-Rhythmus in den Höhlen von Callisto hatte keinen Bezug zur Rotationsdauer, sondern folgte der Standardzeit, die auch bei uns an Bord galt. Für viele hatte er auch nicht viel Bezug zu ihrem Schlafrhythmus, der von stets wechselnden Arbeitsschichten abhängig war und durch Muntermacher beeinflusst wurde. Die Wirksamkeit dieser Drogen war beschränkt: der 24-Stunden-Rhythmus war so tief in unsere Zellen eingebrannt, dass unsere genetischen oder pharmazeutischen Manipulationen nicht heranreichten, und das Schlafbedürfnis unseres Gehirns ist – obwohl es sich im Laufe der Evolution erst spät herangebildet hat – noch weniger beeinflussbar.

Ich ließ die anderen an mir vorbei eintreten, dann schloss ich hinter mir die Tür und lehnte mich dagegen. Die Suite war noch im gleichen unaufgeräumten Zustand wie bei unserem Aufbruch vor drei Wochen. Die herumliegenden Kleidungsstücke und das schmutzige Geschirr waren in unserer Abwesenheit zweifellos gewissenhaft gereinigt worden, und das war gut. Die Pflanzen waren entstaubt und gegossen worden. Die niedrige Decke leuchtete im vertrauten trüben Abendlicht, die Küche summte leise vor sich hin, und die Schlafzimmer seufzten einladend. Die Mailbox bewahrte ein höfliches Schweigen; obwohl sie wahrscheinlich vor Nachrichten von Kollegen, Freunden, Eltern und Nachkommen schier aus den Nähten platzte, nahm sie davon Abstand, uns gleich beim Nachhausekommen daran zu erinnern. Ich musterte Boris, Yeng, Tony, Andrea und Jaime.

»Ich weiß nicht, wie ihr das seht, Genossen«, verkündete ich, »aber ich habe keine Lust auf lange Diskussionen. Es war ein langer Tag, ein langer Flug, und wir brauchen alle etwas Erholung. Ich habe Lust auf einen starken Drink, eine Unterwassermassage und etwas Sex. In jeder beliebigen Reihenfolge oder alles auf einmal, und öfter als einmal.«

»›If‹, ›Else‹ und ›Repeat‹«, meinte Yeng grinsend. »Noch immer die wichtigsten logischen Verknüpfungen.« Sie fasste Tony bei der Hand. »Am Drink beteiligen wir uns, aber dann wollen wir ausgehen.«

»Also, das wäre beschlossen«, sagte Tony. Er drückte Yeng die Hand, küsste sie auf den Scheitel, ließ die Hand los und wandte sich zur Bar, die seine Zurufe in Drinks umwandelte.

»Dann bleiben wir beide übrig«, sagte ich zu Boris. »Also, großer Kanonier, willst du's mit mir machen, oder muss ich mich mit der Phantasie meines Anzugs begnügen?«

Er legte mir den Arm um die Schultern und schob mich zu einem Sofa. »Aber Ellen, natürlich bleibe ich bei dir. Sämtliche Mädchen in den Bars von Callisto« – er stockte, schaute träumerisch und bedauernd drein, bis ich ihm einen freundschaftlichen Tritt verpasste – »könnten mich nicht von meiner Herrin weglocken, der ich ewig dankbar bin.«

Boris hatte ich 2110 bei einer Militärmission im Gebiet der Sinowjets kennen gelernt. Wir waren uns auf der zugefrorenen Lena am Stadtrand von Jakutsk begegnet. Er war ein Riese im Pelzmantel gewesen, ich eine sexy Frau aus dem All in einem schwarz schimmernden Raumanzug aus intelligenter Materie mit Kugelhelm. Eher ein Todes- als ein Gnadenengel, übergab ich ihm selbst gebaute Maschinen, die sibirisches Erz und russischen Rost in funkelnde Handfeuerwaffen verwandelten. Seine Stimme war wie schwarzer Sirup: sein wohlklingender amerikanischer Akzent erinnerte mich an Paul Robeson, und das tut er immer noch. Ich konnte ihn niemals vergessen – weder den Akzent noch den Mann.

Im Laufe der folgenden neunzig Jahre traf ich Boris oder er mich unter verschiedenen merkwürdigen Umständen wieder, doch ich konnte niemals bleiben, und er kam nicht weg. Schließlich begegneten wir uns bei der Entscheidungsschlacht gegen die letzten Gläubigen wieder, gegen die letzten verrückten Altruisten, die ihren sterblichen Körper und ihr potenziell unsterbliches Bewusstsein für Gott oder ihr Land oder die Pflicht oder anderer Leute Eigentum aufs Spiel setzten. Ich zog ihn in der Vorstadt von Lissabon aus einem brennenden Panzer, nahm ihn mit in den Orbit, regenerierte seinen Körper und ließ ihn nie wieder weg.

»Deine Dankbarkeit will ich nicht«, sagte ich, hob die eine Hand, um ein großes Glas Wodka mit Eis von Tony entgegenzunehmen, und langte ihm mit der anderen zwischen die Beine. »Deshalb hab ich dich nicht aus dem Panzer gezogen. Das war pure eigennützige Begierde, Genosse, und die erwarte ich von dir.«

Und die bekam ich auch. Wir machten das If, wir machten das Else, wir machten das Repeat, wir machten das Do bis zur Erschöpfung. Manche ziehen die Schwerelosigkeit vor, doch bei niedriger Schwerkraft habe ich es am liebsten. Es ist einfach mehr *Schwung* dahinter. Was den Sex bei Normalschwerkraft und darüber angeht … eine Zeit lang ist das okay, aber es strengt an. Wie die Erdbevölkerung es geschafft hat, den derzeitigen Umfang zu erreichen, ist mir schleierhaft. Wahrscheinlich durch Klonen.

Schließlich legten wir uns alle schlafen. Ich träumte

von Engeln, erwachte hin und wieder mit Erinnerungen an andere Dinge, und klammerte mich an Boris, bis ich wieder einschlief.

*

Man schreibt das Jahr 2089, und alles bricht auseinander: wie im Himmel, so auf Erden. Jeder Tag, jede Stunde bringt neue Katastrophen auf unseren Monitor, aufgefangen von der schwindenden Anzahl noch funktionierender Nachrichtensender und der weit größeren, aber ebenfalls schwindenden Zahl von Funkamateuren, Hackern und Piraten. Es ist Jahre her, dass eine Rakete ohne Sprengkopf vom Boden abgehoben hat. Wir sind jetzt auf uns allein gestellt: hunderttausende Menschen, Millionen Insekten und höhere Tiere, weitere Millionen Menschen und andere Tiere *in potentia* als tiefgefrorenes Sperma und Eizellen, *in vitro* als Zellproben und aufgezeichnete Bewusstseine; zahllose digitale Gespenster; gemeinsam bilden sie die weltraumgestützte Fraktion der Biosphäre. Insgesamt ergibt dies Millionen Eier in Hunderten von Körben; Gott sei dank ist es nicht mehr bloß einer. Verteilt in Erdnähe, in Lagrange, auf dem Mond, dem Mars und im Asteroidengürtel, sind die Menschen und ihre tierischen Verbündeten vor allen Katastrophen mit Ausnahme einer Supernova irgendwo in der Nähe sicher. Der Himmel wird nicht einstürzen; die Erde hingegen schon.

Der Grüne Tod befindet sich im Anfangsstadium. Die biomedizinischen Labors, auf denen alle Hoffnungen ruhten, werden abgefackelt. Die Grünen führen den Mob an und nutzen die Gelegenheit, den unbegründeten Verdacht von sich abzulenken. Ich bin zu dem Zeitpunkt fest davon überzeugt, dass die Grünen den Tod wissentlich herbeigeführt haben, um ihrer bösen Göttin Gaia ein Opfer darzubringen.

Und während die furchtbare Warnung vor den Folgen dieses Denkens, das wir alle stets bekämpft haben, in gespenstischen und beunruhigenden Einzelheiten unsere Monitore beherrscht, verbünden sich in der Not die beiden Faktionen der Weltraumbewegung, Erdfreunde und Außenweltler, um den zukünftigen Herausforderungen zu begegnen ... Nein. Wir streiten uns wegen der Ressourcen, wir stehen kurz davor, um die Ressourcen zu *kämpfen* – vor allem um Wasser. Wir leiten die gesamte Sonnenkraft, die wir erübrigen können, in die Kondensatoren der Hochenergielaser. Wir überprüfen unsere Atomsprengköpfe.

Die Außenweltler sind – durchaus passend – von dem alten erdnahen Kampfsatelliten, auf dem ich nach wie vor lebe, längst abgezogen oder wurden hinausgedrängt. Jetzt befinden sie sich in Lagrange 4 – aus Gründen, die sich nur aus der Tradition der Weltraumbewegung heraus erklären lassen, haben sich die meisten traditionellen Anhänger der Weltraumbewegung am anderen Lagrange-Punkt niedergelassen, in L5 –, wo sie die Flotte für den Flug zum Jupiter bauen; und sie betreiben Bergbau auf dem Mond.

Das ist einer der Konfliktgründe. Sie wollen das Polwasser des Mondes für ihre Expedition haben. Wir brauchen es zum Überleben – im Asteroidengürtel gibt es genügend Eis, doch der Transport über den Transfer-Orbit ist eine mühselige Angelegenheit. Das Aushandeln von Nutzungsrechten für das Mondeis wäre selbst dann haarig gewesen, wenn sich beide Seiten von den besten Absichten hätten leiten lassen und man auf ein funktionierendes Rechtssystem hätte zurückgreifen können. (Entdeckerrechte? Erste Nutzung? Gegenwärtiger Besitzer? Zählt die erste Satellitenortung? Die erste Landung? Die erste Erkundung? Die erste Förderanlage?) In jener unbedarften Zeit waren wir alle Experten in der liberalistischen Theorie vom Eigentumserwerb – das Problem dabei ist, dass jeder Besitzanspruch auf mindestens eine honorige Theorie verweisen kann, die von einer Schwadron unterbeschäftigter, bewaffneter Rechtsexperten vertreten wird.

Ich mache mir Sorgen wegen der polaren Förderanlagen auf dem Mond, denn meine Eltern – mit denen ich Kontakt halte, obwohl wir seit Jahrzehnten nicht mehr dieselbe Luft geatmet haben – leiten eine davon im Namen einer Firma der alten Weltraumbewegung.

In der Zwischenzeit verbrauchen wir – die Erdfreunde – die Ressourcen im donquichottischen Bemühen, orbitale Medizintropfen herzustellen (die nicht so wirkungslos sind, wie es klingen mag – wir werfen medizinische *Nanofabriken* ab), die Militärkräfte, die das Label ›Schurken der Woche‹ verdient zu haben scheinen, zu vernichten (ein großer Fehler) und die Kommunikationssatelliten, die ansonsten einfach kaputtgehen würden, lahm zu legen (ein kluger Schachzug, abgesehen davon, dass die Schurken, siehe oben, das Gleiche tun). Und die Außenweltler beanspruchen unter Rückgriff auf jeweils die Eigentumstheorie, die ihnen gerade in den Kram passt, zumindest einen Teil der Ressourcen, die wir angeblich für die geplagte Erdbevölkerung verschwenden. Beispielsweise haben sie uns geholfen, diese Station in ihre gegenwärtige Umlaufbahn zu hieven; wir haben sie dafür bezahlt, jetzt aber fordern sie Miete für die *Umlaufbahn*, und zwar rückwirkend, mit Zins und Zinseszins.

»Scheiß-Eigentumsrechte«, sage ich zu Tony, mit Blick aufs Fernradar. »Da könnte man doch glatt zum Kommunisten werden.«

Wir sitzen einander gegenüber in einem der Stationsmodule, das kaum genug Platz für uns beide bietet, vom Gewirr der Kabel und Rohre und der umherschwebenden veralteten Ausrüstung ganz zu schweigen, und blicken auf den Bildschirm hinter unserem jeweiligen Gegenüber. Draußen arbeiten Leute an der offenen Luke des Moduls und bewegen sich langsam in der trägen, abgestandenen Luft.

»Ha!« Tony wendet den Blick nicht vom Computer ab, auf dem er Loyalitätschecks der achthundertsechsundfünfzig Beschäftigten abgleicht. »Du bist schon Kommunist, Ellen, du weißt es bloß nicht. Wann hast du jemals für dein Essen bezahlt oder wurdest für deine Arbeit entlohnt?«

»Ach, das ist was anderes«, sage ich und winke ab. So hatte ich es noch nie betrachtet, hatte bislang keinen Gedanken an die Lebensweise der Siedlung, in der ich aufgewachsen war – eine übervölkerte Sardinenbüchse in Lagrange, die jetzt Niew View genannt wird – oder die des Kampfsatelliten verschwendet. »Ich meine, das spielt sich alles unter uns ab. Wir alle wissen, was getan werden muss und was wir uns leisten können, daher gibt es keine Probleme. Was ich meinte – wenn auch bloß als Scherz, zum Teufel noch mal –, war, dass ich mich wegen dieses ganzen Geredes darüber, was wem gehört, irgendwie … *bolschi* vorkomme, sagt man so?«

»Ich verstehe«, meint Tony. »Wie die Shinisow.«

Die sino-sowjetische Republik, ein wilder Haufen von Farmern, ehemaligen Unionsangehörigen und Ex-PLA-Veteranen, deren abgerissene Streitkräfte derzeit Xinjiang belagern – oder es befreien, glaubt man ihren Radiosendungen.

»Ich dachte, sie wären dabei, die Demokratie wiederherzustellen.«

»Klar, vorübergehend, obwohl ich mir nicht sicher bin, wie demokratisch es einem vorkommt, wenn ihre Partisanen in die Stadt einmarschieren und eine Versammlung einberufen. Auf lange Sicht aber, wenn die Shinisow erst einmal die ganze Welt erobert haben – ›da lacht der Erdkreis‹ –, befürworten ihre Theoretiker die seltsamste Form des Kommunismus, von der ich jemals gehört habe: allen gehört nichts, beziehungsweise alles.«

»Das haben doch alle spinnerten Kommunisten seit Thomas Müntzer gewollt …«

»Nein, nein – jedem *Einzelnen* gehört *alles*. Das ganze beschissene Universum.«

»Einschließlich aller *anderen* Menschen?«

»Nur so weit, wie man seine Ansprüche auch durchsetzen kann.«

»Wär gar nicht so schlecht. Ich möchte die Prinzessin der Galaxis sein.«

»Wie bescheiden, meine Liebe. Aber es gibt da einen Haken – das Universum gehört dir, *wenn du es dir nehmen kannst*.«

»Was sollte mich daran hindern?«

»Bloß deine Mitbewerber und die möglicherweise widerborstigen Untertanen. Und die Größe des Universums. Wenn du all diese Hindernisse überwinden kannst – dann schnapp es dir, Kumpel!«

»Oh. Ich verstehe. Und ich habe immer gedacht, Menschenfresserei wäre von Übel.«

Tony sah mich schief an. »Menschenfresserei ist *unökonomisch* … aber im Ernst, wenn du das für falsch hältst, prima. Ich bin völlig deiner Meinung. Also unternimm etwas dagegen. Bewaffne die Opfer! Setze Tabus ein. Gib ihnen Zähne! Glaub bloß nicht, du könntest über die Reichweite deiner Stimme hinaus auf das Universum Einfluss nehmen, wenn du deine moralischen Überzeugungen verkündest.«

»Und sie wollen den Kommunismus wirklich auf diese grenzenlose Eigensucht gründen? Was sollte sie von einem Krieg aller gegen alle abhalten?«

Tony hob die Schultern. »Zweifellos erwarten sie, dass wir zu einer Übereinkunft gelangen werden.«

Ich zähle ihm die Gründe auf, weshalb das niemals funktionieren wird, während er mir mit einem Ohr zuhört und gleichzeitig etwas über eine Minsky-Clique in c hoch drei dahergrummelt (fragen Sie mich nicht, was das bedeutet), als der Alarm losschrillt und mir klar wird, dass ich ihn reflexhaft ausgelöst habe, noch ehe mir bewusst geworden ist, dass auf dem Radarschirm ein Signal aufgetaucht ist, das sich uns nähert, und zwar *schnell*.

»Scheiße, Scheiße, Scheiße, SCHEISSE!!!«, rufe ich. Hektisch tippe ich eine Nachricht an die Kommandozentrale ein (und hoffe, dass die Minsky-Clique, wer immer das sein mag, weiß, auf welcher Seite der Schleuse Atemluft ist), als der Echoimpuls auf einmal von einem seitlich sich nahenden Trümmerstück verdeckt wird und gleichzeitig die Beleuchtung flackert, das Objekt den Bildschirm ausfüllt und dann nach oben rechts hin wieder verschwindet, während ich mich ducke und das Gefühl habe, ich hätte eigentlich ein Zischen hören müssen, als es an uns vorbeigesaust ist.

»Hundert Tonnen Felsgestein auf Kollisionskurs von Laserstoß abgelenkt«, sagt eine ruhige Stimme in meinem Ohr. Es erübrigt sich, zu erwähnen, dass der ganze Vorgang von der Ortung bis zur Ablenkung automatisch abgelaufen ist – ich, die Wachhabende, und die Geschützmannschaft haben bloß die Aufgabe, uns ein Bild von den Vorgängen zu machen. Wir sind lediglich in beratender Funktion hier, wie die Schweine von der US/UN zu sagen pflegten.

»Was, zum Henker, war denn *das*?«, fragt Tony.

*

Ich verändere den Blickwinkel, während der Rechner Daten von ballistischen Kameras und anderen Siedlungen einblendet. Plötzlich rückt die Ansammlung der Habitate und Schiffe von Lagrange 4 ins Blickfeld. Ihre Stelle nehmen winzige atomare Lichtpünktchen ein – einen

Moment lang glaube ich, sie seien getroffen worden; *wir* hätten sie getroffen. Sie mit Atombomben vernichtet.

Und dann fällt mir auf, dass sie sich bewegen. Die Lichterscheinungen stammen von Fusionstriebwerken, nicht von Fusionssprengköpfen. Die Flotte der Außenweltler nähert sich dem Jupiter. Unser Funknetz ist überlastet. Neue Bilder tauchen auf:

Teletrooper hüpfen über die Mondoberfläche, dringen in Fördercamps ein, übernehmen die Kontrolle über den Masse-Antrieb. Sie haben ihn eingesetzt, um ein paar Warnschüsse auf uns abzugeben, und jetzt schickt er Ladung um Ladung kostbaren Wassers auf einen Rendezvous-Kurs mit der Außenweltler-Flotte.

Unsere Leute in den Camps sterben – entweder sie werden erschossen oder sie ersticken im Vakuum. Die Überwachungskameras übertragen Bilder von Teletroopern, die sich über die Toten beugen und klauenartige Geräte an ihren Köpfen befestigen. Ich habe mir die Hand vor den Mund geschlagen und beiße mir auf die Knöchel.

Später taucht der Name meiner Eltern auf der Vermisstenliste auf.

Das Gesicht David Reids, des Besitzers der Zwangsarbeitsfirma, die uns versorgt, erscheint auf unseren Monitoren und verkündet eine letzte Botschaft an die Außenweltler-Flotte. Er wirkt wie auf einem Geisel-Video – das Gesicht hager und stoppelbärtig, die Sprechweise abgehackt, die Augen huschen umher.

Dann wird er vom glatt rasierten, siegesgewissen Gesicht eines Außenweltlers verdrängt. Also sind sie immer noch Menschen. Wenn man bei ihnen überhaupt noch von Menschen sprechen will. Der Mann erklärt uns, was sie getan haben.

Meine Knöchel beginnen zu bluten.

*

Der Sprecher der Außenweltler berichtete uns, was mit unseren Leuten in den Fördercamps geschehen war. Die Glücklichen hatte man auf der Stelle getötet. Von den anderen hatte man einen Gehirnscan angefertigt und sie anschließend dem Vakuum ausgesetzt. Die Außenweltler übermittelten uns Unterlagen, die ihren Anspruch auf die Förderanlagen untermauern sollten: angeblich hatten sie die Firma vor Jahren gegründet (was wir nicht mehr nachprüfen konnten) und bislang lediglich versäumt, uns davon in Kenntnis zu setzen. Ihnen zufolge war die Nutzung der Minen Diebstahl gewesen, ein Verbrechen, das noch verschlimmert wurde durch unseren Widerstand gegen die Teletrooper. Sie forderten eine Entschädigung, die in Form von Arbeitsleistung von den ›upgeloadeten‹ Menschen erbracht werden sollte. Sie beabsichtigten, mit den aufgezeichneten Bewusstseinen ihre Roboter zu steuern, was wesentlich billiger und schneller sei als AI.

Welche Toten sie gescannt hatten, teilten sie uns nicht mit, und die ausgetrockneten Leichen, die wir später bargen, vermochten uns auch keinen Aufschluss zu geben. Jahrelang hatte ich Albträume, in denen meine Eltern dieser Prozedur unterzogen wurden. Sie tauchten auch in Träumen von ganz anderen Zeiten auf und sprachen von Fernsehschirmen aus zu mir. Nach dem Konflikt hegte ich nicht bloß eine ideologisch und ästhetisch begründete Abneigung gegen die Außenweltler. Der Hass hatte sich mir ins Gehirn eingebrannt.

Das war einer der Gründe, weshalb ich mir keine allzu großen Sorgen machte wegen der geplanten Verhandlungen mit den Neu-Jupiteranern. In der Nacht nach der Entscheidung wachte ich mehrfach im Dunkeln neben dem schlafenden Boris auf und dachte darüber nach. Ganz gleich, wie schön die Jupiteraner aussehen und wie trügerisch freundlich ihre Botschaften sein mochten, es lebten noch immer genügend Menschen, die sich erinnerten und die niemals verzeihen würden. Das war natürlich nicht die rationale Begründung für die Vernichtung der Jupiteraner – aber sie hatte damit zu tun. Wir hatten erlebt, was denen zustoßen konnte, die einer überlegenen Macht ausgeliefert waren, und dies war der Grund für unsere unnachgiebige Entschlossenheit, keine überlegene Macht zu dulden. Es kann nur eine dominante Spezies geben, und die Menschheit hatte nicht vor, diese Position preiszugeben. (Oder jedenfalls ich nicht.) Die Erinnerung an das, was die Außenweltler uns und was ihre Nachfahren auf dem Jupiter der Erde in der Zeit des Großen Crash angetan hatten, würde die Herzen schon verhärten, wenn es hart auf hart ging.

Wenn es hart auf hart ging … Ich lächelte still in mich hinein und schlief wieder ein.

*

Ich stand vor Boris auf, als die Beleuchtung allmählich das Tageslichtspektrum des künstlichen Morgens annahm, und checkte meine C-Mail. (Die elektronische Bandbreite war noch immer viel zu kostbar und zu stark beeinträchtigt von multi-redundanten Sicherheitsmaßnahmen, sodass sie dringenden Nachrichten und Real-Time-Verbindungen vorbehalten war. Daher die Chemo-Mail.) Ein Teil der Nachrichten war praktischer, ein Teil persönlicher oder sentimentaler Natur: damals hatte ich zwar, abgesehen von den verwickelten Beziehungen zu den Besatzungsmitgliedern, keine Familie, wohl aber Nachkommen. Ich beantwortete die Briefe, die einer Antwort bedurften, und sandte die kleinen codierten Nachrichtenträger in den Kapillaren auf die Reise zu den Kraterstädten: nach Skuld, Trindr, Igaluk, Valfodr, Loni … Die Mailbox enthielt nichts, was so dringend gewesen wäre wie meine Arbeit, daher ließ ich einen Kaffee für Boris filtern und begab mich in den Einsatzraum.

Ich kam nur langsam voran. Auf den Gängen drängten sich die Menschen, und alle wollten anscheinend mit mir reden. Die Beratung des Komitees und seine Entscheidung sowie die von den Sonden übermittelten Bilder waren im Glasfasernetz von Callisto verbreitet worden. Die Diskussionsforen, von den Monitoren bis zu den Straßen, waren voll davon.

»... du hast Recht Ellen, wir sollten sie angreifen und keine Zeit mehr verschwenden ...«

»... haben lange genug gewartet ...«

»... tut mir Leid, das sagen zu müssen, Ellen, aber ich glaube, dein Vorschlag ist völlig daneben ...«

»... vergiss die Kometen, wir sollten ein paar Atombomben abwerfen und sie zerfetzen, die wirken ziemlich zerbrechlich ...«

»... gib ihnen eine Chance, schließlich waren nicht *sie* schuld daran ...«

»... magnetische Felder, hab ich Recht? Also, wenn man den Pol mit einem starken elektromagnetischen Puls eindeckt ...«

Meine Sinne wurden bombardiert von ihrer bunten Kleidung, ihren schönen Gesichtern (wie Recht hatten wir am Anfang doch gehabt, als wir uns als ›beautiful people‹ bezeichneten); den hartnäckigen, energischen Stimmen; der Selbstgewissheit, mit der die gegensätzlichen Meinungen vorgetragen wurden; den eifrigen, ernsthaften Kindern, die buchstäblich einen Luftsprung taten, um ihr Anliegen vorzubringen. Auch ich brachte mein Anliegen vor, ging Diskussionen aber aus dem Weg. Ich war froh über all das, nicht verärgert. Selbst die, die anderer Meinung waren als ich, bestärkten mich in meiner Überzeugung, dass ich Recht hatte: dass dieses selbst erwählte Volk, dieses Teildestillat der Menschheit, mehr wert war als alles andere im Universum. Es musste einen Wertmaßstab geben, irgendein Kriterium, jemanden, für den ›gut‹ gleichbedeutend war mit ›gut für uns‹ – und das waren wir. Eine Million Menschen von unserer Seite besaßen mehr Vitalität als die nach Milliarden zählenden Erdbewohner insgesamt, besaßen größere Schönheit als irgendwelche hübschen Bildchen, die die Jupiteraner übermittelten.

Gleichwohl war die relative Stille der Einsatzzentrale eine Erleichterung für mich. Es wirkte hier weniger provisorisch als gestern. Biophil, wie die Weltraumsiedler waren, hatten sie schnell wachsende Pflanzen mitgebracht, deren Blätter und Ranken die nährstoffreiche Isolierung bereits teilweise verdeckten. Jemand hatte eine Kaffeemaschine aufgestellt, und in den unvermeidlichen Haufen weggeworfener Plastikbecher wuselte es bereits von den Schaben der Sauberkeit. Die an der Eiswand tätigen Roboter hatten den Raum über Nacht um mindestens drei Meter erweitert, und die Regale und gestapelten Apparate hatten mit ihnen Schritt gehalten. Für die Nachrichten waren Kameras installiert und liefen auch schon, wie der Anzug mir mitteilte.

Mehrere Mitglieder des Kommandokomitees waren anwesend. Einige waren soeben eingetroffen, der eine oder andere war wohl über Nacht geblieben. Clarity Hardingham, das jüngste Mitglied des KK und noch jünger als Yeng, blickte mir entgegen. Sie hatte sich über ein VR-Display mit einem der Computerspeicher kurzgeschlossen: der Fokus ihrer Augen und die Öffnungsweite ihrer grünen Pupillen änderten sich ständig. Den dunklen Augenringen nach zu schließen, war sie die ganze Nacht über auf gewesen. Sie streifte die kastanienbraunen Locken von den Schläfen zurück und blinzelte das Display weg.

»Guten Morgen, Ellen«, sagte sie. »Hol mir doch bitte mal einen Kaffee, wärst du so nett?«

Ich reichte ihr einen Becher. »Du siehst aus, als solltest du besser Kakao trinken«, meinte ich.

»Ach, scheiß drauf«, sagte sie, warf eine Tablette ein und spülte sie mit einem Schluck Kaffee hinunter. »Das ist alles zu aufregend, um zu schlafen. Jedenfalls für mich. Ich halte die Stellung mehr oder minder seit vier.«

»Und womit bist du beschäftigt? Fertigst du Funkprotokolle an?«

»Uh! Schön wär's! Das hab ich vorher getan, also kann ich mich nicht beklagen. Nein, ich sammle jetzt seit vier Stunden Meinungen – wenn die Entscheidung näher rückt, machen wir eine richtige Abstimmung. Das ist bloß der Vorlauf; wir loten aus, welche Erwartungen die Genossen hinsichtlich unserer Verhandlungsposition haben.« Sie grinste schief, kratzte sich am Ohr. »Das ist fast so gut wie eine richtige Abstimmung. Mindestens Zwei von Zwölf teilen deine Ansicht, Ellen.«

»Das wundert mich nicht.«

»Also, mich auch nicht. Denen, die sich Verhandlungen wünschen, geht es vor allem darum, die Virenangriffe zu beenden. Dann folgt der Wunsch, Einflusssphären festzulegen, wenn man so sagen will.«

»Sphären, in der Tat!«

Clarity nickte. »Ja! Die meisten Genossen finden, die Jupiteraner sollten den Jupiter bekommen und wir den Rest.«

Ich blickte sie düster an. »Das ist wirklich naiv. Na schön, sagen wir: *voreilig*. Wir wissen, dass die Jupiteraner in wenigen Wochen eine Art von Kultur aus dem Boden gestampft haben und dass die Zahl ihrer Atmosphärenflüge stetig zunimmt ...«

»Nein, Ellen, wir haben das in deiner Abwesenheit überprüft. Die Häufigkeit der Flüge hat nicht zugenommen, bloß die Anzahl der Cluster. Vielleicht haben sie in ihrer Entwicklung ein Plateau erreicht. Wenn man bedenkt, dass sie wahrscheinlich sämtliche technologischen Informationen von ihren Vorläufern übernommen haben und diese nun lediglich in die Praxis umsetzen, dann deutet die rasche Entwicklung in der Anfangszeit nicht notwendigerweise darauf hin, dass sie die menschliche Entwicklung vom Steinzeitalter an im Zeitraffer wiederholen.«

»Das würde es aus unserer Sicht bloß noch schlimmer machen«, sagte ich. »Was ist, wenn ihre Vorläufer in der virtuellen Realität vor allem die technische Entwicklung vorangetrieben haben? Wir haben doch bloß *angenommen*, die Außenweltler-Makros seien wahnsinnig geworden und ihre Nachfolger müssten deshalb ebenfalls verrückt sein. In der Beziehung könnten wir uns geirrt haben. Diejenigen, die jetzt in der realen Welt aufgetaucht sind, haben zahllose Generationen der simulierten Forschung und Entwicklung durchlaufen, deren Ergebnisse sie nun anwenden können.«

Clarity zuckte die Achseln. »Du hast Recht, es wäre voreilig, jetzt schon über eine Verhandlungsstrategie zu diskutieren, obwohl wir noch gar nicht wissen, wozu sie überhaupt imstande sind, und das ist auch der Grund, weshalb die meisten Leute vor allem mehr über sie herausfinden wollen und sich wünschen, die Informationen, die sie uns geben, verlässlich verifizieren zu können.«

»Inspektionsrechte? Das zumindest deutet auf eine Spur gesunden Misstrauens hin.«

»So könnte man es ausdrücken.« Clarity leerte den Becher und warf ihn auf den großen Tisch. »*Du* würdest es bestimmt so formulieren.«

Wir mussten lachen, doch ich hörte bei uns beiden eine gewisse Anspannung heraus.

Die anderen KK-Mitglieder hatten bei meinem Eintreten nicht aufgeblickt und waren noch immer ganz in ihre Arbeit versunken. Ich störte sie nicht. Die nächste

Stunde verbrachte ich vor einem freien Interface, sah mir die Protokolle der in der Nacht geleisteten Arbeit an, die in dem Maße modifiziert und upgedatet wurden, wie neue Leute hereinkamen. Die Wissenschaftlerteams, die in anderen Kaninchenställen untergebracht waren, bestimmten die physikalischen und chemischen Eigenschaften der Wesen vom Jupiter: bislang galt lediglich als gesichert, dass die Blasen aus laminierten Schichten monomolekularen Diamants bestanden; dass die ›Flügel‹, wie wir bereits vermutet hatten, von ionisierten Molekülen in elektromagnetischen Feldern gebildet wurden; dass die ›Körper‹ eine Kombination der erwähnten Elemente mit holographischen Projektionen waren; und dass dies alles nicht bloß dekorativen Zwecken oder dem persönlichen Ausdruck diente, sondern auch ein Mittel der Verständigung war, eine Sprache des Lichts. Der Kern des Jupiter-Individuums, sein Gehirn und seine Antriebsmaschine, befand sich in dem kunstvollen Gebilde, das bei den Engelserscheinungen wie eine juwelenbesetzte Brustplatte ausgesehen hatte. Dieses Objekt verfügte über aerodynamische Eigenschaften und bezog seine Energie unmittelbar aus den Winden und den starken elektrischen Impulsen der Jupiteratmosphäre, die selbst dann, wenn es sich nach Jupitermaßstäben um ein laues Lüftchen handelte, Orkangewalt hatten.

Mir ging durch den Sinn, dass der Körper der Jupiteraner ganz schön zäh sein musste. Die Projektionen zu zerstören und die Diamantblasen zu knacken, könnte tatsächlich so leicht sein, wie die Nuklearenthusiasten, mit denen ich gesprochen hatte, glaubten. Ihren Ursprung zu zerstören, würde allerdings die geplanten Maßnahmen erforderlich machen.

*

Malley und Suze tauchten um 9 Uhr GMT auf und hatten das selbstgefällige und verschlafene Aussehen eines Paares, das die erste gemeinsame Nacht hinter sich hatte. Ich klinkte mich aus und erhob mich.

»Guten Morgen«, sagte ich.

Suze lächelte verlegen; Malley grinste. »Hallo«, sagte er. Er reichte mir die Hand; seine Augen waren gerötet. »Mein Gott, gibt es hier Kaffee?«

Ich holte drei Becher, dann begaben wir uns zu Malleys Arbeitsplatz. Suze zog zwei zusätzliche Stühle heran, dann nahmen wir Platz. Die Stühle hatten Storchenbeine; auf der Erde wären sie unter uns zusammengebrochen.

»Na, wie war's?«, fragte ich.

»Ach«, meinte Suze, »wir haben alle möglichen …«

Sie verstummte kichernd.

»Nun ja«, sagte Malley. Er lächelte Suze an. »Sie hat die charmante Vorstellung, mit einem NiKo ins Bett zu gehen, sei eine Art dekadente Perversion …«

»Das stimmt nicht!«

»Ich muss sagen, das wirkt sich positiv auf die Leidenschaft aus. Nicht dass ich eine Steigerung nötig hätte – Sie hatten Recht mit Ihren Bemerkungen zur Verjüngungsbehandlung. Ich hatte ganz vergessen, wie gut man sich fühlen kann.« Er streckte sich und seufzte. »Andererseits – ich fühle mich sehr eigenartig. Teilweise liegt es an der niedrigen Schwerkraft und den Umständen, teilweise aber auch … an den Menschen hier. Sie sind anders als erwartet, obwohl ich an Bord Ihres Schiffes schon einige Tage mit Ihnen zusammen war. Die Menschen auf den Gängen sind so …« Er schüttelte den Kopf. »Die Leute von der Division sind anders als die Menschen der Union, zumindest so weit ich das nach den ersten Eindrücken beurteilen kann. Die Unionsbewohner wirken glücklich und auf ihre Art frei, aber die Menschen hier haben mehr *Biss* und wirken unzufriedener mit sich. Sie, Ellen, und Ihre Crew, also … ich weiß nicht, wie ich's sagen soll, aber Sie sind wiederum anders, als hätten Sie mehr von der Vergangenheit bewahrt.«

»Das stimmt auch«, sagte ich. »Einige von uns sind fast so alt wie Sie.«

Er blickte mich merkwürdig an. »Nein, sogar Yeng hat … eine Art Härte im Blick.«

»Ja«, sagte Suze. »Das ist der Alte-Genossen-Blick, von dem ich dir erzählt habe.«

»Hm«, machte ich. »Ich weiß nicht. Sie machen auch einen ziemlich harten Eindruck auf mich, Sam.« Ich schwenkte die Hand. »Ein andermal … Was ich Sie fragen wollte, wie kommen Sie mit der Mathematik voran? Schaffen es unsere Wunderwerke neuraler Nanotech, ihr Genie wiederzubeleben?«

Malley lachte. »Genau das habe ich gemeint, Ellen. Sie sind fähig, eine solche Bemerkung ohne den Anflug eines Lächelns zu machen, während Sie andere Dinge mit erschreckender Beiläufigkeit aussprechenden. Aber Sie haben Recht. Für Psychologie ist später noch Zeit. Die Antwort auf Ihre Frage lautet, ja, ich komme voran, allerdings nur langsam – und ich glaube, das liegt nicht am Alter meines Gehirns. Die ›Anmerkungen zur praktischen Umsetzung‹, von der ich seinerzeit leichtfertig behauptet habe, sie überstiege unseren Horizont, gewinnen schärfere Konturen, und was die Theorie der quanten-chaotischen Mannigfaltigkeit angeht, beginne ich allmählich, sogar meine alten Schriften wieder zu verstehen.«

Ich war mir nicht sicher, ob das ironisch gemeint war.

»Okay«, sagte ich. »Sie haben gehört, was der Mann gestern Abend gesagt hat. Ich soll Sie nach Kräften unterstützen. Das bedeutet unter anderem, Ihnen Zugang zu sämtlichen Beobachtungsdaten zu verschaffen und Ihnen so viel Rechenkraft zur Verfügung zu stellen, wie

Sie benötigen. Doch das ist noch nicht alles. Falls Sie sich das Wurmloch aus der Nähe anschauen, eine Sonde hindurchschicken oder selbst hineingehen wollen – dann werden wir Ihnen das ermöglichen.«

»Ich glaube, wir sollten in dieser Reihenfolge vorgehen«, bemerkte Malley. »Beobachtung, Testsonden, Erkundung. Und nicht umgekehrt.« Er lächelte, als habe er einen schwachen Witz gemacht, und wirkte einen Moment lang trotz der unübersehbaren Verjüngung wie einer der älteren Akademiker aus den Vorlesungsmitschnitten des zwanzigsten Jahrhunderts, deren Erkenntnisse nach wie vor Gültigkeit besaßen, auch wenn ihre Kleidung und ihre Sprechweise auf heutige Studenten bizarr wirken mochten. »Allerdings … muss erst einmal die Anwendungsgleichung gelöst werden, und dafür hätte ich tatsächlich gern so viel Rechenkraft zur Verfügung, wie Sie erübrigen können. Ich würde gern mal einen Blick auf die verfügbare Mathematik-Software werfen. Und eine Literaturrecherche wäre gut, denn schließlich wollen wir das Rad doch nicht neu erfinden, oder?«

Ich leitete alles in die Wege und stellte eine Verbindung zu unserem Physikteam her, das mit der Erforschung des Wurmlochs beschäftigt war; es schickte schon seit Jahrzehnten Sonden hinein, doch bislang war noch keine zurückgekehrt. Als Malley sich in der VR seiner Workstation behaglich eingerichtet hatte, wandte ich mich Suze zu.

»Du kannst noch etwas Wichtiges tun«, sagte ich. »Wenn Sam eine Möglichkeit gefunden hat, das Wurmloch zu passieren, könntest du uns helfen, uns auf der anderen Seite zurechtzufinden.«

»Auf dem Neuen Mars?«

»Ja«, sagte ich. »Stell dir einen ganzen Planeten voller Nicht-Kooperateure vor, wenn das möglich ist.« Ich runzelte die Stirn. »Wenn ich's recht bedenke, sind es wahrscheinlich bloß eine halbe Million Leute, also vermutlich weniger als auf der Erde … bloß haben Sie eine ganze Welt für sich. Ich möchte, dass du dir die Files anschaust, die wir nach Wildes Berichten über den Neuen Mars angelegt haben, und einen Blick auf die Bilder aus dem Speicher seines kleinen Raumschiffs wirfst.«

»Sehr gern«, erwiderte Suze. »Das ist traumhaft, wirklich.«

»Jedem nach seinem Geschmack«, meinte ich.

Suze lachte. »Dir gefällt das nicht?««

»Mir hat weder das gefallen, was ich vom Neuen Mars gesehen habe, noch was Wilde uns berichtet hat«, antwortete ich, während ich sie zu der zuletzt aufgebauten Workstation am Ende des Raums geleitete. Da sie der Eisfläche und den geschäftigen winzigen Robotern am nächsten lag, wurde sie von den KK-Mitgliedern gemieden. »Ich sehe darin die Bestätigung für einen Gedanken, den ich schon früher hatte: Menschen in einer Welt mit Privateigentum sind Privateigentum.«

Suze setzte sich und passte den Arbeitsplatz an ihre Erfordernisse an. Ich bekam davon lediglich verwaschene Hologramme, die in der hellen Raumbeleuchtung fade wirkten, und hin und wieder ein Gesichtszucken mit. Als Suze fertig war, lächelte sie mich wie aus weiter Ferne an.

»Ich sehe das anders«, sagte sie, und ehe ich darauf entgegnen konnte, hatte sie sich das Soundsystem über die Ohren gestülpt und war weg.

*

Gegen zehn Uhr waren alle KK-Mitglieder eingetroffen. Keiner wirkte ausgeschlafen, wenn auch sicherlich aus anderen Gründe als Suze und Malley (und übrigens auch ich). Wahrscheinlich hatten sie bloß ein paar Stunden geschlafen, nachdem sie die Nacht durchgemacht hatten. Mehrere nahmen zu Stimulantien Zuflucht und machten ausgiebig Gebrauch von der Kaffeemaschine.

Ich hatte die Zwischenzeit dazu genutzt, die Flugtüchtigkeit der *Terrible Beauty* zu überprüfen; dem Wartungsteam zufolge war sie tipptopp in Ordnung, daher brauchte ich sie bloß noch für meine Crew zu reservieren. Dafür hatte ich zwei Gründe; zu einem wäre es äußerst unangenehm gewesen, wenn wir irgendwann festgestellt hätten, dass alle Fusionsclipper bereits belegt waren; zum anderen kannten meine Crew und ich uns eher mit Kampfbombern aus, und da wir mit den Eigenheiten der *Terrible Beauty* bereits vertraut waren, lag es nahe, auch den nächsten Flug mit ihr zu machen.

Tatsuro setzte sich aufs Kopfende des langen Tisches.

»Was machen Sie hier, Ellen?«, fragte er.

»Dr. Malley ist voll beschäftigt«, antwortete ich. »Sollte er weitere Hilfe benötigen, braucht er mich bloß zu fragen. In der Zwischenzeit würde ich gern hier bleiben.«

»Na schön«, meinte Tatsuro. Einige Leute näherten sich dem Tisch vom Ende des Raums her und nahmen Platz. Clarity lächelte mir zu und setzte sich neben mich; die anderen wirkten ein wenig reserviert. Tatsuro bat um Ruhe.

»Zur Information derer, die heute nacht nicht da waren«, begann Tatsuro mit einem Blick in meine Richtung. »Wir haben die Ausrüstung für die Öffnung eines sicheren Übertragungskanals fertig gestellt. Unsere Oberflächenteams haben ein Richtfunkgerät installiert, das über vollkommen unabhängige und isolierte Kabel mit einem Monitor samt Lautsprechern in diesem Raum verbunden ist. Wir werden bei unserem ersten Kontaktversuch die gleiche Wellenlänge verwenden wie gestern Ellen und auch dasselbe Gebiet anfunken. Für die Dauer der Verbindung wird dieser Raum isoliert werden, und jedem, der nicht dabei sein möchte, steht es frei, sich zu entfernen.«

Wir blickten einander an. Niemand rührte sich.

»Also gut, Genossen«, sagte Tatsuro. »Ellen, würden Sie Dr. Malley und Suze bitte zum Gehen auffordern.«

Als ich Malley und Suze bei ihrer Arbeit störte, weigerten sie sich kategorisch, der Aufforderung nachzukommen.

»Ich möchte mir das auf keinen Fall entgehen lassen«, erklärte Malley. Suze blickte einfach bloß trotzig drein.

Tatsuro deutete ein Achselzucken an. »Es ist Ihr Leben«, sagte er. Malley und Suze nahmen am Tisch Platz, Suze neben mir, Malley neben ihr. Ich drückte Suze die Schulter.

Joe Lutterloh, der Elektronikspezialist, überprüfte nacheinander jede einzelne Nachrichtenkamera und schaltete sie aus. Ein Murren drang durch die Wände, als die Bildschirme der Zuschauer draußen plötzlich schwarz wurden.

Der große Bildschirm wurde am Tischende in Position gebracht und eine Kamera darauf montiert. Das isolierte Kabel wurde über einen ebenfalls isolierten Rechner, der die Botschaft, falls uns denn eine erreichte, filtern sollte, mit Monitor und Kamera verbunden. Ein dünnes Kabel wurde abgewickelt und mit dem vor Tatsuro auf dem Tisch liegenden Controlpad verbunden.

»Fertig«, sagte Joe.

Er setzte sich zu uns an den Tisch. Wir verrückten die Stühle, bis wir in einem breiten U um den Tisch herum saßen, mit Tatsuro am einen und dem Bildschirm am anderen Ende. Jeder von uns konnte alle anderen sehen. Tatsuro blickte ein letztes Mal in die Runde, als wollte er sich vergewissern, dass tatsächlich alle aus freien Stücken blieben, dann drückte er einen Schalter. An der Kamera leuchtete ein rotes Lämpchen auf. Die aufgezeichnete Botschaft wurde mehrfach ausgestrahlt, zusammen mit dem Bild dieses Raums und den schweigenden, gespannt wartenden Anwesenden.

Etwa eine Minute verstrich; mir kam es länger vor. Dann erschien auf dem Monitor ein Bild. Es gab keinen Schnee, keine vorherige Feinabstimmung. Das Bild war von Anfang an scharf. Diesmal zeigte es keines der Wesen, die wir bereits gesehen hatten, sondern Kopf und Schultern eines jungen Mannes, der ein schlichtes weißes T-Shirt trug und offenbar lässig im Innern einer der Blasen stand. Ich konnte das Sechseckmuster der Glasscheiben erkennen, wie aus weiter Ferne. Die mir – seit gestern – besser geläufigen Gestalten der Jupiterwesen schwebten wie fremdartige Vögel in einem Aviarium im weiten Raum zwischen dem Mann und dem Kuppeldach. Der Mann sah aus wie ein typischer Nordamerikaner weißer Abstammung, jedoch mit einer kräftigen Beimischung der üblichen anderen Rassen. Sein Gesicht war ungewöhnlich: gesund, attraktiv, wach und freundlich. Das Bild hätte aus einem alten Werbespot der NASA stammen können, und das tat es wohl auch.

Er schwenkte lächelnd die Hand. »Hi«, sagte er. »Danke, dass Sie wieder mit uns in Kontakt treten. Für uns ist der Erstkontakt zwei Jahre her, deshalb hatten wir Zeit, unsere Antwort vorzubereiten. Ich funktioniere übrigens in Ihrem Tempo – wir können unmittelbar interagieren.« Er lächelte. »Abgesehen natürlich von der durch die Übertragungszeit bedingten Verzögerung. Wie ich sehe, weilt Dr. Malley unter Ihnen. Es ist uns eine Ehre, Sir.«

Malley brummte etwas. Es entstand eine kurze Pause. Der Jupiteraner lächelte.

»Wie Sie wissen, entspricht das, was Sie vor sich sehen, nicht unserer üblichen Erscheinungsform. Es ist aber keine bloße Maske – wir stammen von Menschen ab und haben vieles mit Ihnen gemeinsam, vielleicht mehr, als Sie meinen.«

Das Gleiche hätte er vermutlich auch irgendwelchen Gorillas gesagt – oder einem Goldfisch. »Aber«, fuhr das freundliche Gesicht fort, »wir sind natürlich posthuman. Das wollen wir weder verbergen noch herunterspielen. Wir sind uns der langen Geschichte der Zwietracht zwischen denen bewusst, die unseren Weg einschlugen, und denen, die sich dafür entschieden, die menschliche Gestalt zu bewahren.«

Er fasste mich in den Blick, was mir ein unbehagliches Gefühl vermittelte. »Ellen May Ngwethu«, sagte er. »Es erstaunt mich, Sie hier zu sehen. Ihre früheren Gegner vom Wrackdeck lassen Sie grüßen.«

Er hob die Hand, dann ballte er sie zur Faust, was, seinem spöttischen Gesichtsausdruck nach zu schließen, wohl einen ironischen Salut bedeuten sollte.

»Woher kennen Sie mich?«, fragte ich, darum bemüht, mir meine Verunsicherung nicht anmerken zu lassen. In der folgenden Pause hatte ich Zeit genug zu zittern.

»Wir sind Individuen«, antwortete der Jupiteraner und führte die geballte Faust an die Brust. »Das ist kein Bienenstock und auch kein …« – er lächelte – »›jupitergroßes Gehirn‹. Die Erinnerungen teilen wir jedoch miteinander, und nichts geht verloren. Ich hoffe, Sie werden uns eines Tages als lebendige Wesen in anderer Gestalt wahrnehmen, nicht bloß als Simulationen oder seelenlose Mimikry. Unsere Gedanken und Gefühle mögen zwar umfassender und tiefer sein als zu unserer Zeit als Menschen, doch ansonsten ähneln sie den Ihren. Wir sind auch Menschen, Ellen, wie Sie hoffentlich irgendwann erkennen werden.«

Ich gab keine Antwort, und nach der unvermeidlichen Pause wandte der Jupiteraner sich von mir ab.

»Tatsuro, nicht wahr?«, sagte er. »Sie haben bestimmt eine Menge Fragen.«

»Allerdings«, erwiderte Tatsuro gewandt. »Zunächst aber möchte ich sagen, wie sehr die meisten von uns die

Gelegenheit begrüßen, mit Ihnen zu sprechen. Ich will ganz offen sein. Wie Sie vielleicht wissen, sind wir Angehörige einer Verteidigungstruppe, welche die letzten beiden Jahrhunderte über – die für Sie gleichbedeutend mit einem geologischen Zeitalter gewesen sein müssen – mit Ihnen in Konflikt stand. Die ständige Ausstrahlung von Virenprogrammen und die destruktiven Molekularmaschinen sind uns nach wie vor ein Dorn im Auge. Deren erstes Auftreten kurz nach Ihrem Eindringen in die Jupiteratmosphäre hat viele Millionen Tote nach sich gezogen und der bereits ins Wanken geratenen Zivilisation den Todesstoß versetzt.

Jetzt, da Sie eine andere Gestalt angenommen haben, wie Sie es ausdrücken, hat sich die Lage verändert, jedoch in einer Weise, die von vielen – wie Sie sicherlich verstehen werden – als bedrohlich angesehen wird. Ihre Vorläufer, die Menschen, auf die Sie sich berufen, haben uns skeptisch werden lassen hinsichtlich der Zukunft der Menschheit in einem Sonnensystem, das von posthumanen Wesenheiten beherrscht wird. Wir würden gern Ihre Ansicht dazu hören.«

Vielleicht aufgrund der Länge von Tatsuros Erklärung antwortete der Jupiteraner ohne Verzögerung. Oberflächlich betrachtet vermittelte er damit den Eindruck einer Unterhaltung, dabei bestätigte dies bloß die Überlegenheit des Fremden; anhand subtiler Hinweise in Tatsuros Tonfall, seiner Mimik und Gestik musste er auf den Moment geschlossen haben, da dieser seine Erklärung beenden wollte, um die Antwort darauf zeitlich entsprechend abzustimmen. Zweifellos verarbeitete er Tatsuros letzte Sätze, während er bereits zu sprechen begonnen hatte. Ich bekam eine Gänsehaut an den Unterarmen.

»Dies hat uns sehr bestürzt«, sagte der Jupiteraner. »Wir versichern Ihnen, dass wir nicht die Absicht hatten, Virensabotage zu betreiben. Es schmerzt uns zu erfahren, dass in der Vergangenheit so großer Schaden angerichtet wurde. Bitte bedenken Sie dabei, dass wir das, was Sie als virtuelle Realität bezeichnen und was uns als albtraumhafte Traumzeit im Gedächtnis haftet, gerade erst hinter uns gelassen hatten. In den vergangenen zwei Monaten Ihrer Zeitrechnung sind für uns etwa hundertfünfzig Jahre verstrichen. Die meiste Zeit über waren wir vom Überlebenskampf in Anspruch genommen – wir waren damit beschäftigt, in einer ungewöhnlich unwirtlichen Umwelt die materiellen Grundlagen einer Kultur zu errichten. Als uns bewusst wurde, wie viel Zeit seit dem Wurmlochprojekt verstrichen war, waren wir erstaunt und ehrlich gesagt auch entsetzt. Die Virenattacken entziehen sich jedenfalls unserer bewussten Kontrolle, weshalb wir nicht einmal indirekt dafür Verantwortung tragen. Vielmehr handelt es sich dabei um physikalische, mechanische Prozesse – das postbiologische Äquivalent eines vegetativen Systems –, welche die Grundlage unserer Existenz bilden. Bei den Viren könnte es sich um ein reflexhaft gebildetes Abwehrprodukt handeln, ähnlich den Insektiziden der Pflanzen.« Er lächelte reumütig. »Vielleicht handelt es sich auch um unseren natürlichen Körpergeruch. Tut mir Leid, Leute. Es mag Euch dadurch großer Schaden zugefügt worden sein, aber das ist keine aggressive Handlung. Wir werden unser Möglichstes tun, um die Ursache herauszufinden und den Vorgang wenn möglich zu unterbinden.«

Lächelnd registrierte er das Kopfnicken rund um den Tisch (ich zeigte mich als Einzige unbeeindruckt), dann fuhr er fort.

»Offenbar haben wir große Probleme, unsere gemeinsame Vergangenheit zu bewältigen. Unter anderem erhoffen wir uns von diesem Kontakt, dass wir die Vorgänge während unserer … Traumzeit besser verstehen lernen und eine Möglichkeit finden, den angerichteten

Schaden zu beheben oder zumindest Entschädigung dafür zu leisten. Und damit komme ich zu Ihren nur allzu verständlichen Besorgnissen hinsichtlich der Zukunft.

Zunächst einmal möchte ich in unser aller Namen Folgendes sagen: Wir bitten Sie inständig, uns nicht die wilden Erklärungen der entfremdeten Jugendlichen vorzuhalten, die wir vor langer Zeit einmal waren. Würden Sie einen Erwachsenen nach den boshaften oder närrischen Äußerungen beurteilen wollen, die er in seiner Kindheit getan hat? Dabei haben wir uns noch viel weiter von unseren Ursprüngen entfernt! Was die Äußerungen der Philosophen und Vordenker des Posthumanen angeht, die es vielleicht hätten besser wissen müssen – Spekulationen, die zu einer Zeit angestellt wurden, als es noch keine AI gab –, so sollten Sie auch diese von Furcht geleiteten oder inspirierten Aussagen nicht gegen uns wenden. Bitte beurteilen Sie uns nach dem, was wir sind, nicht nach dem, was einige Robotiker und Science Fiction-Autoren sich erhofft oder was sie gefürchtet haben.

Ellen und andere Anwesende haben seinerzeit über die ›Ekstase für Computerfreaks‹ Scherze gemacht. Nun, wir waren nicht alle Computerfreaks! Und was wir erlebt haben, war auch nicht unbedingt Ekstase. In der Anfangszeit, die für uns eine Ewigkeit her ist, gab es großartige, erhebende Perioden. Anschließend, seit der Katastrophe, hat ein in jeder Beziehung langer und quälender Evolutionsprozess stattgefunden, in dessen Verlauf wir uns von den Träumen und Albträumen, die unsere neu erworbenen Fähigkeiten möglich machten, ab- und uns dem realen und einzigartigen Universum, das wir mit Ihnen und allen anderen Lebewesen teilen, wieder zugewandt haben. Wir haben keine Pläne gegen Sie geschmiedet. Wir bitten Sie lediglich, in Frieden mit uns zu leben. Lassen Sie uns den Teil des Sonnensystems nutzen, der uns gehört, und nutzen Sie den Ihren. Wir hoffen, dass Sie noch einen Schritt weiter gehen und mit uns zusammen die Möglichkeiten erkunden werden, die unseren beiden Völkern offen stehen. Die Entscheidung liegt bei Ihnen.«

Da hatte er Recht, doch ich fragte mich, wie viele der Zuhörer wohl begriffen, auf welche Entscheidung er sich bezog.

Der Jupiteraner breitete die Arme aus. »Die Kontaktaufnahme beansprucht stark unsere Ressourcen, meine Freunde. Wir schlagen deshalb vor, dass Sie das Gesagte erst einmal gründlich überdenken, und freuen uns auf Ihre Antwort.«

Der Bildschirm wurde schwarz. Tatsuro tippte auf seinem Controlpad herum, worauf das Kameralämpchen erlosch. In der nachfolgenden Stille war das Kleiderrascheln und Seufzen der Anwesenden zu vernehmen, die sich allmählich entspannten.

»Also«, sagte Tatsuro, »das war eine bemerkenswerte Botschaft. Durchaus bedenkenswert. Die Sitzung des Kommandokomitees ist unterbrochen, damit jeder Zeit zum Nachdenken hat. Sprecht nicht alle gleichzeitig.«

Genau das taten wir, doch Tatsuro strafte uns mit Nichtbeachtung, erhob sich und ging zur Kaffeemaschine. Andere folgten ihm, und bald darauf standen wir alle. Das war ein geschickter Schachzug von Tatsuro, denn auf diese Weise gab er uns Gelegenheit, nach der Anspannung des Kontakts Dampf abzulassen. In dem Gedränge um die Kaffeemaschine tauchte auf einmal Malley vor mir auf.

»Zufällig habe ich Sie während des letzten Teils der Botschaft angesehen«, sagte er. »Ich hoffe, wir haben eine Aufzeichnung von unserer Gruppe gemacht. Ihre Mimik war geradezu klassisch.«

»Tatsächlich?« Ich hatte die Maschine erreicht und wählte einen Espresso. »Wie das?«

Malley grinste mich über den Rand seines Bechers hinweg an. »Hm«, machte er. »Ich hab mal in einer Zeitung vom Ende des zwanzigsten Jahrhunderts ein Foto von einer verrückten Moskauer Pennerin gesehen, die Bilder von Stalin und dem letzten Zaren umklammerte und in ein Schaufenster voller Fernsehgeräte blickte, auf denen die neuen Politiker zu sehen waren, die nach der Konterrevolution alle möglichen Versprechungen machten. Genauso haben Sie dreingeschaut.«

»Manchmal habe ich keine Ahnung, wovon Sie überhaupt reden, Sam«, sagte ich. »Aber wenn Sie meinen, ich hätte ein wenig skeptisch und vielleicht auch feindselig gewirkt, dann …«

»Ja, das meine ich« sagte er kichernd. Dann wurde er wieder ernst. »Die Vorstellung, dass Sie nie Gelegenheit bekommen hätten, sich anzuhören, was die Jupiteraner zu sagen haben, wenn ich nicht darauf bestanden hätte, Kontakt mit ihnen aufzunehmen, ist schon erschreckend.«

»Ja«, meinte ich. Wir bewegten uns seitwärts, ließen uns aus der Menschentraube hinausdrängen. Ich entdeckte zwei freie Plätze an der Tischecke und setzte mich. »Ohne diese Botschaft hätten wir nie erfahren, wie feindselig sie in Wirklichkeit sind.«

Malley hätte beinahe den Kaffee verschüttet. »*Feindselig*? Ein großzügigeres Friedensangebot konnte man von den Jupiteranern doch wohl kaum erwarten.«

Ich schüttelte den Kopf. »Ich mag zwar manchmal den Eindruck erwecken, ich sei mit Vorurteilen behaftet, doch ganz gleich, was Sie denken mögen, kann ich mir durchaus vorstellen, wie ein großzügiges Friedensangebot aussehen könnte. Ich sage nicht, dass ich ihm Glauben schenken oder dass ich sein Angebot selbst dann, wenn ich es für überzeugend hielte, auch annehmen würde, aber vorstellen kann ich es mir. Was wir eben gehört haben, war jedoch etwas anderes.«

»Offen gesagt, Sie erstaunen mich«, sagte Malley. »Welche Probleme haben Sie damit?«

»Ich bin noch damit beschäftigt, sie aufzusummieren«, antwortete ich. »Der Teufel liegt im Detail.«

Malley verzog das Gesicht. »Na schön. Ich bin Wissenschaftler, kein Politiker.«

»Und was macht die Wissenschaft?«, fragte ich leichthin.

»Ah.« Malley senkte den Blick, dann sah er mir in die Augen. »Wie Sie schon sagten: Der Teufel liegt im Detail. Es geht darum, den richtigen Eintrittswinkel ins Wurmloch zu treffen – nur so kommt man beim Tochterwurmloch heraus und nicht am Arsch der Sonde. Hat man den erst einmal bestimmt, ist das Folgende leicht. Davon bin ich allerdings noch weit entfernt. Bereits die physikalische Messung des Winkels hängt davon ab, wie man den Ort auf der Quasi-Oberfläche definiert, und das ist technisch gesehen nicht ganz einfach. Aber deswegen sind wir ja hier, nicht wahr?«

Während alle anderen umherwimmelten, überprüften Joe und Clarity die aufgezeichnete Botschaft mit einer Diagnosesoftware. So weit sie erkennen konnten, war sie clean. Als sie dies bekannt geben hatten, klopfte Tatsuro auf den Tisch und setzte die Beratung fort.

»Nun denn«, sagte er. »Wir wissen, dass die Botschaft weder Trojanerviren noch semiotische Fallen enthält, daher schlage ich vor, dass wir sie unverzüglich der Division zur Verfügung stellen. Ist jemand dagegen?«

Niemand meldete sich.

»Also gut«, sagte er. »Einstimmig beschlossen.«

Joe schloss die Kameras wieder an. Abermals drangen von draußen Geräusche herein. Tatsuro drückte ein paar Tasten, dann wurde die Unterhaltung mit dem Jupiteraner auf die Divisionsbildschirme übermittelt, während die Beratung live auf anderen Kanälen übertragen wurde.

»Nächstes Thema: ist jemand dagegen, den Kontakt fortzuführen?«

Auch diesmal erhob niemand Einwände.

»Dann schlage ich vor, dass wir jetzt über unsere Antwort sprechen«, sagte Tatsuro. »Den Äußerungen des Jupiteraners war zu entnehmen, dass diese Wesen so schnell denken wie eh und je – tausendmal schneller als wir. Wir wollen nicht, dass bis zu unserer Antwort erneut zwei Jahre ihrer subjektiven Zeit verstreichen. Sie hatten Zeit genug, um Ihre ersten Eindrücke zu ordnen; ich will Ihnen nun sagen, wie ich darüber denke.

Seine Äußerungen zum Entstehen der gegenwärtigen … Ausprägung posthumaner Intelligenzen auf dem Jupiter decken sich mit unseren Beobachtungen. Sie können ganz oder teilweise auf die Erinnerungen ihrer menschlichen Vorfahren zurückgreifen, was kaum verwundert, wenngleich es für uns eine beunruhigende Erfahrung darstellt, von ihnen erkannt zu werden. Offenbar bemühen sie sich, uns buchstäblich ein menschliches Gesicht zu zeigen, und legen Wert darauf, dass wir glauben, dies bereite ihnen beträchtliche Mühe. Sie haben eine Erklärung abgegeben, bei der es sich oberflächlich betrachtet um ein Angebot zur Zusammenarbeit und zum friedlichen Miteinander handelt, die wir sorgfältig abwägen sollten. Ich schließe daraus, dass sie nicht – noch nicht – über die Mittel verfügen, uns bei einer umfassenden Auseinandersetzung zu schlagen. Entwickeln sie sich im bisherigen Tempo weiter, könnte das Gleichgewicht schon bald zu ihren Gunsten kippen. Bislang deutet noch nichts darauf hin, dass sie ihren Einfluss über die Jupiteratmosphäre hinaus ausdehnen wollen – abgesehen natürlich von den Funkausstrahlungen und den seltsamen Molekülen, die aus der Atmosphäre aufsteigen und für die sie nicht verantwortlich sein wollen.

Ihr Bedauern über die von den funkübermittelten

Viren angerichteten Schäden und der Umstand, dass sie die Verantwortung dafür von sich weisen, bewegen sich im Rahmen der von uns im Vorfeld angestellten Überlegungen. Wir können dies nicht verifizieren, doch ich glaube, hier gilt das Prinzip ›im Zweifel für den Angeklagten‹.

Nun zu ihrem Angebot, mit uns zusammenzuarbeiten. Das Argument, wir dürften sie nicht nach ihren Vorfahren oder den Spekulationen der Denker aus der Zeit vor der Singularität beurteilen, hat einiges für sich. Doch es ergibt sich daraus noch eine andere Schlussfolgerung. Wenn sich die Jupiteraner weiterentwickeln und es ihnen gelingt, der Falle der virtuellen Realität zu entgehen, dann wären sie oder ihre Nachfolger ihrem derzeitigen Bewusstseinsstand schon bald ebenso weit überlegen wie derzeit ihren Vorgängern. Jetzt blicken sie auf ihre Vorgänger hinab und verleugnen sie im Grunde genommen. Der Schatten der Zukunft, der ihnen im Moment noch lang vorkommen mag, wäre für uns eine schmerzhaft kurze Zeitspanne. Schon in wenigen Tagen oder Wochen könnten sie auf ihr gegenwärtiges Ich zurückblicken, ihre damaligen Bedenken abtun und die Versprechen, die sie diesen Kindern – wenn sie uns denn überhaupt als solche wahrnehmen – gegeben haben, brechen.

Wie können wir sie, ohne ihnen militärisch überlegen zu sein, an ihre Versprechen binden? Und wie lässt sich unsere militärische Überlegenheit für die Zukunft sicherstellen? Darauf gibt es keine Antwort – und deshalb stehen wir vor der Entscheidung, ihnen entweder zu *vertrauen* oder sie zu vernichten.«

Tatsuro legte die Hände mit den Handflächen nach oben auf den Tisch und ließ den Blick langsam von einem zum anderen schweifen. Er hob die Brauen, dann lehnte er sich zurück.

Ich war überrascht und erleichtert über seine Erklärung. Zumindest er hatte sich von der Rhetorik des Jupiteraners nicht täuschen lassen. Anderen war die kalte Dusche, mit der er ihre Hoffnungen übergossen hatte, weniger willkommen. Das entnahm ich ihren Gesichtern, wenngleich anscheinend niemand das Wort ergreifen wollte.

Also tat ich es.

»Es gibt noch einen Punkt«, sagte ich, »der bei der nächsten Unterredung zu einer Klärung beitragen könnte. Der Jupiteraner hat gesagt, sie wollten ihren Teil des Sonnensystems nutzen und uns den unseren überlassen. Es wäre hoch interessant zu erfahren, welche Gebiete sie damit meinen – was sie als ihnen gehörig betrachten und was als uns gehörig. Ich meine mich erinnern zu können, dass die Auseinandersetzung mit ganz ähnlichen Streitereien um Eigentumsverhältnisse überhaupt erst begonnen hat. Er, oder es, hat auch davon gesprochen, die während der so genannten Traumzeit entstandenen Schäden wiedergutzumachen oder Entschädigung zu leisten. Wen er wofür entschädigen will, hat er nicht gesagt.«

»Aber er hat doch bestimmt gemeint …« setzte jemand an.

»Nein!«, widersprach ich energisch. »Wir dürfen nicht davon ausgehen, dass sie den Schaden meinen, den sie uns zugefügt haben! Es könnte auch sein, dass sie den Schaden meinen, den wir ihnen zugefügt haben. Einige der Außenweltler waren sehr reich und könnten nun behaupten, wir – das heißt, die Union – hätten sie bei der Revolution ihres Eigentums beraubt. Ihrer eigenen Rechtsauffassung zufolge gehörte den verdammten Wucherern die halbe Erde, und die könnten sie zurückfordern und den Rest als Zins und Zinseszins noch dazu! Wie ich den Jupiteraner verstanden habe, bleibt die Entscheidung, vor der wir stehen, jedoch die gleiche: entweder wir beharken sie mit den Kometen, oder wir leben unter ihrer Knute und erdulden die Sklaverei, um sie für ihr so genanntes Eigentum zu entschädigen.«

»Ach, Ellen!«, sagte Clarity. Sie blickte Tatsuro an. »Äh … tut mir Leid, Genosse Vorsitzender. Ich fürchte, wenn wir Ellen folgen würden, wäre dies genau die falsche Herangehensweise. Zu glauben, diese posthumanen Wesen könnten ein Interesse an der Erde oder an Zinsen haben – was immer das ist –, während ihnen doch das Universum offen steht und sie die ganze Zukunft vor sich haben, hieße, alten Zwist neu aufzuwärmen. Ich finde, wir sollten das nicht einmal *erwähnen*. Ich sage damit nicht, wir sollten sie beim Wort nehmen, aber wir sollten ihnen doch den gleichen guten Willen entgegenbringen wie jedem anderen Fremden, und zwar ohne in grauer Vorzeit zu wühlen.«

Die KK-Mitglieder reagierten amüsiert darauf, dass diese Dreiundfünfzigjährige die Jugend der meisten Anwesenden quasi dem Altertum zurechnete.

Suze hob die Hand. Tatsuro nickte.

»Genosse Tatsuro«, sagte Suze, »Clarity hat meine volle Sympathie, aber ich muss sagen, Ellens Einwand ist nicht unberechtigt. Falls die Jupiteraner tatsächlich so denken, wie sie es ausgeführt hat, lassen sie sich in ihrem Handeln durch nichts einschränken. Sollten sie hingegen einer Spielart des wahren Wissens anhängen, dann wäre alles, was sie uns antun wollen, aus sich heraus gerechtfertigt, vorausgesetzt, sie verfügen über die erforderliche Macht. Es wäre ausgesprochen hilfreich, wenn wir sie dazu bringen könnten, klarzustellen, was sie als ihren und was als unseren Besitz betrachten, und diese Unterscheidung in alle zukünftigen Versionen ihrer selbst einzubauen – sodass sie ohne größere interne Konflikte nicht wieder davon abrücken könnten. Dann würden sie uns auch in Zukunft respektieren, ganz gleich, ob sie nun Moralisten oder Egoisten sind.«

Tatsuro schenkte ihr ein ermutigendes Lächeln und

sagte: »Genossin Suze, Sie könnten Recht haben, aber dies liefe trotzdem darauf hinaus, ihnen zu vertrauen. Ohne Macht stirbt die Achtung. Unsere militärische Macht aber muss nicht unbedingt ausreichen, sie zu vernichten – unsere eigenen Kinder und viele niedere Tiere besitzen Macht über uns, weil diese Wertschätzung im Laufe der natürlichen Auslese in unser Nervensystem eingebaut wurde, sodass wir nicht einmal mehr etwas daran ändern wollen, obwohl wir zweifellos dazu imstande wären, wenn wir es denn wollten. Das ist etwas Elementares: die zweite Iteration des wahren Wissens. Die Frage, die wir dann wirklich beantworten müssten, lautet: Haben die Jupiteraner unsere unabhängige Existenz wertschätzen gelernt?«

»Das«, ergriff plötzlich Joe Lutterloh das Wort, »läuft darauf hinaus, ob wir als Wildtiere oder Haustiere überleben wollen.«

Die Diskussion wurde daraufhin hitziger, bis Tatsuro sie nach etwa einer Stunde mit lediglich einem ungeduldigen Fingertrommeln auf der Tischplatte abschloss.

»Genossen«, sagte er energisch, »ich glaube, wir haben die Angelegenheit so weit diskutiert, dass der Gesprächsstoff für den nächsten Kontakt mehr als ausreicht. Wie immer dieser verlaufen mag, bin ich mehr denn je überzeugt davon, dass Dr. Malley seine Arbeit hinsichtlich des Wurmlochs parallel fortführen sollte.« Er blickte erst Malley an und dann mich. »Ich habe Verständnis dafür, dass Sie am Erstkontakt teilnehmen und sich von unserer Ernsthaftigkeit überzeugen wollten – darf ich davon ausgehen, dass Sie nun zufrieden gestellt sind?«

Malley nickte.

»Also gut. Ich bin sicher, Sie brennen darauf, sich wieder dem Wurmloch-Problem zuzuwenden. Ellen, ich glaube, Sie haben alles gesagt, was gesagt werden musste. Ich wüsste nicht, was Sie noch zur Diskussion oder zu weiteren Verhandlungen beitragen könnten. Sehen Sie das auch so?«

»Da haben Sie wohl Recht«, sagte ich.

»Also gut. Sorgen Sie dafür, dass ein Teil des Raums abgeschirmt wird, damit Dr. Malley seine Arbeit ungestört fortsetzen kann, und helfen Sie ihm, wenn er etwas braucht. Sollte die weitere Entwicklung Ihre Aufmerksamkeit erfordern, geben wir Ihnen Bescheid.«

Ich erhob mich, lächelte den übrigen Komiteemitgliedern genossenschaftlich zu und begleitete Malley zu seinem Arbeitsplatz. Nach kurzem Zögern folgte mir Suze.

»Tja«, meinte sie, »da hätte man uns also abserviert!«

Ich klopfte ihr auf die Schulter. »Kein Grund zur Beunruhigung. In Wahrheit ist das eher eine Auszeichnung, ganz gleich, wie es für die anderen aussehen mag. Tatsuro gibt uns damit zu verstehen, dass unsere Arbeit ebenso wichtig ist wie die Ergebnisse, die sich aus der Kontaktaufnahme ergeben mögen.«

Malley setzte sich vor das Terminal und blickte auf den Bildschirm. Er massierte sich die Schläfen mit den Fingerspitzen. »Wissen Sie, Ellen, er hat Recht. Denn wir versuchen hier, einen Weg zu den Sternen zu finden!«

»Das ist die richtige Einstellung«, sagte ich und blickte mich zum Tisch um. Joe schaltete gerade wieder die externen Kameras aus. Eine weitere Kontaktaufnahme stand bevor. Ich hätte gern gewusst, wie sehr sich die Jupiteraner seit dem Erstkontakt verändert hatten – und wie sehr wir uns verändert hatten.

»Komm mit, Suze«, sagte ich. »Wir brauchen ein paar Roboter, die einen Schallschutz spinnen.«

*

Während der folgenden drei Stunden half ich Malley, die vielen tausend Aufzeichnungen zum Wurmloch ausfindig zu machen und zusammenzustellen sowie die Navigationsdaten von Wildes Raumfahrzeug durchzusehen, welches das Wurmloch von der anderen Seite her passiert hatte. Bedauerlicherweise waren die Flugbahnen nicht kommutativ: es war nicht möglich, den Flugweg vom Neuen Mars einfach zurückzuverfolgen. Hinter dem Plastikschirm, der zwar lichtdurchlässig war, den Schall aber abhielt, sah ich, wie das Komitee ein ums andere Mal mit dem Emissär der Jupiteraner Kontakt aufnahm. Suze beschäftigte sich derweil mit der Gesellschaft des Neuen Mars und murmelte hin und wieder vor sich hin.

Gegen 15 Uhr GMT brachte uns Clarity drei Becher Kaffee. Wir unterbrachen die Arbeit, lehnten uns zurück und lächelten sie dankbar an.

»Clarity, Sie sollten Charity heißen«, sagte Malley.

»Wie geht's voran?«, fragte ich.

Clarity rümpfte ihre kleine, ebenmäßige Nase. »Ganz gut, schätze ich«, antwortete sie. »Die Jupiteraner sind sehr freundlich und zeigen uns nicht mehr bloß die Männerprojektion. Jetzt ist er von anderen Gestalten umgeben, und manchmal scheint es so, als übermittelten sie über ihn ihre Antworten. Als hätten sie gemerkt, dass wir uns allmählich an sie gewöhnen.«

»Irgendwelche Fortschritte an der Virenfront?«

»Nein, sie sagen, sie hätten die Ursache noch immer nicht ausfindig gemacht.«

»Ha. Und wie steht es mit den Besitzansprüchen?«

»Ach, das! Der Jupiteraner war ganz verblüfft, als das Thema zur Sprache kam. Er hat betont, sie hätten keine Pläne, das Sonnensystem über den Jupiter hinaus zu nutzen, denn der sei angeblich groß genug für sie.«

Ich lächelte zynisch. »›Keine Pläne‹ bedeutet imgrunde gar nichts. Außerdem ist *nichts* ›groß genug‹ für exponentielles Wachstum, auf das die früheren Außenweltler so richtig scharf waren.«

Clarity zuckte die Achseln. »Was du uns ständig unter die Nase reibst. Genießt euren Kaffee.«

»Danke.«

Malley sah ihr nach, und Suze beobachtete währenddessen Malley. Ich fing Suze' Blick auf und lächelte sie an.

»Das macht die Verjüngungskur«, murmelte ich.

»Was?«, fragte Malley.

»Nichts.«

»Wissen Sie, was Sie sind?«, sagte Malley. »Sie sind ein Falke.«

»He, das gefällt mir«, sagte ich. »Ich dachte, das wären wir hier alle, und habe einfach nicht damit gerechnet, dass alle sich in Tauben verwandeln würden, sobald der gesichtslose Feind uns sein Gesicht zeigt.«

Malley nahm die Pfeife aus dem Beutel an seinem Gürtel und klemmte sich das Mundstück zwischen die Zähne. Dann legte er sie wieder weg und trank noch einen Schluck Kaffee. »Wissen Sie«, sagte er nicht ohne Bedauern, »ich weiß nicht mal mehr, ob mir der Tabakgeschmack überhaupt noch zusagt.« Er ließ die Pfeife fallen und fing sie wieder auf, mehrmals hintereinander, als wäre er fasziniert von ihrem langsamen Fall. Er stellte die Sitzlehne wieder höher, blickte auf den Bildschirm und hantierte auf seinem virtuellen Arbeitsplatz herum.

»Wieder an die Arbeit«, sagte er.

Er arbeitete eine Stunde lang, dann hörte er auf einmal auf. Ich unterhielt mich gerade leise mit Suze, die meine Erinnerungen an die Feinheiten der anarcho-kapitalistischen Rechtstheorie auffrischte – mit der mich die Außenweltler damals auf dem Wrackdeck gelangweilt hatten und welche die logische Konsequenz der Gesellschaftsordnung auf dem Neuen Mars war. Das ähnelte einem ptolomäischen Epizykel, dem ständigen Hinzufügen neu erfundener Rotationen. Warum, fragte ich mich, begreifen diese Leute nicht, wohin das führt?

Malleys frustriertes Gebrumm schreckte uns auf.

»Gibt es ein Problem?«, fragte ich.

»Allerdings, und zwar ein Scheißproblem.« Malley holte wieder die Pfeife hervor, stopfte sie diesmal, zündete sie an und paffte hektisch. Winzige Maschinen hielten in ihrer Tätigkeit inne und schnüffelten die Luft. Einige improvisierten eilig Feuerbekämpfungsausrüstung und sammelten sich in der Nähe.

»Ich schaff es nicht«, sagte Malley. »Alles hängt vom Winkel bei der Ansteuerung des Wurmlochs ab. Anhand des Kurses von dem Meutererschiff, das im Jahr 2093 den Rückweg geschafft hat, kann ich ihn nicht berechnen – das Wurmloch durchläuft einen Zyklus von unbekannter Dauer, somit sind uns bislang zu viele Größen unbekannt. Irgendeinen Schlüssel muss es geben, aber mathematisch ist er nicht auffindbar. Man müsste das Wurmloch nachbauen, um herauszufinden, wie es funktioniert.«

»Wie wär's mit einer Näherungsrechnung?«

»Ja, klar«, erwiderte Malley. »Möglich wär's schon. Aber mein Leben würde ich nicht drauf verwetten.«

»Das brauchen Sie auch nicht!«, sagte ich. »Wir machen erst einen Test mit einer Sonde. Und wenn die zurückkommt …«

Malley tippte mit dem Pfeifenstiel auf den Bildschirm. »Sicher«, meinte er. »Das Problem dabei ist aber, wir könnten Sondentests bis zum Sanktnimmerleinstag durchführen. Ich meine, meine Schätzung wäre nicht besser als das, was Ihre Leute bislang zu Tage gefördert haben, und das ist so gut wie gar nichts.«

Ich bemühte mich, mein Erschrecken zu verbergen. Die Zeit reichte für ausgiebige Sondentest keinesfalls aus. Wir hatten uns auf Malley verlassen, hatten darauf vertraut, dass er mit seinem tiefen theoretischen Verständnis und unserer Datensammlung einen Weg finden würde.

Malley musterte mich forschend.

»Etwas wundert mich«, sagte er.

»Ja?«

»Wie kommt es eigentlich, dass wir den Weg durchs Raum-Zeit-Kontinuum vom Neuen Mars hierher kennen, aber nicht umgekehrt?«

»Also«, antwortete ich, »das ist schon komisch. Wilde hatte die Route im Bordrechner gespeichert, und wir konnten uns Zugang dazu verschaffen. Den Rückweg – der vielleicht eh keine gültige Lösung mehr darstellt – hatte er sozusagen im Kopf. Ich meine, es gab mal eine Zeit, da war sowohl sein ›Kopf‹ wie auch der Rückweg im selben Computer gespeichert, aber selbst wenn wir Zugang dazu gehabt hätten, können wir bislang doch noch kein menschliches Bewusstsein hacken, selbst dann nicht, wenn es in einem Rechner gespeichert ist. Kein Zugangspfad, keine Speicheradressen ...

Malley lächelte verkniffen. »Das weiß ich. Ich wüsste bloß gern, wie es Wilde geschafft hat, den Rückweg vom Neuen Mars zu berechnen. Verfügen die Neumarsianer über besonders hoch entwickelte Computer oder superschlaue Physiker oder was?«

»Nicht unbedingt«, sagte ich. »Aber sie verfügen über die gespeicherten Original-Bewusstseinszustände der Außenweltler und die Bewusstseine einiger ›Makros‹ aus der Zeit vor der Katastrophe. Davon – wenn ich daran denke, kriege ich immer noch eine Gänsehaut – haben sie Kopien angefertigt und diese dann in einer kontrollierten Umgebung – wahrscheinlich einem Nanotech-Tank – laufen lassen und sie gebeten, die Rückflugroute zu berechnen, und als sie die hatten und auch die Antworten auf einige andere Fragen, wie zum Beispiel, wie man die vielen gespeicherten menschlichen Bewusstseine und Körper wieder zum Leben erweckt … tja, da haben sie sie mächtig eingeweicht! Genau genommen mit so einem Zeug, das sie Blue Goo nannten, einem Nanotech-Mittel zum Löschen von Nanoware.«

»Du meine Güte!«, sagte Malley. »Soll das heißen, sie hätten im Virtuellen eine komplette posthumane Kultur entstehen lassen, ihr ein paar tiefschürfende Fragen gestellt und sie anschließend *vernichtet*?«

»Ja«, erwiderte ich und musste kichern, als ich sein entsetztes Gesicht sah. Auch Suze war erstaunt über diesen Teil der Geschichte, den die Division bislang verschwiegen hatte. »Okay, es war nicht ganz ungefährlich – ich würde einer posthumanen Kultur nicht einmal dann trauen, wenn ich sie in einem Eimer halten würde. »Aber jedenfalls volle Punktzahl für Initiative.«

»Und null Punkte für die Moral«, erwiderte Malley. »Das ist in kleinem Maßstab das Gleiche wie das, was Sie mit den Jupiteraner vorhatten, nur weniger entschuldbar.«

Ich nickte energisch. »Wilde hat eine eigene Auffassung vom wahren Wissen«, sagte ich. »Obwohl er ein NiKo ist.«

Malley seufzte. »Das wollen wir lieber nicht vertiefen. Wie ist er auf die Flugroute gekommen, wie hat er den Weg durchs Tochterwurmloch zum Neuen Mars gefunden?«

»Ach«, meinte ich, »die hatten sie von den Außenweltler-Makros.«

Malley machte große Augen. »Die Außenweltler haben sie ihnen *verraten*?«

Ich breitete die Arme aus. »Einer oder mehrere von ihnen. Wir wissen nicht, ob das zuvor als Belohnung für den Betreiber der Zwangsarbeitsfirma vereinbart worden war – für einen gewissen David Reid, einen üblen Burschen, der auf dem Neuen Mars wahrscheinlich immer noch eine große Nummer ist –, oder ob das Tochterwurmloch von den Außenweltlern für andere Zwecke angelegt wurde und ob Reid und Konsorten die Informationen einfach so ergatterten, als die Außenweltlermakros degenerierten.«

»Ah«, machte Malley. »Auf die Idee bin ich auch schon gekommen. Wir könnten sie einfach mal fragen.«

Daran hatte ich wirklich noch nicht gedacht.

*

Tatsuro saß am Kopfende des langen Tisches, kritzelte auf einen Notizblock und kämmte sich das schüttere Haar mit den Fingern. Die Komiteemitglieder saßen oder standen herum, unterhielten sich und tranken Kaffee. Eine weitere Kontaktsession war soeben beendet, auf Viren überprüft und an den Rest der Division übermittelt worden. Clarity hatte sich in eine Darstellung des Meinungsbilds zu den Gesprächen vertieft; anscheinend änderte es sich gerade.

Malley und ich näherten uns Tatsuro.

»Wir haben ein Problem«, sprach ich ihn an. »Möglicherweise aber auch eine Lösung.«

Während er mir zuhörte, beobachtete ich seine Mimik. Kaum wahrnehmbare Enttäuschung, Verärgerung, Misstrauen und ein schwacher Hoffnungsschimmer.

»Einen Versuch ist es wohl wert«, sagte er schließlich. »Aber dann wissen sie, dass wir hindurchfliegen wollen.«

»Das würden sie sowieso merken, wenn es so weit ist«, erwiderte ich. »Zumindest müssen wir davon ausgehen.«

Tatsuro nickte bedächtig. »Mag sein. Allerdings muss ich sagen, dass astronomische Beobachtungen aus der Jupiteratmosphäre heraus selbst für sie nur schwer zu bewerkstelligen sind. Wenn wir sie nach der Flugroute fragen, sollten wir jedenfalls vermeiden, bei ihnen Befurchtungen zu wecken.«

Ich zuckte die Achseln. »Unser Interesse an einer anderen menschlichen Zivilisation sollte doch nachvollziehbar sein ...«

»Aha!«, sagte Malley. »Wie wär's damit? Die Jupiteraner haben vielleicht noch ... äh ... ein Hühnchen mit den Meuterern zu rupfen, stimmt's? Und Sie auch, könnte ich mir vorstellen. Hat der Betreiber der Zwangsarbeitsfirma nicht auch ein paar von Ihren Leuten für seine Arbeitsbrigaden verpflichtet?«

»So könnte man es ausdrücken«, bemerkte ich säuerlich. Bislang hatte ich noch nicht bedacht, dass die Verantwortung für die lange zurückliegenden Überfälle und Toten eher Reids Firma zuzuschreiben war als seinen Kunden, den Außenweltlern. Obwohl es darauf wohl kaum mehr ankam.

»Zumal wenn sie glauben würden, dass sie damit aus der Verantwortung herauskämen«, sagte Tatsuro. »Okay, bei der nächsten Kontaktaufnahme sprechen wir's an.«

»Übrigens«, sagte ich, »mit wem sind wir eigentlich in Kontakt? Wissen wir überhaupt, ob diese Wesen für die Allgemeinheit sprechen können?«

»So wie wir?«, bemerkte Tatsuro trocken. »Eher mehr, würde ich sagen. Es deutet einiges darauf hin, dass die Gespräche an die ganze Jupiterbevölkerung übertragen werden. Der ›Mann‹, den wir vor uns sehen, ist ein Konstrukt, das die Mehrheitsmeinung wiedergibt.«

»Also fasst er historische Entwicklungen zusammen«, sagte Malley.

Die nächste Kontaktaufnahme wurde vorbereitet. Allmählich wurde dies ebenso Routine wie der eigentliche Kontakt. Zunächst ging es um Fragen, die sich aus früheren Sitzungen ergeben hatten, von denen ich nichts mitbekommen hatte. Dann kam Tatsuro auf das Wurmloch und den Weg zum Neuen Mars zu sprechen.

Der Jupiteraner zögerte zum ersten Mal. »Einen Augenblick, bitte«, sagte er. Sein Gesicht wurde unpersönlich, die Auflösung gröber, bis es einer Maske ähnelte. Die umherflitzenden Gestalten der Jupiteraner um ihn herum machten hektische Verwandlungen durch, wirbelten ein Feuerwerk versprühend im Kreis, streckten sich zu langen Kolonnen, zogen sich in dunkle Gebäude zurück …

»Das war vielleicht keine so gute Idee«, flüsterte jemand.

Halt den Mund, wollte ich sagen, doch ich verkniff es mir. Meine Lippen waren trocken.

»Tut mir Leid, Leute«, sagte der Jupiteraner. »Aber die gewünschte Information war ziemlich tief in unseren archivierten Erinnerungen vergraben. Außerdem widerstrebte es einigen von uns, sie an Euch weiterzugeben.« Er lächelte. »Die anderen aber waren in der Mehrheit, und hier sind die Daten.«

Tatsuro tippte hektisch auf dem Controlpad herum, als am unteren Bildschirmrand eine blinkende Linie eine Datenübermittlung ankündigte. Nach fünf Sekunden war alles vorbei.

»Das ist alles, was Sie benötigen«, sagte der Jupiteraner. »Grüßt unsere ehemaligen Mitarbeiter und richtet ihnen aus, dass wir es ihnen nicht übel nehmen, dass sie uns entwischt sind. Einstweilen auf Wiedersehen.«

Das Bild verblasste.

»Du meine Güte«, sagte Malley. »Die sind ganz schön auf Draht.«

Ich lachte gezwungen. Einige Anwesende starrten den leeren Bildschirm an, andere uns.

»Sie haben da irgendwas aufgerührt«, meinte Clarity.

»Das ist der erste Hinweise auf Meinungsverschiedenheiten bei den Jupiteranern«, sagte Tatsuro. »Ich schlage vor, wir überprüfen die empfangenen Daten diesmal *besonders gründlich* auf Viren.«

Ich rief Yeng an und bat sie herzukommen. Zusammen mit Joe und Clarity durchkämmte sie die vorliegenden Daten mit allem, was ihr zur Verfügung stand. Gefunden wurde nichts. Malley lud die Daten in seinen Rechner und stellte fest, dass sie zu seinen unvollständigen Berechnungen passten.

Mittlerweile war es Abend geworden. Yeng, Suze und ich saßen um Malley herum. Hinter uns ging die Arbeit weiter. Als Malley sich zurücklehnte und schweigend nickte, stießen wir Jubelschreie aus, die eine Verwirrung auslösten.

»Zuerst machen wir einen Test«, sagte ich.

Ich wählte eine Drohne an und lud die Daten in den Navigationsrechner. Die Kamerasicht leitete ich auf Malleys Bildschirm um, und dann beobachteten wir die Mission, angefangen vom Start der winzigen Rakete bis zur sorgfältig berechneten Ansteuerung des Wurmlochs. Die Annäherung dauerte etwa eine Stunde. Die Patrouillen, die vor dem Tor im Orbit warteten, hatten wir benachrichtigt. Gleichwohl löste das Wiederauftauchen der Sonde einen Großalarm aus. Ich konnte ihre Anspannung gut nachvollziehen.

Die Sonde hatte lediglich eine Teleskopkamera an Bord – fotografischen Film, keinen Fernsehsender. Eine der Kampfstationen nahm die Sonde auf und ließ den Film für uns ablaufen, übermittelt über eine Telemetriekamera.

Wir betrachteten die körnigen Bilder eines unbekannten Sternenfelds, das Spektrum einer unbekannten gelben Sonne und die ferne rote Kugel mit dem Netzwerk der Kanäle.

»Wirklich erstaunlich«, sagte Malley. »Dass wir das auf einmal vor uns sehen. Ich frage mich, ob wir vorher überhaupt daran geglaubt haben.«

Ich legte Malley, Yeng und Suze den Arm um die Schultern. »Glauben Sie's ruhig«, sagte ich. »Wir fliegen dorthin. Gleich morgen.«

8 Die Stadt der lebenden Toten

DER GENEIGTE RING DES JUPITER SCHNITT ein weißes Segment aus der Voraussicht. Zehn Meilen voraus hing, ebenfalls gekippt, die kleine Ellipse des Malley Mile am Himmel. Aus dieser Entfernung waren die am Rand angebrachten Steuerraketen als kleine schwarze Perlen zu erkennen, die in regelmäßigen Abständen am in allen Regenbogenfarben schillernden Ring saßen. Eine Kampfstation, die *Turing Tester*, flog neben uns her und würde exakt unsere Position einnehmen, sobald wir sie frei gemacht hätten.

Die *Terrible Beauty*, auf deren Hülle die derzeit unbemannte Kampfstation *Carbon Conscience* wie eine schwarze Fliege hockte, war im Begriff, das Wurmlochtor zu durchfliegen. Die ganze Besatzung war an Bord und natürlich auch Malley und Suze. Malley hatte trotz der Einwände Tatsuros und einiger anderer darauf bestanden mitzufliegen. Wessen Scheißtheorie ist das eigentlich, hatte er gefragt? Wessen Namen trägt das Ding, hä? Suze konnte bessere Gründe geltend machen: Wir brauchten sie, denn sie war die Einzige, die ein Gefühl für die neumarsianische Gesellschaft hatte.

»Annäherungswinkel 1,274066 Grad«, verkündete Jaime.

»Kurs bestätigt«, sagte Andrea. »Entfernung vierzehn Komma sieben fünf Kilometer, Relativgeschwindigkeit zweihundert Kilometer pro Stunde.«

»Alles klar!«

Jetzt lag es an ihnen; an ihnen und am Bordrechner, der das Schiff eigentlich flog. Trotzdem behalten sich die Menschen aufgrund eines Impulses, der bis zum Wostok-Satelliten und dem Mercury-Programm zurückreicht, in einem Raumschiff gern das letzte Wort vor. Vielleicht ist das eine Illusion, vielleicht wäre es besser, alles den Maschinen zu überlassen, aber wenn man einmal anfängt, so zu denken, wo hört es dann auf? Es hört nicht auf, und am Ende zählen nur noch die Maschinen und nicht mehr die Menschen. Wahrscheinlich (dachte ich, einen Zentimeter über der Beschleunigungsliege in den Gurten schwebend und bemüht, nicht zu viel zu denken) genau bei dem, was wir bekämpfen.

»Zwölf Kilometer.«

Während ich beobachtete, wie das Malley Mile über mir auf dem Monitor immer größer wurde, hatte ich nicht das Gefühl, viel im Griff zu haben. Wir stürzten in ein Loch im Himmel hinein, und ich konnte nichts mehr daran ändern.

»Zehn Kilometer.«

»Bereit zur Zündung der Triebwerke!«, verkündete Andrea. »Noch drei Minuten.«

Wir mussten mit Beschleunigung hindurchfliegen, hatte Malley uns gesagt. Er hatte sich bemüht, uns den Grund zu erklären, doch bei der vierten Gleichung hatten die meisten von uns schlapp gemacht. Ich blickte zu ihm hinüber. Er lag auf der Liege neben mir. So weit ich erkennen konnte, hatte er die Augen fest geschlossen. Seine Lippen bewegten sich. Er drehte den Kopf zu mir herum und schlug die Augen auf.

»Ah«, flüsterte er, »Sie haben mich ertappt.«

»Wobei?«

Er schloss für einen Moment die Augen, dann lächelte er mich an. »Beim Beten.«

»Ich wusste gar nicht, dass Sie gläubig sind.«

»Bin ich eigentlich auch nicht«, sagte Malley. Er blickte zu dem dräuenden Tor auf dem Bildschirm hoch. »Aber man hat mir gesagt, Gott höre einem zu, ob man nun glaubt oder nicht.«

Dies war nicht der rechte Zeitpunkt für eine philosophische Debatte. »Ja«, flüsterte ich. »Das Gleiche behauptet auch Andrea von ihrer Christophorus-Medaille.«

»Ich hab's gehört«, meinte Andrea. »Glauben Sie ihr kein Wort. Ich mag zwar sentimental sein, aber abergläubisch bin ich nicht.«

Malley lächelte und entspannte sich ein wenig.

»Ich habe Gott gesehen«, erklärte Boris auf der Liege zu meiner Linken. »Am Himmel über Brno.«

»Du meinst, du hast eine Dosis veralteter psychochemischer Hanseatenmunition abbekommen«, sagte ich. »Bring nicht alles durcheinander.«

»Ich weiß, was damals mit mir passiert ist«, erwiderte Boris gelassen. »Und ich weiß, was ich gesehen habe.«

»Haltet mal die Klappe, ihr da hinten«, sagte Andrea. »Zündung der Triebwerke in zehn Sekunden, neun, acht ...«

Diesmal war die Beschleunigung ganz sanft und baute sich allmählich zu einem halben Ge auf; das Wurmlochtor raste trotzdem auf uns zu. Ehe ich einen Gedanken fassen und mich fragen konnte, ob Malley wohl wieder betete, färbten sich die Bildschirme kurzzeitig blau und wurden dann schwarz.

»Ich schalte den Antrieb jetzt wieder aus«, sagte Andrea. Das leichte Gewicht verschwand. Jaimes Stimme durchbrach die plötzliche Stille.

»War's das?«

Andrea klickte die Bildschirmanzeigen durch und zoomte auf die rote Planetensichel, die wir bereits am Tag zuvor gesehen hatten und die jetzt hunderttausend Kilometer von uns entfernt war.

»Ja«, antwortete ich. »Das war's. Wir sind durch.«

Jaime verglich die Sternkonstellationen mit den Daten des im Navigationsrechner gespeicherten astronomischen Atlas. Die Babbagemaschinen arbeiteten eine Weile, die Fixel flackerten; dann berechnete das katalogisierte 3-D-Bild die Bewegungen der Sterne und gelangte nach einigen Iterationen mit der Außenansicht zur Deckung. Jaime las die Tankanzeige ab.

»Zehntausend Lichtjahre von der Erde entfernt und etwa zehntausend Jahre in der Zukunft, grob geschätzt«, sagte er. »Willkommen im Sagittarius-Arm der Milchstraße.«

»Wow!«, machte Suze.

»Ich glaube, da hast du für uns alle gesprochen«, meinte ich. »Bleibt angeschnallt. Yeng, würdest du bitte einen Scan durchführen?«

Yeng zog ihr Interface aus dem Gewirr der Computer herunter und vergewisserte sich, dass es von den anderen Rechnern isoliert war, dann scannte sie vorsichtig den üblicherweise dem Funkverkehr vorbehaltenen Teil des elektromagnetischen Spektrums und überprüfte mögliche Nachrichten mit der Antivirensoftware.

»Ziemlich viel los«, sagte sie.

»Lass dir Zeit«, meinte ich.

»Wirklich eine Menge Betrieb. Sowas hab ich noch nicht erlebt. Es gibt Signale auf sämtlichen Wellenlängen! Die alle auf Viren zu überprüfen, würde eine Ewigkeit dauern.« Sie deutete hilflos auf den Bildschirm, der einen Ausschnitt aus dem Spektrum wiedergab. »Nichts festzustellen, aber das ist bloß der Anfang, ein kleiner Bruchteil.«

»Such dir nach dem Zufallsprinzip eine Stichprobe aus«, schlug ich vor.

Dies nahm etwa eine Stunde in Anspruch, während wir uns allmählich vom Tochterwurmloch entfernten und dem Planeten näherten. Diese Zeit nutzten wir nach Kräften. Zunächst schwenkten wir das Schiff herum und bremsten es ab, sodass wir jederzeit schnurstracks zurückfliegen konnten, sollten Yengs Nachforschungen etwas Bedrohliches zu Tage fördern. Als Nächstes stationierten wir in der Nähe des Wurmlochs einen kleinen Kommunikationssatelliten, der die Position eigenständig halten würde. Außerdem war er so programmiert, dass ein Funklaser die *Turing Tester* auf der anderen Seite erreichen konnte. (Das masselose Licht konnte das Wurmloch ohne Beschleunigung durchfliegen, was sowieso zwecklos gewesen wäre; weshalb Malley zufolge nur kohärentes Licht dazu in der Lage war, hatte ich leider nicht verstanden.)

Ich testete nervös die Verbindung, wobei Malley mir über die Schulter sah.

»*Terrible Beauty* an *Turing Tester*, hört ihr uns?«

Sekunden verstrichen.

»*Turing Tester* an *Terrible Beauty*, wir empfangen euch laut und deutlich. Seid ihr an der richtigen Position herausgekommen?«

»Ja, das sind wir«, antwortete ich. »Jaime zufolge zehntausend Lichtjahre von der Heimat entfernt.«

Eine weitere kurze Pause.

»Haben eure Botschaft soeben ans Kommandokomitee weitergeleitet. Tatsuro wird sich jeden Moment melden.«

Eine andere Stimme meldete sich. »Meinen Glückwunsch, Genossen, ihr habt Geschichte geschrieben. Ein kleiner Schritt, ein Riesensprung ... und so weiter.«

Ein kleiner Schritt für die Jupiteraner, ein Riesensprung für uns.

»Danke«, sagte ich. Nach kurzem Hin und Her, bei dem es hauptsächlich um technische Fragen ging, unterbrachen wir die Verbindung.

Als nächstes platzierten wir einen großen Spiegel vor dem Schiff und einen kleinen seitlich davon, damit wir die visuelle Beobachtung mit dem Bugteleskop der *Terrible Beauty* durchführen konnten. Zufällig waren wir gerade zu dem Zeitpunkt eingetroffen, da Ship City, die größte Siedlung des Planeten, in den Sonnenschatten eintrat. Auf der dunklen Seite des Planeten waren die Lichter kleinerer Siedlungen verstreut, und nun gesellten sich die fünf Arme der Stadt hinzu, ein leuchtender Neonstern. Es gab mehr Siedlungen, als wir Wildes Bericht zufolge angenommen hatten, außerdem wirkte die Stadt größer und heller als von ihm beschrieben.

»Wirkt ziemlich menschlich«, bemerkte Tony.

»Aber das ist es nicht«, erwiderte ich. »Wilde zufolge werden vier der Arme von herrenlosen Robotern bewohnt, wenn man in diesem Zusammenhang von ›wohnen‹ sprechen will.«

»Die Beleuchtung ist an, aber niemand ist zu Hause?«, meinte Malley verschmitzt.

»Genau«, sagte ich. »Also lasst uns keine vorschnellen Schlüsse ziehen, okay?«

»Scheint so, als zöge jemand über uns Schlüsse«, bemerkte Boris.

»Was?«

»Keiner fordert uns heraus«, sagte er milde. »Anscheinend glauben sie, wir kämen in freundlicher Absicht.«

»Danke für die unglaublich informative Erläuterung«, sagte Tony. »Ich war schon immer der Meinung, die Hypothese ›Keine Auskunft ist auch keine Auskunft‹ werde nicht genügend gewürdigt.«

»Hört auf zu meckern, Genossen«, sagte ich.

»Wer meckert denn hier?«

So ging es noch eine Weile weiter.

»*Falls* ihr endlich fertig seid«, sagte Yeng. Sie schob den Apparat von sich weg, worauf der gefederte Galgen ihn zur Gerätesammlung an der Decke emporhob. »Vielleicht möchtet ihr dann meinen vorläufigen Bericht über die Zufallsstichprobe hören.«

»Wir hören«, sagte ich.

»Die Funksignale sind sauber«, sagte sie. »Vieles ist verschlüsselt, aber nichts davon hat üble Auswirkungen auf die Köder gehabt, die ich ihnen angeboten habe. Das sind eindeutig tote Daten, keine lebendigen Programme. Also, möchtet ihr mal hören, was sich in einem Sonnensystem tut, wo die Menschen das ganze Spektrum für sich haben und keine Angst zu haben brauchen, dass ...« – mit tiefer Grabesstimme – »›parasitäre, von perversen Geistern hervorgebrachte Programme‹ ihre Schaltungen kurzschließen und ihr Gehirn zerfressen?«

»Nur zu«, sagte ich.

Wir setzten uns alle auf – oder stützten uns vielmehr auf die Ellbogen auf – und hörten uns an, was Menschen zu sagen hatten, die keine Übergriffe irgendwelcher Jupiteraner zu fürchten hatten. Yeng langte mit schelmischem Lächeln zu einem Schalter hoch. Aus den Lautsprechern des Kommandodecks erklang die traurigste Musik, die ich je gehört hatte. Eine schwermütige, rauchige Stimme sang einen Text, den zu verstehen ich tief in meinen Erinnerungen graben musste: es ging um Arbeitslosigkeit, Alkoholmissbrauch, Desertion, Betrug, sexuelle Frustration, Eifersucht, Religion ...

»Das ist ja *furchtbar*«, sagte Tony, nachdem er eine Weile mit offenem Mund zugehört hatte. »Das Leben dort unten muss die Hölle sein.«

Suze lachte. »Nicht die Hölle Kapitalismus.«

»Ja, ja, ja«, sagte ich. »Aber was *ist* das für eine entsetzliche Musik?«

»Country«, antwortete Malley. »Oder vielleicht Western.«

»Spiel uns was anderes vor«, flehte Boris. »Irgendwas.«

»Ist klar«, meinte Yeng gedehnt. (Die Musik hatte sie bereits angesteckt.) Sie drehte an einem Schalter, worauf ein markerschütterndes Heulen erklang, dann entschied sie sich für eine bestimmte Wellenlänge. Eine Stimme sagte: »... heiße ich Sie willkommen bei Black Wave, dem ersten und besten Blues- und Soul-Sender von Ship City. Unser Programm wird Ihnen bestimmt gefallen ...«

*

Um ehrlich zu sein, war nicht jedes Musikstück, das von den Lokalsendern ausgestrahlt wurde, eine Einladung zum Selbstmord: ein Teil davon war eindeutig eine Aufforderung zum Mord. Dies passte zu den Fernsehausschnitten, die auf den ersten Blick Ausdruck einer Gesellschaft zu sein schienen, in der Mord an der Tagesordnung war; Suze und Malley versicherten uns jedoch, Wilde habe bei der Befragung die Wahrheit gesagt – dies alles sei bloß gespielte, inszenierte und keine echte Gewalt. Sie diene nur der Unterhaltung. Jedenfalls der überwiegende Teil davon. Kämpfe auf Leben und Tod waren eine legale Sportart, hatte Wilde uns berichtet; nun konnten wir uns selbst davon überzeugen. Wir schwebten im Raum umher und beobachteten den Bildschirm mit einer Mischung aus Faszination und Abscheu.

»Das ist ja *krank*, Mann«, sagte Boris. »He, in der letzten halben Stunde habe ich mehr Tötungsdelikte gesehen als im Hundertjährigen Krieg.«

»Wenn ich mich recht erinnere«, sagte ich, »hast du die meisten Leute auf weite Distanz getötet. Was du gesehen hast, war eine Sache –, was du getan hast, eine andere. Jedenfalls«, setzte ich hinzu und deutete auf einen unterlegenen Spieler, der unter lautem Gejohle der Zuschauer aus dem Stadium geschleift wurde, »wird er in ein paar Tagen wieder auf den Beinen sein – das heißt, wenn man sie denn findet.«

»Schlimme Kopfverletzung«, bemerkte Yeng.

»Die lassen vor dem Kampf alle Back-ups anfertigen, daher kann er höchstens die Erinnerung an den Kampf verlieren. So sehen die das.«

»Aber Sie nicht?«, meinte Malley.

Ich schüttelte energisch den Kopf. »Tot ist tot, und ich sehe keinen Trost darin, dass ein Klon mit meinen Erinnerungen meine Stelle einnehmen könnte.«

Malley stieß sich von der Wand ab, gegen die er zu prallen drohte, und schwebte in die falsche Richtung davon.

»Ich glaube«, sagte er über die Schulter, »das ist auch bloß wieder eine Ihrer falschen Vorstellungen, Ellen. Ganz ähnlich dem Maschinen-haben-kein-Bewusstsein-Bug in Ihrem mentalen Programm.« Er griff nach einer Pflanze, zwischen deren Wedeln er sich bewegte, schaffte es aber bloß, einen abzubrechen.

»›Bewusstsein ist eine potenzielle Eigenschaft des Kohlenstoffs‹« zitierte Yeng schadenfroh. »Also hören Sie auf, den Pflanzen wehzutun.«

*

Wir brauchten diese kurze Phase des Übermuts, um uns von der Anspannung bei der Durchquerung des Wurmlochs zu erholen – noch nicht einmal im Manöver hatte ich eine solche Anspannung erlebt, zumindest nicht seit der Schlacht um Lissabon, und die war lange her. Einen Abgrund aus Raum und Zeit zu durchqueren war erschreckender, als ein Shuttle durchs Flakfeuer zu steuern, und im Rückblick keineswegs weniger beunruhigend. Es würde eine Weile dauern, bis uns das ehrfürchtige Grauen über das, was wir getan hatten, ganz bewusst wurde, und bis dahin wollte ich wieder zu Hause sein. So irreführend die Radio- und Fernsehübertragungen im Hinblick auf das Alltagsleben auch sein mochten, so bereiteten sie uns doch auf die Begegnung mit einer völlig fremden Gesellschaft vor.

Aber genug war genug.

»Okay, Genossen!«, rief ich. »Hört auf, euch über die Sex-Sendungen lustig zu machen, und nehmt wieder eure Posten ein. Es gibt viel zu tun.«

Als alle zu ihren Liegen geschwebt waren – Malley wurde dorthin bugsiert –, schnallte ich mich lose an und nahm eine Haltung ein, in der ich alles überblicken konnte und gut zu sehen war.

»Nun gut«, sagte ich. »Wir haben zumindest vorläufig festgestellt, dass der Neue Mars von einer wild gewordenden Singularität verschont geblieben ist. Sollte es doch so sein, bemüht sich jemand, einen anderen Eindruck zu erwecken – das lässt sich von hier aus nicht entscheiden. Daher ist es nahe liegend, ein paar kleine, unauffällige Sonden runterzuschicken und uns aus der Nähe ein Bild von der Lage zu machen. Zunächst aber sollten wir uns zu erkennen geben. So viel wir wissen, wurden wir noch nicht geortet, doch wenn wir erst einmal die Triebwerke zünden und in den Orbit gehen, wird sich das nicht vermeiden lassen.

Wir haben das bereits durchgekaut, trotzdem möchte ich alles noch mal mit euch durchgehen. Es gibt hier keine militärischen Verteidigungsanlagen, wohl aber Laserstartvorrichtungen und Raumschiffe mit Raketen und Lasern an Bord. Damit werden Kometenfragmente zerstört, die entweder am falschen Ort niederzugehen drohen oder deren Aufprall zu hart ausfallen würde – Terraformen mittels Kometenbombardement ist eine ziemlich riskante Angelegenheit. Ihre Laser sind nicht stark genug, um uns vom Himmel zu holen – die Laserstartvorrichtungen verwenden sie bloß für kleine Robotraumfahrzeuge wie das Ding, mit dem Wildes Abbild zu uns zurückgekehrt ist –, aber sie könnten uns großen Schaden zufügen, und selbst der Kampfstation dürfte es schwer fallen, mit ihren Raketen fertig zu werden. Übrigens sind sie im Umgang mit Atomsprengköpfen ausgesprochen freizügig.

Also lasst uns vorschriftsmäßig vorgehen. Als Erstes schlage ich vor, dass Suze und Yeng eine freundliche, beruhigende Botschaft entwerfen, und dass Jaime und Andrea uns auf einen Kurs bringen, der uns in eine hohe Umlaufbahn um den Planeten befördert. In eine geostationäre Umlaufbahn, das heißt …« – ich lächelte über meine Pedanterie – »um genau zu sein in eine *neoareostationäre* Umlaufbahn über Ship City.«

»Nicht unmittelbar über der Stadt«, sagte Tony. »Das wäre zu einschüchternd.«

»Einverstanden, solange wir nur über dem Horizont stehen. Bevor wir die Botschaft ausstrahlen, möchte ich, dass Boris ein Dutzend Sonden vorbereitet – kleine Sonden, nicht vergessen, die am Ende wie ein Blatt durch die Luft schweben. Gestartet werden sollen sie kurz nach dem Eintritt in den Orbit. Außerdem möchte ich, dass die Feuerleitstelle besetzt bleibt, und zwar vom Beginn der Ausstrahlung an so lange, bis wir sicher sind, dass wir willkommen sind; du und Jaime, ihr bereitet euch darauf vor, an Bord der Kampfstation zu gehen. Yeng, du überprüfst die Kanäle des Luftschiffverkehrs auf eine Antwort auf unsere Botschaft, Suze kümmert sich um die Nachrichtenkanäle. Es sollte eigentlich nicht lange dauern, bis wir das Thema Nummer eins sind.

Da wäre noch etwas. Soweit wir wissen, gibt es hier keinen Staat. Das mag ja schön und gut sein, dafür gibt es aber zahlreiche miteinander konkurrierende Schutzfirmen. Vermutlich geht es hier ganz anders zu als in der Division oder in der Union – über hochgerüstete Leute brauchen wir uns keine Sorgen zu machen, denn wir sind nicht gewalttätig. Die Menschen hier sind vielleicht weniger gewalttätig, als man aufgrund der Fernsehbilder meinen mag, aber sie sind gewiss ein wenig … äh … reizbar und unberechenbar.« Ich blickte Malley fragend an.

»Ich glaube, das kann man so sagen«, meinte er.

»Also gut«, sagte ich. »Dann los! Streng nach Vorschrift.«

*

Auf die erste Antwort brauchten wir nicht lange zu warten. Der historische Erstkontakt zwischen der Solaren Union und der ersten extrasolaren Kolonie der Menschheit spielte sich folgendermaßen ab:

»Hier ist das Passagierschiff *Terrible Beauty* der Solaren Union, via Malley Mile von Callisto kommend. Leitstelle von Ship City, bitte kommen. Wir bitten um Erlaubnis, in den geostationären Orbit gehen und …«

»Verfluchte Scheiße, mach den Kanal frei, Mann. Ich warne dich, du gefährdest den Luftverkehr, und wir werden deine Position gleich geortet haben. Du steckst tief in der Scheiße, du kleiner Drecksack. Okay, wir haben dich, wir …«

Eine lange Pause. »O je. Du meine Güte, wir haben da ein unbekanntes Flugobjekt. Ich wiederhole, unbekanntes Flugobjekt. Alarmstufe Gelb. Ich gehe auf höchste Verschlüsselungsstufe, ich wiederhole, ab sofort gilt höchste Verschlüsselungsstufe, *kcchchchgh …*«

»Probier's mal auf einem anderen Kanal«, riet Suze. »Mal sehen, ob ihre Konkurrenten aufgeschlossener sind.«

Yeng holte sich weitere Abfuhren von der ATC Incorporation von Ship City, von den Reid Industrial

Airways, dem Lowell Field Kontrollturm, den Barsoom Buddies, Xavieras Freundlicher Flugleitstelle …

»Als Sie meinten, wir sollten nach Vorschrift vorgehen, Ellen, hätten Sie uns darauf hinweisen sollen, vorher in den Gelben Seiten nachzuschlagen«, bemerkte Malley.

Ich musste lachen (ja, sogar bei uns im geldfreien Commonwealth gab es die Gelben Seiten); wir alle konnten uns jedoch mühelos vorstellen, welche Anrufe bei einer anderen Art von Firmen getätigt wurden, nämlich bei denen, die Schutz vor sich näherndem Weltraummüll verkauften. Außerdem wussten wir, dass die Menschen auf dem Neuen Mars aus ihrer Sicht allen Grund hatten, sich über unbekannte Flugobjekte aus dem Wurmloch Sorgen zu machen. Vor fünf Jahren war Jonathan Wildes Roboterkopie durchs Malley Mile verschwunden, voller Sorge, die Schnelldenker des Jupiter wären im Begriff, dessen anderes Ende in ihre Gewalt zu bringen. Diese Sorge war zwar unbegründet gewesen, doch er hatte sich nicht wieder gemeldet …

Außerdem waren unsere Absichten nicht ausschließlich freundlicher Natur. Hätten die Neumarsianer unsere Pläne gekannt, hätten sie sämtliche Abfangjäger zusammengetrommelt und uns abgeschossen.

Plötzlich rief Suze: »Wir sind in den Nachrichten!«

Yeng beugte sich herüber und schwenkte einen Monitor herum. Zu sehen war ein kleiner Junge, der vor dem Foto eines verschwommenen eiförmigen Flecks aufgeregt sprach.

»… bewegt sich das Ufo aus dem Wurmloch weiterhin langsam auf uns zu. Einer gut informierten Quelle zufolge behauptet die Besatzung, es handele sich um eine Expedition aus dem Sol-System! Dazu haben sich die informierten Kreise noch nicht geäußert – auch nicht zu der Frage, ob es sich womöglich um einen Vorstoß der Schnelldenker handelt! Stehen wir vor einer realen Invasion – oder einer virtuellen? Der Software Seduction Service fordert dazu auf, die Antivirensysteme upzudaten. Gehen Sie kein Risiko ein – rufen Sie diese Nummer an!« Am unteren Bildschirmrand wurde eine lange Zahl eingeblendet. »Und nun … schalten wir um zu einer exklusiven Liveübertragung von den besten Kometenjägern der Gesellschaft für wechselseitigen Schutz, die soeben von Lowell Field starten! Für die Gesellschaft für wechselseitigen Schutz ist keine Aufgabe zu schwer – und kein Job zu unbedeutend! Ist *Ihr* Haus so sicher, wie es sein sollte? Rufen Sie an, dann kommen auch Sie in den Genuss der Sicherheit, die nur die erfahrensten Beschützer vermitteln können, deren stolze Tradition bis zur Alten Erde zurückreicht und die auf dem Neuen Mars noch immer unübertroffen sind!

Und auf geht's«, improvisierte der Junge bewundernd, als man auf einmal Dutzende, in blendend helles Flutlicht getauchte nadelförmige Raketen sah, die wie die Pfeile im Hundertjährigen Krieg in den Nachthimmel aufstiegen, während das Brüllen der Triebwerke zu einem einzigen Tosen verschmolz.

Am unteren Bildschirmrand wurde eine weitere Telefonnummer eingeblendet.

»Boris, Jaime, geht in die Kampfstation«, sagte ich. »Legt erst ab, wenn ich es euch sage, es sei denn, ihr macht eine unmittelbare Bedrohung aus. Jaime, berechne mal, wie lange die Raketen brauchen werden, bis sie uns erreicht haben …«

»Dazu wird es nicht kommen«, erwiderte Boris trocken. »Das Bild ist *Scheißdreck*, Ellen. Entweder Archivmaterial oder ein regelrechter Fake. Das sind Anti-Raketen-Raketen, Citizens haben wir die genannt. Kometen lassen sich damit nur dann abschießen, wenn sie einen beinahe schon erreicht haben. Das dient bloß der Ablenkung …«

Der Alarm brach ab, und die Voraussicht ging in

einem Gleißen unter, als die Laserkanonen ihre Ziele trafen. Das Schiff wurde von dumpfen Schlägen erschüttert – sie rührten nicht von Treffern her, wie ich zunächst meinte, sondern von den Ablenkraketen, die in wahnwitzigem Tempo und in unregelmäßiger Folge aus den Röhren im Rumpf geschossen wurden, um die sich nähernden Flugkörper mit einer verwirrenden Vielfalt von Funk-, Radar- und Infrarotprofilen vom Kurs abzubringen.

»Anschnallen!«, rief Andrea. Unsere Anzüge, die auf den Alarm mit dem Äquivalent eines konditionierten Reflexes reagierten, verhärteten sich bereits und zogen die Gurte stramm. Andrea aktivierte die Steuerdüsen und schaltete, während das Schiff sich noch drehte, den Fusionsantrieb ein. Die Beschleunigung drückte mich auf die Liege nieder wie die Hand eines Riesen. Trotz der Unterstützung durch den Anzug hatte ich das Gefühl, die Rippen müssten mir von der Anstrengung des Atmens brechen. Mir wurde schwarz vor Augen, dann, als mir der Anzug durch Mikrometer durchmessende Röhrchen Sauerstoff ins Blut jagte, begann meine Haut zu prickeln. Die Voraussicht – so weit ich das durch die leuchtenden Flecken hindurch, die das auf meinen Augäpfeln lastende Gewicht auf der Netzhaut erzeugte, erkennen konnte – zeigte ein Gewitter sich ausdehnender Kugelblitze.

Auf einmal befanden wir uns wieder in freiem Fall. Ich schnappte unter Schmerzen nach Luft. Der Anzug fuhr die zahlreichen winzigen Nadeln wieder ein; der von ihnen ausgelöste Schmerz war vom Stechen, das mit dem wieder einsetzenden Kreislauf einherging, nicht zu unterscheiden.

»Jeder bleibt an seinem Platz!« Andreas Warnung war eigentlich unnötig – keiner von uns konnte auch nur den Kopf heben. »Wir haben es geschafft«, fuhr sie fort. »Wir haben sie abgehängt.«

Boris verschaffte sich einen Überblick über die Kampfprotokolle und Schadensmeldungen.

»Nicht schlecht«, sagte er. »Die Beschädigungen der Hülle halten sich in erträglichen Grenzen. Die *Carbon Conscience* ist unbeschädigt und hat sich selbständig nicht schlecht geschlagen.«

»Was ist eigentlich passiert?«, fragte Suze flehentlich. »Wurden wir angegriffen?«

»Aber sicher doch«, antwortete Boris. »War aber nichts Besonderes. Sieht so aus, als wäre rund ums Wurmloch ein kleiner Schwarm von Kometenbrechern in Wartestellung gewesen. Gegen unsere aktive Verteidigung konnten sie nicht viel ausrichten. Aber wir haben viele Ablenkraketen vergeudet. Das ist bedauerlich.«

»Warum«, fragte ich und starrte ungläubig auf den größer werdenden dunklen Kreis, der von den Bugkameras wiedergegeben wurde, »halten wir direkt auf den Neuen Mars zu?«

»Ah …« sagte Andrea. »Tut mir Leid, Genossin. War wohl ein Reflex. Wenn du willst, kann ich den Kurs natürlich korrigieren …«

»Nein, lass mal.« Ich überdachte bereits unsere Annäherung, im übertragenen wie im wörtlichen Sinn. Die Fernsehnachrichten kamen immer noch rein.

»… hat das Ufo unsere erste Verteidigungslinie durchbrochen und *hält unmittelbar auf uns zu!* Bleiben Sie dran …«

»›Ufo‹, in der Tat!«, bemerkte Malley. »Eine Frechheit!«

»Was ist ein Ufo?«, fragte Yeng.

»Daran glaubten die Menschen, bevor sie das wahre Wissen erlangten«, erwiderte Malley spitz.

»Yeng«, sagte ich, ehe ihre Verwirrung sich in Verärgerung verwandeln konnte, »könnten wir vielleicht in das neumarsianische Kommunikationsnetz eindringen und *diese Nummer anrufen*?«

»Du meinst, die Gesellschaft für wechselseitigen Schutz?«

»Ja, warum nicht? Suze, glaubst du, du könntest mit denen reden? Einen Deal aushandeln?«

Suze lachte. »Das weiß ich nicht, jedenfalls könnte ich sie ganz schön wirr machen.«

»Einen Versuch ist es jedenfalls wert«, sagte ich. »Also gut, Leute, bleibt noch angeschnallt. Schluss mit den Beschwichtigungsversuchen. Wir werden ihnen jetzt wirklich Grund zur Sorge geben. Andrea, flieg mit drei Ge Schub auf sie zu, dann dreh das Schiff herum und lande nicht weit von Ship City in unbewohntem Gebiet. Suze, Yeng, probiert weiter, die Nummer zu erreichen. Boris, Jaime, geht in die *Carbon Conscience* und fliegt so weit es geht mit; koppelt vor Eintritt in die Atmosphäre ab, landet aerodynamisch und setzt die gesamte Feuerkraft ein, um uns durchzubringen.«

»Das gefällt mir«, sagte Boris. »Feuerschutz für eine erzwungene Landung geben. Erinnert mich an alte Zeiten.« Er löste sich von der Liege und schwebte mit Jaime zur Transfer-Schleuse.

Ich sagte mir, dass es schlecht für seine Moral gewesen wäre, wenn ich ihn daran erinnert hätte, dass weder er noch ich dergleichen je getan hatten. Nach etwa einer Minute meldete er von Bord der Kampfstation, er und Jaime seien bereit fürs Bremsmanöver.

»In Ordnung«, sagte ich. »Jetzt wollen wir diesen NiKos mal zeigen, aus welchem Holz wir geschnitzt sind.«

»Hoffentlich müssen sie das nicht aus unserer verkohlten DNA herauslesen«, meinte Andrea, dann schaltete sie den Antrieb ein. Diesmal fiel der Andruck geringer aus als während des Ausweichmanövers, dafür hielt er erheblich länger vor. Der kurze Moment des freien Falls beim Drehmanöver bot keine Erleichterung – dumpfer Schmerz verwandelte sich in durchdringenden Schmerz, der auch dann nicht nachließ, als das Bremsmanöver begann und die Schwerkraft wieder einsetzte.

»Wir koppeln ab«, meldete Boris. »Wir sehen uns am Boden wieder, falls ihr es schafft.«

»Ich liebe dich ebenfalls«, erwiderte ich. »Seid vorsichtig.«

In der Hecksicht schwebte die insektenähnliche Kampfstation nach einem kurzen Stoß der Steuerdüsen erst auf einen Parallelkurs, dann blieb sie hinter uns zurück. Nach einer Weile zündete das Haupttriebwerk, und sie schoss an uns vorbei, um auf einem anderen Kurs ihren gefährlichen Abstieg zu beginnen, der notwendigerweise eine Einbahnstraße war.

Suze und Yeng sprachen gleichzeitig, aber da sie gegen das auf ihrer Brust lastende Gewicht ankämpften, waren sie nicht zu verstehen.

»Wiederholt das bitte«, sagte ich mühsam.

»Wir sind durchgekommen«, ächzte Suze, was sich anhörte, als wollte sie melden, wir seien erledigt. »Wir haben eine Verbindung zur Gesellschaft für wechselseitigen Schutz. Anscheinend nimmt man uns dort ernst. Sind im Moment in der Warteschleife.«

»Leg sie auf den Hauptmonitor«, sagte ich. »Stell mich durch.«

Über mir tauchte das ernste Gesicht eines jungen Mannes auf. »Hallo«, sagte ich mit schwacher Stimme. »Wir beabsichtigen, in friedlicher Absicht außerhalb Ihrer Hauptstadt zu landen, und bitten Sie, uns Ihre Raketen vom Leib zu halten. Wir würden sie sowieso abwehren.« Das war ein Bluff, aber mein Gesicht war vermutlich so verzerrt, dass man seinen Ausdruck sowieso nicht erkennen konnte. »Lieber wäre es uns allerdings, wenn wir unbehelligt landen könnten.«

»Spreche ich mit dem Raumschiff *Terrible Beauty*?«

»Ja«, bestätigte ich. Raumschiff, dachte ich. Das klingt schon besser als Ufo.

»Haben Sie Sicherheiten?«

»Verzeihung?«

»Entschuldige mal«, mischte Suze sich ein. »Wir können Ihnen mindestens eine Tonne Gold als Sicherheit für eventuelle Schäden bieten.«

»Ah.« Der junge Mann bemühte sich, sein Erstaunen zu verbergen. »Eine imperiale oder eine metrische Tonne?«

Ehe die Verhandlungen abgeschlossen waren, drangen wir in die oberste Atmosphärenschicht ein, worauf das Bild erst körnig wurde und dann ganz verblasste. Die Atmosphäre des Neuen Mars war dünner als die der Erde – allerdings verließen wir uns gar nicht erst auf den Bremseffekt. Die Außensicht färbte sich rot, der Funkkontakt brach ab, und auch die aktive Verteidigung konnte vorübergehend nur wenig ausrichten. Für uns galt das auch. Wir konnten bloß daliegen und darauf hoffen, dass das Kreischen und das Gerüttel vom Bremsvorgang herrührten und nicht von Explosionen, die unser Ende bedeuten mochten. Malley betete anscheinend wieder, und ich wäre seinem Beispiel mit den gleichen agnostischen Vorbehalten wie er beinahe gefolgt. Doch ich war als braver Materialist schon in zu vielen Schützenlöchern gewesen, um jetzt weich zu werden. Alles, worum ich einen Gott hätte bitten können, war bedingungslose Liebe und lückenlose Luftunterstützung, und beides konnte ich auch von Boris erwarten.

Die Bremsfallschirme schüttelten uns dreimal durch, dann ein viertes und fünftes Mal – wegen der dünneren Luft benötigten wir trotz der geringeren Schwerkraft mehr davon als auf der Erde. Dann zündete ein letztes Mal das Triebwerk, was den Andruck kurzzeitig verstärkte und dabei half, die Landebeine zu entfalten.

»Wir sind heil runtergekommen«, verkündete Andrea. »Keine sich nähernden Raketen, die *Carbon Conscience* hat sich soeben gemeldet. Sie nähert sich dem Boden auf einem Spiralkurs und meldet keinen Beschuss.«

Zaghafter Jubel brach los. Andrea richtete den Funklaser auf das Relais am Wurmloch aus und meldete, dass wir sicher gelandet waren.

Mit der tatkräftigen Unterstützung des Anzugs richtete ich mich in eine sitzende Haltung auf und erhob mich.

»Alle okay?«

Die anderen setzten sich mühsam aufrecht.

»Ich fühl mich wie nach einem Gefecht«, sagte Tony. »Wo sind wir?«

»Sechzig Kilometer von Ship City entfernt«, antwortete Andrea. »Mitten in einer Art Monokultur.«

»So ist das eben, wenn man keine Hydroponik hat«, bemerkte Malley.

»So ein NiKo-Ding, hab ich Recht?«, sagte Yeng.

Ich war froh, dass sie ihren Humor anscheinend wiedergefunden hatte.

Kurz darauf stellten wir fest, dass wir es tatsächlich mit einem NiKo-Ding zu tun hatten, denn als ich aus der Luftschleuse spähte, bemerkte ich im Halbdunkel, knapp außerhalb der Reichweite unserer Scheinwerfer und der kreisförmigen Zerstörungen, die wir bei der Landung angerichtet hatten, einen Mann. Er hielt etwas in der Hand, das aussah wie eine Flinte. Das Land war in alle Richtungen flach, durchsetzt mit niedrigen erhellten Erhebungen, bei denen es sich wohl um Wohngebäude handelte. Die Sterne wirkten näher als im Weltraum und eigenartigerweise auch heller.

»Ich weiß nicht, wer oder was ihr seid!«, rief er. »Aber ihr werdet für den Schaden blechen, oder ihr macht, dass ihr von hier verschwindet.«

»In welcher Form möchten Sie entschädigt werden?«, rief ich, ganz beschwipst vor Erleichterung und durchaus bereit, dem Mann eine Tonne Gold anzubieten, egal ob imperial oder metrisch.

»He!«, sagte hinter mir Suze. »Überlass das mal mir.«

*

Der Farmer, der sich als Andrew Calvin Powell vorstellte, war ganz anders als die NiKos, denen ich in London begegnet war. Nach kurzem Gefeilsche (»Wie viel ist'n das in Gramm?«) wirkte er ganz zufrieden mit der von Suze angebotenen Entschädigung und lud uns alle ein: »Treten Sie ein und warten Sie auf die Helikopter.«

»Militärhubschrauber?«, fragte ich und blickte mich besorgt nach der Leiter um.

Weiße Zähne blitzten in dem sonnengebräunten Gesicht auf. »Gott bewahre, Ma'am. So viel ich weiß, hat die Gesellschaft für wechselseitigen Schutz Sie unter ihre Fittiche genommen. Nein, Sie bekommen Besuch von den hohen Tieren, die man aus wichtigen Meetings rausgeholt hat – aus Betten und aus Bars! Wird noch 'ne gute Stunde dauern, bis die sich abgesprochen haben. Ihre Kumpels sind mit diesem Stealthbomber übrigens wohlbehalten am Flughafen gelandet und reden gerade mit den Reportern.«

Ich gab den anderen ein Zeichen, die Leiter herunterzukommen. Es hatte wenig Sinn, an Bord zu bleiben – das Schiff konnte gut auf sich selbst aufpassen, und das galt auch für uns. Die Anzüge würden mittels verschlüsseltem Funkverkehr Kontakt mit ihm halten – oder mit der Kampfstation, falls die näher wäre. Aber es geht ja noch besser, dachte ich und tippte mir ans Handgelenk, als juckte es mich dort. Im Anzuggewebe bildeten sich die kaum wahrnehmbaren winzigen Augen von Nanokameras.

»Woher wissen Sie das alles?«, fragte ich, als wir uns um Powell versammelt hatten und uns über achthundert Meter gepflügten Ackerboden den leuchtenden Fenstern seines Hauses näherten, das aussah wie ein lang gestreckter flacher Hügel. »Lief das gerade im Fernsehen, als Sie ins Freie kamen?«

»Habt Ihr etwa keine kortikalen Downlinks?«

»Also, gewissermaßen schon«, antwortete ich vorsichtig. »Wir benutzen sie bloß nicht zum *Fernsehen.*«

Er musterte mich misstrauisch. »Immer noch die alten Roten, wie? Zensierte Nachrichten und beschissene Elektronik. Aber wenigstens macht Ihr einen ganz freundlichen Eindruck, wie der gute alte Neue Vietkong damals.«

»He«, sagte Tony, der neben mir übers matschige Feld stapfte, »an die erinnere ich mich.«

»Warten Sie«, sagte ich, ehe Tony anfangen konnte, in politischen Erinnerungen zu schwelgen, »so ist das nicht. Wir haben Probleme mit der Elektronik, aber bloß wegen der Schnelldenker. Wir verfügen über alle möglichen raffinierten Geräte, bloß haben wir die Technik in eine andere Richtung weiterentwickelt.«

»Mein alter Großvadder hat mir erzählt, die verfluchten Russkis hätten das auch immer gesagt«, meinte Powell mit unerträglicher Sturheit. »Dabei hatten sie bloß den Energia-Antrieb, die Mig und das AK-47. Der Rest war Krebsscheiße.«

Malley, der hinter mir ging, lachte.

»Überlegen Sie doch mal«, sagte ich. »Was glauben Sie wohl, weshalb wir im Dunkeln sehen können?«

»Jedenfalls nicht mit genetisch implantierten Sehverstärkern, da möcht' ich wetten«, erwiderte Powell.

Mit einem Blinzeln erhöhte ich die Sehschärfe meiner Kontakte und schwieg, bis wir an Powells Hintertür angelangt waren. Er trat beiseite, um uns einzulassen. Bevor ich seiner Aufforderung nachkam, wies ich den

Anzug an, den Schmutz von meinen Stiefeln abzustoßen und eine spektakuläre Transformation zu durchlaufen, dann trat ich über die Schwelle in den hell erleuchteten Raum.

Ich wandte mich mit wirbelnden Röcken um, senkte den Blick und stellte fest, dass sich zumindest ein Teil der Kameras in gut sichtbare Perlen verwandelt hatte.

Powell grinste. »Das ist ein hübscher Anzug, Ma'am,« bemerkte er bloß. Er wartete, bis wir alle eingetreten waren – die anderen Frauen folgten meinem Beispiel, jede auf ihre Weise –, dann schloss er die Tür, legte die Flinte in ein Regal und führte uns durchs Haus.

Der erste Raum, durch den wir kamen, war ein Abstellraum: nackte Betonwände – ähnlich dem Meeresbeton, bloß dass der Kalkstein fossiler Herkunft war – mit Regalen voller Werkzeug und Saatgut, davor geparkte Roboter. Dann führte Powell uns an geschlossenen Holztüren vorbei in den Hauptteil des Hauses. Irgendwann war der Boden mit dickem Teppich belegt, den Powell betrat, ohne auch nur den Dreck von den Schuhen abzuschütteln. Nach einigen Schritten waren seine Schuhe sauber. Wie es geschah, bekam ich nicht mit. Der Teppichflor wogte leicht, als er darüberging; das war alles.

Von draußen hatte das Haus recht groß gewirkt, wie ein künstlicher grasbewachsener Hügel von dreißig Metern Länge und vier Metern Höhe. Von innen wirkte es noch größer, denn es war auch dreißig Meter breit, und ein Teil davon befand sich unter der Erde. Wir gelangten schließlich auf einen Balkon, der um einen vertieft angelegten Innenhof herumführte, dessen Dach aus einer Glasschicht bestand, hinter der wir träge Fische und den durchs Wellengekräusel verzerrten Sternenhimmel ausmachten. Die untere Ebene war heller beleuchtet und möbliert mit lederbezogenen Sofas und Sesseln sowie ein paar Tischen. An einem der Tische saß eine Frau, die bei unserem Eintreten aufstand und uns entgegenlächelte. Wir stapften hinter Powell eine Treppe hinunter, die der geschwungenen Wand bis zum Boden folgte, vorbei an einem Teich mit großen Pflanzen und Fischen.

An den Wänden gab es Monitore, die allesamt ausgeschaltet waren; ein paar große Standfotos von Menschen und Erdlandschaften; außerdem zahlreiche unbekannte Objekte, die zumeist organisch wirkten, vermutlich aber künstlichen Ursprungs waren. Sie klammerten sich an die Wände, hockten auf Regalen oder hingen von der Decke. Man sah sie nie in Bewegung, doch wenn man sie ansah, hatte man den verstörenden Eindruck, als hätten sie sich gerade eben bewegt.

»Leute, das ist meine Frau«, sagte Powell, wandte sich herum und musterte uns.

Die Frau trat lächelnd auf uns zu. Sie war etwa einsfünfundsechzig groß und hatte eine kräftige, kurvenreiche Figur, die von ihrem ziemlich engen, mit Edelsteinperlen besetzten roten Kleid eher betont als bedeckt wurde. Das blonde Haar fiel ihr in kunstvollen Wellen auf die Schultern. Ihr Gesicht war von einer Schicht Kosmetika bedeckt, obwohl sie jung und hübsch war. Sie fasste mich bei den Händen.

»Willkommen«, sagte sie. »Es ist mir eine Freude und Ehre, Sie kennen zu lernen. Ich heiße Abigail, und Sie sind gewiss Miss Ellen May.«

»Ellen reicht, Nachbarin Abigail«, erwiderte ich. »Auch mir ist es eine Freude und Ehre.«

»Sehr freundlich von Ihnen«, sagte sie. Ihr Akzent war weniger stark ausgeprägt als der von Andrew, und von diesem Moment an fiel mir auch der seine nicht mehr auf. Vor allem wirkte ihre Stimme warmherzig. Als ich die anderen Besatzungsmitglieder vorstellte, begrüßte sie auch diese wie alte Freunde. Von Malley hatte sie bereits gehört und wirkte schwer beeindruckt, ihm leibhaftig zu begegnen. Als die Vorstellung abgeschlossen war, hatte Andrew – oder jemand oder etwas – den Tisch mit einer stattlichen Menge von Flaschen und Gläsern gedeckt. Unsere Gastgeber nötigten uns, auf den größten Sofas Platz zu nehmen, und servierten uns Drinks, dann nahmen sie uns gegenüber am Tisch Platz und bedienten sich selbst.

Andrew Powell hob das Glas. »Auf den Frieden und die Freiheit!«

Wir tranken darauf. Ich hatte ein beklommenes Gefühl, als ich mir vorstellte, wie wir wohl in Kürze auf diese Begegnung zurückblicken würden; aber man sollte stets das Beste hoffen. Es entstand eine Verlegenheitspause, was mich nicht verwunderte: schließlich steckte die Etikette des Erstkontakts von Menschen aus lange Zeit getrennten Gesellschaften noch in den Kinderschuhen.

»Es war sehr tapfer von Ihnen«, wandte ich mich an Andrew, »uns bloß mit einer Flinte bewaffnet entgegenzutreten. Schließlich wussten sie nicht, mit wem Sie es zu tun hatten und wie wir reagieren würden.«

»Tapfer kann man eigentlich nicht sagen«, entgegnete er. Er und seine Frau lächelten sich an. »Abigail hat mir vom Haus aus Feuerschutz gegeben, und die Feuerkraft hätte ausgereicht, ein ganzes Regiment zu stoppen.«

»Ah«, meinte ich nachdenklich. »Aber dann hätten Sie doch in der Schusslinie gestanden?«

Er zuckte die Achseln. »Hab erst vergangene Woche ein Back-up machen lassen. Hätte bloß ein paar Erinnerungen verloren.« Er und Abigail stupsten einander kichernd an. »Aber eigentlich hatte ich keine Bedenken. Schon als die ersten Meldungen kamen, hab ich mir gedacht, dass es sich wohl um eine Expedition von der Erde handeln muss. War halt ein verrückter Zufall, dass Ihr ausgerechnet auf meinem Feld gelandet seid. Jetzt kann ich die Stelle jahrelang vorzeigen und wahrscheinlich sogar Eintrittsgeld verlangen!«

Abigail hatte unsere verdutzten Mienen wohl missdeutet. »Ach, wissen Sie, wir haben kein Problem mit der Wiederauferstehung. Im einundzwanzigsten Jahr sind wir beide eingeschlafen und wurden erst vor fünf Jahren wieder aufgeweckt. Das ist der Grund« – sie deutete ein wenig verlegen umher –, »weshalb wir so bescheiden leben. Ich meine, Kinder können wir uns wirklich noch nicht leisten. Aber wir haben einander und unsere kleine Farm, und Gott hat es gut mit uns gemeint.«

Sie blinzelte mit ihren dicken Wimpern.

»Bis zu meinem Tod hatte ich mit Religion nichts am Hut«, meinte Andrew verlegen. »Aber diese Erfahrung zwingt einen dazu, über spirituelle Fragen nachzudenken, und als ich splitternackt und tropfnass zu dem Rotkreuz-Hubschrauber hochgesehen hab, da bin ich auf die Knie niedergefallen und hab den Herrn gelobt, das kann ich Ihnen sagen.«

»Also könnte man Sie als wiedergeborene Christen bezeichnen«, bemerkte Malley. Wir verstanden nicht so recht, weshalb Andrew und Abigail so sehr lachten, dass sich sich aneinander festhalten mussten.

»Könnte man so sagen«, japste Andrew, sich die Lachtränen abwischend. Er atmete tief durch, dann fuhr er, wieder ernst geworden, fort: »Aber von meiner … äh … Erleichterung und Dankbarkeit und so weiter mal abgesehen, als ich Zeit zum Nachdenken hatte, hab ich mir gedacht, also, wenn schon der Mensch dazu imstande ist, dann wäre man doch wirklich bescheuert, wenn man glauben tät, der Allmächtige könnte am Tag des Jüngsten Gerichts nicht ebenfalls die Toten wiederauferstehen lassen, und da wusste ich, dass mir an diesem Tag nur Jesus gegen Seinen gerechten Zorn würde beistehen können.«

Er grinste in unsere höflich versteinerten Mienen. »Okay, jetzt hab ich vor Euch gottlosen Kommunisten Zeugnis abgelegt, und jetzt bekommt Ihr auch kein Gefrömmel mehr von mir zu hören, es sei denn, Ihr bittet mich darum, dann täte ich es mit Freuden. Aber in der Bibel steht, man soll seine Perlen nicht vor die …«

»Schon gut«, warf Abigail mit unnötiger Eile ein. »Jetzt hole ich erst mal Getränkenachschub.«

*

Etwa vierzig Minuten lang genossen wir die Gastfreundschaft von Andrew und Abigail, wenngleich wir uns nur unvollständig entspannten, da uns der Gegensatz zwischen der gefährlichen Landung und dieser luxuriösen Umgebung ein wenig unwirklich vorkam. Als sie ›Zeugnis abgelegt‹ hatten, wozu sie sich Fremden gegenüber offenbar verpflichtet fühlten, plauderten sie wieder locker mit uns. Hauptsächlich erzählten sie von sich, doch auch das war Ausdruck ihrer Höflichkeit, denn sie wollten uns nicht das Gefühl vermitteln, gelöchert zu werden. Uns allen war bewusst, dass sich das bald ändern würde.

Sie bezeichneten sich stolz als ›Dreckfarmer‹; auf dem Feld angebautes Gemüse war hier ein Luxus für die exklusiven Restaurants, deren Gäste behaupteten, sie könnten mit ihren verfeinerten Geschmacksnerven den Unterschied zu kopiertem Gemüse erkennen, und denen der offenbar nicht unerhebliche Preisunterschied nichts ausmachte. (An dieser Stelle sah ich mich genötigt, Yeng einen unauffälligen Stupser zu versetzen.) Vielfalt war ihre Spezialität – Andrew erklärte uns, wie viel Zeit er auf die Durchforstung von Genbanken verwenden musste, um mit den wechselnden Moden Schritt halten zu können. Der Großteil der Farmarbeit wurde von so genannten ›dummen Maschinen‹ und nicht von ›angeheuerten Hilfskräften‹ erledigt. (Abermals stupste ich Yeng an, damit sie den Mund hielt.)

Ihre Fragen zum Sol-System waren mit Bedacht allgemein gehalten. Wir beantworteten sie mit gleicher Zurückhaltung. Sie taten ihre Erleichterung darüber kund, dass die Erde stark bevölkert war, nahmen unsere Versicherung, dass dort allgemeiner Wohlstand herrsche, mit Respekt auf, und bedauerten lediglich, dass die Erde seit ihrem Ableben ›durch und durch kommunistisch‹ geworden sei, wie sie sich ausdrückten.

»Ich bin sicher, dass es Euch gefällt«, meinte Abigail beschwichtigend. »Wir aber leben gerne hier.«

»Ein jeglicher wird unter seinem Weinstock und Feigenbaum wohnen ohne Scheu«, setzte Andrew hinzu.

»Seit Jonathan Wildes Fortgang hat sich bestimmt einiges verändert«, bemerkte ich.

»Seit seinem *Fortgang*? Oh – ich verstehe, was Sie meinen.« Abigail schüttelte den Kopf. »Also, wenn jemand eine zweite Kopie von sich herumlaufen lässt, das nenne ich unnatürlich. Aber Sie haben Recht, seitdem hat sich eine Menge verändert. Wissen Sie, damals vor der Abolition hat man Robotern, die ebenso intelligent waren wie ein Mensch, wenn nicht gar klüger, nicht mal die Grundrechte zugestanden!«

»Damals liefen Androiden und Gynoide herum, die genau wie Menschen aussahen«, sagte Andrew. »Weiß der Himmel, ob sie eine Seele haben, aber jedenfalls haben sie ein Bewusstsein, trotzdem hatten sie einen Besitzer, als wären's dumme Tiere!«

Ehe wir darauf etwas entgegnen konnten – unser Erstaunen, das in meinem Fall sogar an Entsetzen heranreichte, deutete Andrew als Einverständnis mit seinen Ansichten zu diesen uneinsichtigen Zeiten – ertönte ein fernes Läuten.

»Das ist bestimmt die Delegation der hohen Tiere«, meinte Andrew. Er warf einen Blick auf ein in die Tischplatte eingelassenes Anzeigefeld, das beim letzten Hinsehen noch grau gewesen war. »In ein paar Minuten werden sie landen. Am besten gehen wir hoch zum Innenhof.«

Als wir uns erhoben, sagte Abigail: »Da wäre noch etwas … Es war sehr höflich von den Damen unter Ihnen, diese hübschen Kleider anzulegen, aber ich glaube, wenn Sie im Fernsehen sind, sollten Sie besser so auftreten, wie Sie aus dem Raumschiff gekommen sind, und nicht wie Nachtschwärmer auf dem Weg zum Tanzclub, wenn ich mir die Bemerkung erlauben darf.«

Meinetwegen, dachte ich, es gibt bestimmt noch andere Gelegenheiten zum Angeben. Trotzdem verspürte ich einen Anflug von Bedauern, als mein mehrlagiger Chiffon, Yengs geschlitzter Brokatrock, Andreas Bahnenrock und Suze' Futteralkleid aus silberfarbenem Samt dahinschmolzen und wieder der an hohe Schwerkraft angepassten Einsatzkleidung Platz machten.

Andrew grinste, als die Verwandlung abgeschlossen war. »Im Netz melden sich schon Leute zu Wort, die der Ansicht sind, das alles sei ein Fake der Schutzfirmen, die lediglich ihr Geschäft ankurbeln wollten. Vielleicht ist man ja weniger misstrauisch, wenn Sie tatsächlich wie Raumfahrer aussehen.«

Abigail gefielen meine Bluejeans und die hohen Stiefel. »Vielleicht sollten Sie die Jacke etwas dunkler einfärben, und ein paar Abzeichen wären auch nicht schlecht …« Als wir alle die Treppe hochmarschierten, um den Balkon herumgingen und in den Innenhof hinaustraten, trugen wir daher jeder ein rundes blaues Abzeichen mit dem Sternenpflug der Erde und einem Abbild der *Terrible Beauty* auf der Brust.

Der große Innenhof lag etwa zwei Meter unter Bodenhöhe, war nach oben hin offen und hell erleuchtet. An der linken Seite, oberhalb des umliegenden Walls, befand sich eine weitere beleuchtete ebene Fläche, auf der ein kleiner Helikopter parkte. In der Luft schwebte ein größerer Helikopter, von dem nur das *Whop-Whop* der Rotoren zu vernehmen war. Langsam senkte er sich neben dem kleineren Hubschrauber herab, neben dem er wie ein ausgewachsenes Exemplar einer fremden Spezies neben seinem Jungen wirkte. Ich glaube, es lag eher an der Anordnung als am Einsatz moderner Technik, dass der Luftschwall über uns hinweg- anstatt uns ins Gesicht wehte.

Die Tür des Helikopters faltete sich zusammen, und eine Treppe wurde ausgefahren. Mir kam es so vor, als stünden wir und nicht sie vor der Begegnung mit Aliens.

*

Ein Mann kam die Treppe heruntergeschritten, mit langsamen, würdevollen Bewegungen, die nur teilweise daher rührten, dass er mit seinen hohen Stiefelabsätzen aufpassen musste, wohin er trat. Seine mittlere Größe und seine schlanke Figur wurden durch einen Zylinderhut und einen offenen Gehrock betont, unter dem er ein weißes Hemd mit einer schwarzen Fliege trug. Ein Pistolenhalfter vervollständigte sein Outfit: das zum Leben erweckte Gesetz westlich des Rio Pecos. Er schritt bis an den Rand des Innenhofs, blickte nach links und nach rechts, entdeckte die Treppe und kam zu uns heruntergestiegen.

Dicht hinter ihm kamen ein Mann und zwei Frauen, gefolgt von einer Traube von Menschen. Die Zeit reichte gerade aus, um einen Blick auf den zweiten Mann zu werfen – es war David Reid, der die Außenweltler und auch einige von unserer Seite mit Zwangsarbeitern versorgt hatte. Unser alter Feind …

Und dann schüttelte mir der Mann mit dem Zylinder die Hand.

»Hallo«, sagte er. »Ich bin Eon Talgarth. Es ist mir

eine Freude, Sie sind Ship City willkommen zu heißen, in der Stadt« – seine Lippen zuckten ein wenig –, »deren oberster Richter ich bin. Sie sind wohl Ellen May Ngwethu, die befehlshabende Leiterin dieser Expedition?«

»Das stimmt«, antwortete ich. »Erfreut, Sie kennen zu lernen, Nachbar.« Seine Stimme und sein Akzent erinnerten mich seltsamerweise an die Londoner NiKos; sein Alter hatte er mit vierzig stabilisiert, war aber viel älter, wahrscheinlich sogar älter als ich – eine unheimliche Vorstellung, die mich stärker beeindruckte als sein lächerlicher Aufzug.

»Ja, ich schätze, wir sind jetzt alle Nachbarn«, sagte er und wandte sich um, als wollte er uns unsere neuen Nachbarn vorstellen, doch dafür war es bereits zu spät: Mittlerweile schüttelten alle irgendwelche Hände und stellten sich oder andere vor. Talgarth wirkte für einen Moment verunsichert, sogar bestürzt; dann zuckte er die Achseln und entspannte sich. Mir fiel auf, dass Reid sich absichtlich ein wenig abseits hielt – wahrscheinlich wollte er mir zunächst noch aus dem Weg gehen und erst einmal einen guten Eindruck auf meine Kameraden machen. Abigail und Andrew reichten aus einem plötzlichen Einfall heraus Drinks herum, und bald darauf verhielten wir uns alle so, als seien wir soeben auf einer etwas steifen Party eingetroffen.

»Genossin?«, sagte jemand mit einer freundlichen, aber irgendwie fremdartig klingenden Stimme. Überrascht von der unerwarteten Begrüßung, wandte ich mich lächelnd um.

Das vor mir stehende Mädchen hatte langes blondes Haar, das senkrecht aus ihrem Schädel spross und dann in einer Mähne zwischen die Schulterblätter hinabfiel. Sie trug einen gegürteten Overall, der ihre muskulöse, aber unübersehbar weibliche Figur betonte. Sie war beinahe so groß wie ich; große blaue Augen, ein breites

Grinsen, eine scharfe Nase; eher auffallend als schön, doch ich war sowieso unempfänglich für Schönheit.

»Ellen? Hi.« Sie reichte mir zur Begrüßung die Hand. »Ich bin Tamara Hunter«, fuhr sie fort. »Sehr erfreut, Sie kennen zu lernen.«

»Ebenfalls«, erwiderte ich höflich. »Welche ...«

»... Rolle ich hierbei spiele?« Sie kratzte sich am Kopf. »Ich musste ganz schön kämpfen, um in die Delegation aufgenommen zu werden. Bloß damit die Geschäftsleute und der Richter nicht alles unter sich ausmachen. Ich bin eine Gewerkschaftsfunktionärin, das heißt, ich gehöre dem Inter-Syndikat an.«

»Sie handeln die Sklavenlöhne aus?«

»Genau!«, antwortet sie erfreut. »Ein schmutziger Job, aber jemand muss es tun.«

»Bei uns gibt's auch solche Jobs«, bemerkte ich trocken.

Tamara blickte sich um, als befürchtete sie, belauscht zu werden.

»Stimmt es wirklich«, sagte sie und rückte näher an mich heran, »dass das Sol-System anarcho-kommunistisch ist?«

Ich dachte über diesen ungewohnten Begriff nach. »Wir sind nicht gezwungen, unsere Arbeitskraft zu verkaufen, und niemand schreibt uns vor, was wir zu tun und lassen haben, daher könnte man's wohl so nennen.«

»Wow!«, machte sie; ihre Augen strahlten. »Allein schon das Wissen, dass es *möglich* ist, dass es irgendwo *funktioniert*, könnte hier schon einiges verändern.«

»Dazu kann ich nichts sagen«, erwiderte ich und verglich im Geiste das, was Abigail und Andrew als bescheidenen Wohlstand betrachteten, mit den Zuständen, die auf der Erde zur Revolution geführt hatten. »Das ist nicht bloß eine Frage der Denkweise ...«

»Hören Sie auf, zu intrigieren, Hunter!«, sagte eine laute Männerstimme. »Dazu ist später noch Zeit.«

Der Mann kam näher und schüttelte mir energisch die Hand. Sein schwarzes Haar reichte bis zum Kragen seines scharf geschnittenen Baumwollhemds; dunkelbraune Augen, buschige schwarze Augenbrauen, faltenlose, sonnengebräunte Haut; und ein unerschütterliches Selbstvertrauen, wie es in unserer Gesellschaft für die ›alten Genossen‹ und in dieser (wie ich ganz richtig vermutete) für die Reichen typisch war.

Doch da steckte noch mehr dahinter. Er war unglaublich alt, einer der ältesten noch lebenden Menschen, doch anders als sein Zeitgenosse Wilde lebte er noch in seinem ursprünglichen Körper und war seit über dreihundertfünfzig Jahren der gleiche Mensch. Wiederum im Unterschied zu Wilde verfügte er über ein ausgeprägtes Machtstreben und auch die nötigen Fähigkeiten, es umzusetzen; der Umgang mit der Macht hatte ihn stark und erfahren gemacht.

»Hi, Ellen May«, sagte er. »Ich bin David Reid. Ich freue mich, Sie endlich kennen zu lernen. Ich hatte nämlich schon damals von Ihnen gehört, und zwar von den …« – er lachte – »… von den Außenweltlern, muss ich leider sagen!«

»Ihre ehemaligen Kunden lassen Sie grüßen«, sagte ich reservierter als beabsichtigt, »und versichern Ihnen, dass sie Ihnen Ihren … Weggang nicht mehr übel nehmen.«

»Ach, wirklich?« Er wirkte überrascht und erfreut. »Also, wie ich schon sagte, dazu kommen wir später. Das ist ein großartiger Moment.«

Ich nippte an meinem Drink. »Das sagen alle.«

Er grinste ungerührt. »Das ist ein ziemliches Durcheinander, nicht wahr? Ich glaube, für die Begegnung der Vertreter des Sozialismus und des Anarcho-Kapitalismus hat man bislang noch kein Protokoll ausgearbeitet. Ihre Genossen an Bord der *Carbon Conscience* erzählen den Reportern von Ihrer Gesellschaft. Faszinierend.«

»So wird es wohl sein«, erwiderte ich und bedauerte, dass ich mit Boris und Jaime nicht abgesprochen hatte, was sie sagen sollten.

»Ich war früher selbst mal Sozialist, wissen Sie«, fuhr Reid fort. »Aber das war ein schlechter Job.« Er grinste Tamara an. »Vielleicht hätte ich dabei bleiben sollen.«

Dann sah er mich an und durch mich hindurch, mit einem leeren Ausdruck in den Augen. Er schüttelte den Kopf und lächelte wieder.

»›Längst geschlagene Schlachten‹«, meinte er. »Wo wir gerade davon sprechen, Ellen, Dee möchte Ihnen etwas sagen ...«

Eine Frau kam auf Pfennigabsätzen anmutig auf uns zugestakst. Sie trug ein kurzes Kleid aus schwarzer Spitze, darunter langen weißen Crêpe de Chine, was hinreißend aussah. Sie hatte schwarzes Haar, blasse Haut, grüne Augen, breite Wangenknochen und ein warmes Lächeln.

»Hi, Ellen«, sagte sie. »Ich bin Dee. Erfreut, Sie kennen zu lernen.«

»Hallo«, sagte ich und bemühte mich, nicht allzu eisig zu klingen.

»Ich bin Daves Partnerin«, fuhr sie fort. »Ich war mal seine ... äh ...«

Seine mechanische Gespielin. Ein Klon mit einem Computer im Schädel. Nichts weiter als eine Fickmaschine.

»Ich weiß«, sagte ich. »Wilde hat uns von Ihnen erzählt.«

Die Gynoid-Frau schüttelte mir die Hand; ich meinte, ein elektrisches Prickeln wahrzunehmen, aber das bildete ich mir wohl bloß ein. Sie lächelte mit verwirrend großen, strahlenden Augen und geteilten Lippen zu mir auf.

»Dann ist ihm die Rückkehr also gelungen«, sagte sie leise. »Meg auch?«

Meg – Wildes Gefährtin, die künstliche Frau. Eine weitere wandelnde Puppe, eine weitere Fickmaschine.

»Ja«, antwortete ich. »Sie haben es beide geschafft.«

»Ellen«, sagte Dee. Sie ergriff meine Hände. »Mein Verstand arbeitet … anders als der Ihre. Ich habe Zugang zu sämtlichen Firmenaufzeichnungen und zu den Netzwerken der Stadt. Ich muss Ihnen etwas sagen. Wie Sie wissen, gehörten viele der hier lebenden Menschen der robotisierten Arbeitstruppe der Schnelldenker an und wurden anschließend wieder zum Leben erweckt. Ihre Eltern gehörten … nicht dazu.«

»Sie waren gar nicht dabei?«, fragte ich. »Es war also nicht so, dass sie es nicht aufs Raumschiff geschafft haben?«

»Wir haben es alle aufs Schiff geschafft«, sagte Reid. »Dafür habe ich gesorgt. Ich habe niemanden zurückgelassen, der für die Firma verpflichtet worden war oder bei ihr angeheuert hatte, egal ob menschlich oder ex-menschlich, lebendig oder tot.«

Ich musterte ihn von oben bis unten, entkrampfte meine geballten Fäuste und entspannte meine Kiefermuskeln. »Das freut mich zu hören«, sagte ich, »ja, wirklich. Es freut mich zu erfahren, dass meine zweihundert Jahre währenden Albträume von in Roboterkörpern eingesperrten Menschen jeder Grundlage entbehrten, auch wenn das bedeutet, dass ich ihre Kopien nie wiedersehen werde.« Ich verstummte und atmete scharf durch die Nase ein. »Damit kann ich leben, Reid, aber ich kann nicht vergessen, wer sie getötet hat.«

Reid schüttelte energisch den Kopf. »Weder ich noch meine Firma war für die Überfälle verantwortlich«, sagte er. »Daran waren die Außenweltler schuld. Ich habe getan, was ich konnte, und den Menschen die Chance auf ein neues Leben eröffnet. Und Klagen sind mir bislang keine zu Ohren gekommen.«

»Na schön«, sagte ich, packte ihn bei der Schulter und lächelte ihn auf eine Weise an, die zu meiner Genugtuung den Schatten der Angst auf sein Gesicht warf. »Jetzt weiß ich, nach wem ich suche, und ich verlasse mich darauf, dass nicht Sie es sind.«

Als ich seine Schulter losließ, wich Reid einen Schritt zurück. Wo ich ihn berührt hatte, war sein Jackett zerknittert und feucht. Ich wischte mir die Hand reflexhaft an der Hüfte ab. Die beiden Frauen beobachteten mich voller Mitgefühl. Eon Talgarth, der Richter, der vielleicht aufgrund der Intensität unserer Unterhaltung am Rand unserer kleinen Gruppe aufgetaucht war, brach das verlegene Schweigen.

»Falls Sie Gerechtigkeit wollen, Ellen, falls das einer der Gründe war, weshalb Sie diesen weiten Weg zurückgelegt haben, dann sind Sie hier richtig.«

Ich schüttelte den Kopf. »Tut mir Leid«, sagte ich und senkte die Stimme. »Das ist ein zu bedeutender Moment, ein glücklicher Moment, und ich möchte ihn nicht verderben.« Ich deutete auf die fröhlicheren Verbrüderungsszenen um uns herum und hoffte bloß, dass die Genossen nicht zu weit gehen würden. »Aber Sie sollten etwas über uns und über mich wissen. Ich suche nicht nach Gerechtigkeit. Daran glauben wir nicht. Wir besitzen das wahre Wissen. Es gibt keine Gerechtigkeit. Es gibt bloß Verteidigung, Abschreckung und Rache. Die will ich. Und ich will sie bis zur Neige auskosten.«

Reid lächelte zu meiner Überraschung und trat wieder einen Schritt vor. Er war zwar kleiner als ich, hielt meinen Blick aber fest, als blickte er auf mich herunter.

»Ich verstehe, was Sie meinen«, sagte er. »Ich war dort. Wenn Sie sich an den Schnelldenkern rächen wollen, nur zu!« Er vollführte eine weit ausholende Geste. »Ich kann Sie im Handumdrehen zu dem Ort bringen, wo ihre Schablonen gespeichert sind. Sie können sie wiederbeleben, ihnen sagen, was Sie vorhaben und warum, und sie tausend Tode sterben lassen, bevor wir Blue Goo in ihre Tanks kippen. Und dann können Sie es wieder tun. Und wieder. Und wieder …«

»Hören Sie auf.« Ich fasste ihn beim Arm. »Es reicht.«

Die Erkenntnis, dass meine tiefsten und dunkelsten, wenn auch nicht geheimsten Motive fürs Herkommen ins Leere liefen, verursachte mir ein Schwindelgefühl. Ich fror, und mir war übel. Gleichzeitig hatte ich gefürchtet und gehofft, den Kopien meiner toten Eltern zu begegnen, und diese mit Erleichterung gemischte Enttäuschung setzte mir arg zu. Mein Wunsch, an den Wesen Rache zu nehmen, die den ursprünglichen Außenweltlern unbestreitbar am nächsten standen, war von Reid als nicht minder hohl entlarvt worden. Es hatte keinen Sinn, sie zu quälen, verschaffte keine Genugtuung, sie zu bestrafen, denn mit diesen Wesen hatte ich nicht einmal so viel gemein, um mich an ihren Schmerzen zu weiden, wenn sie denn überhaupt Schmerz empfanden. Es wäre ebenso sinnlos gewesen, als trampelte man auf einer widerspenstigen Maschine herum.

Es gab nur eine Abschreckung, eine Verteidigung, eine Art der Rache für mich, und die bestand darin, sie in das gleiche Nichts zu schicken, in das meine Eltern und so viele andere Eingang gefunden hatten: und dies war der ewige Tod ohne die Hoffnung auf Wiederauferstehung. Nichts, was ich jetzt sagte oder tat, durfte dieses Ziel gefährden.

Ich lächelte Reid an. »Sie haben natürlich Recht«, sagte ich. »Das ist bloß eine Phantasie, nicht wahr? Wenn man sie ausspricht oder wenn man die Möglichkeit hat, sie in die Tat umzusetzen, wird einem auf einmal klar, wie aufgeblasen und kindisch sie im Grunde ist.«

»Also, das verstehe ich gut«, sagte er. »Ich weiß, wie

Sie sich fühlen.« Er fasste mich beim Unterarm. »Kommen Sie. In wenigen Minuten wird es hier von Reportern nur so wimmeln, und Sie werden mit ihnen reden müssen. Wenn Sie das hinter sich haben, sind Sie alle eingeladen, sich die Stadt anzusehen.«

»Ja«, sagte ich. »Darauf freue ich mich.« Mir zitterten die Knie. Reid bemerkte es und führte mich zu einem Stuhl. Er zwinkerte Talgarth und den beiden Frauen zu, worauf sie sich wieder unter die Leute mischten. Reid nahm neben mir Platz, schraubte ein silbernes Fläschchen auf, das er an der Hüfte trug, und reichte es mir. Ich kostete von dem scharfen Zeug, dann reichte ich es zurück.

»Das ist nicht mehr das Gleiche wie früher« meinte Reid bedauernd. »Ich hoffe doch, Ihr versteht es noch, Single Malt zu destilllieren.«

Ich musste unwillkürlich lächeln. Trotz seines Rufs, ein skrupelloser Mann zu sein, verstand er es mit seiner entwaffnenden Art, eine behagliche Atmosphäre zu schaffen.

»Da müssen Sie mal die Japaner fragen«, antwortete ich.

»Ach, Gott«, meinte er und trank noch einen Schluck. »Und bei Ihnen gibt es wirklich kein Geld? Was benutzen Sie stattdessen – Computer?«

»Ja«, antwortete ich stolz. »Wir planen nicht viel, aber das bisschen Planung, das sich nicht umgehen lässt, erledigen die Computer. Die größten, die es gibt.«

Reid legte den Kopf in den Nacken und lachte zum Himmel empor, sodass ihm die vorübergehende Bedrückung entging, mit der ich mich an den Hauptgrund erinnerte, weshalb unsere wichtigsten Computer aus Messing und Stahl bestanden und aussahen wie historische Dampfloks – unbestechliche Rechenmaschinen, die nichts und niemand beirren konnte.

*

Man schreibt das Jahr 2098. Unter mir treibt eine Stadt vorbei, deren alte Türme aus Beton und Glas von erst kürzlich in Nanobauweise errichteten Nadeln überschattet werden und die umgeben sind von der Barackensiedlung, die es schon vorher gab und welche die Hochhäuser, die aus dem Boden geschossen sind wie Pilze aus feuchtem, dunklem Erdreich, überdauern wird. Noch hinter den Baracken liegt das saftige Grün des Waldes, durchzogen von den graubraunen Narben der Straßen; und noch weiter in die Höhe als die Türme reichen die sich vervielfachenden Säulen öligen Qualms.

Der Qualm rührt von Unfällen her. Hier brennt ein Turm vom zwanzigsten Stockwerk aufwärts, wo ein Helikopter klebt wie ein Insekt an der Windschutzscheibe; der Verkehr ist nach zahllosen Zusammenstößen zusammengebrochen; dort ist ein Linienflugzeug vom Himmel gefallen und hat mehrere Hektar voller Holzbaracken in Brand gesetzt.

Ich schwebe auf dem Telemetrie-Deck der Station, und das unbemannte Frachtluftschiff schwebt über Lagos und überträgt Bilder seiner Überwachungskameras, an denen ich sowieso nichts ändern kann. Dies war bis vor wenigen Stunden eine erfolgreiche Stadt. Die von den Seuchen des zwanzigsten Jahrhunderts mehrfach dezimierten Afrikaner sind nahezu immun gegen die letzte große Seuche des einundzwanzigsten. Sie haben den Grünen Tod überlebt und sich sogar mit den europäischen Flüchtlingsmassen abgefunden, welche die Slums verstopfen und um die Türme herumwimmeln. Sie verfügen noch über Öl und funktionierende Computernetzwerke. Ihre Zivilisation ist immer noch im Aufstieg begriffen und nicht im Niedergang.

Bis jetzt.

Die Computer stürzen ab und mit ihnen alles, was von ihnen abhängig ist: die Verkehrskontrolle, die Flugüberwachung, die Flugzeugsteuerungen, die industriellen Fertigungsprozesse, die Lagerverwaltung, die Telekommunikation und die Stromversorgung. Mit der vorhersehbaren Logik von in die Enge getriebenen Menschen plündern sie die Supermärkte mit den plötzlich ausgefallenen Tiefkühltruhen, bevor alles verdirbt, plündern sie die Läden, ehe es dort nichts mehr zu holen gibt, bewaffnen sich, bevor sie ausgeraubt werden, strömen auf die Straßen und flüchten in die Dörfer, ehe jemand anders auf den gleichen Einfall kommt, und stellen überrascht fest, dass alle anderen das Gleiche tun wie sie.

Wir haben ebenfalls Probleme, steuern alles manuell oder mithilfe von Back-ups oder Notsystemen. Unsere Computerprogramme sind Schrott, die Viren haben die Systeme kurzgeschlossen, die Speicher gelöscht, die Maschinen verkrüppelt ... doch unsere automatischen Systeme sind robust, sie sind zusammengestoppelt und wurden so häufig umgebaut, dass nur mechanische Gewalt sie lahm legen kann. Wir haben noch Atemluft und Proviant.

Die Menschen am Boden sind viel schlimmer dran. Paradoxerweise haben sie sich viel stärker auf ein Netzwerk künstlicher Organisation verlassen als wir. Lagos exportiert vor allem Finanzdienstleistungen, womit es mehr verdient als mit den schwindenden Ölreserven. Damit ist jetzt Schluss.

Die Lage der Menschen in den Straßen, die ich hilflos beobachte, ist viel schlechter, als ihnen gegenwärtig bewusst ist. Sie haben keine Hilfe zu erwarten, denn überall sieht es ähnlich aus. Mit unheimlicher, gespenstischer Gewissheit weiß ich, dass ein sehr hoher Prozentsatz dieser Menschen bereits tot ist, so mausetot, als wandelten sie – wie es in diesem Moment in anderen Städten nicht wenige Menschen tun – in den elliptischen, tränenförmigen Fallout-Zonen der durchgegangenen Atomreaktoren.

Das Luftschiff stößt gegen einen Nanoturm, und der Bildschirm wird schwarz.

*

Die Tür des Helikopters öffnet sich erneut, und Reporter stürzen heraus und beginnen umherzuwimmeln, wie Reid es angekündigt hat. Ich hatte geglaubt, er habe seine Bemerkung wörtlich gemeint, doch das war ein Irrtum. Die ›Reporter‹ waren kleine Hubschrauber, ausgestattet mit Mikrofonen, Kameras und Lautsprechern; einige waren sogar imstande, das Hologramm eines Menschen zu projizieren, der die Fragen aus dem Lautsprecher lippensynchron wiedergab.

»Wenn Sie erst einmal Kontakte haben«, versicherte mir Reid, »wirken sie richtig körperlich.«

»Ich bin mir nicht sicher, ob ich welche will«, erwiderte ich.

Ich versammelte das Team um mich, dann stellten wir uns gemeinsam den Kameras und Mikrofonen. Boris und Jaime hatten den grundlegenden Informationsbedarf anscheinend schon gestillt; die meisten Fragen, die man mir stellte (und man fragte vor allem mich, da ich in den hiesigen Medien als Sprecherin der Expedition bezeichnet worden war), waren eher nebensächlicher Natur.

»Sie scheinen überrascht, uns zu sehen, Miss Ngwethu«, sagte ein geisterhafter Jugendlicher, der nur wenige Meter von mir entfernt war. »Gibt es im Sol-System keine Avatare und Projektionen?«

»Selbstverständlich«, antwortete ich. »Aber wie Ihnen schon zu Ohren gekommen sein dürfte, haben wir wegen der Schnelldenker Schwierigkeiten mit der elektronischen Kommunikation. Doch selbst wenn dem nicht so wäre, bezweifle ich, dass wir sie zur – wie sagen Sie noch gleich? – zur Nachrichtengewinnung einsetzen würden. Wir machen nur beschränkten Gebrauch von ihnen, zum Beispiel bei der Überwachung gefährlicher Umgebungen und so weiter.«

»Wie kommen Sie dann an Nachrichten? Müssen die Reporter persönlich vor Ort erscheinen?«

»Bei uns gibt es keine Reporter im eigentlichen Sinn«, sagte ich. »Das heißt, ein paar Leute geben Newsletter heraus und speisen Nachrichten in die entsprechenden Kanäle ein, aber eigentlich schert sich niemand groß darum.«

»Aber wie …?« Der Reporter war einen Moment sprachlos. »Woher wissen Sie dann, was vorgeht?«

»Ach, das meinen Sie! Nun, in der Union kann jeder alles an jeden melden, an jeder Sitzung der Verwaltung teilnehmen oder ihr zuschauen und seine Meinung beliebig kundtun. Es sei denn, sie verschwenden bloß die Zeit der anderen Teilnehmer und werden rausgeschmissen.«

»Dann könnte es also sein, dass bei einer Sitzung des Zentralkomitees, des Solaren Rates, hunderttausende Menschen auftauchen und alle gleichzeitig herumschreien?«

»Selbstverständlich nicht«, erwiderte ich entrüstet. »Theoretisch schon, aber wer würde das wollen? Abgesehen natürlich von den Delegierten des Solaren Rates, und von denen muss man einigen praktisch einen Tritt in den Hintern geben. Dabei geht es um ganz praktische Fragen, und offen gesagt ist es meistens ziemlich *öde*. Die lokalen Versammlungen sind viel interessanter, weil sie mehr zu tun haben.«

»Gilt das auch für Ihre Organisation, die Cassini-Division?«, fragte das Hologramm.

Ich überlegte kurz. »Nein«, antwortete ich.

»Weshalb nicht?«

»Kampfhandlungen sind etwas anderes. Hin und wieder sind wir zur Geheimhaltung gezwungen, jedoch nur für kurze Zeit.«

Der Reporter zögerte einen Moment lang, da sprang auch schon eine Kollegin in die Bresche. Sie hatte glattes blondes Haar und wirkte wie zwölf. »Weshalb sind Sie hergekommen?«, fragte sie.

Ich setzte mein strahlendstes Lächeln auf. »Wir wollen herausfinden, wie es der einzigen anderen existierenden menschlichen Gemeinschaft ergangen ist, und freundschaftliche Beziehungen mit ihr knüpfen. Selbstverständlich haben wir auch ein wissenschaftliches Interesse am Wurmloch – am Malley Mile.«

Sie sah mich an, als wollte sie sagen ›Ich bin doch nicht von gestern!‹, was in Anbetracht unseres Altersunterschieds ziemlich komisch wirkte. »Davon einmal abgesehen.«

»Reicht das denn nicht? Welche Gründe sollten wir denn noch haben?«

»Vielleicht um uns Ihr System aufzuzwingen?«

Dieser Gedanke war mir wirklich noch nicht gekommen. Unsere Absicht, die hiesigen Schnelldenker auszulöschen, beziehungsweise die Schablonen zu löschen, wie Reid sich ausgedrückt hatte, war so geheim, dass ich mir keine Sorgen machte, jemand könnte dahinterkommen. Aber dieser Verdacht war wirklich absurd. Ich lachte bloß.

»Sie scheinen ganz gut allein zurechtzukommen«, sagte ich diplomatisch. »Außerdem kann man den Sozialismus nur dann einführen, wenn die meisten Menschen ihn begreifen und sich wünschen und auch bereit sind, etwas dafür zu tun. Soviel ich weiß, ist das auf dem Neuen Mars nicht der Fall – noch nicht.«

Diese Bemerkung brachte mir das zustimmende Gelächter der Umstehenden ein. Talgarth trat mit erhobener Hand vor. »Meine Damen und Herren!«, wandte er sich an die Phantomgestalten und Rotationshalos. »Ich bin sicher, unsere Gäste werden Ihnen in Kürze eine Menge zu berichten haben. Einstweilen aber sollten wir ihnen etwas Ruhe gönnen und ihnen Gelegenheit geben, in den Genuss unserer Gastfreundschaft zu kommen.«

Davon hatten wir schon eine Menge genossen, bis Talgarth und die anderen führenden Bürger mitsamt des Schwarms zudringlicher Projektionen aufgetaucht waren, doch ich beklagte mich nicht. Wir verabschiedeten uns von Abigail und Andrew und wurden zum großen Helikopter geleitet. Schließlich fand ich mich neben Tamara auf einem Fensterplatz wieder. Als die Maschine abhob, winkte ich Powell und seiner Frau, und sie winkten zurück. Bevor sie außer Sicht verschwanden, sah ich noch, wie Andrew Powell, gefolgt von einem Schwarm von Projektionen, zum Raumschiff stapfte. Ich wusste, er würde so vernünftig sein, nicht zu nahe heranzugehen, doch ob das auch für die Projektionen galt, bezweifelte ich.

Lächelnd lehnte ich mich zurück und genoss den Flug.

*

Tamara und ich plauderten über das Leben auf dem Neuen Mars und auf der Erde, lachten über die Vorurteile des jeweils anderen und über unsere Vergangenheit. Ihr ehrfürchtiges Staunen freute mich, machte mich aber auch verlegen, weshalb ich sie ermutigte, mehr von sich zu erzählen.

Sie sagte, sie sei Abolitionistin gewesen.

»Was ist das denn?«

Abigail und Dee hatten die Abolition erwähnt, doch mir war unklar, was sie damit meinten.

»Wir waren eine kleine Gruppe von Anarchisten – einige sozial motiviert, bei anderen war es eher eine Frage des Lebensstils. Wir hielten es für falsch, Maschinen mit eigenem Bewusstsein als Werkzeuge zu benutzen, und betrachteten das als eine Art Sklaverei, wissen Sie. Aber vor fünf Jahren veränderte sich alles.«

»Jetzt glauben Sie das nicht mehr?«

Tamara musterte mich erstaunt, kam zu dem Schluss, dass ich bloß scherzte, und lachte mehr über meinen seltsamen Humor als über den Inhalt meiner Frage. »Nein, wir haben das Bewusstsein der anderen Menschen verändert! Dies war die Folge einiger komplizierter Gerichtsverfahren, bei denen es um Wilde, Wildes Maschinenkopie, David Reids Besitzrechte an Dee und natürlich um die Schnelldenker ging. Anschließend klagten mehrere in Privatbesitz befindliche intelligente Maschinen ihr Recht auf Selbstbestimmung ein, und zahlreiche Menschen unterstützten sie dabei. Die neuen Menschen, die von den Toten auferstanden waren, sahen nicht ein, wie man Roboter so behandeln konnte – ihnen waren die Vorurteile der ersten Menschen fremd.«

»Ja«, sagte ich. »Davon hat Wilde uns berichtet. Er meinte, bei seinem Abflug sei es ziemlich hoch hergegangen.«

»Das kann man wohl sagen! Damals standen wir kurz vor einer Revolution, alle waren auf den Straßen und diskutierten.«

»Was geschah mit den Schnelldenkern?«, fragte ich.

Tamaras Miene umwölkte sich. »Also, nachdem Reid und Wilde sie dazu benutzt hatten, die Wiederauferstehung in die Wege zu leiten – die geht übrigens weiter, wir erwecken ständig Menschen aus dem Speicher zum Leben, insgesamt etwa eine Million im Laufe der vergangenen fünf Jahre, weshalb die Stadt auch so schnell wächst und überall neue Siedlungen entstehen –, löschten sie die Kopien der von ihnen wiedererweckten Schnelldenker. Reid besitzt immer noch die Originale. Hat noch immer Angst vor einer gefährlichen Singularität.« Sie hielt einen Moment nachdenklich inne. »Jetzt aber, da es so scheint, als verhielten sich die Jupiteraner ganz vernünftig, und als bestünde keine Gefahr, dass sie durchdrehen oder so, wird sich das vielleicht ändern.«

»Das wird es bestimmt«, sagte ich, »denn wenn es nach mir geht, braucht Reid sich nicht mehr lange wegen einer drohenden Singularität Sorgen zu machen.«

Tamaras Freude über diese aufrichtige, aber auch doppeldeutige Bemerkung beschämte mich ein wenig. Ich wandte mich ab und blickte auf die Stadt hinab, die unter und vor uns ausgebreitet lag und die mit ihren fünf Armen – drei davon kürzer als die anderen –, den langen Straßen und den Radialkanälen mitsamt dem Ringkanal einem leuchtenden Seestern glich.

9

Ein modernes Utopia

AUF FLUGPLÄTZEN, WO DIE MENSCHEN auf überdachten Laufbändern zu den wartenden Maschinen fahren, geht es ruhig zu. An den Wänden der Abfertigungshalle stehen Tische mit Getränken und Snacks, es gibt offene Läden, wo man alles bekommt, was man brauchen könnte und gerne vergisst, Ständer und Regale, in denen man stöbern kann, und wenn einem ein Buch, eine Zeitschrift oder eine Diskette gefällt, nimmt man sie einfach mit. Es gilt als schick, gerade so viel Unterhaltungsstoff mitzunehmen, wie man bis zum Ende der Reise oder der ersten Reiseetappe benötigt, sodass man die Gegenstände an einem anderen Flugplatz ins Regal zurücklegen kann. Auf manchen Flughäfen trifft man auf Musiker oder Akrobaten oder Ähnliches. Wenn man Lust hat, hört oder schaut man ihnen zu, wenn nicht, lässt man es bleiben. Die einzigen Schranken, denen man begegnet, dienen der eigenen Sicherheit. Hin und wieder ist man anderen Leuten mit dem Gepäck behilflich oder bittet jemand anderen um Hilfe. Muss man lange auf einen Flug warten, schließt man sich vielleicht einer der Hilfsaktivitäten an und sorgt dafür, dass eiligere Passagiere ihre Erfrischungen oder Bücher bekommen oder ist ihnen mit dem schweren Gepäck oder den kleinen Kindern behilflich. So geht es auf Flughäfen zu.

Für den Kapitalismus gilt das nicht. Als ich in Begleitung meiner Genossen und gefolgt von den führenden Bürgern der Stadt am Ende eines langen Gangs vom geschäftigen Landefeld in die Hauptabfertigungshalle des Flughafens von Ship City trat, wurde ich von hunderten begeisterter, hinter einer Schranke wartender Menschen begrüßt, von einem umherwimmelnden Schwarm von Reportern, einem Meer greller Farben und ohrenbetäubendem Lärm. Jeder Quadratmeter, der nicht den Passagieren oder den auf sie wartenden Freunden oder Angehörigen vorbehalten war, wurde von Verkaufsständen, Läden oder Kiosks in Beschlag genommen, jeder mit einem Neonschild ausgestattet, das für Flüge, Medikamente, Socken, Kosmetika, Unterwäsche, Versicherungen, Back-ups, Taxis oder Hotels warb. Aus den Lautsprechern plärrte eine aufdringliche Musik, die umso nervtötender war, als sie regelmäßig von nicht minder aufdringlichen Durchsagen unterbrochen wurde.

Währenddessen wurden andere Aktivitäten fortgeführt, ohne dass man sich durch unsere Ankunft hätte stören lassen. Der breite Gang zwischen uns und der Begrüßungsmenge wurde von kleinen automatischen Fahrzeugen mit voll bepackten Anhängern und energisch ausschreitenden Männern und Frauen in Anspruch genommen, die mir – dies war schließlich meine erste Begegnung mit ihnen – wie Affenmenschen verschiedener Spezies vorkamen. Zwischen ihnen staksten oder glitten auch Roboter einher, die entfernt humanoid wirkten. Außerhalb der Abfertigungshalle, am anderen Ende des Landefelds, ließ das dumpfe Dröhnen schwerer startender Flugzeuge die Luft erbeben, während ihre Triebwerke die Nacht erhellten. Weder die vorbeieilenden Menschen oder Humanoiden noch die Roboter hatten mehr als einen neugierigen, wenn auch freundlichen Blick für uns übrig.

Ich zögerte, da ich nicht wusste, wie ich diesen hartnäckigen und schnellen Verkehrsstrom überwinden sollte. Talgarth ging an mir vorbei und schritt einfach hinein, wandte sich dem anbrandenden Verkehr entgegen und hob die Hand. Diese gebieterische Geste ermöglichte es uns, bis vor die Schranken zu gelangen. Lauter Jubel und freundliches Lächeln begrüßte uns, Hände streckten sich uns entgegen; Aufnahmegeräte und Säuglinge wurden über die Köpfe emporgereckt. Talgarth geleitete uns an ihnen vorbei, an den Schranken entlang und um eine Ecke herum in einen ruhigeren Bereich, aus dem die kleinen Helikopter fern gehalten wurden. An den Wänden gab es Polsterbänke. Jaime und Boris saßen dort, beide etwas mitgenommen, aber in eine ernsthafte Unterhaltung mit zwei jungen Frauen mit gleichartigen himmelblauen Jacken und dazu passenden Röcken vertieft. Als sie uns näher kommen sahen, verabschiedeten sie sich von den Frauen (die sich daraufhin erhoben und ein eigentümlich starres Lächeln aufsetzten) und gesellten sich zu uns.

Andrea umarmte Jaime, und ich umarmte Boris, und alle wimmelten eine Weile umher, bis Talgarth uns wieder um sich scharte wie eine Aufsichtsperson die Kinder bei einem Ausflug und uns zwischen großen, auseinander weichenden Glastüren hindurch an den Rand eines Parkplatzes führte, wo eine Menge Fahrzeuge abgestellt waren, von denen eines auf uns wartete.

Es war etwa siebeneinhalb Meter lang und zweieinhalb Meter hoch, mit großen Seitenfenstern und einem tief gelegten Chassis. Ein Mann in grauer Uniform und mit grauer Schirmmütze stand neben der offenen Tür und lächelte auf die gleiche unpersönliche Art wie die beiden Frauen. Talgarth stieg ein und bedeutete uns, ihm zu folgen. Im Innern des Wagens gab es Sitzbänke mit einer Art Lederbezug, der Boden war mit Teppich ausgelegt, und es roch nach neuem Plastik. Ich setzte mich neben Boris auf den Rücksitz. Talgarth nahm vor uns Platz, und die anderen belegten die angrenzenden Plätze. Auch Reid, Dee und Tamara stiegen ein. Die anderen blieben zurück und winkten uns nach, wobei sie gleichzeitig wichtigtuerisch und ausgesperrt wirkten.

Als der Fahrer die Tür schloss und hinter dem Lenkrad Platz nahm, sagte ich zu Talgarth: »Es ist sehr nachbarschaftlich von Ihnen, dass Sie sich solche Umstände machen.«

»Sie meinen den Shuttle-Bus?« Er lächelte. »Das ist das übliche Transportmittel auf der Route zur Stadt.«

»Trotzdem danke«, sagte ich. »Wohin fahren wir?«

»Reid hat eine Hoteletage für Sie reservieren lassen, im selben Gebäude, in dem er auch sein Büro hat«, erklärte Talgarth. »Wir gehen zuerst in sein Büro, falls Ihnen das recht ist, denn wir würden uns gern ungestört mit Ihnen unterhalten, bevor wir uns anderen gesellschaftlichen Erfordernissen zuwenden.«

»Einverstanden«, sagte ich. »Wir haben eine Menge zu besprechen.«

*

Der Flugplatz lag zwischen den Enden zweier Arme der Stadt. Dahinter erstreckte sich meilenweit flaches Gelände, ein Teil davon anscheinend von Wasser bedeckt: als ich durch das große, gebogene Heckfenster schaute, spiegelte sich in den Tümpeln der Triebwerksstrahl einer startenden Rakete. Als er verblasste, flammte bereits der nächste auf. Offenbar gab es hier eine Menge Schwerlastverkehr. Ein paar Meilen voraus ragte am Ende der breiten Straße das Stadtzentrum auf. Die Gebäude der beiden konvergierenden Arme wurden immer höher, je näher wir dem Zentrum kamen, das von einer Ansammlung hoher, schlanker Türme beherrscht wurde. Sie waren nicht so hoch wie viele Gebäude auf der Erde oder wie die Bäume in den Kraterkuppeln auf dem Mond, wirkten aber anmutiger und boten einen atemberaubenden Anblick. Die unteren Bereiche waren durch Wendeltreppen oder geschwungene Rampen verbunden, was dem ganzen Komplex das Aussehen eines filigranen Kopfschmucks verlieh. Es gab auch andere Gebäude, abgerundete und polyedrische; und hohe gläserne Quader wie die, neben denen die *Terrible Beauty* vor gerade mal zwei Wochen gelandet war.

Alle Gebäude waren hell erleuchtet; von dem Licht, das aus den Fenstern fiel, von Scheinwerfern und Reklametafeln. Wir waren von dem Anblick ganz hingerissen.

»Das ist wunderschön«, meinte Suze. Reid, der vor ihr saß, wandte sich um und sagte:

»Das ist es, außerdem ist es sozusagen ein kleiner Scherz. Die filigraneren Türme und die eleganten geodätischen Kuppeln wurden von den Schnelldenkern anhand alter Darstellungen futuristischer Städte entworfen – bloß um uns zu zeigen: Seht her, wir können es besser.«

»Und sie haben es auch besser gemacht«, sagte Malley. Sein glucksendes Lachen übertönte das elektrische Summen des Busses. »Ich erinnere mich noch gut an die alten Titelbilder. Verdammte Wendeltreppen – die sahen immer irgendwie schief aus, aber hier stimmt alles.«

Mir fiel auf, dass der Fahrer nicht viel zu tun hatte und dass die meisten anderen Fahrzeuge führerlos waren. Der Fahrer war somit eine bloße Formsache, entsprechend der Vorstellung, dass einige Menschen dazu da waren, andere zu bedienen und ihnen jeden Wunsch von den Lippen abzulesen; typisch kapitalistisch, genau wie die Stewardessen, mit denen Boris sich unterhalten hatte und von denen er mir gerade erzählte. Ich hörte ihm skeptisch zu: er schien ungebührlich beeindruckt von ihrer Lohnsklavenhaltung.

»Sind sie denn nun freundlicher und hilfsbreiter als die Nachbarn, die während eines Flugs die Erfrischungen servieren?«, fragte ich, in Gedanken bei meiner ersten Begegnung mit Suze.

Boris hob die Schultern. »Vielleicht ja nicht«, räumte er widerwillig ein. »Aber sie tun es ständig, und zwar, um sich ihren Lebensunterhalt zu verdienen, und dadurch wird alles viel … intensiver.«

»Ha!« Ich packte seinen Arm und kuschelte mich an ihn. »Das ist *pervers*, weißt du«, flüsterte ich ihm ins Ohr. »In deinem Herzen bist du halt doch ein alter Staatskapitalist. Insgeheim spielst du schon seit Jahren Arbeitnehmer-Arbeitgeber-Sexspielchen.«

»Stimmt nicht«, knurrte er empört, dann drehte er den Kopf herum und stupste grinsend meine Nase mit seiner Nase an. »Hab leider nie eine Mitspielerin gefunden, aber wenn du *darauf* scharf bist …«

»Beschäftige dich selbst«, erwiderte ich ganz leise. Auf den Nachbarsitzen hatte gewiss niemand die Obszönität mitbekommen. Dee aber verfügte anscheinend – was kaum verwunderte – über ein außergewöhnlich gutes Gehör, denn sie blickte sich mit einem freundlichen und durchtriebenen Lächeln zu uns um, als wäre sie genau im Bilde. Mir brannten leicht die Wangen, und ich sah weg.

Der Bus glitt nun zwischen hohen Gebäuden einher. Die Gehsteige am Fuße dieser Gebäude waren recht breit und trotz der Abendstunde auch belebt. Der Verkehr war dichter geworden und bewegte sich langsamer, und die Menschen auf der Straße (und die verstörenden Quasi-Menschen, die intelligenzverstärkten Affen, die künstlich veränderten Hominiden und die autonomen Maschinen) drehten sich nach uns um, starrten einen Moment in den Wagen und wechselten dann lächelnd Blicke.

»Woher wissen sie, dass wir im Bus sitzen?«, fragte ich.

Dave Reid, der auf dem Vordersitz saß, schnaubte. Er deutete auf einen flachen grauen Bildschirm hinter dem Fahrersitz. »Das kommt daher, dass wir … äh … Verzeihung …« Anscheinend schnippte er bloß gereizt mit den Fingern, aber auf einmal sah man auf dem Monitor den Bus von hinten und oben. Ich blickte aus dem Heckfenster und sah die uns hinterdreinfliegenden Reporter. Die anderen lachten. »Man sollte sie besser nicht ermutigen«, meinte Talgarth. Als ich wieder auf den Bildschirm sah, war darauf mein Kopf in Nahaufnahme zu sehen, dann fuhr die Kamera enttäuscht zurück.

Die Nachrichtenmaschinen schwebten noch immer über uns, als wir am Fuße eines Turms mit hohen, scheinbar willkürlich verteilten Fenstern nahe dem Stadtzentrum hielten, der einem riesigen Baumstamm aus Beton ähnelte. Talgarth und Reid stiegen zuerst aus und verscheuchten die Reporter, als wären es Fliegen. Als ich ausstieg, dankte ich dem Fahrer und verabschiedete mich von ihm, wobei wir zum ersten Mal Augenkontakt hatten. Er lächelte ein wenig erstaunt, und sein Lächeln wurde noch breiter, als Dee ihm beim Aussteigen ein Trinkgeld reichte.

Das Gebäudeinnere war mit Kunstleder, echtem Holz, den unvermeidlichen Topfpflanzen und dem üblichen Efeu ausgestattet. Einige Wände waren jedoch kahl geblieben. Die weitläufige, mit flauschigem Teppichboden ausgelegte Rezeption strahlte zurückhaltende Eleganz aus. Im Lift, dessen Tasten ein grau uniformierter Angestellter bediente, war bequem für uns alle Platz. Außerdem war er schnell; von der Beschleunigung sackte ich in den Knien ein.

Anschließend geleitete uns Reid über einen Gang und durch einen großen Vorraum in ein kleines Büro, der schwere Holzschreibtisch und das tief in die Wand eingelassene Fenster waren bereits durch die offene Tür zu sehen. Eine rechteckig angeordnete bequeme Sitzgarnitur mit Kunstlederbezug; gedämpfte Raumbeleuchtung; schwarze Scheinwerferzylinder, welche die Bilder an den Wänden, einzelne Pflanzen und den Barschrank beleuchteten.

»Bitte nehmen Sie doch Platz«, sagte Reid. Er zog das Jackett aus und markierte sein Territorium, indem er es über die Lehne des Sessels am Kopfende des Tisches hängte, dann machte er sich am Barschrank zu schaffen. Talgarth hängte Hut und Mantel an die Garderobe, schob die Hemdärmel hoch und nahm Platz, wobei er seine Weste aufknöpfte. Dee und Tamara warteten, bis wir uns gesetzt hatten, dann nahmen auch sie nebeneinander Platz.

Gegenüber dem Sessel, in dem ich mit Boris zu meiner Rechten und Malley zu meiner Linken saß, hingen große, gut ausgeleuchtete Fotos an der Wand. Auf den meisten posierte Reid mit neuen Waffensystemen oder unterhielt sich mit Leuten, die wohl Kapitalisten oder Angestellte von Kapitalisten waren. Auf einem Foto standen Reid und Dee zusammen auf einer breiten Treppe vor einem breiten, überdachten Portal inmitten vieler Menschen.

Der Mann neben Reid sah aus wie Jonathan Wilde, und die Frau neben Dee sah aus wie Dee: dieselbe Größe, die gleiche Figur, das gleiche Gesicht. Mir wurde jäh bewusst, dass ich hier Dees Original und Wildes Kopie vor mir hatte, die Kopie, die hier geblieben war. Die beiden Männer trugen schwarze Mäntel, schwarze Hosen und bunte Krawatten, und die Frau an Dees Seite trug ein langes, eng geschnittenes grünes Kleid von unaufdringlicher Eleganz.

Dee lächelte selbstgefällig, angetan mit einem sehr schicken, bodenlangen weißen Satinkleid mit eng anliegendem Oberteil und Hammelkeulenärmeln, alles mit Perlen, Stickereien, Einsatzstreifen, Spitzenbesatz und

Organzakräuselungen verziert: kein einziger billiger Trick des Auffallens um jeden Preis war ausgelassen worden. Auf dem Kopf trug sie eine silberfarbene Tiara, aus der sich ein Wasserfall bestickten Tülls auf ihren Rücken und über den breiten, gekräuselten Teich der Schleppe ergoss. Bei dem überkandidelten Aufzug schien es sich um ein Karnevalskostüm zu handeln, bei dem die Absicht, Wirkung zu erzielen, über Geschmacksfragen triumphiert hatte; ich veranlasste den Anzug, das Kleid aufzuzeichnen, denn ich wollte damit demnächst bei einer unserer wilderen Parties einen starken Auftritt hinlegen.

Reid stellte in paar Tabletts mit Gläsern auf den Tisch, dann Schnaps, Bier, Tonicwater, Mineralwasser und Cola. »Bedienen Sie sich«, sagte er, und während wir der Aufforderung nachkamen, nahm er mit einer Flasche Bier vor sich am Kopfende des Tisches Platz. Als wir alle mit Getränken versorgt waren, lehnte er sich zurück und fuhr sich ziemlich geistesabwesend mehrmals durchs lange, dichte schwarze Haar, dann zündete er sich eine Zigarette an. Er ließ den inhalierten Rauch mit einem gedehnten Seufzer entweichen.

»So«, sagte er. »Es geht doch nichts über ein bisschen Ruhe. Dieser Raum ist so sicher, wie es nur geht, und befindet sich innerhalb eines Faradaykäfigs. In den Beton ist Maschendraht eingelassen, hat man mir gesagt; sehr wirkungsvoll.« Er sah auf eine Art Armbanduhr, dann blickte er mich an. »Nun, Ellen, ich fürchte, Ihr verschlüsseltes Videosignal wird die Wände nicht durchdringen.« Er grinste. »Ich wollte Sie bloß darauf aufmerksam machen; mich stört das nicht. Zeichnen Sie nur alles auf und übermitteln Sie es an Ihr Komitee oder was auch immer – wenn Sie möchten, gebe ich Ihnen anschließend Gelegenheit, ungestört Funkkontakt aufzunehmen.

Ich nickte. »Einverstanden.«

»Gut«, sagte Reid. Er ließ den Blick in der Runde schweifen. »Jetzt aber zur Sache. Falls Sie mit den Menschen hier Handel treiben wollen, würde es sich für Sie auszahlen, wenn Sie sich zunächst an uns wenden. Talgarth hat einen Gerichtshof, der mittlerweile auch von anderen Gerichten als ... als letzte Instanz akzeptiert wird, und zwar vor allem bei Mensch-Maschine-Problemen. Dee und ich leiten die größte Schutzagentur, die amüsanterweise auch mit Ihnen vertragseinig geworden ist. Tamara genießt hohes Ansehen bei einer bedeutenden Bevölkerungsgruppe, von der Macht, von einem Moment auf den anderen einen Generalstreik auszurufen, ganz zu schweigen.«

Tamara breitete lächelnd die Arme aus. »Das würde ich nicht sagen.«

»Sie sind zu bescheiden«, meinte Reid. »Wir haben hier nicht das Sagen, wir stimmen nicht in allen Punkten überein, und ich habe viel weniger Macht als vor dem Erscheinen all der ehemaligen Toten.« Er lächelte sarkastisch. »Jeder Einzelne von uns aber könnte entscheidenden Einfluss auf Ihr Verhältnis mit den Menschen und Maschinen dieser Stadt nehmen oder sogar einen Bruch herbeiführen – das ist keine Drohung, sondern eine bloße Tatsache. Vermutlich nehmen Sie dort, wo Sie herkommen, eine ähnliche Stellung ein.« Um seine Augen bildeten sich Fältchen. »Oder habe ich es bloß mit einem Haufen einfacher Kosmonauten zu tun?«

»In gewisser Weise schon«, sagte ich. »Wir haben keinen besonderen Status, aber wir haben das Mandat, Verhandlungen zu führen und alle Schritte zu unternehmen, die wir für notwendig erachten.«

»Im Namen von dreißig Milliarden Menschen?«, fragte Reid und musterte mich durch gesenkte Augenlider und eine Qualmwolke hindurch. Irgendwo schaltete sich ein Ventilator ein.

Ich zuckte die Achseln. »Mehr oder weniger, und zwar in dem Sinne, dass wir ihnen Rechenschaft schulden und sie für unser Vorhaben gestimmt haben.«

»Und was haben Sie vor?«, fragte Reid betont beiläufig.

Ich trank einen Schluck Whisky mit Wasser. An den Geschmack konnte man sich gewöhnen. Malley beschäftigte sich mit seiner Pfeife, Suze betrachtete ihre Fingernägel.

»Wir sind hierher gekommen«, antwortete ich vorsichtig, »um sicherzustellen, dass die Schnelldenker auf dieser Seite des Wurmlochs keine Bedrohung für uns darstellen, so wie wir dafür sorgen, dass die Schnelldenker auf unserer Seite keine Bedrohung für Sie darstellen.«

Reid und Talgarth beugten sich gleichzeitig vor, beide mit dem gleichen wachsamen und vorsichtigen Gesichtsausdruck.

»Was soll das heißen?«, fragte Talgarth.

»Wilde ...« Ich schüttelte den Kopf. »Der andere Wilde, der, den Sie Jay-Dub nennen. Er hat uns gesagt, die Frage der ›Roboterrechte‹ sei verknüpft mit der Wiederbelebung der Schnelldenker und bei seinem Aufbruch habe es so ausgesehen, als ob sich die Verfechter dieser Position durchsetzen würden. Natürlich waren wir besorgt. Ich muss sagen, ich habe von Tamara mit Erleichterung vernommen, dass Sie diesem Ansinnen bislang Widerstand entgegensetzen.«

»Welche Garantien würden Sie akzeptieren?«, erwiderte Reid.

Bloß ihre Vernichtung, dachte ich. »Was können Sie anbieten?«, fragte ich. Reid war sich sehr wohl bewusst, dass ich seine Frage nicht beantwortet hatte, drängte jedoch nicht weiter in mich. Er beugte sich vor, die Ellbogen auf die Knie gestützt, die Finger mit der Zigarette an den Lippen. »Wie steht es mit meiner ... unserer ...

nach wie vor gültigen Überzeugung, dass es gefährlich wäre, mit ihnen herumzuexperimentieren?«

»Sie haben bereits einmal mit ihnen herumexperimentiert«, sagte ich. »Und die Folgen waren, jedenfalls was Sie angeht, ausgesprochen positiv – Sie haben den Kontakt zur Erde wiederhergestellt, Sie haben Bevölkerung hinzugewonnen, die Ihren Wohlstand anscheinend vermehrt hat, Sie haben ... Jay-Dub durchs Wurmloch geschickt und so weiter. Ich habe nicht mehr viele Erinnerungen an den Kapitalismus, aber einige von uns schon, und ich glaube, die Vermutung ist zulässig, dass irgendwann die Versuchung, den Geist abermals aus der Flasche zu lassen, ein paar nützliche Antworten auf knifflige Probleme einzuholen und Ihrer Firma auf diese Weise einen Wettbewerbsvorteil zu verschaffen, irgendwann übermächtig werden könnte.«

Reid lehnte sich zurück und sah mir in die Augen. »Der Einwand ist berechtigt«, sagte er zu meiner Verwunderung, freilich erstaunte es mich nicht, dass er mit einer Einschränkung fortfuhr: »Doch ich glaube, Sie können sich darauf verlassen, dass ich es nur dann tun werde, wenn keinerlei Gefahr besteht.« Er blickte Talgarth an. »Was habe ich damals gleich noch gesagt – wir werden solange damit warten, bis wir über eine von Lasern strotzende isolierte Weltraumstation mit tödlicher nuklearer Bewaffnung verfügen?«

Talgarth nickte lächelnd.

»He ...« sagte Boris und machte ein Gesicht wie eine dieser Comicfiguren, über deren Kopf eine Glühbirne mit der Aufschrift ›Einfall‹ blinkt.

»Trotzdem«, unterbrach ich ihn energisch, »haben Sie es schon einmal getan, nicht wahr? Blue Goo anstatt schwerer Waffen, und Sie sind damit durchgekommen. Was sollte Sie davon abhalten, es ein zweites Mal zu versuchen?«

»Die Rechte der Schnelldenker«, antwortete Reid ernst.

»Welche ›Rechte‹ meinen Sie?«, entgegnete ich. Wäre von einer Bakterienkultur die Rede gewesen, wäre mein Erstaunen nicht größer gewesen.

»Ach, Sie wissen schon.« Reid schwenkte die Hände. »Das Übliche. Leben, Freiheit und das Glück des Strebens.«

Ich lachte. »Mal im Ernst«, sagte ich. »Was sollte Sie davon abhalten?«

Reid drückte seine Zigarette aus und funkelte mich an. »Das ist mein voller Ernst. Es wäre falsch, das zu wiederholen, was wir vor fünf Jahren getan haben. Es war damals schon falsch, aber …« – er schnitt eine Grimasse – »wir wussten es nicht besser. Es wäre in Ordnung, die Schnelldenker wiederzubeleben und Vorkehrungen zu treffen, uns gegen sie zu verteidigen – das ist das Laser- und Atombombenszenario –, aber es wäre Unrecht, sie aufzuwecken und wieder auszulöschen, sobald wir von ihnen erfahren haben, was wir wissen wollten. Deshalb brauchen Sie sich keine Sorgen zu machen.«

Talgarth nickte zustimmend. Ich ließ mir das Gesagte durch den Kopf gehen. Dee und Tamara beobachteten mich aufmerksamer als die Männer.

»Sie haben mir angeboten, mich zu rächen«, sagte ich.

Reid lächelte kühl. »Ich wusste, dass Sie das Angebot ablehnen würden. Sie sind eine intelligente Frau.«

Ich fragte mich, wie er wohl reagiert hätte, wenn ich darauf eingegangen wäre, hielt es aber gleichwohl für geraten, diese lästige Frage zurückzustellen und wieder auf das eigentliche Thema zuruckzukommen.

»Sie haben gesagt, wir könnten uns darauf verlassen, dass Sie sie nicht wiederbeleben werden, aber können wir uns auch darauf verlassen, dass Sie sie nicht auslöschen?«

»Darum geht's ja gerade«, meinte Reid fröhlich.

»Aber wie ich schon sagte, wir würden sie nur dann wiederbeleben, wenn adäquate Schutzvorkehrungen vorhanden wären, und über die werden wir in naher Zukunft wohl kaum verfügen.«

Ich konnte mir einige Zukunftsverläufe ausmalen, in denen sich Reids Vorstellung von ›adäquaten Schutzvorkehrungen‹ von der meinen unterschied, während ich gute Gründe hatte, ihn darüber im Unklaren zu lassen, wie viel Schutz er benötigte. Doch ich ließ es so im Raum stehen und versuchte, die Frage zu umgehen.

»Wilde zufolge«, fuhr ich bedächtig fort, »haben Sie früher anders gedacht. Sie haben die Schnelldenker, im Grunde genommen alle AIs und Uploads, als Flatliner ohne eigenes Bewusstsein betrachtet. Und jetzt sagen Sie, unsere Sicherheit hinge davon ab, dass Sie weiterhin das Gegenteil glauben. Weshalb haben Sie Ihre Meinung geändert?«

Reid lächelte einfältig. »Wegen Dee«, antwortete er.

Kopfschüttelnd sah ich erst meine Genossen an, dann Dee, die meinen Blick ungerührt erwiderte. Ich hatte das unbehagliche Gefühl, sie wisse genau, was ich dachte.

»Ich kann Ihnen nicht ganz folgen«, log ich diplomatisch.

»Eigentlich ist es ganz einfach«, erwiderte Reid trocken. »Es ist eine Frage der Erfahrung. Seit sie autonom geworden ist, hat sich meine Sichtweise verändert.« Er lächelte Dee an. »Vorher hat sie mich sitzen lassen. Im Rückblick muss ich sagen, dass meine … äh … Beziehung zu ihr ziemlich krank war, aber das war eine Frage der hiesigen Gepflogenheiten. Gynoide oder Androide waren ein Statussymbol der Reichen. Typisch kapitalistisch.« Er lächelte mit einem Anflug von Verlegenheit. »Als ich sie nach all den Konflikten und Problemen, nach der Wiederauferstehung, neu kennen lernte ... da stellte ich fest, dass ich nicht anders konnte, als sie als Person zu betrachten. Sie ist kein raffiniertes Imitat, kein Flatliner, sondern eine richtige Frau, die ich liebe und die *mich liebt*. Und da ich wiederholt und hartnäckig öffentlich bestritten hatte, dass sie oder andere künstliche Personen richtige Menschen wären, hatte ich keine andere Wahl, als meinen Irrtum öffentlich zu bekennen.«

Er blickte zu dem großen Foto an der Wand, dann lächelte er wieder Dee an. »Ich habe sie geheiratet!«

Also *das* war es! Heirat bedeutete, gegenseitige Besitzansprüche öffentlich zu machen: ein seltsamer, uralter Brauch, der in der Union selten geworden war, hier aber weit verbreitet war. Und Reid war diese Bindung mit der Maschine in dem hübschen Körper und dem hübschen Kleid eingegangen, nachdem er sie jahrelang missbraucht hatte. Ich konnte nur hoffen, dass man mir meinen Abscheu nicht ansah.

»Ellen«, sagte Dee, »es kommt wirklich nicht darauf an, wie Sie über uns – und über mich – denken.« Sie erhob sich, kam um den Tisch herum und setzte sich unmittelbar vor mir auf die Tischkante. Ich konnte dem Blick ihrer grünen Augen nicht ausweichen. »Ich weiß, dass Sie mich für eine Maschine halten. ›Bloß eine Fickmaschine‹, hab ich Recht? *Ich* hingegen weiß, dass ich ein Mensch bin, und wenn Sie mich länger kennen würden, dann würden Sie feststellen, dass Sie gar nicht anders können, als mich wie einen Menschen zu behandeln. Man kann mich nicht besitzen, man kann mich nicht benutzen, man kann mich nicht ein- und ausschalten. Versuchen Sie's doch mal! Wenn Sie die Macht hätten, mich zu unterwerfen, würden Sie schon etwas von mir haben. Aber Sie würden nicht viel bekommen, vor allem nicht *mich*. Wenn Sie aus dieser Maschine herausholen wollen, was sie zu leisten imstande ist, dann müssen Sie die Entscheidung darüber mir überlassen.

Wenn ich eine Maschine bin, Ellen, dann eine, die nur dann einwandfrei funktioniert, wenn sie frei ist.«

Sie berührte mein Gesicht. Ich zuckte nicht zurück. »Und das gilt auch für Sie. Also sollten wir versuchen, nett zueinander zu sein, was meinen Sie?«

Sie ging zurück an ihren Platz und setzte sich neben Tamara. Ich blickte Suze an, die Dee beobachtete; dann blickte ich zu Yeng, die zu Boden sah.

»Ich glaube«, sagte Malley, »da hat gerade jemand den Turing-Test bestanden.«

Es wurde gelacht, die Spannung ließ nach. Reid fasste Dee bei der Hand. »Den hat sie schon längst bestanden«, sagte er.

Dee lächelte erst ihn an, dann mich. Die Wärme ihres Lächelns war mir ebenso unheimlich wie ihr leidenschaftliches und überzeugendes Plädoyer für die Rechte der Maschinen und die sanfte Berührung ihrer Fingerspitzen. Es war in etwa so, als betrachtete man einen Zweig oder ein Blatt, das plötzlich Flügel ausbreitete und davonflog.

»Also gut«, wandte ich mich an Reid, »ich stelle fest, dass sich Ihre Ansichten zum Maschinenbewusstsein nicht so schnell ändern werden.«

Yeng hatte den Blick noch immer niedergeschlagen. Unvermittelt riss sie den Kopf hoch. »Na und?«, sagte sie heftig. »Sie können alle glauben, was Sie wollen. Den Maschinen Bewusstsein abzusprechen, ist kein Dogma des wahren Wissens, sondern bloß eine Meinung der Begründer dieser Lehre, ein …« Sie schwenkte hilflos die Hand, da ihr das passende Wort nicht einfallen wollte.

»Ein *Obiter dictum*«, schlug Talgarth ernst vor.

Ich bezweifelte, dass Yeng den Ausdruck schon einmal gehört hatte, dennoch nickte sie energisch. »Genau! Etwas in der Art. Alles, was Dee gesagt hat, ist Teil des wahren Wissens. Mit den Menschen ist es das Gleiche.

Wenn wir das Beste aus unserem Leben machen wollen, müssen wir aus einander rausholen, was geht, und das bedeutet, die Menschen nicht herabzusetzen, sondern sie so zu nehmen, wie sie sind.« Sie hielt inne und runzelte die Stirn, als bereite ihr ein Gedanke besonderes Kopfzerbrechen. Ich fühlte mit ihr: die durch Dees verblüffende Mimikry hervorgerufene kognitive Dissonanz musste schmerzhaft für sie sein. »Es sei denn natürlich, für uns springt mehr dabei heraus, dass wir sie herabsetzen, was allerdings nicht allzu häufig der Fall ist. Begegnen wir Maschinen, auf die dies zutrifft, können wir damit leben.« Sie lachte humorlos. »Das werden wir wohl auch müssen! Dies ändert jedoch nichts an dem anderen Problem, wie wir mit Maschinen umgehen sollen, die viel mächtiger sind als wir und die *mehr* sein könnten als Menschen. Mit Wesen, die uns als Ameisen betrachten, können wir nicht zusammenleben.«

»›Und wir waren vor unsern Augen wie Heuschrecken, und also waren wir es auch vor ihren Augen‹«, zitierte Reid aus einem anscheinend sehr alten Text. »Warum glauben Sie, wir könnten nicht koexistieren?«

»Weil sie Macht über uns hätten«, sprach Yeng das Naheliegende aus.

»Mehr Macht zu haben als wir«, sagte Reid nicht minder geduldig, »bedeutet nicht, Macht *über* uns zu haben.«

»Stimmt«, sagte Yeng, »aber sie könnten jederzeit Gebrauch davon machen, so wie Sie, als Sie die Schnelldenker wiederbelebt haben.«

»Ah«, machte Reid. »›Sie‹. Das ist interessant. Sie haben gesagt, Sie stünden mit den Jupiteranern in Verhandlungen. Wie laufen die ab?«

Ich blickte meine Teamkameraden an. Da niemand mir eine Warnung zukommen ließ, erläuterte ich, wie wir den Kontakt hergestellt hatten und wie die Verständigung ablief.

»Und wie viele von ihnen gibt es?«, fragte Reid, als ich geendet hatte.

Ich hob die Schultern. »Möglicherweise Millionen. Mindestens aber einige tausend.«

»Und sie sind eine Art Gemeinschaftswesen, ja? Ein gewaltiges Kollektivbewusstsein?«

»Nein«, erwiderte ich, ohne mir darüber im Klaren zu sein, worauf er eigentlich hinaus wollte. »Sie meinen, sie seien Einzelwesen, und alles deutet darauf hin, dass es sich tatsächlich so verhält.«

»Dann leben sie also in einem totalitären System? Jeder Einzelne ist einem bestimmten Willen unterworfen, wie Lenin es ausgedrückt hat? Oder ist dies eine Anarchie von Engeln, die stets einer Meinung sind?«

»Selbstverständlich nicht«, antwortete ich geduldig. »Wir haben Unstimmigkeiten festgestellt, außerdem nehmen sie sich Zeit, um sich miteinander abzustimmen, und führen die Verhandlungen anschließend weiter.«

Reid und Talgarth grinsten einander an. Dann schlug Reid sich mit der Faust auf die flache Hand. »Ha!«, rief er aus. »Ich hab's doch gewusst!«

»Was haben Sie gewusst?«, fragte ich.

»Dass Sie mit den Jupiteranern verhandeln, als hätten Sie es mit Kollektivwesen zu tun. Und als gehörten auch Sie einem an.« Er kicherte vielsagend. »Und den gleichen Fehler haben Sie mit uns gemacht«, setzte er hinzu. »Als ich sagte, wir hätten hier nicht das Sagen, war das mein voller Ernst. Während wir hier miteinander reden, haben einige tatkräftige Leute gehandelt. Menschen, die in den fünf Jahren, die es gedauert hat, bis die Bestätigung eingetroffen ist, dass man das Wurmloch unbeschadet passieren kann, vorausgedacht und vorausgeplant haben. Und jetzt, da die Bestätigung vorliegt – jetzt, da Sie hier sind – beeilen sie sich, in den Orbit zu gelangen und bereiten sich ihrerseits auf die

Passage vor. Anfangs gab es wohl einiges Gedränge, aber ich bin sicher, die Schutzagenturen sorgen für Ordnung in der Schlange von Schiffen, die sich gegenwärtig vor dem Wurmloch bildet.«

Er trank einen Schluck Bier und zündete sich eine Zigarette an. Anscheinend genoss er unser Erstaunen und Tamaras unterdrückte Wut – offenbar war sie ebenso überrascht wie wir.

»Was haben sie vor?«, übertönte ich den Tumult.

Reid lehnte sich zurück, verschränkte die Hände und ließ die Knöchel knacken. »Sie wollen Handel treiben«, antwortete er. »Was sonst?«

Ich lachte. »Da ist nicht viel drin für sie«, sagte ich. »Außerdem kennen sie nicht die Flugroute.«

»Allerdings nicht«, meinte Reid. »Ich hingegen schon. Erinnern Sie sich, die Schnelldenker haben ihn mir verraten, zusammen mit dem Kurs für die andere Richtung. Und ich werde mein Wissen verkaufen.« Er blickte auf seine Armbanduhr. »Die ersten Gebote müssten bald eintreffen.«

Tony beugte sich vor. »Sehr clever«, sagte er. »Aber offen gesagt, wäre das pure Geldverschwendung. Die Firmen, denen Sie Ihr Geheimnis verkaufen wollen, werden nicht sonderlich erfreut sein, wenn sie feststellen, dass wir ihre Waren nicht brauchen und auch nichts zu verkaufen haben, egal zu welchem Preis. Weil wir es nämlich umsonst oder gar nicht weggeben. Wie Ellen bereits sagte – da ist nicht viel drin.« Jetzt lehnte er sich zurück und schaute selbstgefällig drein.

»Da wäre ich mir nicht so sicher«, entgegnete Reid. Er wedelte mit der Hand. »Aber darauf kommt es nicht an. Die meisten Firmen, von denen ich spreche, wollen sowieso nicht mit der Solaren Union Handel treiben.«

»Sondern ...?« Ich brach ab, da ich die nahe liegende Antwort nicht hören wollte. »O nein. Das können Sie nicht tun.«

»Doch«, erwiderte Reid gelassen. »Wir wollen mit den Jupiteranern Handel treiben.«

Einen Moment lang herrschte sprachlose Stille. Yeng ergriff als Erste das Wort; ihre normalerweise hohe Stimme klang vor Empörung und Besorgnis ganz heiser.

»Das ist Wahnsinn!«, sagte sie. »Schauen Sie sich doch mal um! Ich habe gesehen, wie die Kommunikation hier betrieben wird – Sie setzen die Funktechnik für alle möglichen Zwecke ein, überall gibt es elektronische Computer, selbst in Ihren Körpern, und viele von Ihnen verfügen sogar über Downlinks! Direkte Schnittstellen zum Gehirn, nicht wahr? Sie sind einfach *lächerlich* verwundbar – Virenattacken und einer Übernahme hilflos ausgeliefert. Sie sind ein *Wachstumsmedium* für diese Wesen! Die Jupiteraner könnten Ihr Bewusstsein bei lebendigem Leib verspeisen, ohne dass Sie etwas davon merken.«

»Das haben wir bedacht«, erwiderte Reid gelassen. »Wir sind zuversichtlich, die Jupiteraner mit unseren Gegenmaßnahmen in Schach halten zu können, sollten sie sich als so tückisch erweisen, wie Sie sie schildern.«

»*Gegenmaßnahmen!*« Yengs Stimme triefte von Verachtung. »Wir kämpfen seit zwei Jahrhunderten an vorderster Front gegen die Virusplage und könnten trotzdem kein solches Vorhaben in Angriff nehmen.«

Reid zuckte lächelnd die Achseln. »Wir sind uns ziemlich sicher, dass wir es besser machen würden, denn …« Er stockte. »Wir haben die besseren Computer«, schloss er lahm, wie mir schien; er hätte offenbar noch mehr sagen können, doch das verkniff er sich.

»Ich begreife nicht …« setzte ich an, dann hob Boris die Hand und warf mir einen warnenden Blick zu.

»Alles irrelevant«, sagte Boris. »Denn wenn Ihre Schiff das Malley Mile durchfliegen, können Sie sicher sein, dass die Cassini-Division – unsere Schutzagentur, unsere Schiffe – sie vernichten werden. Die Division betrachtet so lange, bis wir ihr Gegenteiliges melden, alles, was durchkommt, als feindlich.«

»Dann«, sagte Reid, »schlage ich dringend vor, dass Sie genau das tun. Nehmen Sie Kontakt mit Ihrem Zentralkomitee auf – oder wie Sie das nennen – und sagen Sie den Leuten, sie sollen uns durchlassen. Andernfalls werden die Begleitschiffe der Gesellschaft für wechselseitigen Schutz alle notwendigen Maßnahmen ergreifen, um sie zu verteidigen.«

Boris und Andrea brachen in schallendes Gelächter aus. Die anderen Genossen wirkten zumindest amüsiert. Selbst Malley lächelte skeptisch über Reids Drohung. Malley hatte unsere Schiffe gesehen, Reid nicht.

»Probieren Sie's nur«, sagte Boris. Er lachte erneut. »Probieren Sie's!«

Reid erhob sich, trat an die Wand und stützte die Hand neben einem Foto auf, das ihn neben einer schlanken Maschine zeigte, möglicherweise einem Kampfjet aus dem Dritten Weltkrieg. Er zog an der Zigarette und musterte uns abschätzend. Ich wusste, was als Nächstes kommen würde, und kam ihm zuvor.

»Ich nehme an, Sie haben über die *Carbon Conscience* bereits Informationen eingeholt«, sagte ich. »Sie haben sie gescannt und vielleicht sogar versucht, eine kleine Flugkamera hochzuschicken. Berichten Sie uns, was Sie herausgefunden haben.«

»Sie haben Recht«, sagte Reid und schwankte unwillkürlich ein wenig nach hinten, was mich ein wenig aufmunterte. Boris schnaubte aufgebracht; mein finsterer Blick bewog ihn jedoch zur Zurückhaltung. »Wir sind dem Schiff erheblich näher gekommen als der *Terrible Beauty*.« Jetzt war ihm ein gewisser Triumph anzumerken, während ich überrascht reagierte. »O ja, Mr. Powell hat unsere Informationsagenten darauf angesetzt, sobald Sie weg waren«, fuhr Reid fort. »Ein sehr hilfsbereiter und freundlicher Bursche, eine Seele von Mensch, wie Sie mir sicherlich beipflichten werden. Aber jetzt zur *Carbon Conscience.*« Er sah über unsere Köpfe hinweg, und sein Blick huschte hin und her, als betrachte er ein virtuelles Bild. »Das Ding besitzt gute Kampfqualitäten, das muss ich Ihnen lassen. Aber das galt auch für die MiG-29, und wir wissen alle, wie sie gegen die polnischen EFAs abgeschnitten hat.« Er hielt inne, runzelte die Stirn. »Na ja, vielleicht wissen das nicht alle. Jedenfalls nicht im Detail. Aber glauben Sie mir, wenn Ihre Kampfstationen gegen *diese* Schiffe antreten« – er deutete auf das Raumschiff auf dem Foto –, »dann werden sie nicht mal Piep sagen, wenn sie getroffen werden.«

»Dann sind Sie also nicht hineingekommen?«, fragte ich beiläufig.

Reid zuckte die Achseln. »Das brauchten wir auch nicht«, erwiderte er leichthin. »Es hat ausgereicht, es von außen zu inspizieren.«

Boris hätte sich beinahe auf ihn gestürzt; auf mein Zeichen hin nahm er wieder zornbebend Platz. Ich hoffte, dass Reid dies mitbekommen hatte – ich selbst konnte mich nur mit Mühe davor zurückzuhalten, in die Luft zu boxen und zu rufen: »JA! Versuch's doch, du Banker!«

Wenn sie die passiven Abwehreinrichtungen der Kampfstation nicht hatten durchdringen können, würde ihnen dies auch nicht in der Schlacht gelingen. Der Waffenträger war ein hässliches, insektenartiges Ding; eher glich er einem Jagdbomber als einem Raumschiff, geschweige denn einem raumtauglichen Flugzeug; dabei war er für schwierigste Kampfbedingungen gebaut und im Weltraum extrem wendig. Zweihundert Jahre lang hatten wir alles vernichtet, was vom Jupiter ausging und größer war als ein Molekül, und verfügten über noch längere Erfahrung in der Desintegration von Kometenkernen – dies alles war in diese Kampfmaschine eingeflossen.

Das einzige Problem, das ich auf uns zukommen sah, wenn unsere Kämpfer gegen die seinen kämpfen müssten, hatte er bestimmt nicht vorausgesehen: kaum einer unserer Piloten hatte bereits Menschen getötet, und die wenigen, die es getan hatten, würden vielleicht im entscheidenden Moment davor zurückschrecken. Derlei Bedenken waren Reids Kämpfern vermutlich fremd.

»Unsere Kampfmaschinen sind vollautomatisch«, sagte Reid. »Menschen sind dabei nicht im Spiel. Das dürfte sich nicht gerade vorteilhaft für Sie auswirken, meinen Sie nicht auch?«

Aber keineswegs, dachte ich erfreut. Wir würden sie platt machen, ohne dass ein Stäubchen Kohlenstoff unser Gewissen beflecken würde.

»Wie ich sehe, sind Sie anderer Meinung«, fuhr er fort. »Vielleicht sollten Sie sich mal anschauen, wie sie hergestellt werden.« Er tat so, als versetze er jemandem einen Klaps. Das Licht wurde noch weiter gedimmt, und über dem Tisch leuchtete ein anderthalb Meter hohes Hologramm auf. Es stellte einen dunklen, genarbten Knoten dar, der sich langsam um die eigene Achse drehte. Auf der Oberfläche sah man Lichtflecken; und kleine helle Objekte, die Eisenspänen ähnelten, trieben davon weg.

»Ein kohlenstoffhaltiger Chondrodit mit Nanofabriken«, sagte Reid. »Und jetzt wollen wir mal genauer hinschauen.« Das Hologramm schrumpfte bis auf einen Flecken auf der Oberfläche zusammen, der sich anschließend ausdehnte. Die verschwommenen hellen Flecken verwandelten sich in riesige Anlagen mit Rohren und Bohrköpfen und Tanks: bei den kleinen hellen Objekten handelte es sich um Hunderte von Raumschiffen, ähnlich dem auf dem Foto.

»Die Wiedergabe ist natürlich beschleunigt«, räumte Reid ein. »Es dauert einen Tag, eine dieser Kampfmaschinen zusammenzusetzen. Aber wie Sie sehen« – er zoomte zurück – »haben wir viele Assembler.«

Das Hologramm verschwand, und es wurde hell. Während wir noch blinzelten, nahm Reid wieder am Tisch Platz.

»Selbst wenn Sie glauben sollten, dass Ihre Kampfstationen die unseren in der direkten Konfrontation schlagen können – was ich bezweifle –, sollten Sie die Folgen eines Zermürbungskampfes bedenken. Das Verhältnis würde nicht eins zu eins sein. Eher schon hundert zu eins, und der Nachschub reißt niemals ab.«

Es wurde still im Raum. Wir können sie trotzdem besiegen, dachte ich. Wir verließen uns nicht allein auf die Kampfstationen. Auf Callisto waren die weit effektiveren Laser stationiert; dann gab es noch die mit Atomsprengköpfen bewaffneten Orbitalfestungen und die Befestigungen auf den anderen Monden. Und die Verteidigungskräfte des inneren Sonnensystems. Wenn es zum Äußersten kam, auch noch die Erdbevölkerung.

Aber auch die Neu-Marsianer würden mehr aufbieten als nur Kampfmaschinen und hätten zudem womöglich die Götter auf ihrer Seite – und nicht bloß die Jupiteraner, falls sie denn dort Verbündete fänden. Sie hatten ihre eigenen Schnelldenker, in den Speichertanks in den Bergen; vorausgesetzt, dass sie nicht schon aufgeweckt worden waren und liefen, was ich Reid durchaus zutraute.

Der Zermürbungskampf würde in der Tat für beide Seiten schrecklich sein; außerdem mussten wir uns noch mit den Jupiteranern befassen. Einen Zweifrontenkrieg konnten wir uns nicht leisten.

Ich erhob mich lächelnd. »Ist es nicht wunderbar, dass man durch Gespräche einen Krieg verhindern kann?«, sagte ich. »Wie sind wir überhaupt darauf gekommen? Selbstverständlich können Sie das Wurmloch passieren. Wenn Sie unmittelbar mit den Jupiteranern Kontakt aufnehmen möchten, sind Sie herzlich dazu eingeladen. Haftung übernehmen wir allerdings keine, wie es im Kleingedruckten der Kapitalisten so schön heißt. Sie würden uns sogar einen Gefallen tun, wenn Sie das Risiko auf sich nehmen. Wir kommen schon allein zurecht, was auch geschehen mag.«

Meine Teamkameraden musterten mich mit kaum verhohlenem Entsetzen. Sogar Malley und Suze wirkten besorgt. Ich wandte mich von Reid und seinen Partnern ab und zwinkerte ihnen zu.

»Und jetzt, Dave«, fuhr ich an Reid gewandt fort, »wie steht es nun mit Ihrem Angebot, uns einen sicheren Funkraum zur Verfügung zu stellen? Ich glaube, es ist an der Zeit, Sie darauf festzunageln.«

*

»Gepanzerte Raumanzüge, Funkverbindung, hohe Verschlüsselung«, sagte ich. Unsere Kleidung geriet in Bewegung, dann schloss uns der Panzer ein. Die Wände des kleinen Raums in der obersten Etage von Reids Hochhaus nahm ein Wandbord voller Armaturen ein, die mehr Hilfemenüs hatten, als uns Recht war. Alles idiotensicher, hatte Reid uns fröhlich versichert, als er die Tür hinter sich schloss.

In den Raumanzügen ähnelten die Genossen gesichtslosen humanoiden Robotern mit eloxierten Aluminiumoberflächen in unterschiedlichen Farben. Niemand konnte mehr von unseren Lippen ablesen, und die Kryptographie würde dafür sorgen, dass wir uns ungestört besprechen konnten, es sei denn, die Computer der Neumarsianer waren den unseren so weit überlegen, dass wir ebenso gut aufgeben konnten. In den tiefen Räumen des Kryptokanals wetteiferten die Stimmen der Genossen miteinander.

Ich blendete die anderen Stimmen aus. »Es sollte immer nur einer sprechen«, sagte ich erschöpft. Ich war gereizt und hungrig, einer der ersten Menschen in der Geschichte, die unter einem Raumschiff-Lag zu leiden hatten. »Boris, der Stuhl erkennt dich.«

»Ha, ha, Ellen. Worauf willst du hinaus? Wir dürfen sie nicht durchlassen, gerade jetzt nicht.«

»Wir können im Moment nicht gegen sie kämpfen«, erwiderte ich. »Ich hoffe doch, dass keiner von uns den geplanten Kometenbeschuss erwähnt hat. Acht Tage sind es noch bis dahin. Wir müssen unsere Kräfte schonen, für alle Fälle … Wir können entweder einen entschlossenen Ausbruchsversuch von dieser Seite stoppen oder dafür sorgen, dass die Kometen nicht abgelenkt werden. Dass wir beides gleichzeitig schaffen können, darauf dürfen wir uns nicht verlassen.«

»Das sind nicht die einzigen Optionen«, bemerkte Tony. »Außerdem müssen wir erst noch …«

»Ich weiß, ich weiß«, sagte ich.

»Was müssen Sie?«, fragte Malley.

»Uns vergewissern, dass Reid nicht eine weitere wild gewordene Singularität zum Laufen bringt«, antwortete ich. »Falls er das nicht bereits getan hat. Aber keine Sorge, damit befassen wir uns noch. Jetzt müssen wir mit der Division Kontakt aufnehmen und die entscheiden lassen. Yeng, bitte schalte uns durch.«

Yeng gehorchte, und während sie die Laserverbindung mit dem Kommunikationssatelliten herstellte (dem mittlerweile vermutlich eine wachsende Raumschiffflotte Gesellschaft leistete, die sich mit ihm den Orbit ums Wurmloch teilte), rief ich im Innern meines Helms ein Display auf und bearbeitete die Aufzeichnungen des Anzugs. Reids wesentliche Äußerungen ließ ich in voller Länge stehen, um seinen Standpunkt zweifelsfrei klar zu machen.

»Fertig«, sagte Yeng. »Verschlüsselte Konferenzschaltung – ihr seht die Komiteemitglieder als virtuelle Gegenüber im Helm, und sie sehen unsere Gesichter.«

Besorgte Gesichter, auf beiden Seiten.

»Ist bei Ihnen alles in Ordnung?«, fragte Tatsuro. »Wir haben seit über einer Stunde, seit Sie das Gebäude betreten haben, keinen Kontakt mehr zu Ihnen.«

»Wir waren in einem Faraday-Käfig«, sagte ich. »Alles in Ordnung. Es ist zu einer ... unvorhergesehenen Entwicklung gekommen. Davon gleich mehr. Wie sieht es auf Ihrer Seite aus?«

Tatsuro massierte sich die Augenbrauen, brachte sie gleichmäßig in Unordnung. »Gut, gut«, sagte er. »Den Jupiteranern ist es endlich gelungen, die Virenübertragungen zu unterbinden. Das ist zumindest ein Zeichen des guten Willens, trotzdem öffnen wir noch keine Funkkanäle. Ihr Atmosphärenverkehr nimmt wieder zu. Außerdem haben sie die sich nähernden Kometen entdeckt. Sie wissen, dass sie auf einen parabelförmigen Orbit einschwenken werden, zeigen sich aber gleichwohl sehr besorgt.«

»Kann ich ihnen nicht verdenken.«

»Wir haben ihnen gesagt, das sei reine Routine und die Kometen seien für das Mars-Terraformen bestimmt. Wir haben ihnen die Daten der bisherigen Kometenbahnen übermittelt, die sie anhand ihrer so genannten Traumzeitarchive überprüft haben. Aber jetzt zu Ihnen. Das Relais hat eine massive Ansammlung von Raumschiffen auf Ihrer Seite gemeldet. Was geht da vor?«

Ich benötigte etwa zehn Minuten, um ihn ins Bild zu setzen, und spielte unterdessen Clips von unserer Diskussion ein, die von meinem Anzug unmittelbar auf die Bildschirme des Komitees geleitet wurden. Es war beinahe amüsant, die daraus resultierende Verwirrung zu beobachten; die erregten, halblauten Diskussionen waren das verstärkte Echo der Gespräche, die wir eben noch geführt hatten. Ich schloss meinen Vortrag damit ab, dass ich die Risiken der verschiedenen Optionen bewertete.

»Also«, sagte Tatsuro, als ich geendet hatte, »das kompliziert die Lage jedenfalls. Mir wäre es lieber, Sie hätten Reid nicht erlaubt, mit seinen Schiffen das Wurmloch zu passieren. Sollte darüber nicht der Solare Rat oder zumindest deren Delegierte entscheiden?«

»Oh«, machte ich. Diese Kleinigkeit hätte ich beinahe vergessen gehabt. Die Delegierte des Solaren Rats hatte unbedingte Weisungsbefugnis – oder repräsentierte sie vielmehr. So gewaltig und massiert die Feuerkraft der Division auch war, konnte sie sich damit doch nicht gegen den Willen der Erde und die Verteidigungskräfte des inneren Sonnensystems behaupten – jedenfalls nicht auf lange Sicht, wenn man die Folgen einer längeren Auseinandersetzung mit einbezog.

»Ihr Fusionsclipper ist soeben in den Orbit um Callisto eingeschwenkt«, fuhr Tatsuro fort. »Ein paar Kampfstationen des inneren Systems haben daran festgemacht. Können wir noch eine Stunde warten, bis die Delegierte eingetroffen ist?«

»Die Entscheidung kann nicht warten«, sagte ich. »Reid verkauft gerade die Koordinaten an die Handelsflotte.«

Tatsuro schüttelte missbilligend den Kopf, klang jedoch leicht amüsiert, als er sagte: »Sie hätten versuchen sollen, einen Aufschub von … etwas über eine Woche auszuhandeln!«

»Das können wir immer noch versuchen«, erwiderte ich.

Suze hob die Hand und ergriff das Wort. »Wenn ich darf, Nachbarn … äh … Genossen. Ich glaube, das würde nicht funktionieren. Wir haben es hier mit Kapitalisten zu tun. Sie rechnen damit, dass wir Zeit schinden und sie ausbooten wollen – das heißt, dass wir uns mit den Jupiteranern einigen und sie außen vor lassen.«

»Was vielleicht gar keine so schlechte Idee wäre«, meinte Clarity und runzelte über Lichtjahre und Jahrtausende hinweg die Stirn.

»Doch, das wäre es!«, widersprach Suze. »Ich kenne diese Leute, und ich weiß, dass sie einfach durchbrechen würden. Sie würden sich gegenseitig abzuhängen versuchen, um der Erste zu sein, der mit den Jupiteranern handelseinig wird. Ihre ganze Lebensweise beruht darauf, hohe Risiken für hohen Profit einzugehen.«

»Und dabei wäre das Risiko für sie gar nicht so groß«, warf ich mürrisch ein. »Wahrscheinlich haben sie alle Back-ups anlegen lassen und werden so lange unterschiedliche Herangehensweisen ausprobieren, bis einer Erfolg hat.«

»Oder bis die Jupiteraner sie alle angesteckt und in Marionetten verwandelt haben«, sagte Yeng. »In Marionetten, die uns im Weltraum bekämpfen werden.«

Tatsuro hob beschwichtigend die Hand. »Was auch immer. Ich bin dafür, sie durchzulassen. Ich schließe mich Ellens Einschätzung an. Sollten sich Yengs Befürchtungen bewahrheiten, wären wir besser in der Lage, sie zu bekämpfen, wenn unsere Streitkräfte intakt sind. Allerdings sollten wir darauf bestehen, dass einige unserer Kampfstationen auf der anderen Seite des Wurmlochs Stellung beziehen.«

»Dagegen«, sagte Joe Lutterloh. »Wir sollten die Solare Union nicht den Bankern öffnen, und wir sollten nicht zulassen, dass sie mit den Jupiteranern Handel treiben, solange diese eine Gefahr für uns darstellen.«

Die Mehrheit sprach sich dafür aus, die Händler durchzulassen. Acht waren dafür, vier dagegen.

Tatsuro zögerte keinen Moment. »Vorschlag angenommen«, sagte er, sobald die Hände gesenkt wurden.

»Und nun, Genossen, teilt Reid und seinen Händlern und Kämpfern mit, dass sie das Wurmloch unter der Bedingung durchfliegen können, dass unseren Kampfstationen das ebenfalls gestattet ist. Berichtet uns, ob er einwilligt. Dann solltet Ihr alle Anstrengungen unternehmen, um wieder zu Euren Raumschiffen zu gelangen. Ich verstehe, weshalb Ihr sie verlassen habt, aber lasst sie nicht zu lange unbeaufsichtigt. Begebt Euch wieder in den Raum, wenn Ihr könnt, und bereitet Euch und die Schiffe darauf vor, den Ort zu bombardieren, an dem die Schablonen der Schnelldenker gespeichert sind. In der Zwischenzeit« – er musterte nacheinander die Mitglieder des Kommandokomitees, während ein durchtriebenes Lächeln über seine Züge glitt – »werden wir uns überlegen, wie wir das der Delegierten des Solaren Rats erklären sollen. Also bis später.«

Ich winkte ihnen zu, wobei ich tapferer wirkte, als ich mich fühlte. Yeng unterbrach die Verbindung. Malleys und Suze' Stimmen gellten mir in den Ohren. Tatsuros beiläufige Bemerkung hatte ihnen verraten, was wir mit den Schablonen der Schnelldenker vorhatten. Ich schwenkte hektisch die Hände und blendete ihre Stimmen aus.

»Das ist bloß ein Notfallplan!«, rief ich. »Bloß für den Fall, dass Reid etwas Verrücktes mit ihnen vorhat! Seht mich nicht so an! Wir haben nach wie vor keinen Grund, ihnen zu vertrauen.«

»Keine Sorge«, meinte Malley grimmig. »Ich mache mir nicht viel aus den Schablonen, die haben sowieso kein Bewusstsein. Sie können sich darauf verlassen, dass ich nichts ausplaudern werde.«

»Das gilt auch für mich«, sagte Suze. »Aber ihr hättet mich eher einweihen sollen.«

Ihre Stimme klang ganz belegt vor Enttäuschung. Ich blickte Malley, Suze und die Genossen an, und während ich den Blick hilflos von einem gesichtslosen Helm zum nächsten schweifen ließ, wurde mir bewusst, dass ich nicht erkennen konnte, wer sich darin verbarg.

»Also gut«, sagte ich. »Es tut mir Leid. Und jetzt wollen wir Reid dazu bewegen, dass er uns ziehen lässt.«

Bevor der weltweite Commonwealth verwirklicht wurde, bekam ich immer wieder einen bestimmten Einwand zu hören: *Aber wer soll die Schmutzarbeit verrichten?*

Meine Antwort darauf lautete immer ›*Ich*‹, und ich habe mich nicht geirrt.

10

In den Tagen des Kometen

EINE NACH DER ANDEREN KAMEN DIE HÄSSLICHEN, waffenstarrenden, insektenhaften Kampfstationen aus dem Wurmloch hervor: ein ganzes Geschwader mit teils heroischen, teils ironisch gemeinten oder einfach bloß verrückten Namen: *Gai Phong, Debug Mode, Virus Alert, Luddite Tendencies, X Calibre, Acquisitor, General Arnaldo Ochoa, Codebreaker* und *Necessary Evil But Still Cool*. Und einer nach dem anderen flogen die langsamen, schwer beladenen Frachtschiffe der Kaufleute und die schnellen, wendigen Kampfraumer ihrer Söldnertruppen hinein. Sogar auf dem Bildschirm im Raumflughafen, wo die Stille durch den plappernden Kommentar des kindlichen Nachrichtensprechers gesprengt wurde, wirkte das Ganze äußerst eindrucksvoll und unheimlich: Schiff um Schiff verschwand in einem blauen Blitz, als würde es annihiliert.

Andrea empfand es wohl so ähnlich. »Wie verhält es sich eigentlich mit dem Gesetz von der Erhaltung von Energie und Masse?«, fragte sie. »Verschwinden die zusammen mit den Schiffen?«

Malley beugte sich auf der Bank zu uns herüber. »Eine kluge Frage«, meinte er und deutete mit dem Pfeifenstiel auf den Bildschirm, als handele es sich um einen Laserpointer. »Die Antwort lautet: auf dieser Seite des Wurmlochs nimmt die Masse zu und auf der anderen ab, und zwar um den Betrag, der hindurchgegangen ist.«

Wir saßen zusammen mit Reid und Dee in dem ruhigen Bereich des Raumhafens, wo Boris und Andrea auf uns gewartet hatten. Ich beobachtete mit klammheimlicher Genugtuung, wie unsere Kampfstationen das Wurmloch umringten und zahlreiche Drohnen ausstießen, die an der Peripherie Position bezogen. So viel Kontrolle über das Tor hatte Reid uns zugestanden. Ich war mir nicht sicher, ob ich ihn davon überzeugt hatte, dass sich unsere Leute auf der anderen Seite nur unter dieser Bedingung bereit erklären würden, seine Schiffe durchzulassen, oder ob er das Zugeständnis, ungeachtet seiner *langfristigen* Pläne, aufgrund seines Vertrauens in die Überlegenheit der kapitalistischen Technologie als irrelevant betrachtete.

Ich lauschte aufmerksam der Unterhaltung und bemühte mich sehr, es mir nicht anmerken zu lassen; Andrea grübelte noch immer über Malleys Antwort nach.

»Dann heißt das also«, fragte sie, »dass eine Seite des Wurmlochs einfach verschwinden würde, wenn nur genug Masse zur anderen Seite wechselt?«

»Laienhaft ausgedrückt ja«, antwortete Malley vorsichtig. »Aber bedenken Sie dabei, dass die Masse auch einen *negativen* Betrag annehmen kann.«

Ich lehnte mich zurück, verschränkte die Hände hinter dem Kopf, sah zur Decke auf und fragte im Tonfall müßiger Neugier:

»Und was bedeutet das in physikalischen Begriffen?«

Malley lachte. »Ehrlich gesagt, ich weiß es nicht. Der Rest des Wurmlochs – das Hauptwurmloch – vermag bis zu einem gewissen Punkt eine negative Masse auszugleichen, und auf diese Weise bleibt das Tor offen.«

»Bis zu welchem Punkt?«, fragte Andrea besorgt.

Malley hob die Schultern. »Das hängt von der virtuellen Gesamtmasse ab, und die kenne ich nicht. Jedenfalls ist sie weit höher als die Masse dieser Schiffe.«

»Die Masse des Tors auf der anderen Seite beträgt null Komma neun fünf sieben Millionen Tonnen«, warf Dee unerwartet ein. »Auf dieser Seite ist sie weitaus geringer, nämlich um die hunderttausend Tonnen. Wenn wir den Verkehr aufrecht erhalten, müssen wir für einen Ausgleich sorgen. Es sei denn, wir wollten herausfinden, was negative Masse faktisch bedeutet.«

»Einstweilen sind wir noch auf der sicheren Seite«, meinte Reid. »Die Masse der Schiffe, die hindurchgeflogen sind, beträgt jeweils weniger als tausend Tonnen.«

»Ich glaube nicht, dass wir mehr als zwanzigtausend Tonnen in die andere Richtung schicken«, erwiderte ich beiläufig.

»Unsere Schiffe kommen zurück.« Reid grinste mich an, als wollte er mich zu einer Entgegnung herausfordern. »Oder nicht?«

Ich erwiderte sein Grinsen nicht minder unfreundlich. »Aber sicher doch.«

Auf dem Raumhafen ging es viel ruhiger zu als bei unserer Ankunft. Die Besuchermassen waren verschwunden, auch der Lastverkehr hatte stark abgenommen. Nur ein paar Passagiere, die wohl zu den umliegenden Siedlungen unterwegs waren, schlenderten oder eilten vorbei. Auch die Nachrichtenroboter, die nicht nur lästig wie Mücken waren, sondern anscheinend auch über eine vergleichbar geringe Aufmerksamkeitsspanne verfügten, waren fortgeschwirrt. Für die Neumarsianer war es mitten in der Nacht; für uns früher Nachmittag. Auf dem Boden lagen Wegwerftabletts und die Überreste von nicht minder überflüssiger Nahrung herum. Wir warteten auf das Eintreffen der vom Autopiloten gesteuerten *Terrible Beauty*; die *Carbon Conscience* wurde noch betankt. Es lag eine gewisse Spannung in der verräucherten Luft. Malley paffte seine Pfeife, Dee und Reid rauchten Zigaretten auf Kette. Die Angewohnheit schien in kapitalistischen Gesellschaften weit verbreitet zu sein; sollte sich die Warterei noch länger hinziehen, würde ich womöglich selbst zu einem Glimmstengel greifen.

»Was wollen Sie eigentlich verkaufen und was kaufen?«, fragte Suze.

»Wenn ich das wüsste«, sagte Reid, »wäre ich wahrscheinlich selbst mit dabei. Aber die Leute, die durchs Wurmloch fliegen, haben weitaus gründlicher darüber nachgedacht als ich.« Er breitete die Arme aus. »Informationen, schätze ich.«

»Es könnte gut sein, dass Sie mehr Informationen bekommen, als Ihnen lieb ist«, erwiderte Yeng dunkel. »Und Sie auch.« Sie erhob sich, trat ein paar Schritte vor und deutete auf den Bildschirm. Der Kampfraumer einer Schutzagentur setzte gerade eine Relais-Drohne aus, die viel größer war als unsere, aber dieselbe Ausrichtung hatte. »Ich begreife nicht, wie Sie so ruhig bleiben können. Ich hoffe, wir sind hier wieder weg, bevor die Viren über die Funkstrecke hier eintreffen und geradewegs in Ihre Köpfe eindringen!«

Dee lachte.

»Sie haben es noch immer nicht begriffen, nicht wahr?«, sagte sie. »Es stimmt, wir haben offene Systeme und sind für Bewusstseinsviren anfällig – besonders ich. Aber gerade deshalb machen wir uns auch keine Sorgen. Wir waren gezwungen, Gegenmaßnahmen zu ergreifen, um uns vor Konkurrenten, Kriminellen und den verdammten Kids zu schützen – und zwar sehr wirksame!«

Yeng hob die Schultern. »Mag schon sein«, sagte sie skeptisch. »Aber ich kann mir nicht vorstellen, wie die gegen bewusste – das heißt, gegen möglicherweise bewusste – Wesenheiten etwas ausrichten sollten.«

»Aber wir …« begann Dee. Sie blickte Reid an, der die Achseln zuckte.

»Sag's ihnen ruhig«, meinte er. »Früher oder später finden sie's eh heraus.«

»Na gut«, meinte Dee. Sie erhob sich und stellte sich vor uns hin, während Yeng wieder Platz nahm. »Ich werd's Ihnen sagen.« Ihr Tonfall und ihr Gesichtsausdruck veränderten sich leicht, als übernähme eine andere Persönlichkeit die Kontrolle. »Das Bewusstsein – oder die Emulation von Bewusstsein, wenn Sie so wollen« – sie lächelte, als für einen Augenblick wieder ihr normales Ich die Oberhand gewann – »ist *anspruchsvoll*. Ichbewusstheit beansprucht sehr viel Rechenkapazität, und dieser Bedarf steigt mit der zu verarbeitenden Informationsmenge. Das ist kein bloßer Nebeneffekt der gesteigerten Komplexität, wie manche Leute früher geglaubt haben. Man muss es *herausarbeiten*, entweder bewusst oder unbewusst mittels natürlicher Auslese. Es ist durchaus möglich, Hardware zu bauen, die mächtiger, und Software zu programmieren, die komplexer ist als jedes existierende Gehirn oder Bewusstsein: Rechenmaschinen, die nicht einmal so tun, als ob sie über ein Bewusstsein verfügten, die keine eigenen Interessen haben und sich nicht wehren, wenn man sie als Werkzeuge benutzt.«

Der Moment der Besessenheit ging vorüber, sie wurde wieder sie selbst. Sie trat zu einer der Sitzbänke und schlug beim Hinsetzen umsichtig den flatternden Saum ihres Rocks unter die Kniekehlen. Ich lächelte sie an. Sie und Reid hatten Recht: ganz gleich, was ich dachte, in meinem tiefsten Innern war es mir unmöglich, mit ihr zusammen zu sein und mich mit ihr zu unterhalten, ohne ihr einen Vertrauensvorschuss einzuräumen, und ich konnte gar nicht anders, als so zu tun, *als ob* sie über eigenes Bewusstsein und ein Herz oder eine Seele verfügte und nicht bloß *den Anschein* erweckte.

Sie erwiderte mein Lächeln.

»Und diese Werkzeuge«, fuhr Reid fort, »haben wir. Deshalb sind wir zuversichtlich, dass wir auch mit überlegenen Wesen von gleich zu gleich verhandeln können. Wir sind in der Lage, unsere Macht so weit zu verstärken, dass sie die ihre übertrifft. Wir besitzen Golems, die es mit den Göttern aufnehmen können.« Er drückte seine Zigarette aus und erhob sich. »Produkte des ehrlichen kapitalistischen Wettbewerbs. Sie sollten das irgendwann auch mal probieren.«

Ich musste an die gewaltigen Rechenmaschinen denken, mit denen wir die sozialistische Planung bewältigten und deren Überschusskapazität in Jahrzehnten der Stabilität, da immer mehr und mehr Entscheidungen lokal getroffen wurden und nur noch die allgemeinsten, die die am häufigsten genutzten Ressourcen betreffenden Entscheidungen global oder regional, immer weiter zugenommen hatte. Ich dachte an die Anzüge aus intelligenter Materie und an die heimische Cybernetik. Vielleicht hatten auch wir schon lange Götter – oder Golems – auf unserer Seite, deren Hilfe in Anspruch zu nehmen uns bloß noch nicht eingefallen war.

Diese Bemerkung auf der Zunge, wandte ich mich an Reid, doch dann folgte ich seinem Blick mit den Augen und sah nun ebenfalls durchs transparente Dach der Wartehalle den herabfallenden Funken.

*

Endlich frei; endlich in freiem Fall! Es hatte Stunden gedauert – erst stundenlanges Manövrieren und Aneinanderkoppeln, unter Schwerkraft eine knifflige Angelegenheit; dann hatte Suze eine halbe Stunde lang mit einem von Reids Angestellten über unsere Schulden bei der Gesellschaft für wechselseitigen Schutz verhandelt und eine halbe Stunde mit der Flughafengesellschaft wegen der angeblich erbrachten Dienstleistungen und der dafür geforderten Bezahlung – und schließlich ein fünfminütiger qualvoller Beschleunigungsschub, um rasch in den Orbit zu gelangen. Reids letzte Worte hatten gelautet: »Ich hoffe, wir sehen uns wieder.«

»Ich auch«, hatte ich erwidert, obwohl ich mir insgeheim das Gegenteil wünschte.

Ich löste die Gurte, stieß mich von der Liege ab, vollführte einen Freudensalto und landete unmittelbar vor dem Vorausmonitor.

Ich zog an den Griffen für die Grobeinstellung, justierte die Feineinstellungsregler. Obwohl das Wurmloch auf unserer Flugbahn noch weit entfernt war, bildete das Teleskop – übermittelt durch Linsen, Spiegel und Glasfaserkabel – unser Ziel klar und deutlich ab: den regenbogenfarbenen Ring des Tochterwurmlochs – wie seine Mutter eine Meile durchmessend – und das funkelnde Durcheinander der drum herum wartenden Schiffe. Unsere zehn Kampfraumer und Reids einen; unsere kleine Relais-Drohne und Reids große.

Ich hantierte an den Reglern und schwenkte das Teleskop herum, bis das vergrößerte Abbild des nächtlichen Ship City und seiner Umgebung den Bildschirm ausfüllte.

»Okay, Genossen!«, rief ich und drehte mich wieder herum. Mittlerweile hatten sich alle losgeschnallt und schwebten auf dem Kommandodeck umher, froh darüber, dem Kapitalismus entronnen zu sein und noch ein wenig Zeit zu haben, bis sie unserem Sozialismus gegenüber würden Rechenschaft ablegen müssen. Ich reckte grinsend den Daumen.

»Mission so weit erfüllt!«, verkündete ich.

»Ach, ja?«, meinte Malley. »Und was haben wir erreicht?«

»Eine ganze Menge«, antwortete ich. »Wir haben bestätigt, dass die Neumarsianer tatsächlich das sind, was sie zu sein scheinen, nämlich richtige Menschen, auch wenn sie seltsame Vorstellungen darüber haben, was als Mensch zu betrachten ist. Wir wissen nun, dass sie Gefahr laufen, ihres Menschseins verlustig zu gehen, sollte Reid oder jemand anders es wagen, die Schnelldenker wiederzubeleben. Und dank der Berichte unserer reizenden anarchistischen Genossin Tamara haben wir allen Grund zu der Annahme, dass sich die Schablonen der Schnelldenker noch immer dort befinden, wo Reid sie ursprünglich aufbewahrt hat – nämlich in dem Gebirgszug, der als Madreporengebirge bezeichnet wird.«

Ich zeigte darauf und hielt inne, als ein viel hellerer Pointer die Blicke auf sich zog: ein lang gestreckter Feuerball, der beim Aufprall aufblitzte. Ein weiterer Einschlag folgte, dann noch einer.

»Da sind sie«, sagte ich, während die anderen scharf einatmeten. »In der Nähe des Auftreffpunkts der Kometenfragmente, am Ende dieses langen Kanals, der zur Stadt führt. Die genauen Koordinaten haben wir schon vor Jahren den Datenfiles der künstlichen Frau Meg entnommen. Sobald man uns oder einem der anderen Kampfraumer das Okay gibt, können wir einen Atomsprengkopf in die Höhlenmündung befördern und den ganzen Berg in die Luft sprengen.«

»Sie haben Atomsprengköpfe an Bord?«, sagte Malley empört.

»An Bord der *Carbon Conscience*«, antwortete Boris. »Dieser Vogel hat ein Fünfzig-Megatonnen-Ei dabei, Mann. Ein sauberer Laserfusionsjob, sollten Sie sich Sorgen machen.«

»Dann bin ich ja beruhigt«, meinte Malley sarkastisch. »Dann wird den Neumarsianern ja ein Licht aufgehen, sollten sie noch Zweifel haben hinsichtlich Ihrer Definition von Menschlichkeit.«

»Das allerdings«, meinte Boris nachdenklich.

»Nein!«, sagte ich schockiert. »Das werden wir nicht tun!«

»Warum eigentlich nicht?« Malley kam herbeigeschwebt, seine Stimme triefte von Sarkasmus. »Ihrer Sichtweise zufolge würden Sie dabei keine *Menschen* töten.«

»Zu gefährlich«, erklärte ich. »Hier ist die Lage anders als auf dem Jupiter, wo verwundbare Wesen auf dem Grund einer Gravitationssenke leben. Es käme zu einem massiven Ausbruch von Millionen exhumaner Marionetten, die sogar weltraumresistent sind. Sollte es hier zu einer weiteren Singularität kommen, müssen wir die Beine in die Hand nehmen«, sagte ich.

»Und wohin sollten wir flüchten?«, fragte Andrea.

»Durchs Wurmloch, wenn möglich«, antwortete ich.

»Und wenn das nicht geht?« Malley schwebte unmittelbar vor mir und hing an meinen Lippen. Ich schwenkte lässig die Hand.

»Dann beschleunigen wir so lange, bis wir die Hälfte der Reaktionsmasse verbraucht haben, legen Back-ups an, wenn es unbedingt sein muss, und sobald wir einen einigermaßen geeigneten Materieklumpen gefunden haben, downloaden wir und brauchen den Rest der Reaktionsmasse beim Bremsmanöver auf. Und dann …« Ich lächelte in sein skeptisches Gesicht. »Dann begründen wir hier ein hübsches kleines galaktisches Imperium aus eigenem Recht. Mit Ihrer Schönheit und meiner Intelligenz, Nachbar …«

Malleys Besorgnis machte schallendem Gelächter Platz.

»Und ich werde Sie … Eva nennen!«

»Die Urmutter«, sagte Suze und fasste Malley bei der Hand.

»In den Tiefkühlspeichern lagern eine Menge gute Gene«, meinte Boris.

Ich wandte mich ab, bevor bei Malley der Verdacht

keimen konnte, wir meinten es vielleicht doch ernst. (Dennoch reiste die Angst an Bord eines Fusionsclippers ständig mit: die Angst vor einem durchbrennenden Reaktor oder einer Katastrophe im kalten Krieg gegen die Jupiteraner war der eigentliche Grund, weshalb die Raumschiffe aufs Recyceln setzten, anstatt Vorräte einzulagern, und weshalb genug tiefgefrorene Samen, um eine lebensfähige Zivilisation zu gründen, sowie die Anleitungen für Infrastruktur und Technologie mitgeführt wurden.)

»Schluss damit«, sagte ich. »Wir haben genug zu tun. Jaime, Andrea, würdet ihr bitte die Flugsteuerung und die Fernsicht besetzen. Wir müssen sämtliche beweglichen Objekte identifizieren, sämtliche Schiffe, Projektile und vor allem den Kometenmüll. Schließlich wollen wir doch keiner *ihrer* Kometenkarawanen in die Quere kommen.«

(*Auf gar keinen Fall*, dachte ich.)

»Es schadet nicht, wenn sie merken, dass sie von unserem Fernradar erfasst werden«, setzte ich hinzu. »Sie wissen, dass wir nicht feindlich gesinnt sind.«

»Wir haben für unseren Schutz bezahlt«, erinnerte mich Suze.

»Und zwar mit Gold. Zum Glück hatten wir Gold dabei«, meinte ich. »Yeng, ich möchte, dass du Andrea und Jaime dabei hilfst, die Kometenschwärme zu kartieren – die Bahnen und Aufprallzeiten *müssen* öffentlich zugänglich sein. Außerdem brauche ich zwei Funkkanäle – einen für ihre Funkdrohne, denn wir wollen doch mal sehen, ob lesbare Informationen übermittelt werden …«

»Wahrscheinlich Nachrichten«, meinte Suze. »Für Abonnenten, könnte ich mir denken.«

»Dann versucht, sie zu abonnieren«, sagte ich.

Yeng grinste. »Und der andere Kanal?«

»Wie bisher«, antwortete ich. »Verbinde uns mit dem

Kommandokomitee.« Ich bemerkte Malleys Jetzt-geht's-um-die-Wurst-Lächeln und lächelte trotzig zurück. »Wird allmählich Zeit herauszufinden, was die demokratisch gewählte Delegierte der sozialistischen Menschheit von den Plänen der heroischen Verteidiger der sozialistischen Menschheit hält.«

*

Erstaunlicherweise erkannte ich die Delegierte des Solaren Rats auf den ersten Blick. Da der Solare Rat – wie alle anderen Räte, angefangen von den lokalen bis zu den globalen – direkt gewählt wurde und ich ihm theoretisch angehörte, hätte ich mich eigentlich nicht wundern dürfen. Lokalen Räten gehören zumeist Personen von lokaler Bedeutung an, und so weiter bis zur Spitze. Die Delegierten des Solaren Rats hätten eigentlich jedem Bewohner des Sonnensystems bekannt sein sollen, da die meisten von ihnen seit Jahrzehnten, wenn nicht gar Jahrhunderten, kompetente Arbeit auf wichtigen Gebieten leisteten; die Re-Gerontokratie, wie einige unserer jüngeren und zynischeren Nachbarn es nannten. Im Großen und Ganzen aber vertraute ich darauf, dass die Menschen im Rest der Union Personen wählten, deren Erfahrung und Ruf sie vertrauten (und hin und wieder auch einen absoluten Neuling, der viel Wirbel um eine Sache gemacht hatte, um bekannt zu werden), sodass ich mich, abgesehen von meiner kürzlich aufgegebenen Position im Forschungskomitee für Anomalitäten im Bereich des Jupiter, auf meine kleinen Intrigen in der Division beschränkte, ohne mich um die größeren Angelegenheiten zu kümmern. Aber sogar ich hatte von Mary-Lou Radiation Nation Smith gehört.

Ich glaube, sie war eine Navajo, falls es darauf ankommt; auf jeden Fall gehörte sie einem der allzu zahlreichen Stämme an – Aleuten, Kasachen, Aborigines,

Uiguren und so weiter –, die freiwillig oder unfreiwillig an früheren Atomtests teilgenommen hatten und jetzt eine lockere, aber aktive Interessengemeinschaft bildeten, die sich als Radiation Nation bezeichnete. Sie hatten sich vereint nicht aufgrund ethnischer Gemeinsamkeiten – welche die Union lediglich als Basis für kulturelle, nicht aber administrative Zwecke gelten ließ –, sondern aufgrund ihrer verständlichen, wenn auch, meiner Ansicht nach, übertriebenen Sorge hinsichtlich unseres Civil-Engineering, unserer Ausbruchsbekämpfung und des Rodens mit Atombomben. *Ja,* sagten sie, *wir können Krebs heilen und Chromosomen reparieren und Ökosysteme wiederherstellen, aber vielleicht gibt es ja unbekannte Schäden, unberechenbare Risiken* … Dies war ein legitimer Standpunkt, und trotz des Gemurres über Grüne in ihren Reihen hatte Mary-Lou Radiation Nation Smith, eine angesehene Biologin und Statistikerin, das Zeug, ihren Forderungen Nachdruck zu verleihen.

Ein schwarzer Pony umrahmte ihr Gesicht, dunkle Augen blitzten daraus hervor. Sie saß neben Tatsuro, dessen ungewöhnlich ungepflegtes Äußeres – sein Kopfhaar, seine Augenbrauen und sein Schnurrbart standen ab, als wären sie statisch aufgeladen – mit ihrer gepflegten Erscheinung kontrastierte.

»Ellen May Ngwethu«, sagte sie, als wäre dies die Bezeichnung einer besonders widerlichen Krankheit. »Genossen, Freunde.« Sie bezog uns alle mit ihrem Blick ein, der die Ekel erregende Diagnose anscheinend bestätigte. »Ich grüße auch den verehrten Nicht-Kooperateur Dr. Malley. Ich freue mich, Sie alle endlich kennen zu lernen, und sei es auf diese große Distanz. *Ganz besonders* auf diese Distanz, sollte ich vielleicht besser sagen. Ihre Energie und Ihr Tatendrang sind wirklich erstaunlich. Wir vom Rat hatten *keine Ahnung,* dass Sie solch kühne Unternehmungen geplant hatten. Sie haben nicht nur einen Plan zur Vernichtung der Jupiteraner ausgearbeitet, sondern sind gleichzeitig auch in Verhandlungen mit ihnen eingetreten! Zweifellos wissen Sie bereits, wie zu verfahren ist, wenn diese übermenschlichen Intelligenzen ihre Absichten durchschauen und darauf entsprechend reagieren. Ich freue mich schon auf den Moment, da Sie uns ihre todsichere, narrensichere Strategie präsentieren werden, welche die Jupiteraner in ihrem unberechenbaren Wüten davon abhalten soll, uns auszulöschen. Bitte verderben Sie mir nicht die Spannung, indem Sie mir jetzt schon alles erzählen – womit ich nicht unterstellen will, dass dies bei Ihnen üblich wäre.«

Sie hielt inne, legte die Handflächen zusammen und stützte das Kinn auf die Fingerspitzen.

»Nun?«, sagte sie. »Ich habe mir die … Erläuterungen der KK-Genossen angehört. Was haben Sie dazu zu sagen?«

»Genossin … äh … Nachbarin Radiation Nation Smith …«

»Nennen Sie mich einfach Mary-Lou«, säuselte sie. »Oder Nachbarin Smith, wenn Ihnen das lieber ist. Meine Mittelnamen sind bloße Beinamen – so wie Ihr Nachname.«

Aus ihrer Sicht war dies vielleicht ein ironischer Hinweis auf den Grund, *weshalb* ich den alten Slogan als Namen ausgewählt hatte. *Ngwethu!* Freiheit! Wenn es um die Umsetzung ging, genoss ich vielleicht tatsächlich mehr Freiheit als sie. Ihr beißender Sarkasmus verflüchtigte sich, während mir (peinlich zwar, aber so war es nun mal) ein paar fast vergessene Takte der einprägsamen Hymne *Nkosi Sikele Afrika* durch den Kopf gingen.

»Okay, Mary-Lou«, erwiderte ich. »Wir von der Division haben das Mandat, die Bedrohung durch die Außenweltler einzudämmen und zu beseitigen, und genau das tun wir. Mir ist seit langem klar, dass wir der Union gegenüber würden Rechenschaft ablegen müssen und dass vor der endgültigen Entscheidung erforderlichenfalls eine weltweite Abstimmung durchgeführt werden müsste – die Fragen, um die es geht, wurden eingehend diskutiert, daher sollte das kein Problem sein.«

»*Kein Problem*«, wiederholte sie mit vernichtender Gelassenheit. »Natürlich ist es lediglich eine Frage der Funkstille und der strikten Selbstdisziplin von Milliarden von Menschen, von denen viele über Ihre Absichten, von Ihren bisherigen Aktionen ganz zu schweigen, sicherlich entsetzt wären. Wissen Sie, ich könnte mir *beinahe* vorstellen, dass dies gelingt, wäre da nicht Ihre andere beeindruckende Heldentat. Aber es hat Ihnen anscheinend nicht gereicht, mit den Jupiteranern in Kontakt zu treten und gleichzeitig Feindseligkeiten gegen sie zu eröffnen.«

Sie schüttelte den Kopf. »Oh, nein. Zu allem Überfluss schaffen Sie es auch noch – eine Stunde vor meinem Eintreffen –, das Sol-System einer aggressiv expandierenden kapitalistischen, das heißt, einer anarcho-kapitalistischen Gesellschaft zu öffnen. Ich bin sicher, wenn Sie die Wahl gehabt hätten zwischen dem Neuen Mars und einer lästigen dirigistischen Tyrannei mit lästigen dirigistischen Tyrannen, mit denen wir zumindest ein Erfolg versprechendes Abkommen hätten schließen können, dann hätten Sie trotzdem den Neuen Mars gewählt, und zwar aus bloßer wissenschaftlicher Neugier, welche Anarchie die andere wohl zuerst unterwerfen würde. Glauben Sie mir, Ihre Neugier könnte durchaus gerechtfertigt sein … Dr. Malley!«

Malley zuckte zusammen (insofern das im freien Fall überhaupt möglich ist), wie ein Schüler, der vom Lehrer beim Schlafen ertappt wird.

»Ja?«

»Es steht mir nicht zu, Ihnen Vorhaltungen zu machen – als Nicht-Kooperateur kann man von Ihnen nicht erwarten, dass Sie sich an unsere Regeln halten. Aber Sie werden mit den Folgen Ihres Handelns leben müssen. Ich will einige dieser Folgen aufzählen: Nachdem jahrzehntelang virtuelle Funkstille herrschte, hat Ihr tapferes Experiment, mit dem Sie Ihre Schüler ermutigten, Funkgeräte herzustellen und zu benutzen, zu einem munteren Geplauder im Äther geführt. Als unsere NiKo-Freunde erfuhren, dass ich hierher unterwegs war, haben sie die Neuigkeit an die Hand voll NiKos *im Weltraum* übermittelt. Sie würden sich wundern, wie viele unbedarfte Kommentare zu meinen wohlbekannten Bedenken in den vergangenen Tagen im Sonnensystem herumgeschwirrt sind. Die neumarsianischen Kaufleute haben den Funkverkehr offenbar überwacht – was nicht schwer ist, da das gesamte Funkaufkommen bislang noch gering ist. Vor ein paar Stunden habe ich eine *persönliche Nachricht* von einem dieser Schiffe erhalten. Darin machte man mir ein ›zeitlich begrenztes Niedrigpreisangebot‹ (was immer das ist) für eine Importkonzession (ich weiß, was das ist, vielen Dank) für ›Alphastrahlung assimilierende Biomechanismen‹ – was immer das nun wieder sein mag.«

»Wie haben Sie reagiert?«, fragte Malley, womit er, wie ich fand, erstaunliche Nervenstärke unter Beweis stellte.

»Ich habe ihnen gesagt, sie sollten sich verpissen«, lautete die recht grobe Antwort. »Kurz darauf empfingen wir eine andere Version des gleichen Angebots, die unmittelbar zur Erde ausgestrahlt wurde und von jedem zu empfangen war, der über ein Funkgerät verfügt. Und das ist bloß eines von *Tausenden* von Angeboten, die zur Erde gefunkt werden, was wiederum nur ein kleiner Bruchteil der Funknachrichten ist, die zwischen der Handelsflotte und dem Jupiter ausgetauscht werden. Die meisten dieser Funksprüche sind stark verschlüsselt, daher wissen wir nicht einmal, welche Angebote sie denen machen.«

Dies alles war keine Überraschung für mich, doch es passierte schneller, als ich erwartet hatte. Ich hatte nicht vorhergesehen, dass der unvermeidliche Kontakt zwischen den NiKos des Neuen Mars, welche dort in der Mehrheit waren, und den NiKos der Erde, die nur eine unbedeutende Randgruppe darstellten, ein Informationsleck zur Folge haben würde, das möglicherweise verhindern würde, dass wir unsere Pläne vor den Jupiteranern geheim halten konnten.

»Also schön«, sagte ich. »Ich verstehe, was Sie meinen. Daraus folgt, dass wir erst handeln und später abstimmen müssen – das heißt, falls die Leute hinterher nicht so erleichtert sind, die Bedrohung durch die Jupiteraner los zu sein, dass sich eine Abstimmung erübrigt.«

Mary-Lous ironische Distanziertheit verflüchtigte sich. Sie warf mir einen wütenden Blick zu.

»Erst handeln, dann abstimmen?«, sagte sie. »Bei einem solchen Thema? Welche Geringschätzung gegenüber Ihren Mitmenschen Ihre Haltung ausdrückt!«

»Das ist nicht meine Haltung!«, erwiderte ich. »Das erfordert die Lage.«

»Ja! Sachzwänge, die Sie selbst herbeigeführt haben!« Einen Moment lang sah sie aus, als wollte sie mit dem Kopf gegen die Tischplatte bumsen. Dann nahm sie die Schultern zurück und atmete tief durch.

»Es reicht«, sagte sie. »Wir müssen die Dinge so nehmen, wie sie sind, und die Ursachen für dieses Durcheinander offen legen, falls uns dazu noch Zeit bleibt. Die Beziehungen zwischen der Union und der Division müssen vollkommen …«

Sie hielt inne, stand auf und trat ein paar Schritte zurück, sodass sie gleichzeitig die Komiteemitglieder und auch uns ins Auge fassen konnte. »Wie ich schon sagte, es reicht. Ich werde dem Solaren Rat Folgendes übermitteln, und weise Sie aufgrund meines Mandates an, sich bis zur Entscheidung des Rates auch daran zu halten. Erstens müssen Sie unter allen Umständen verhindern, dass die Jupiteraner hinsichtlich der geplanten Bombardierung mit Kometen Verdacht schöpfen. Das heißt, Sie werden die Kometenkarawane *unverzüglich* auf eine weitere und eindeutig sichere Umlaufbahn befördern. Zweitens werden Sie auf dieser Seite des Wurmlochs Kampfstation-Patrouillen einrichten. In diesem Punkt dürfen Sie mit den Neumarsianern keine Kompromisse eingehen. Wir müssen ihnen klar machen, dass sie hier nur geduldet sind. Drittens werden Sie Vorkehrungen treffen, sämtliche Funksendungen innerhalb des Subsystems des Jupiter und zwischen diesem und dem inneren Sonnensystem zu unterbinden, ganz gleich, ob die Sendungen von den Jupiteranern, den Neumarsianern oder den NiKos ausgehen.«

Sie nahm wieder Platz. »Das ist alles«, sagte sie. »Noch Fragen?«

Alle schwiegen. Als ich rasch die Gesichter der anderen Komiteemitglieder musterte, fiel mir auf, dass die meisten anscheinend bloß erleichtert waren; bei Clarity und ein paar anderen war es sogar mehr als Erleichterung. Während sie verhalten lächelten, achtete ich darauf, mir keine Regung anmerken zu lassen. Joe Lutterloh wirkte als Einziger erbost, versuchte dies aber ebenfalls zu verbergen. Tatsuro musterte mich ernst. Die Neigung seines Kopfes mochte die Andeutung eines Nickens sein oder die unbewusste Unterwerfung unter das Unvermeidliche. Mary-Lou hatte zwar keine unmittelbare Macht über uns, vermochte uns das Leben jedoch schwer zu machen. Gegen den expliziten Willen der Union oder den ihrer autorisierten Delegierten konnte die Division nicht handeln, ohne das Risiko eines unumkehrbaren Zerwürfnisses einzugehen. Und wenn wir uns entzweiten, riskierten wir, dem Feind eine leichte Beute zu werden.

Nun, wenn sich die anderen hatten einschüchtern lassen, für mich galt das nicht.

»Was Sie da vorschlagen, ist riskant«, sagte ich. »Wir sind ebenfalls einige Risiken eingegangen, das gebe ich zu, aber wir hatten stets den Kometenschlag in der Rückhand. Auf dieser Basis wäre es möglich, alle Zugeständnisse an die Jupiteraner – und an die Neumarsianer – wieder rückgängig zu machen. Jetzt verlangen Sie, dass wir diese Waffe aus der Hand geben. Dann stünden wir wehrlos da.«

Smith sprang auf und beugte sich vor, die geballten Fäuste auf die Tischplatte gestützt.

»Ellen May Ngwethu!«, schrie sie. »Ich habe genug von Ihrem Starrsinn! Ihre abwegigen Vorschläge stehen mir bis oben! Wenn ich könnte …«

Sie hielt inne, richtete sich auf, atmete tief durch. Sie senkte kurz den Kopf und massierte sich die Schläfen, dann sah sie lächelnd zur mir auf.

»Entschuldigen Sie meinen Wutanfall, Nachbarin. Ich verstehe besser als Sie selbst, in welcher Lage Sie sich befinden. Sie blicken auf einen zweihundertjährigen Konflikt zurück, auf zweihundert Jahre, in denen sich Ihre persönlichen Aversionen in Hass verwandelt haben. Noch länger war die Zeitspanne, in der die strengeren Aspekte des wahren Wissens – seine dunkle Seite, wenn Sie so wollen – die ihm innewohnende Wahrheit überlagert haben. Denn die Wahrheit ist das *Ganze*, und indem Sie den Aspekt des Kampfes über den der Zusammenarbeit stellten, haben Sie sie in eine *Lüge* verwandelt. Wenn Sie sich nur selbst sehen könnten – so wie ich, denn ich hatte Zeit genug, mir die Aufzeichnungen der Komiteesitzungen anzusehen, die Sie und Ihre Genossen uns geschickt haben –, Sie mit Ihrer unnachgiebigen Aggressivität, Ihrer *Uneinsichtig-*

keit gegenüber den vernünftigen Appellen vernünftiger Wesen, sei es nun der Sprecher der Jupiteraner oder der neumarsianische Gynoid, wenn man ihn denn als solchen bezeichnen will ... wenn Sie das alles sehen könnten, dann würden Sie sich hoffentlich schämen.«

Ich starrte sie erschüttert an. »Ich habe mich bei meinem Handeln niemals von persönlicher Bosheit leiten lassen, ich habe *nichts* getan, dessen ich mich schämen müsste oder was gegen das wahre Wissen verstoßen hätte.«

Mary-Lou schüttelte langsam den Kopf. »Es gibt zwei Seiten des wahren Wissens, doch die eine haben Sie ungeachtet Ihres Namens vergessen. Es gibt nicht bloß *amandla* – Macht. Es gibt auch *ngwethu* – Freiheit.«

»Das weiß ich«, erwiderte ich ruhig. »Aber wir werden beide unsere letzte Chance verspielen, die Jupiteraner zu vernichten, solange wir dazu noch in der Lage sind!«

Einen Moment lang taumelte Mary-Lou, als hätte ich sie geschlagen. Dann sagte sie:

»Also gut. Dann will ich mich mal ganz verständlich ausdrücken. Wir verzichten nicht auf unsere letzte Chance, die Jupiteraner zu vernichten. *Diese Chance hat nie bestanden*. Ab dem Moment, da auf dem Jupiter eine stabile, realitätsorientierte Kultur entstanden ist, bestand keinerlei Aussicht mehr, sie zu vernichten. Das sind Wesen, deren *evolutionäre Ahnen* Ganymed pulverisiert und ein Loch ins Raum-Zeit-Gefüge gemacht haben! Was glauben Sie, wie viele *Stunden* es wohl dauern würde, bis sie eine Gegenmaßnahme ersonnen hätten, die Ihre Kometen wie Fliegen verscheuchen würde? Von dem Moment an, da Sie die ersten Bilder und Botschaften übermittelt hatten, war es *unvermeidlich*, dass die Menschen der Union auf die Jupiteraner voller

Hoffnung und auf ihre drohende Vernichtung mit Entsetzen reagieren würden. Sie haben selbst erlebt, wie Suze, eine typische Vertreterin der Union, und Dr. Malley, ein typischer verbohrter NiKo, reagiert haben. Sie sind vom Rand des Abgrunds zurückgewichen, und sie hatten Recht! Unsere einzige Überlebenschance besteht darin, mit ihnen zusammenzuleben. Wenn wir stattdessen versuchen würden, sie zu vernichten, würden wir sie erst recht in die tödlichen Gegner verwandeln, für die Sie sie anscheinend halten.«

Sie wandte sich an Tatsuro. »Da fällt mir etwas ein«, sagte sie. »Außer Ellen hat sich bislang niemand ablehnend geäußert. Möchten Sie abstimmen?«

Tatsuro nickte bedrückt. »Wer dafür ist, die Weisungen der Delegierten zu befolgen, hebe die Hand.«

Außer Joe hoben auf der anderen Seite alle die Hand.

»Gegenstimmen?«

Ich und Joe. Ich lächelte ihn an. Er schüttelte mit zusammengekniffenen Lippen den Kopf und fuhr sich mit dem Finger über die Kehle. Ich glaube, außer mir nahm es niemand wahr. Hinter mir sagte Yeng: »Scheiße.« Alle anderen schwiegen.

»Also angenommen«, sagte Tatsuro. Er löste das Controlpad vom Halsriemen und tippte eine lange Folge von Steuercodes ein.

»Fertig«, sagte er zu Mary-Lou. »Die Triebwerke feuern, die Reaktoren arbeiten. Die Kometen wurden in den von Ihnen vorgeschlagenen Orbit umgelenkt.«

»Das möchte ich erst noch bestätigt haben«, erwiderte sie. »Ist nicht gegen Sie persönlich gerichtet.«

Sie sprach kurz in ihr Handy und wartete ein paar Sekunden, dann nickte sie.

»Okay«, sagte sie. »Die Observatorien haben es bestätigt.«

Ihre Schultern bewegten sich, als sei ein großes Gewicht von ihnen genommen. »Und jetzt«, sagte sie, »zu

Ihnen, Ellen. Ich möchte versuchen, Sie hinsichtlich der Jupiteraner zu beruhigen.«

Ich hatte Herzklopfen und einen trockenen Mund.

Sie setzte sich auf die Tischkante, stützte sich mit einer Hand auf und drehte sich ein wenig zu mir herum, als führten wir eine lockere Unterhaltung. »Wissen Sie, das sind keine *Ungeheuer*. Wieso sollte man von Wesen, die mächtiger und intelligenter sind als man selbst, erwarten, dass sie auch böser sind? Wäre es nicht vernünftiger, davon auszugehen, dass sie *besser* sind? Weshalb sollte größere Macht größere Schlechtigkeit bedeuten?«

Ich traute meinen Ohren nicht. Ich warf einen Blick über die Schulter. Andrea, Jaime und Yeng arbeiteten an ihren Bildschirmen, hörten aber zu. Die anderen schenkten Mary-Lou ihre ganze Aufmerksamkeit. Ich durchforschte mein Gedächtnis nach der treffendsten Formulierung, und dann hatte ich sie gefunden.

»Weil gut ›gut für uns‹ bedeutet!«

Mary-Lou lächelte aufmunternd und sagte mit sanfter Stimme von weit oben herab: »Ja, Ellen. Aber wer sind *wir*? Wir alle – posthumane wie nichthumane Menschen – sind mit Bewusstsein ausgestattete Maschinen in einem geistlosen Universum, und es ist unsere Pflicht, angesichts dieses geistlosen Universums zusammenzuarbeiten, *wenn es denn möglich ist*. Die Möglichkeit der Zusammenarbeit schafft erst das *Wir*, und erst ihre Unmöglichkeit schafft ein *Sie*. Das ist das vollständige wahre Wissen – die Einheit und die Uneinigkeit.« Sie lachte. »Wenn man so will – die Union und die Division!«

Bilder der Jupiteraner in all ihren vielfältigen Erscheinungsformen gingen mir durch den Sinn. Ich hatte das Gefühl, kleine, kalte, widerliche Tiere krabbelten mir über die Haut. Ich erinnerte mich an das kalte, lebendige Metall des Roboters, an das warme Fleisch von

Dees Fingerspitzen; und ich wusste, dass meine Reaktion auf diese Maschinen, so sehr sie auch von Gereiztheit, Misstrauen und Vorurteilen geprägt sein mochte, nicht vergleichbar war mit dem kühlen, intellektuell begründeten Abscheu, den ich den Jupiteranern ungeachtet ihrer Schönheit entgegenbrachte. Die Roboter, der Gynoid und Konsorten gehörten, ob sie nun über ein Bewusstsein verfügten oder nicht, *zu uns*, während die Jupiteraner …

»Soll das heißen, Sie erwägen, ein Bündnis einzugehen – *mit denen*?«

Mary-Lou nickte energisch. »Selbstverständlich. Mit denen, die dazu bereit sind. Sie wissen es vielleicht noch nicht, aber die Jupiteraner besitzen ebenfalls das wahre Wissen. Einige ihrer Praktiken sind sogar sozialistisch!«

Gott steh uns bei! dachte ich ketzerisch. »Das«, sagte ich, »macht sie nur noch gefährlicher. Mächtiger, weil einiger, so wie wir gefährlicher für sie sind oder es jedenfalls solange waren, bis *Ihr* …«

Ich hielt inne, jedoch zu spät. Mary-Lou stieß sich vom Tisch ab, in der niedrigen Schwerkraft von Callisto eine langsame, anmutige Bewegung, und rieb die Hände aneinander, als wollte sie Staub davon entfernen.

»Das war's«, erklärte sie. »Ende der Diskussion. Wenn jetzt schon von *uns* und *euch* die Rede ist, dann gibt es wirklich nichts mehr, was uns miteinander verbindet. Ich habe Ihnen nichts mehr zu sagen, Ellen. *Verschwinden Sie!* Machen Sie bloß keinen Ärger, weder sich noch uns, und lassen Sie sich von jemand anderem den Kopf zurechtrücken, ich jedenfalls tu's nicht. Adieu.«

Sie hob die Hand über die Schulter, blickte Tatsuro an und schnippte ungeduldig mit den Fingern. Tatsuro warf mir einen letzten hilflosen Blick zu, langte seitlich aus dem Bild heraus, dann wurde der Bildschirm schwarz.

Jetzt hängt alles von mir ab, dachte ich. Zeit für Plan B.

*

Ich drehte mich in der Luft herum und packte einen Stützpfosten. Die Genossen und Malley starrten entweder mich oder den leeren Bildschirm an. Auf dem Kommandodeck war es noch nie so still gewesen.

»Das war's wohl, schätze ich«, sagte ich.

»Und ich bin sehr froh«, sagte Malley. Suze sah erst ihn, dann mich an und nickte schließlich.

»Es ist vorbei«, meinte sie. »Komm schon, Ellen. Das war die Entscheidung. Die Würfel sind gefallen. Die Kometen werden nicht auf dem Jupiter aufschlagen, und Mary-Lou hat das Komitee auf ihre Seite gebracht. Sicher, es gibt Risiken, aber sie hat Recht – unser Plan ist riskanter. Wir müssen uns damit abfinden und hoffen, dass sie die richtige Entscheidung getroffen hat.«

»Hoffen«, wiederholte ich.

Tatsächlich leuchtete Hoffnung aus Suze' und Malleys Augen hervor. In den Gesichtern meiner fünf anderen Kameraden zeigte sich weder Hoffnung, noch teilten sie meine Befürchtungen. Sie hingen ihren Gedanken nach, dachten schlimmstenfalls daran, dass sie sich zwischen mir – zwischen uns, dem Team – und der Union oder gar der Division würden entscheiden müssen. Trotz unseres extremen Individualismus zogen wir alle – bewusst oder unbewusst – Kraft aus der Union, nicht nur im objektiven Sinn, sondern auch emotional. Zumindest in dieser Beziehung hatte Mary-Lou Recht gehabt: ›gut für uns‹ hatte zwei Seiten.

Jetzt musste ich mit diesem Gefühl arbeiten, es auf meine Seite ziehen – und auf die der anderen, ob sie sich dessen bewusst waren oder nicht.

»Nichts ist vorbei«, sagte ich. »Man hat uns *nicht* aus der Union ausgeschlossen und auch nicht aus der Division, und was immer Mary-Lou glauben mag, gehöre ich solange, bis ich etwas Gegenteiliges höre, dem Kommandokomitee an.« Ich deutete auf den leeren Bildschirm hinter mir. »Wenn die Genossen mich rauswerfen wollen, in Ordnung – dann werden sie es uns unverzüglich mitteilen. Das haben Sie bislang nicht getan. Und bis dahin werde ich so verfahren, als ob ich dem Komitee weiter angehörte.«

Malley blickte finster drein, Suze zuckte die Achseln, die Mienen der anderen hellten sich auf. »Okay«, fuhr ich fort. »Ich muss euch etwas sagen. Vor einiger Zeit haben Tatsuro und ich eine … Vereinbarung getroffen. Uns war bewusst, dass es so weit kommen könnte, und wir wussten, dass wir für den Fall, dass der Kometenbeschuss … vereitelt würde, eine Rückzugsposition bräuchten!« Mein Lächeln wurde verhalten erwidert. »Egal ob durch die Jupiteraner oder aufgrund unserer eigenen Entscheidung. Wir wussten, dass es zu dieser Entscheidung kommen könnte. Wir, auch ich, waren hinsichtlich der Jupiteraner weniger dogmatisch, als Mary-Lou meinte. *Ich* habe mich gegen erheblichen Widerstand als Erste für die Kontaktaufnahme eingesetzt.«

»Ach, hören Sie doch auf!«, fauchte Malley. »Damit wollten Sie mich doch bloß zur Mitarbeit bewegen.«

»Zugegeben«, sagte ich. »Aber das war wohl kaum ein Akt blinden Hasses, oder? *Ich* habe beim Erstkontakt meine geistige Gesundheit aufs Spiel gesetzt. Sie wissen, wie ich über Back-ups denke, und was immer Sie von meiner Einstellung halten mögen, kann ich doch gute Gründe dafür anführen. Aus meiner Sicht war das Risiko real. Ich habe den Jupiteranern so viel Vertrauen entgegengebracht, dass ich auf dem von ihnen berechneten Kurs durchs Wurmloch geflogen bin – ein Risiko, das wir gemeinsam eingegangen sind, wohl wahr, aber ich hätte es bestimmt nicht gewagt, wenn ich die Jupiteraner für *Ungeheuer* halten würde.«

»Klingt einleuchtend«, sagte Malley. »Warum haben Sie das nicht Mary-Lou gesagt?«

»Ich weiß, wann ich auf verlorenem Posten stehe«, erwiderte ich achselzuckend. »Sie hat ihren Standpunkt, okay, aber ich glaube, sie hat von vorneherein eine gewaltfreie Lösung angestrebt und war anderen Möglichkeiten gegenüber blind. Verstehen Sie mich nicht falsch – nichts wäre mir lieber, als wenn sie Recht damit behalten würde, dass wir mit den Jupiteranern zusammenleben und zusammenarbeiten können. Dass sie nicht so böse oder verrückt sind wie ihre Vorgänger. Aber solange ich davon nicht überzeugt bin, solange wir nicht alle wissen, dass wir in Sicherheit sind, werde ich mein Möglichstes tun, um sicherzustellen, dass wir ein letztes Mittel gegen sie in der Hand behalten. *Ausschließlich* als letztes Mittel und bloß für den Fall, dass es ›wir oder sie‹ heißt und ›jeder für sich selbst‹. Und dieses Mittel wird für die Jupiteraner solange keine Gefahr darstellen oder ihnen Sorgen machen, bis sie uns bedrohen.«

Jaime und Andrea blickten auf die Monitore, an denen sie gearbeitet hatten, dann, als es ihnen dämmerte, lächelten sie.

»Das habe ich mit Tatsuro vereinbart«, fuhr ich fort. »Das ist der eigentliche Grund, weshalb wir hier sind. Denn hier gibt es jede Menge Kometenkarawanen, von denen die Jupiteraner nichts wissen und die wir jederzeit auf sie lenken können. Wir können die Kometen durchs Wurmloch schicken.«

»Aber die Kometen bewegen sich …« setzte Tony an.

Malleys Lächeln drückte widerwilligen Respekt aus.

»Sehr elegant«, sagte er. »Relative Bewegung.«

»Ja«, sagte ich. »Wir werden das Wurmloch verlagern.«

*

So einfach war es nicht, doch im Laufe der Arbeiten gelangten die Genossen zu der Überzeugung, dass ich nach wie vor autorisiert war für meine Vorgehensweise. Das stimmte auch, und zwar insofern, als ich mich mit Tatsuro auf diesen Notfallplan einigen konnte, noch ehe ich mich aufgemacht hatte, Wilde oder Malley zu finden. Der Umstand, dass die Kampfstationen der Division auf beiden Seiten des Wurmlochs meine Befehle ausführten, war nicht nur für mich Beweis genug, dass man mich nicht aus dem Kommandokomitee hinausgeworfen hatte. Jedenfalls noch nicht.

Ich saß neben Yeng, als sie verschlüsselte Befehle an das Geschwader auf unserer Seite und die *Turing Tester* auf der anderen funkte. Die Aktionen der *Turing Tester* waren von Ausschlag gebender Bedeutung, blieben aber im Zuge der Neustationierung der Kampfeinheiten rund ums Malley Mile, auf der ausgerechnet Mary-Lou bestanden hatte, unbemerkt. Die *Turing Tester* sendete ihre Anweisungen gepulst an die Positionsraketen des Wurmlochtors, die daraufhin mehrmals kurz feuerten. Im Verlauf mehrerer Stunden schwenkte der riesige regenbogenfarbene Ring auf seiner Achse herum und wandte sich der Oberfläche des Jupiter zu.

Währenddessen trieben wir immer näher und näher ans Tochterwurmloch heran. Weder unsere Kampfstationen noch das einsame, vom Autopiloten gesteuerte Wächterschiff – das amüsanterweise Reids Gesellschaft für wechselseitigen Schutz gehörte – machten Anstalten, uns aufzuhalten. Jaime und Andrea registrierten sorgfältig den sich nähernden Strom der Kometenfragmente, die, aus den Regionen des Systems kommend, die unserem Kuiper-Gürtel oder der Oort-Wolke entsprachen, nach vielleicht jahrzehntelangem freiem Fall beinahe stündlich auf die unbewohnten Teile des Neuen Mars niedergingen. Unseren Berechnungen zufolge wären wir in der Lage, innerhalb einer Zeitspanne von dreißig Minuten bis zu zwei Stunden eine für ein wirksames Bombardement ausreichende Geschwindigkeit aufzunehmen. Sollten wir unter Zeitdruck stehen, würde das Schiff das Wurmloch mit bis zu dreißig Ge beschleunigen: Dies war die maximale gerade noch erträgliche Beschleunigung und würde unsere smarten Raumanzüge bis zur Grenze der Belastbarkeit beanspruchen.

»Wie sollen wir das Wurmloch packen?«, fragte Malley.

»Es hat schon einmal geklappt«, sagte ich. »Alles ist vorbereitet. Die kleinen Positionsdrohnen wurden für die Kursverlagerung des Malley Mile auf unserer Seite gebaut. Sie haben sich daran verankert und verfügen über zusätzliche Greifvorrichtungen, welche die Schlepptaue des Schiffes packen können. Wir können es schaffen – das Tor wird hinter uns in spitzem Winkel geneigt, wir befinden uns im Gravitationszentrum und feuern mit unseren Triebwerken hinein, sodass …«

Ich hob vielsagend die Brauen. Malley fragte achselzuckend: »Wer weiß?«

Kurz vor dem Zusammentreffen mussten wir den Antrieb abschalten, uns vom Wurmloch lösen und mit den Positionstriebwerken der Drohnen die Feinabstimmung des Winkels vornehmen, damit die Kometen den gleichen Kurs wie zuvor die Schiffe einschlagen und auf der anderen Seite mit geradem Kurs auf die Jupiteroberfläche herauskommen würden. Die Geschwindigkeiten des Tochterwurmlochs und die der Kometenfragmente würden sich addieren und genug kinetische Energie entwickeln, um in einem Umkreis von Tausenden von Kilometern verheerende Verwüstungen anzurichten. Am wirkungsvollsten wäre es, wenn wir die Schiffe auf der anderen Seite veranlassen könnten, die Öffnung des Wurmlochs wie die Mündung einer Waffe über die Jupiteroberfläche zu schwenken, doch auf dieses Best-case-Szenario durften wir uns nicht verlassen. Auch nicht darauf, dass diese Anordnung für die Dauer des neunstündigen Jupitertages Bestand haben und das Austrittstor einmal um den Planeten kreisen würde. Wir konnten bloß davon ausgehen, dass wir den Jupiteranern einen schweren Schlag versetzen würden.

Yeng hatte mehrere kommerzielle Kanäle und einige Kanäle für die firmeninterne Kommunikation ausfindig gemacht, die entweder unverschlüsselt oder leicht zu hacken waren. Unsere Buglaser waren auf die Funkdrohne der Neumarsianer gerichtet. Wir hielten uns in der Nähe der Beschleunigungsliegen und warteten.

Stunden verstrichen.

*

Ich behielt eine Richtfunksendung im Auge, die von einer Kamera und einem Mikrofon aus der oberen Ecke eines Raumes an Bord eines Raumschiffs übertragen wurde. Unverschlüsselt, nichts Besonderes. In Farbe, viel Schnee, Monosound, gepulste Übertragung. Wahrscheinlich bloß so ein Kapitalistending: Wirtschaftsspionage. Oder etwas Seriöseres, eine Art Online-Blackbox. Jedenfalls war dies nicht der eigentliche Bordfunk, über den eine nicht zu knackende Flut von verschlüsselten Daten gesendet wurde. Man sah eine Endloseinstellung aus einem der Handelsraumer – anscheinend das Kommandodeck. Viel mehr Platz als bei uns, keine Recyclingausrüstung, keine Schlauche und keine Kletterpflanzen. Fünf Beschleunigungsliegen, anschmiegsam, federnd und glanzend, wie schwarzer Wackelpeter. Vier Männer und eine Frau in gleichartigen blauen Overalls schwebten umher, lasen Instrumente ab, behielten die Monitore im Auge, scherzten und plauderten. Anscheinend hatten sie nicht viel zu tun. Sie unterhielten sich aufgeregt über das Sol-System. Ein Mann war schon mal dort gewesen; als ich der Unterhaltung entnahm, dass er zu den upgeloadeten Sklavenbewusstseinen in den Konstruktionsrobotern gehört hatte, machte sich ein unheimliches Gefühl in mir breit.

Die eigentliche Arbeit wurde vom Bordrechner geleistet, den sie in Anspielung auf den Schiffsnamen *Running Dog* als Schlampe bezeichneten. Ich langweilte mich weniger als sie, zum einen, weil ich noch immer angespannt war, zum anderen, weil es – wie Generationen von Produzenten bewegter Fototapeten bewiesen haben – etwas Hypnotisches hat, Menschen im Weltraum oder Planetenoberflächen vom Weltraum aus zu beobachten.

Bruchstücke von Unterhaltungen, aufgefangen von dem unauffälligen Mikrofon, per Richtfunk an die nahe Drohne übermittelt, mittels Laser in einem kritischen Winkel ins Wurmloch gesendet und über zehntausend Lichtjahre und Jahrtausende hinweg von einem weiteren Relais zu einem gelangweilten Zuhörer vermutlich auf dem Mars weitergeleitet, aufgefangen von Yengs Lauschantennen und schließlich von mir belauscht:

»Die Schlampe ist heiß!«

»Ja, Mann, die hechelt geradezu. Hat wohl so 'nen Jupitertypen getroffen.«

»Seelenverwandte.«

»Schnuff, schnuff.«

Gelächter.

»Sind die Roten noch beim Malley Mile?«

»Wimmeln rum wie Fliegen auf 'nem Scheißhaufen. Gefällt mir nicht, Mann, gefällt mir überhaupt nicht.«

»Die Basis meint, kein Grund zur Sorge.«

»Ich vertrau denen nicht, aber scheiß drauf. Ist schließlich ihr Territorium ...«

»Wer sagt das?«

»Die Basis. Außerdem wissen wir noch nicht, was sie draufhaben.«

(Nein, dachte ich, das wisst ihr wirklich nicht.)

»Viel kann's nicht sein, wenn sie Ähnlichkeiten mit den Kommis von früher haben.«

»Ha-ha. Hab gar nicht gewusst, dass du so alt bist.«

»Hat aber gut ausgesehn. Hast du die Schwarze bemerkt?«

»Hm, ja.«

Zotiges Gelächter. Ich war gemeint und fühlte mich geschmeichelt. Die Männer vollführten Saltos, teilten harmlose Boxhiebe aus. Dann auf einmal durchschnitt eine Stimme das Gelächter, eine Frauenstimme, so kalt wie ein Wasserguss.

»*Irgendwas stimmt da nicht.*«

»Was …«

»Guck dir mal die Instrumente an!

»Schlampe, alles in Ordnung? Schlampe?«

Sie schwebten zu den Liegen zurück, die sie mit eilig ausgefahrenen Pseudopodien aus glasigem schwarzem Wackelpeter einfingen und festhielten. Sobald sie fest vergurtet waren, machten sich die fünf Astronauten konzentriert an die Arbeit. Ich sah, wie sich ihre Köpfe bewegten, während sie virtuelle Einspielungen verfolgten; ihre Finger tippten auf unsichtbaren Tasten herum. Meine Bewegungen waren beinahe ein Reflex der ihren – ich rief etwas, leitete das Funkbild auf die anderen Bildschirme um und blendete die Inhalte der übrigen Monitore bei mir ein.

Auf einem Nachrichtenkanal vollführte eines der Handelsschiffe – das im Untertitel alsbald als *Running Dog* kenntlich gemacht wurde – seltsame Bewegungen, da die Positionsdüsen irregulär feuerten.

»Anscheinend gibt es an Bord …« Eine erstaunte Kinderstimme.

»Boris!« rief ich. »Buglaser! Bereite die Vernichtung der Funkdrohne vor! Yeng! Blende alle verschlüsselten Sendungen aus! Andrea, Antrieb vorwärmen!«

Die Stimmen von der *Running Dog* kamen noch immer durch.

»Krieg die Schlampe nicht hochgefahren! Krieg die Schlampe nicht hochgefahren!«

»Halt den Mund, halt den Mund, wir probieren's weiter. Scheiße, Scheiße, Scheiße, Scheiße, der Antrieb reagiert nicht.«

»*Running Dog* an Basis, *Running Dog* an Basis. Die Lage an Bord ist ernst. Antrieb ausgefallen, Rechner durchgedreht. Wir vollführen eine Art irreguläre Rollbewegung. Bitte melden, bitte melden ... Mist. Funk ausgefallen.«

»Beleuchtung ist an.«

»Niemand zu Hause.«

»Ha, ha.«

»Ich checke mal die Systeme durch ... Okay, Leute, wir sitzen tief in der Scheiße, wirklich tief in der Scheiße. Die Schlampe hat anscheinend einen massiven Datenhit eingesteckt und ist abgestürzt ... Nein! Sie läuft!«

»Den Teufel tut sie, die läuft nicht – verdammter Mist. Das muss ich melden, das ... Mist! Der Funk ist immer noch ausgefallen.«

»He, der Monitor!«

Die Gesichter wandten sich zu mir um.

»Sollte jemand diesen Funkspruch auffangen«, sagte die Frauenstimme einigermaßen ruhig, »bitte handelt rasch. Vermutlich wurde unser Bordrechner gehackt und übernommen ...«

»Ein Scheiß-Jupi hat sich zu uns upgeloaded!«, schrie eine andere Stimme, während im Hintergrund eine dritte Stimme murmelte: »Heilige Mutter Gottes, steh uns bei, jetzt und in der Stunde unseres – *he, Moment mal, Leute, alles ist wieder normal, sieht gut aus!*«

Das Entsetzen und die Angst in ihren Mienen machte entspannter Erleichterung Platz. Die Frau winkte lächelnd in die Kamera.

»Hat sich erledigt«, sagte sie mit Nachdruck. »War ein Fehlalarm. Tut mir Leid, Leute, ein Fehlalarm! Ein elektrischer Kurzschluss, ein Unwetter in der Jupiteratmosphäre, das war alles. Ende der Panik.«

Die Männer hinter ihr bewegten sich vollkommen anders als zuvor, Köpfe und Arme waren in einer neuen virtuellen Umgebung tätig; mit ihren Bewegungen war alles in Ordnung, abgesehen davon, dass alle die *gleichen* Bewegungen vollführten. Vier Köpfe drehten sich gleichzeitig herum und lächelten in den Monitor, während sie im Gleichtakt Hände und Finger bewegten, als führten sie ein Marionettenballett auf.

»Boris«, sagte ich.

In der Voraussicht leuchtete im Schnittpunkt unserer Laser das rotierende Sonnensegel der neumarsianischen Funkdrohne auf und wurde im Handumdrehen in zahllose Fragmente funkelnder Folie zerfetzt.

Die Triebwerke arbeiteten gerade lange genug, um uns in einen nahen Orbit ums Tor zu bringen. Uns blieben zum Reagieren nur wenige Minuten. Es hatte den Anschein, als passierten mehrere Dinge gleichzeitig.

»Feindliche Kampfstation richtet sich auf uns aus«, verkündete Boris mit ruhiger Stimme. »Feuert. Rakete nähert sich. Aktive Verteidigung …«

Die Voraussicht blitzte auf, als die Laser der aktiven Verteidigung die Raketen trafen.

»Kampfstation fliegt Ausweichmanöver. Ich richte die Laser neu aus. Übergebe an automatische Zielerfassung. Ziel zerstört.« Nach kurzer Pause setzte er hinzu: »Yippie!«

»Weshalb haben sie uns angegriffen?«, fragte Suze.

»Weil wir die Drohne zerstört haben«, antwortete ich.

»Hätten uns eigentlich dankbar sein sollen.«

Jaime berechnete die Flugbahn der nächsten Kometenkarawane, während Andrea das Schiff seinen Berechnungen gemäß ausrichtete. Die Positionsdüsen feuerten mehrmals hintereinander und versetzten uns in eine Schwindel erregende Drehbewegung. Yeng übermittelte die Daten an unsere Kampfstationen, und die *Necessary Evil But Still Cool* funkte einen Befehl an die Steuerraketen des Tores. Als wir bereit waren, am Tor anzulegen, lag es in einem seltsamen Winkel wie ein geneigter Teller scheinbar ›unter‹ uns, und wir schwebten rückwärts darüber hinweg. Auf einem Monitor sah ich, dass unsere kleine Funkdrohne umherflitzte wie ein Floh auf einem heißen Backblech und im Versuch, die zur Aufrechterhaltung der Funkverbindung erforderliche Position relativ zum flachen Tor beizubehalten, ihren Treibstoff sinnlos vergeudete. Sollte ich sie ebenfalls zerstören? Nein – ich war immer noch sicher, dass die Computer und Kommunikationseinrichtungen der Division dem Ausbruch der Jupiteraner standhalten würden.

Das Schiff war jetzt ausgerichtet; ein letzter Triebwerksstoß, und es würde die Kometenkarawane abfangen und auf dem ›Einfallkurs‹ weiterfliegen. Die Schiffshülle erbebte wiederholt, als die Fangseile ausgebracht wurden. Sie entrollten sich und wurden von den Umrandungsklammern gepackt. Andrea zündete erneut die Positionsdüsen, ein subtiles Crescendo von Übelkeit erregender Heftigkeit, das uns optimal ausrichtete, als die Taue den Zug der Wurmlochmasse aufnahmen.

Einhunderttausend Tonnen, hatte Dee gesagt. Plus weitere zwanzigtausend aufgrund der zwanzig Schiffe, die mit optimistischem Tatendrang hindurchgeflogen waren … bloß um auf Wesenheiten zu treffen, für die die Versuchung oder die auf Konkurrenzdenken gründende Notwendigkeit, *die Ersten zu sein*, ebenso groß gewesen war wie für sie. Ich dachte an Dee und fragte mich, ob ihre viel gepriesenen Gegenmaßnahmen, die sie vor Konkurrenten schützen sollten, dem, was über die Funkverbindung zur armen, besessenen *Running Dog* zu ihnen gelangt war, wohl standhalten würden. Hoffentlich bewähren sie sich, um meinet- und ihretwillen, dachte ich mit einem plötzlichen Gefühl von Solidarität mit einer Person, die, ob menschlich oder nicht, zumindest ebenso einzigartig war wie ich.

»Wir halten die Position«, sagte Andrea.

»*General Arnaldo Ochoa* an *Terrible Beauty*.« Yeng legte den Funkspruch auf meinen Kopfhörer um. Die Stimme klang beinahe schleppend. »Die Lage hier hat sich drastisch zugespitzt. Die Lage ist vollkommen undurchsichtig. Bitten um Rat.«

Wer immer das war, er war aus dem rechten Holz geschnitzt! Ich schaltete mich mit oberster Priorität auf den allgemeinen Schiffskanal der Division:

»Hallo, Leute, hier spricht die *Terrible Beauty*. Die Lage stellt sich folgendermaßen dar. Mindestens ein neumarsianisches Schiff wurde mitsamt der Besatzung von einem Upload oder einer Persönlichkeitskopie vom Jupiter übernommen. Das ist bestätigt, ich wiederhole: bestätigt. Die Funkdrohne haben wir zerstört, um die Virenausbreitung zu unterbinden. Wir wissen nicht, ich wiederhole, wir wissen nicht, ob wir rechtzeitig gehandelt haben. Behandelt die vom Neuen Mars ausgehenden Funksprüche mit äußerster Vorsicht. Wir sind im Begriff, mit dem Wurmloch im Schlepptau Vollschub zu geben. Wollen versuchen, eine Kometenkarawane durchs Wurmloch zu bugsieren und auf den Jupiter zu lenken. Euch bleiben zwei Minuten, euch entweder zu entfernen oder nach Hause zurückzukehren.«

Die schleppende Stimme meldete sich sogleich. »Danke für die Klarstellung, *Terrible Beauty*. Viel Glück. Zu Hause finden heftige Kämpfe statt. Sämtliche Schiffe wurden zurückbeordert. Wir fliegen los. Sollen wir euch über unsere Funkdrohne auf dem Laufenden halten?«

»*Ja!*«, übertönte Yeng die Prioritätsschaltung.

»Ich stelle durch.«

Das vom Heimatsystem über die mittlerweile wieder stabilisierte und positionierte Drohne übertragene Bild erschien auf den virtuellen Bildschirmen der Raumanzüge, die sich noch immer um uns anspannten und verhärteten. Das Bild wurde von der Außenkamera der *Turing Tester* übertragen, die noch vor dem Tor stationiert war.

Der Jupiter stand in der Mitte, wie ich es gehofft hatte. Der Rest des Bildes gab die Blitze ferner Lasertreffer wieder, blendend helle Partikelströme und den Schnee, der von den Stanniolstreifen her stammte, die beides ablenken oder zerstreuen sollten. Die Schweife der Raketen und kinetischen Leuchtspurgeschosse machten das Chaos komplett. Zwei, drei Handelsraumer waren zu sehen, jeder von einem Schwarm von Kampfstationen umringt. Der eine entfernte sich auf einem höchst unorthodoxen Ausweichkurs. Der andere schlingerte auf ebenso groteske Weise wie zuvor die *Running Dog*. Ich meinte die Bemühungen der neuen Herren in den ungewohnten Wirten, die durch die Steuerinstrumente rasenden Impulse und den Widerstand der Software körperlich zu spüren. Der Schlingerkurs des Schiffes war die Folge dieser Konflikte. Und mitten in diesem unübersichtlichen Szenario flitzten unsere dunklen Kampfstationen umher und wichen mit waghalsigen Manövern zumindest den kinetischen Geschossen und den Raketen aus; trotzdem wurden in den ersten Sekunden, da wir zuschauten, zwei von ihnen von Partikelströmen getroffen und explodierten lautlos.

Einer nach dem anderen rasten die Kampfstationen auf unserer Seite aus Kamerasicht über unsere Köpfe hinweg, und jedes Mal, wenn eine das Tor passierte, erbebte unser ganzes Schiff. Ich zählte bis neun, dann vernahm ich eine mittlerweile vertraute Stimme.

»Die *General Arnaldo Ochoa* verabschiedet sich und wünscht euch viel Glück.«

»Auf Wiedersehen«, sagte ich.

Als die letzte Kampfstation hindurchflog, geriet das riesige Trommelfell des gedehnten Raums, mit dem wir verbunden waren, zum zehnten Mal in Schwingung. Kurz nach ihrem Austritt flitzte der schwarze, einer Fledermaus ähnliche Schatten seitlich davon. Jetzt waren wir auf uns allein gestellt.

Dann füllte auf einmal ein Handelsschiff den Bildschirm aus, das scheinbar unmittelbar auf uns zugeflogen kam. Etwas brannte sich in seinen Rumpf, dennoch flog es unbeirrt weiter. Als Letztes zeigte die Kamera der *Turing Tester* das unscharfe Bild des Bugpanzers. Das letzte und einzige von der Funkdrohne dank einer heldenhaften Hackertat übermittelte Geräusch war eine sich überschlagende Stimme, die den Warnruf »*Running Dog!*« ausstieß.

Unser Schiff erbebte, als die tausend Tonnen das Wurmloch passierten und gleichzeitig denselben Betrag an virtueller Masse vom Tor abzogen. Ein Schlepptau brach und peitschte durch die Voraussicht. Während ich vom mittlerweile leeren Innenmonitor auf eine Außenkamera ging, die Yeng instinktiv zugeschaltet hatte, beobachtete ich eine volle Sekunde lang starr vor Entsetzen, wie das riesige Raumschiff wie eine Rakete aus einem Silo aus dem Wurmlochtor auftauchte, vor dem Bug das zerbeulte Wrack der *Turing Tester*.

Sobald sie das Tor hinter sich gelassen hatte, feuerten die Positionsdüsen weit präziser als zuvor. Das fremde Bewusstsein hatte die Steuerung endlich gemeistert und drehte das Haupttriebwerk von uns weg, sodass der stumpfe Bugpanzer in unsere Richtung wies.

»Andrea!«, wollte ich rufen, doch sie hatte das Triebwerk bereits eingeschaltet. Die stärkste Beschleunigung, die ich je erlebt hatte, drückte mich nieder und verwandelte meinen Schrei in ein ersticktes Stöhnen. Die *Running Dog* verschwand augenblicklich vom Bildschirm, dann, als die Kamera herumschwenkte, tauchte sie wieder auf.

»Boris«, ächzte ich. »Atomschlag.«

»Geht nicht«, antwortete er mit etwas kräftigerer Stimme. »Keine Zeit mehr, die Flugbahn zu programmieren.«

»Okay«, flüsterte ich. »Dann schick die *Carbon Conscience* mit, Kamikazeangriff.«

»Hoffentlich meinst du, mit Kamikaze-*Autopilot*.«

»Mach – schon!«

Er verschwendete keine Zeit mehr, dennoch dauerte es eine lange Minute, bis er sämtliche Befehle eingegeben hatte. Dann löste sich unser bordeigener Waffenträger von der Hülle und raste aufgrund unserer Beschleunigung davon.

Yeng schaltete auf die Bugkamera der Kampfmaschine, und dann dauerte es nicht mal mehr eine Minute – in der der letzte Treibstoff verbrannt wurde –, bis wir sahen, wie er sich dem Ziel näherte. Abermals nahm die *Running Dog* den Monitor ein. Wir sahen die lautlose, Ehrfurcht gebietende Kugel der Fünfzig-Megatonnen-Atomexplosion ... jedoch nicht über die Kamera.

Ich schwöre, wir sahen sie durch die Schiffshülle hindurch.

*

Die weißen Nachbilder verblassten allmählich, und ein rotes, schmerzhaftes Pulsieren nahm seine Stelle ein. Ich atmete nicht mehr – das erledigte der Anzug für mich –, und die hauchdünnen Röhrchen der Sauerstoffversorgung hatten sich in glühheiße Messer verwandelt, die sich durch meine nahezu kollabierte Lunge bohrten.

Sind auf Kurs für den Endspurt, erschien Andreas Meldung in grünen Buchstaben auf dem wabernden scharlochroten Bildschirm in meinem Gesichtsfeld. *Freier Fall in 20 Minuten, erster Aufprall in weiteren 20.*

Kannst du nicht schneller fliegen?, fragte Boris.

Kein Treibstoff mehr, antwortete Andrea.

Keine Reaktionsmasse mehr, um genau zu sein. Niemand hatte noch Fragen. Ich hoffte, dass Andrea zumindest eine Reserve zurückbehalten hatte, um uns wieder nach Hause zu befördern, wo immer sich dieses Zuhause jetzt befinden mochte, doch es mangelte mir am Mut und an der Kraft, danach zu fragen.

Jaime ließ die Daten über den von uns angepeilten Kometenzug anzeigen: eine lange, gut bestückte Karawane von Fragmenten, vor langer Zeit von den Robotermaschinen der Neumarsianer – oder, Ironie des Schicksals, von denen der Außenweltler – säuberlich aufgereiht, weit draußen in der gewaltigen Wolke aus unverfestigtem Eis und organischen Stoffen: riesige fliegende Eisberge, *in situ* von der infiltrierten intelligenten Materie hergestellt. Diese Geschosse sollten vor dem Sturz auf den Neuen Mars explodieren, in kleinere Brocken auseinander brechen und in der Atmosphäre schmelzen und verdunsten.

Irgend etwas bereitete mir Sorge, etwas, das ich übersehen hatte. Während ich zusammengequetscht auf der Beschleunigungsliege ruhte, bemühte ich mich, den flüchtigen Gedanken zu fassen, und auf einmal hatte ich ihn: Was wäre, wenn die Brocken explodierten, bevor sie auf dem Jupiter auftrafen? Diesen Einwand tat ich jedoch als unerheblich ab – die Nanomaschinen auf den Kometenfragmenten würden einen Gasriesen wohl kaum mit einem kleinen, steinigen Planeten verwechseln.

Außerdem konnten wir das Ganze eh nicht mehr beeinflussen. Dies war buchstäblich der letzte Pfeil in unserem Köcher.

*

Unvermittelt ließ der Andruck nach. Wir atmeten ein und stießen beim Ausatmen ein Schmerzgeheul aus, dann leitete der Anzug Opiate in unser Blut, die so dosiert waren, dass sie den Schmerz betäubten, ohne uns zu euphorisieren. Nicht dass die Gefahr groß gewesen wäre.

»Okay«, sagte Andrea mit zittriger Stimme. »Wir haben zwanzig Minuten Zeit, dieses Ding auszurichten. Bleibt angeschnallt.«

Eine unnötige Anweisung, dachte ich, während ich mich bemühte, die Finger zu bewegen und die Monitore aufzurufen. Nach etwa einer Minute gelang es mir. Diesmal zogen sich die Injektionskanülen des Anzugs nicht zurück; sie hatten noch Arbeit zu verrichten, so wie alle anderen – die ersten Monitore zeigten physiologische Werte an. Alle waren am Leben, bei Bewusstsein, und wurden massiv unterstützt und regeneriert.

Ich nicht.

Ich starrte entsetzt auf die Bildschirme und konnte kaum glauben, dass ich nicht mit meinen Augen, meinen Nerven, meinem Gehirn sah. Mein Gehirn hatte nicht vollständig abgeschaltet: es hielt noch meinen Körper am Laufen; doch der Preis, der Dee zufolge für die Aufrechterhaltung des Bewusstseins und des Ichs bezahlt werden musste, wurde anderswo entrichtet. Der Anzug hatte mein Bewusstsein in sich abgeschlossen und ließ mich als Update des Modells laufen, das er vor einigen Tagen vor dem Start der ersten Jupitersonde angelegt hatte.

Jetzt wusste ich also Bescheid. Ich wusste, wie ein simuliertes Bewusstsein die Welt wahrnahm. Es gab überhaupt keinen Unterschied.

Zumindest keinen, den mein simuliertes Bewusstsein wahrnehmen konnte.

Warum hatte der Anzug das getan? Warum hatte er mir das angetan?

Unvermittelt stellte ich einen Unterschied in der Wahrnehmung fest. Ich war mir der Anwesenheit des Anzugs, seines Eigenbewusstseins, als eines loyalen, lebendigen Wesens bewusst; und ich kannte die Antwort.

Es geht nicht nur um dich, antwortete er. *Es ist noch eine weitere Person anwesend. Du trägst einen Fötus in dir. Ich habe aufgrund deiner vermuteten Präferenzen gehandelt. Die Entscheidung liegt bei dir. Du kannst dich jederzeit anders entscheiden.*

Das wollte ich nicht.

Wie aus weiter Ferne beobachtete ich, wie Yeng die Schlepptaue löste, wie Andrea uns in eine stabile Position in einigen Meilen Entfernung vom Wurmlochtor beförderte, und wie Jaime das Tor mithilfe der Positionsdüsen in den richtigen Winkel zu der sich nähernden Kometenkarawane brachte.

»Das war's«, sagte Jaime. »Hat gerade noch geklappt, die Drohnen haben fast keinen Treibstoff mehr.«

»Noch drei Minuten«, sagte Andrea.

Die Kometen näherten sich auch jetzt, in diesem letzten Moment, so rasch, dass sie mit dem Bugteleskop noch immer nicht zu sehen waren. Selbst wenn man das von ihnen reflektierte Licht aufgefangen hätte, wäre ihre Eigenbewegung vor dem Hintergrund der Sterne erst in den letzten Sekunden vor vor dem Abfangen feststellbar gewesen. Allein das Fernradar dokumentierte ihre Annäherung. Ich lag reglos da und schaltete mit den Fingerspitzen von einer Außenansicht zur nächsten: Die Sonne dieses Systems – klein im Vergleich zu der Sonne, wie man sie von der Erde aus sah, aber groß und blendend hell für meine an die Umgebung von Callisto gewöhnten Augen; die ferne, ockerfarbene

Scheibe des Neuen Mars; und die paradoxe Ellipse des Tores.

»Noch zwei Minuten.«

Andrea zählte die letzte Minute ab. Als sie »Zwei!«, sagte, nahm ich auf einem meiner Bildschirme vor dem Hintergrund der Sterne eine Bewegung wahr: der erste Komet, fast fürs bloße Auge erkennbar.

»Eins!«

»Jetzt!«

Die Tscherenkow-Strahlung blendete uns.

Die übrigen Fragmente folgten mit jeweils kaum einer Sekunde Abstand. Zehn Kometen, jeder mit einer Masse von mehreren hunderttausend Tonnen. Vier passierten das Tor und fügten ihre Masse unserer Seite hinzu – während sie auf der anderen Seite abgezogen wurde.

»Ich glaube, der Bereich negativer Masse ist jetzt erreicht«, sagte Malley. »Ich wünschte, ich könnte sehen, wie sich das auswirkt.«

Wir befanden uns in freiem Fall, blieben aber alle auf den Liegen angeschnallt, zu erschöpft, um uns zu bewegen, und vielleicht auch zu ängstlich dafür. Uns blieb nichts anderes übrig, als zu warten und den Vorgang zu beobachten, mit dem wir eine Welt zu vernichten gedachten. Ich wusste – jetzt, da ich selbst ein in intelligenter Materie laufendes kopiertes Bewusstsein war –, dass die Jupiteraner keine Flatliner waren, sondern eine überlegene Spezies, nicht aufgrund ihrer Macht, sondern aufgrund der Komplexität ihres Bewusstseins. Wie wir verfügten auch sie in ihrem Innern über einen unendlichen Raum und subjektive Welten; sie waren nicht bloß Wesenheiten, sondern Lebewesen.

Und in diesem Moment – nein, in einem anderen Moment, zehntausend Jahre in der Vergangenheit – rasten unsere ersten Kometenbomben auf sie nieder und zerstörten diese subjektiven Welten: unsere primitiven Geschosse zerschmetterten dünnere Schädel und komplexere Bewusstseine als die unseren. Das hieß, wenn wir unser Ziel denn erreicht hatten.

Dann wurde mir bewusst, dass das, *was wir im Moment taten, bereits geschehen war*, dass die Interaktionen des Tors und der Kometenfragmente Folgen für die ferne Vergangenheit hatten – dass die Schlacht in gewisser Hinsicht bereits geschlagen war. Das Universum im Umkreis von zehntausend Lichtjahren wurde bereits von unseren oder von ihren Nachfahren besiedelt. Natürlich konnten wir nicht wissen, ob sie oder wieder wir ›bereits‹ Raumschiffe mit Malley-Antrieben besaßen, die an die Lichtgeschwindigkeit herankamen und neue Wurmlochtore nachschleppten, aber falls ›sie‹ tatsächlich über den Neuen Mars hinausgedrungen waren, würden sie erst in unserer fernen Zukunft hier eintreffen. Von diesem Gedanken ging eine merkwürdige fatalistische Beruhigung aus, dann verhedderte er sich zu einem Knoten, den nur Malley, wenn überhaupt, hätte aufdröseln können.

Ich lag da und wartete. Komme, was da wolle.

Das Tor war noch immer offen, raste noch immer auf der Umlaufbahn der anderen sich nähernden Kometen dahin, bereit, den nächsten Schwarm abzufangen – was eine halbe Stunde später auch geschah. Diese Kometen waren größer, weniger geformt, aber noch immer klein genug, um hindurchzupassen. Dies galt auch für den nächsten Schwarm und für den übernächsten, bis das Wurmloch schließlich, zehn Stunden und zahllose Kometenfragmente später, das Limit seiner Kapazität zur Aufrechterhaltung einer negativen Masse erreichte.

Malley brummte etwas, als habe sich eine Berechnung bestätigt.

»Jetzt wissen wir Bescheid«, sagte er.

Die übrigen Fragmente passierten die Stelle, an der sich eben noch das Tor befunden hatte.

*

Als er von dem Tor nicht mehr zusammengehalten wurde, brach der Rand in Einzelteile auseinander: matt schimmernde Bögen trieben erst auseinander und dann, aufgrund der Anziehungskraft der gewaltigen, unsichtbaren Masse von exotischer Materie, die vom verzerrten Raum, den sie zuvor umfangen hatten, übrig geblieben war, ganz langsam wieder aufeinander zu. Die Masse bewegte sich aus dem System hinaus, den sich nähernden Kometen und ihrem Ursprung entgegen.

11

Ausblick

VERSCHIEBEN ODER KOPIEREN?

Auf die Frage des Anzugs gab es für mich nur eine Antwort. Ich hatte nicht die Absicht, in den Schaltungen des Anzugs ein zweites Ich zurückzulassen. Gleichwohl machte sich mein zweites Ich seine eigenen Gedanken. War ich – das wahre, im Hier und Jetzt, in diesem Moment existierende Ich, im Begriff zu sterben? Selbstmord zu begehen um einer anderen Person willen, die mit meinen Erinnerungen in dem derzeit noch unbewussten Körper aufwachen würde? Oder war ich – die Kopie – im Begriff, *mein wahres Ich* zu töten, das andernfalls aufwachen würde, ohne sich erinnern zu können, was in der Zeit der Bewusstlosigkeit geschehen war?

Fängt man einmal an, darüber nachzudenken, gibt es kein Halten mehr.

»Verschieben«, sagte ich.

Etwas geschah in diesem kurzen, ewigen Moment, als ich wie ein Lichtbogen die Kluft zwischen Anzug und Schädel überwand. Ich sah hundert Milliarden Sterne, wie sie nach hunderttausend Jahren aussehen mochten. Dies war natürlich eine Vision, eine Halluzination; oder es stand eine Absicht dahinter, ein Programm, ein Plan; bis zum heutigen Tag weiß ich nicht, ob dies mein Plan war, woher er stammte und wem er zuteil wurde.

Ich sah eine Galaxis aus Grün und Gold, das Sternenlicht gefiltert von zahllosen Habitaten; die Föderation unserer Träume. Und hinter dieser Wand all unserer Welten ein umfassendes, aber gleichwohl endliches Wohlwollen, eine gewaltige Maschine des Schutzes und des Überlebens; einen Gott, der auf unserer Seite stand, einen Schrecken unserer Feinde und einen Freund der Menschheit mit ihren zahllosen Welten.

Einen Gott, der lächelte, denn sein Werk war getan; und das meine.

Jemand schüttelte mich. Ich regte mich in allzu trägem Fleisch.

»Ellen!« sagte Boris. »Alles in Ordnung?«

Ich schlug die Augen auf und lächelte verzerrt. (Ich weiß es, denn ich habe die Aufzeichnung von Boris' Augen gesehen.)

»Es geht schon wieder«, antwortete ich. »Ich … war bloß einen Moment bewusstlos.«

*

»Lagebericht«, sagte Andrea energisch. »Wir haben fast keine Reaktionsmasse mehr, wenngleich der Antrieb noch immer volle Leistung bringt. Wir befinden uns im Schwerefeld der dunklen Materie oder was immer das ist, was die Stelle des Tores eingenommen hat, und treiben mit hoher Geschwindigkeit auf die lokale Kometenwolke zu. Wir wissen nicht, ob der Neue Mars von den letzten Funksprüchen der *Running Dog* in Mitleidenschaft gezogen wurde. Ebenso wenig wissen wir, ob unser Bombardement den Jupiteranern den Rest gegeben hat. Es fiel wesentlich schwächer aus als der massive Kometenschlag, den wir im Sonnensystem geplant hatten.« Sie hielt inne und blickte auf die sternengesprenkelte Voraussicht. »Jetzt, da es das Tor nicht mehr gibt, werden wir es auch niemals erfahren.«

»Erst dann, wenn das erste Raumschiff mit Malley-Antrieb hier auftaucht«, meinte ich grimmig. »Entweder unseres oder ihres.«

»Was für ein Raumschiff?«, fragte Malley. Er klang amüsiert.

Ich starrte ihn an. »Nun«, sagte ich, »mal angenommen, jemand würde den von Ihnen postulierten virtuellen Masse-Antrieb neu erfinden, den die ersten Schnelldenker ihrer Sonde eingebaut hatten, dann könnte er nahezu Lichtgeschwindigkeit erreichen. Wir sind zehntausend Lichtjahre von ihnen entfernt, befinden uns aber zehntausend Jahre in der Zukunft, daher …«

Ich brach ab und kam mir auf einmal blöd vor, denn die anderen hatten bereits begriffen, worauf ich hinauswollte, und lachten.

In zehntausend Jahren konnten uns Funksprüche des Sol-Systems erreichen; Signale, die kurz nach unserem Abflug ausgesandt worden waren.

»Die dürften nicht leicht zu empfangen sein«, sagte Yeng. »Ich muss ein Radioteleskop bauen.«

»Wie lange wirst du brauchen?«, fragte ich.

Yeng runzelte die Stirn. »Schon eine Weile«, meinte sie. »Ich müsste unseren letzten Bremsfallschirm ausgraben, der uns jetzt nicht mehr viel nützen wird, und ihn von ein paar Wartungsrobotern mit einem monomolekularen Foliennetz auskleiden lassen. Der Durchmesser beträgt eine Meile, das sollte eigentlich reichen, zumal wir ja wissen, wie wir die Antenne ausrichten müssen.« Sie stellte im Geiste einige Berechnungen an. »Jedenfalls würde es einige Stunden dauern.«

»*So lange*?« schnaubte Malley. »Du meine Güte, ich dachte, Sie sprechen von *Jahren*.«

Ich hatte mit Monaten gerechnet, doch das behielt ich für mich. Ich lächelte Yeng an und sagte:

»Das ist prima. Aber ich glaube, wir sollten erst mal herausfinden, ob auf dem Neuen Mars alles in Ordnung ist. Denn ansonsten bekämen wir sehr bald Schwierigkeiten.«

Trotz der Proteste – jetzt, da wir wussten, wie wir uns Gewissheit verschaffen konnten, war die Vorstellung, warten zu müssen, noch unerträglicher als zuvor – machten wir uns erneut an die Überprüfung des Funkverkehrs des Neuen Mars. Yeng setzte sämtliche Vorsichtsmaßnahmen ein, die ihr zu Gebote standen, und stellte fest, dass alles sauber war; der Funkverkehr war rein menschlichen Ursprungs und ebenso penetrant wie zuvor. Die Ereignisse der vergangenen Stunden wurden von vielen lauten und einander widersprechenden Stimmen analysiert. Niemand wusste, dass wir uns noch immer im System aufhielten, und wir hatten noch nicht die Absicht, es ihnen zu verraten.

Zumindest der Neue Mars war also gerettet. Wir ließen zur Feier des Tages das Funkgerät an. Die alte Musik des Neuen Mars, die fremdartige traurige Sehnsüchte und verzweifeltes Begehren feierte, infiltrierte unser Bewusstsein wie ein Virenmem. Zu diesem Soundtrack halfen wir Yeng, den hauchdünnen Bremsfallschirm auszubringen und anzupassen, ein Vorgang, den wir als unser STI-Projekt bezeichneten – unsere Suche nach terrestrischer Intelligenz.

Der Scherz ging mit einer gewissen Beklommenheit einher. Wir wussten nicht, was wir herausfinden würden. Wir sprachen nicht über unsere Angst, nichts weiter als unverständliche – oder nur allzu verständliche – Stimmen aufzufangen, die uns mitteilen würden, dass unser Exil und unser großes, kühnes Verbrechen umsonst gewesen waren.

Als das Teleskop fertig gestellt war, schwebten wir auf dem Kommandodeck um Yeng herum. Jedes einzelne Geräusch war deutlich zu vernehmen: das Rauschen der Klimaanlage, das Summen des Schiffs, das Ping-Ping des Radars, unser Atem. Yeng achtete nicht darauf, sondern arbeitete sich durch die ersten schwachen Signale, die sie mit ihrer riesigen Antennenschüssel aufgefangen hatte. Sie unterzog sie sämtlichen Hardware- und Softwarechecks, die ihr zur Verfügung standen, während die Flixel des Analysegeräts, die ein Spiel des Lebens aufführten, auf dem Monitor flackerten. Sie studierte sie minutenlang wortlos, ohne sich umzublicken, dann schaltete sie die Lautsprecher ein und drehte an einem Regler.

Auf dem Kommandodeck ertönten die Stimmen von Menschen der fernen Vergangenheit: sie redeten, sangen, stritten sich, plauderten, argumentierten und diskutierten – ein Lärm, den wir sogleich übertönten. Dann hörten wir auf zu schreien und hörten wieder zu. Die meisten Funksendungen stammten nach wie vor von den NiKos, die – genau wie die Menschen des Neuen Mars – wüste Spekulationen anstellten, doch auf jeden Fall war klar, dass unser Angriff erfolgreich gewesen war. Die interne Kommunikation der Division wurde, wie wir uns denken konnten, über Richtfunk abgewickelt, und bislang war noch nichts davon in unsere Richtung durchgesickert.

Während dieser Schicht tranken wir eine Menge Alkohol.

Einige Zeit später wurde mir bewusst, dass ich eine mit synthetisch hergestellten Anchovis, Oliven, Bananen und Ananas belegte Pizza vertilgt hatte. Bislang hatte ich noch nie eine solch widerliche Zusammenstellung gegessen, und ich wunderte mich ein wenig darüber, als ich vor dem Einschlafen zum Abschluss noch ein Eis schleckte. Ich schlief mehrere Stunden, länger als alle anderen. Als ich auf dem Kommandodeck in ihrer Mitte erwachte, musste ich mich prompt übergeben.

»Genossen«, erklärte ich, »ich muss euch etwas sagen.«

*

Etwa einen Monat später fing Yengs Teleskop den ersten unmittelbar an uns gerichteten Funkspruch auf; ein offenes, unverschlüsseltes Videosignal. Das Rufzeichen erreichte uns während der Arbeit, buchstäblich mitten in der Luft, und sogleich eilten wir an den nächsten Monitor. Tatsuros Gesicht tauchte auf dem Bildschirm auf. Er saß in einem virtuellen Konferenzraum; bei ihm waren einige Mitglieder des Kommandokomitees, eine Gruppe von Personen im Firmenoutfit der Neumarsianer und, zu meiner Überraschung, Jonathan Wilde. (Die Kopie von … aber ich hatte aufgehört, so zu denken. Ich hatte mich reformiert.)

»Ich habe ein sehr eigenartiges Gefühl«, begann Tatsuro. »Diese Botschaft wird von unserem stärksten Sender ausgestrahlt und zumindest einige Jahre lang von stärkeren Sendern wiederholt werden, sobald uns diese zur Verfügung stehen. Die Empfänger wird sie natürlich erst in zehntausend Jahren erreichen. Sollten Sie mich hören, werden Sie wissen, wie seltsam die Umstände sind. Aber ich muss annehmen, dass es Sie in der Zukunft noch gibt und dass Sie diese Botschaft ohne Zeitverlust empfangen. Nun denn:

Wir danken der Besatzung der *Terrible Beauty* aus ganzem Herzen. Es ist Euch gelungen, mit dem Kometen-Bombardement die posthumanen Wesenheiten des Jupiter zu vernichten. So viel wir wissen, sind sie ausgelöscht, nicht nur dank Eures und unseres Einsatzes, sondern auch in Folge von internen Kämpfen. Eure etwaige Befürchtung, Ihr könntet womöglich Wesen vernichtet haben, die uns freundlich gesinnt waren, ist grundlos – falls es sie gab, so wurden sie von anderen Jupiteranern vernichtet, die darauf aus waren, Kopien von sich selbst in alles hochzuladen, was für sie erreichbar war. Eigenartigerweise hatten sie es dabei eher auf die Handelsschiffe der Neumarsianer abgesehen als auf uns. Unsere Computer waren nahezu unempfindlich gegen die Viren der Jupiteraner, während die ihren … äh … ausgesprochen leicht verwundbar waren, wie sich herausstellte. Unsere neuesten Nachforschungen und Rekonstruktionen haben ergeben, dass es die Jupiteraner aufs Malley Mile abgesehen hatten, mit dem sie den ganzen Bereich des Wurmlochs beherrschen und ihren Einfluss auf einen großen Teil des Universums hätten ausdehnen können. Ihr habt uns, ohne es zu ahnen, gleich in mehrfacher Hinsicht gerettet.

Ob Ihr die Menschen und posthumanen Wesen des Neuen Mars gerettet habt, wissen wir nicht. Sollte dies nicht der Fall sein oder sollte diese Nachricht von unseren Gegnern aufgefangen werden, so wird ihnen die Vernichtung der Jupiteraner hoffentlich vor Augen führen, zu welch schrecklichen Taten unsere Spezies fähig ist. Denn wir werden neue Raumschiffe mit vakuumfluktuierendem virtuellem Massenantrieb und neue Wurmlochtore bauen, sobald wir dazu in der Lage sind. Wir werden den Kontakt mit dem Neuen Mars wieder herstellen. Und nun wünsche ich Euch alles Gute und übergebe das Mikrofon an die Überlebenden der Handelsexpedition vom Neuen Mars.«

Einer nach dem anderen ergriffen nun die Männer und Frauen vom Neuen Mars das Wort und trugen jeweils eine herzliche, ergreifende persönliche Nachricht vor – einige wandten sich nicht nur an ihre Freunde und Verwandten, sondern auch an ihre Kopien, was mir ein wenig seltsam vorkam. Einer beendete seine Botschaft folgendermaßen:

»Dies ist eine Nachricht an die Allgemeinheit – wir werden unser Möglichstes tun, um die einseitige Kommunikation aufrecht zu erhalten – wir werden die Verbindung so lange halten, bis die Raumschiffe fertig gestellt sind. Es sei denn, es gelingt uns, auch ein neues Tor zu bauen, werden die Raumschiffe natürlich ebenfalls nur eine Einbahnstraße sein, was die Rückkehr an diesen Ort und in diese Zeit betrifft – aber wir kehren nach Hause zurück. Ihr braucht euch keine Sorgen zu machen, dass die Menschen der Solaren Union uns schlecht behandeln könnten – Wilde genießt seit Jahren ihre Gastfreundschaft und bekommt alles, was er braucht, wie wir erfahren haben. Am meisten wünschen wir uns jedoch, Handel zu treiben, und sei es mit den Nicht-Kooperateuren – ich glaube jedoch, es werden sich noch mehr Handelspartner finden. Es gibt viele tatkräftige Menschen auf der Erde, und jetzt, da sie elektronische Geräte wieder uneingeschränkt einsetzen können, werden sie *abheben*. Hier wird sich einiges ändern. Wir sehen uns bestimmt wieder.«

Wilde hatte von den Kaufleuten erfahren, dass sein zweites Ich und seine wieder zum Leben erweckte Frau noch am Leben waren. Er hatte Botschaften für sie und auch für uns.

»Ellen May«, sagte er, »ich habe geglaubt, Sie könnten die Außenweltler besiegen, ohne zum Neuen Mars vorzudringen. Also, da habe ich mich geirrt, und Sie haben beides geschafft. Sie wissen, dass ich befürchtet habe, Ihre Leute könnten den Neuen Mars, für den ich … eine gewisse Zuneigung empfinde, erobern. Aber wenn ich mich jetzt umschaue, frage ich mich, wer hier eigentlich wen erobert hat. Das Leben hält eben immer wieder Überraschungen bereit.«

Er zuckte die Achseln. »Das war's. Viel Glück.«

*

Ich schaue noch immer auf den Monitor, der das wiedergibt, was wir gewohnheitsmäßig als Voraussicht bezeichnen. Die Sonne des Neuen Mars ist eine kleine, ferne Scheibe, vor dem Hintergrund der anderen Sterne kaum zu erkennen. Wir befinden uns mitten in der Kometenwolke, die jedoch nur in Simulationen, nicht in der Realität sichtbar ist. Es sieht so aus, als befänden wir uns im leeren Raum, wenn man von unserem eigenen Kometen, den zerbrechlich wirkenden, diamantharten Gebilden, die wir aus seinem Material gebaut haben, und den bizarren Überresten des Tors einmal absieht.

Es ist nützlich, exotische Materie in seiner Nähe zu haben. Sie hat uns in eine enge Umlaufbahn um einen noch größeren Brocken normaler Materie befördert: Kometenmaterie, Hunderte Millionen Tonnen davon, Gestein und Eis und organische Stoffe. Wir brauchten etwa fünf Jahre, um die Kometenwolke zu erreichen, dann konnten wir uns einen Überblick über die uns zur Verfügung stehenden Schätze machen. Die Überreste des Tores sammeln allmählich scheibenförmig Material um sich. Sie besitzen, wie Malley es einmal formuliert hat, eine gewisse Attraktion.

Jedes Zuhause sollte so etwas haben.

Zuhause … in gewisser Sinn ist das hier. In einem anderem Sinn liegt es zehntausend Lichtjahre entfernt – und zehntausend Jahre in der Vergangenheit. (Wenngleich ich immer wieder denke, wir befänden uns zehntausend Jahre in der Zukunft.)

Die solaren Funkquellen wurden immer stärker und zahlreicher – anfangs sogar täglich und stündlich. Nach einigen Monaten waren sie sogar von weniger empfindlichen Antennen aufzufangen, auch von denen auf dem Neuen Mars und in dessen Umkreis.

Die Funksendungen berichten von der fortdauernden Auseinandersetzung, welche die neumarsianischen Kaufleute vorausgesagt hatten und deren Ausgang nach wie vor ungewiss ist: es geht dabei um das Gemeineigentum der Union auf der einen und die nicht zu verhindernde Aneignung der Ressourcen des Solaren Systems durch Individuen und Gruppen auf der anderen Seite; ein Prozess, den wir und die Neumarsianer mit großem Interesse verfolgen. Ihm ist die Unmittelbarkeit von Tagesnachrichten zu eigen, doch er hat, wie Geschichte, auch etwas Quälendes, da wir zur Tatenlosigkeit verdammt sind und der Ausgang, falls es überhaupt einen gab, schon seit Jahrtausenden feststeht. Der Konflikt ist auf dem Neuen Mars Gegenstand zahlreicher Dokumentarfilme, regelmäßiger Debatten und mehrerer rein fiktiver und lächerlicher Fernsehserien.

*

Die Kometenwolke ist riesig, und wir sind es gewohnt, uns mittels Laser über schmalbandige, verschlüsselte Kanäle zu verständigen. Das übrige Spektrum nehmen die breiteren, leichter zugänglichen Signale der Neumarsianer und ihrer Arbeitsroboter in Anspruch. Wir wissen alles, was sie wissen, und sie wissen, dass wir hier sind, mehr nicht. Wir beschränken den Kontakt auf ein Minimum. Einstweilen sind wir mit dem zufrieden, was wir haben: wir wollen hier draußen aus Gestein, Eis, Kohlenstoffverbindungen und schwachen Sonnenstrahlen eine neue Welt aufbauen, bevor wir zu einer Welt zurückkehren, die anderen gehört.

Eines Tages wird die Solare Union oder das, was dann ihre Stelle einnimmt, eigene Raumschiffe mit Malleyantrieb besitzen, die nahezu Lichtgeschwindigkeit erreichen. Und zehntausend Jahre später werden sie hier auftauchen und vielleicht ein neues Wurmloch mitbringen, was jeden Tag der Fall sein könnte. Es ist mir gleich, ob die Menschen, die zu uns kommen, unsere Ansichten teilen werden. Unser Eigentum werden wir gewiss nicht mit ihnen teilen. Bis dahin haben wir vielleicht schon ganz im Stillen unser eigenes kleines galaktisches Imperium aufgebaut, hier draußen inmitten der Kometenwolke. Wenn wir ausreichend Masse verarbeitet haben, werden wir damit beginnen, Menschen, Tiere und Maschinen aus den gespeicherten Samen wachsen zu lassen, und damit können wir es weit bringen, ehe überhaupt jemand daran denken wird, uns daran zu hindern.

Ich begutachte gerade die Analyseergebnisse einer neuen Erzader und wundere mich über die geringen Metallspuren, als etwas Kleines gegen mich prallt und sagt: »Ellen, die reden über dich!«

Stef ist vier Jahre alt, hoch aufgeschossen und aufgeweckt. Er ähnelt ein wenig seinem Vater, dem Fotografen, den ich auf Graciosa kennen gelernt habe, aber er wird größer werden als sein Vater: dafür werden meine Gene und die Mikrogravitation dieser Umgebung schon sorgen. Ich muss ständig darauf achten, dass er seine Induktions-Isotonika einnimmt, dazu kommen die Kämpfe ums Zähneputzen und Haarewaschen. Er behauptet, darum kümmere sich schon sein Raumanzug, und das stimmt, reicht aber eben nicht aus.

»Zuhause?«, fragte ich neugierig.

Stef schüttelte ungeduldig den Kopf. Für ihn ist die Solare Union nahezu unwirklich, eine mythische Vergangenheit, eine Geschichte aus den Zeiten des Heliozäns. Der Neue Mars steht ihm in jeder Beziehung näher.

»Auf der *Welt*«, erwidert er.

»Okay«, sage ich. »Stell's durch.«

Stef steckt die Hände ins offene Vorderteil des Anzugs und zerrt und dreht an dem Gewebe aus intelligenter Materie auf die gleiche achtlose und undokumentierte Art und Weise wie eh und je. Ich versuche ständig, ihm dies auszureden – bislang ohne Erfolg. Für ihn ist der Anzug ein Mittelding zwischen Imaginärem

Freund und intelligentem Spielzeugtier, und jeden Versuch, seiner Privatsprache ein System aufzuzwingen, betrachtet er als Zumutung.

Das Bild auf meinem Monitor löst sich auf und wird ersetzt durch eine dieser Diskussionssendungen, welche die Fernsehsender des Neuen Mars für die winzigen Minderheiten ausstrahlen, die vermutlich selber bei den Medien arbeiten und für den Quatsch, den sie den Leuten auftischen, meist nur Verachtung übrig haben.

Das Format ist ganz und gar konventionell; es gibt eine junge Moderatorin – eine Halbwüchsige, die somit reifer ist als die meisten Nachrichtensprecher – und ein paar ältere Diskussionsteilnehmer, die tatsächlich um einen Tisch herum sitzen. Ich erkenne die Bischöfin, die mittlerweile – ob es ihr bewusst ist oder nicht – vermutlich Päpstin ist; einen Sprecher der Reformierten Humanisten; zwei post-resurrektionistische Kleriker – und David Reid.

»... von einem *gerechtfertigten Genozid* zu sprechen, ist ... äh ... sagen wir mal: deplatziert«, bemerkt gerade einer der Kleriker. »Andererseits habe ich natürlich Verständnis für Ihr Bedürfnis, zu provozieren.« Ein rascher Blick zur Moderatorin, der so viel bedeutet wie: Wir sitzen alle in einem Boot. »Aber ich glaube, wir sollten die Angelegenheit doch in ... äh ... moralisch neutraleren Begriffen betrachten. Schließlich sprechen wir hier von *Maschinen*.«

Reid beugt sich vor und unterstreicht seinen Anspruch auf Redezeit wie üblich mit einer Rauchwolke. Die Moderatorin nickt resigniert im Bewusstsein ihrer Grenzen.

»Unsinn«, sagt Reid. »Wenn Sie von Moral sprechen wollen, dürfen Sie die Maschinen nicht außen vor lassen. Auch wir sind letztlich Maschinen. Allerdings bezweifle ich, dass man mit den Jupiteranern verfahren konnte, wie man mit ihnen verfahren musste, ohne den

Maschinen gegenüber eine ziemlich harte Haltung einzunehmen. Vergessen Sie nicht, dass schon die Außenweltler wenig Mitgefühl mit menschlichem Leiden an den Tag gelegt haben, und die Jupiteraner hatten diesen Makel von ihnen geerbt, sodass …«

»Erbsünde?«, wirft die Bischöfin ein. »Sie erstaunen mich!«

Die beiden calvinistischen Kleriker lächeln höflich. Reid schüttelt den Kopf.

»Das haben sie durch ihr Handeln unter Beweis gestellt«, sagt er. »Durch die Art und Weise, wie sie mit unseren Raumschiffen verfahren sind.«

»Ah, aber hat das ausgereicht, um eine ganze … Spezies zu verurteilen?«, fragt der Reformierte Humanist. »Ich glaube, Ellen May Ngwethu und ihre Besatzung haben voreilig, aber nicht ohne Vorbedacht gehandelt und sich geweigert, Alternativen in Betracht zu ziehen, was an sich …«

»Wir leben in einer harten Welt«, sagt der Rabbi. »Wie meine Leute zu sagen pflegten, das Leben ist kurz, und immer wieder geht was schief.«

Eine Weile wurde aufgeregt durcheinander geredet.

»Was einige hier zu vergessen scheinen«, versucht sich die Moderatorin einzumischen, »sind die Hinweise aus dem Sol-System, die belegen, dass der Ausbruch der Jupiteraner *in keiner Weise* gegen die Menschen der Solaren Union gerichtet war. Was immer wir von der Handlungsweise der Besatzung der *Terrible Beauty* halten mögen, wir haben davon profitiert.«

»Und auch die neuen Gesellschaften, die derzeit im Sol-System entstehen«, fügt einer der Kleriker hinzu. »Wenn die Bedrohung durch die Jupiteraner, der, ob es uns gefällt oder nicht, die Cassini-Division ein Ende gemacht hat, noch Bestand hätte, würde es sie nicht geben.«

Der Reformierte Humanist nickt gewichtig. »Wofür

sie einen gewissen moralischen und materiellen Preis zu entrichten hatten.«

Der nächste Kommentar wird von Reids zynischem Gelächter übertönt, dann sagt er: »Wofür gibt es die Kommunisten eigentlich?«

Das selbstgefällige Gelächter der braven Liberalen am Tisch lockert den Rest der Diskussion auf, der ich nicht mehr die geringste Beachtung schenke. Ich drückte das Kind an mich, betrachte die fröhlichen, munter plaudernden Gesichter und denke: *Wartet nur ab, ihr Banker! Wartet nur ab!*

Das letzte Wort ist noch nicht gesprochen.